ROLAND DORGELÈS]
GUERRE MO

Roland Dorgelès est né en 1885 à
Lecavelé, et ce n'est qu'en 1907, quand il publie ses premières nouvelles
et pièces de théâtre, qu'il se choisit un pseudonyme. À huit ans, admira-
teur de Georges Courteline et de Jules Verne, il se fait la promesse d'être
écrivain. Deux ans plus tard, grâce à son grand-père, il aborde l'auteur
de *Vingt Mille Lieues sous les mers*, qui vit à Amiens, et lui reproche la
mort du capitaine Némo !

Vers l'âge de vingt ans, après des études aux Arts décoratifs à Paris,
il fréquente le quartier de Montmartre, centre de la vie artistique
et littéraire parisienne. C'est à ce moment-là qu'il devient journaliste
– il le restera trente-tois ans – poursuivant une œuvre de conteur et
de poète. En 1910, il rencontre Madeleine Borgeaud – Mado –, une
femme mariée dont il tombe follement amoureux.

Quand la guerre éclate, Roland, pourtant réformé deux fois pour sa
mauvaise santé, s'engage, appuyé par Georges Clemenceau, son patron
au journal *L'Homme libre*. Le 15 septembre 1914, il part de la caserne
de Rouen pour le front. Tout le temps de la guerre, il écrit des lettres à
Mado, ainsi qu'à sa mère, dans lesquelles il ment pour ne pas l'inquiéter.
Il poursuit au front son travail de journaliste et publie des articles pour
L'Intransigeant. Très vite lui vient l'idée d'écrire un livre sur la guerre et
il accumule dès lors des notes sur ce qu'il voit. Le titre est tout trouvé :
ce sera *Les Croix de bois*.

À l'occasion d'une permission, en septembre 1915, il devient mécanicien dans l'aviation, quittant ainsi avec un sentiment coupable ceux qui
sont restés dans les tranchées. Il devient instructeur à l'école d'aviation et

trouve le temps d'écrire *Les Croix de bois* : « Ma tête, mon cœur et ma chair même étaient si gonflés de guerre que sans l'exutoire d'une plume où le sang coulait en encre, je serais mort étouffé. » Il se sépare de Mado qui lui est infidèle.

Le 1ᵉʳ avril 1919, le jour de sa démobilisation, *Les Croix de bois* paraissent à 10 000 exemplaires : c'est un succès immédiat. L'après-guerre est une période difficile pour lui : il ne peut oublier ni la guerre ni Mado. Il multiplie d'ailleurs les pèlerinages sur les lieux de combats de la Grande Guerre.

En 1923, il épouse Hania Routchine, une chanteuse et pianiste avec qui il va parcourir le monde : l'Indochine, l'Égypte, la Palestine, la Russie ou l'Italie, autant de pays d'où il rapporte *Sur la route mandarine* (1925), *Partir...* (1926) ou *La Caravane sans chameaux* (1928). À partir de 1934, il entretient une liaison avec Madeleine Moisson.

Sa clairvoyance et son intelligence politique lui font pressentir le pire dans les années 1930 : les menaces qui pèsent sur la paix le poussent à écrire *Vive la liberté !* (1937) et *Frontières* (1938). En avril 1939, dans un esprit montmartrois de franche rigolade, il envoie un télégramme à Hitler, avec la complicité de deux autres écrivains, Francis Carco et Pierre Benoit : « Un groupe d'écrivains français vous souhaite un heureux anniversaire – à condition que ce soit le dernier ».

En 1939, pendant la « drôle de guerre » (expression qu'il a inventée), il est correspondant de guerre, une façon d'être au plus près des combats, avec les soldats qu'il a toujours défendus. Au moment de la défaite, il se rend dans le sud de la France, à Cassis et Marseille, où il participe un temps, jusqu'en 1941, au journal *Gringoire*. Ses publications pendant la guerre sont surtout des souvenirs de voyages et une réflexion sur la colonisation (*Sous le casque blanc* et *Route des tropiques*).

no apparent link

pas de lien entre les chapitres, come des tableaux / des memoirs.

Roland Dorgelès
Les Croix de bois

Présentation, notes, questions et après-texte établis par

STÉPHANE MALTÈRE
professeur de Lettres

about EVERY DAY LIFE of soldiers

MAGNARD

Sommaire

À la Libération, il est injustement accusé d'avoir participé à la collaboration. Paraissent successivement, en 1947 et en 1948, *Bouquet de bohème* (sur Montmartre) et *Bleu horizon* (un hommage aux poilus). Depuis 1929, il est membre de l'Académie Goncourt, en charge d'un prix littéraire important. Sa femme, Hania, meurt en 1959 et il épouse, inconsolable, Madeleine, rencontrée des années plus tôt.

Il meurt le 18 mars 1973.

RETOUR SUR LA GRANDE GUERRE

Roland Dorgelès, dans *Les Croix de bois*, ne tient pas une chronologie exacte des événements de la guerre. Si les noms de certains lieux sont authentiques – on pense à Charleroi, Montmirail, la Marne, etc., évoqués dès le premier chapitre – très vite, l'auteur nous conduit dans des endroits indéterminés qui recomposent la réalité. Loin d'être un journal de guerre, le récit de Dorgelès se veut une dénonciation plus générale des horreurs des combats, sans chronologie, sans topographie.

La Première Guerre mondiale débute officiellement le 28 juillet 1914, par la déclaration de guerre de l'Autriche-Hongrie à la Serbie, qu'elle accuse d'être responsable de l'assassinat de l'archiduc François-Ferdinand à Sarajevo, un mois plus tôt. Le jeu des alliances fait le reste : dès la fin du XIXe siècle, craignant des affrontements, certains États européens ont conclu des alliances défensives : la Triple Entente unit la France à l'Angleterre et à la Russie ; la Triple Alliance rassemble l'Allemagne, l'Autriche-Hongrie et l'Italie.

Les déclarations de guerre se succèdent : le 1er août, l'Allemagne lance les hostilités envers la Russie, le 3 août contre la France. L'invasion allemande en Belgique, au Luxembourg et dans le nord-est de la France pousse les populations à l'exode. « Le défilé ininterrompu des gens du Nord et des Picards chassés de chez eux est lamentable », note Dorgelès dans une lettre à sa mère du 31 août 1914, au moment de la « bataille des frontières ». Les Allemands, en septembre, sont près de Paris. Les troupes de renfort partent de toutes les garnisons : « Je pars au feu. On demande des volontaires, j'en suis », écrit Dorgelès début septembre 1914. C'est l'offensive de la Marne qui permet à Joffre de repousser les Allemands.

Les batailles se multiplient : les Flandres, Ypres, la Champagne, l'Artois. Dorgelès, lui, est à Saint-Thierry, Hermonville, Neuville-Saint-Vaast, la Marne, la Somme, le Pas-de-Calais… De février à décembre 1916, c'est la terrible bataille de Verdun, de juillet à novembre 1916, l'offensive de la Somme : près de deux millions de soldats y meurent. En 1917, alors que les États-Unis entrent en guerre contre l'Allemagne et l'Autriche-Hongrie (le 6 avril), les mutineries se multiplient : le conseil de guerre prononce près de 60 000 condamnations à mort, des « fusillés pour l'exemple ». Philippe Pétain devient général en chef des armées françaises. 1918 est marqué par des offensives dans la Somme, en Champagne, mais aussi par le traité de paix de Brest-Litovsk conclu entre la Russie et l'Allemagne. Finalement, de lourdes défaites allemandes conduisent à une capitulation militaire : le 11 novembre 1918, l'armistice avec l'Allemagne est signé à Rethondes.

Au total, sur 65 millions de mobilisés, la Première Guerre mondiale aura causé la mort de plus de 8 millions de soldats, en blessant 20 millions d'autres, laissant dans les esprits l'image d'une telle horreur que l'on a surnommé cette guerre, bien imprudemment, la « der des ders ».

Roland Dorgelès
Les Croix de bois

[handwritten: soldier happy, confident. the people, the their company, reunion]

I

FRÈRES D'ARMES *[handwritten annotation]*

Les fleurs, à cette époque de l'année, étaient déjà rares ; pourtant on en avait trouvé pour décorer tous les fusils du renfort et, la clique[1] en tête, entre deux haies muettes de curieux, le bataillon, fleuri comme un grand cimetière, avait traversé la ville à la débandade[2].

5 Avec des chants, des larmes, des rires, des querelles d'ivrognes, des adieux déchirants, ils s'étaient embarqués. Ils avaient roulé toute la nuit, avaient mangé leurs sardines et vidé les bidons à la lueur d'une misérable bougie, puis, las de brailler, ils s'étaient endormis, tassés les uns contre les autres, tête sur épaule, jambes mêlées.

10 Le jour les avait réveillés. Penchés aux portières, ils cherchèrent dans les villages, d'où montaient les fumées du petit matin, les traces des derniers combats. On se hélait[3] de wagon à wagon.

– Tu parles d'une guerre, même pas un clocher de démoli !

Puis, les maisons ouvrirent les yeux, les chemins s'animèrent, et 15 retrouvant de la voix pour hurler des galanteries, ils jetèrent leurs fleurs fanées aux femmes qui attendaient, sur le môle[4] des gares, le retour improbable de leurs maris partis. Aux haltes, ils se vidaient et faisaient le plein des bidons. Et vers dix heures, ils débarquaient enfin à Dormans, hébétés et moulus[5].

20 Après une pause d'une heure pour la soupe, ils s'en allèrent par la route, – sans clique, sans fleurs, sans mouchoirs agités, – et arrivèrent au village où notre régiment était au repos, tout près des lignes.

---

1. Ensemble des clairons et des tambours d'une musique militaire.
2. De façon dispersée.
3. S'interpellait.
4. Quai.
5. Extrêmement fatigués.

Là, on en tint comme une grande foire, leur troupeau fatigué fut partagé en petits groupes – un par compagnie – et les fourriers[1] désignèrent
25 rapidement à chacun une section, une escouade[2], qu'ils durent chercher de ferme en ferme, comme des chemineaux[3] sans gîte, lisant sur chaque porte les grands numéros blancs tracés à la craie.

Bréval, le caporal, qui sortait de l'épicerie, trouva les trois nôtres comme ils traînaient dans la rue, écrasés sous le sac trop chargé où brillaient insolemment des ustensiles de campement tout neufs.
30
– Troisième compagnie, cinquième escouade ? C'est moi le cabot[4]. Venez, on est cantonné au bout du patelin[5].

Quand ils entrèrent dans la cour, ce fut Fouillard, le cuisinier, qui donna l'alerte.

35 – Hé ! les gars, v'là le renfort.

Et ayant jeté, devant les moellons[6] noirs de son foyer rustique, la brassée de papier qu'il venait de remonter de la cave, il examina les nouveaux camarades.

– Tu t'es pas fait voler, dit-il sentencieusement à Bréval. Ils sont
40 beaux comme neufs.

Nous nous étions tous levés et entourions d'un cercle curieux les trois soldats ahuris. Ils nous regardaient et nous les regardions sans rien dire. Ils venaient de l'arrière, ils venaient des villes. La veille encore ils marchaient dans des rues, ils voyaient des femmes, des tramways, des
45 boutiques ; hier encore ils vivaient comme des hommes. Et nous les examinions émerveillés, envieux, comme des voyageurs débarquant des pays fabuleux.

---

1. Sous-officiers chargés de la gestion du matériel.
2. Troupe d'hommes.
3. Vagabonds.
4. Caporal (argot).
5. Petit village (argot).
6. Blocs de pierre.

– Alors, les gars, ils ne s'en font pas là-bas ?

– Et ce vieux Paname[1], questionna Vairon, qu'est-ce qu'on y fout ?

50 Eux aussi nous dévisageaient, comme s'ils étaient tombés chez les sauvages. Tout devait les étonner à cette première rencontre ; nos visages cuits, nos tenues disparates, le bonnet de fausse loutre du père Hamel, le fichu blanc crasseux que Fouillard se nouait autour du cou, le pantalon de Vairon cuirassé de graisse, la pèlerine de Lagny, l'agent de

55 liaison, qui avait cousu un col d'astrakan[2] sur un capuchon de zouave[3], ceux-ci en veste de biffin[4], ceux-là en tunique d'artilleur, tout le monde accoutré à sa façon ; le gros Bouffioux, qui portait sa plaque d'identité à son képi, comme Louis XI portait ses médailles, un mitrailleur avec son épaulière de métal et son gantelet de fer qui le faisaient ressembler

60 à un homme d'armes de Crécy[5], le petit Belin, coiffé d'un vieux calot de dragon[6] enfoncé jusqu'aux oreilles, et Broucke, « le gars de ch'Nord » qui s'était taillé des molletières dans des rideaux de reps[7] vert.

Seul Sulphart, par dignité, était resté à l'écart, juché sur un tonneau, où il épluchait des patates, avec l'air digne et absorbé qu'il prenait pour

65 accomplir les actes les plus simples de l'existence. Grattant sa barbe de crin roux, il tourna négligemment la tête et regarda avec une indifférence affectée un des trois nouveaux, un jeune à l'air maussade, imberbe ou rasé, on ne savait pas, coiffé d'un beau képi de fantaisie et chargé d'une large musette[8] de moleskine[9] blanche.

---

1. Paris (argot).
2. Fourrure d'agneau à poils bouclés.
3. Soldat d'infanterie française en Algérie.
4. Soldat d'infanterie (argot).
5. Célèbre bataille de la fin du Moyen Âge qui s'est soldée par une défaite écrasante des Français face aux Anglais au début de la guerre de Cent Ans.
6. Soldat de cavalerie.
7. Tissu servant à l'ameublement.
8. Sac de toile qu'on porte en bandoulière.
9. Toile imitant l'aspect du cuir.

70 — Il est tout bath[1], avec sa petite casquette à manger du mou[2], railla d'abord Sulphart à mi-voix.

Puis, comme l'autre déposait son barda[3], il découvrit la musette. Alors, il éclata.

— Hé vieux ! cria-t-il, c'est exprès pour monter aux tranchées que tu
75 t'es fait tailler ta gibecière[4] ? Si des fois t'avais peur que les Boches ne te repèrent pas assez, tu pourrais peut-être emporter un petit drapeau et jouer de la trompette.

Le nouveau s'était redressé, vexé, un pli barrant son petit front têtu. Mais, tout de suite décontenancé par l'attitude railleuse de l'ancien, il
80 détourna la tête et rougit. Le rouquin se contenta de ce succès flatteur. Il descendit de son trône et, pour montrer qu'il ne songeait pas à s'acharner sur un copain irresponsable, il haussa ses critiques jusqu'à l'autorité militaire, dont tous les actes, suivant lui, étaient dictés par la sottise et le désir évident de molester[5] le soldat.

85 — J'dis pas ça pour toi, tu sais pas encore. Mais les autres enfifrés[6] qui vous font passer les gamelles à la pâte au sabre[7] pour qu'elles reluisent mieux, tu crois qu'on devrait pas tous les fusiller... Ils trouvent qu'on ne se fait pas assez viser comme ça ?... Tu me refileras ta musette, tiens, j'te la noircirai au bouchon[8], et on passera vos bouteillons, vos gale-
90 touses[9] et tout l'truc à la fumée de paille, y a pas meilleur.

Lemoine, qui ne quittait jamais Sulphart d'un pas, haussa lentement les épaules.

---

1. Beau (argot).
2. Souple, avachie, d'une beauté délicate (sens incertain).
3. Bagage, équipement du soldat.
4. Sacoche en cuir que les écoliers et les chasseurs portaient en bandoulière.
5. Brutaliser, malmener.
6. Enfoirés (grossier).
7. Produit permettant de faire reluire les métaux.
8. Avec un bouchon de liège enfumé.
9. Gamelles (argot).

– Tu vas pas déjà abrutir ces mecs-là avec tes boniments à la graisse[1], lui reprocha-t-il de sa voix traînante. Laisse-les au moins débarquer.

95 Le nouveau à la musette blanche s'était assis sur une brouette. Il semblait épuisé. La sueur, en rigoles noires, avait tracé des accolades de ses tempes au bas de ses joues. Il déroula ses molletières, mais n'osa pas retirer ses chaussures, de beaux brodequins[2] de chasse aux semelles débordantes.

– J'ai le talon tout écorché, me dit-il. Je dois avoir le pied en sang. Je
100 suis tellement chargé.

Lemoine soupesa son sac.

– Ce qu'il est lourd, fit-il. Qu'est-ce que tu as pu foutre là-dedans... Tu y as mis des pavés ?

– Juste ce qu'on m'avait dit.

105 – C'est les cartouches qui pèsent, intervint le caporal... Ils vous en ont donné combien ?

– Deux cent cinquante... Mais je ne les ai pas dans mon sac.

– Où ça alors ?

– Dans ma musette. Vous comprenez, j'aime mieux ça. Si tout d'un
110 coup on était attaqués.

– Attaqués ?

Les autres le regardèrent, étonnés. Puis, tous ensemble partirent à rire, d'un rire énorme qu'ils forçaient encore, étouffant, gesticulant, échangeant de lourdes claques sur les épaules comme des caresses de
115 battoirs[3].

– Attaqués, qu'il dit... Tu parles d'un mec qui s'en ressent[4].

– Mais non, il a les foies[5]...

---

1. Baratin trompeur.
2. Bottines.
3. Palettes de bois destinées à battre le linge pour l'essorer.
4. Qui en veut, qui en a envie.
5. Il a peur (argot).

– Attaqués, qu'il dit… Au fou… Lâchez les chiens !

Cette candeur[1] inouïe nous faisait rire jusqu'à la suffocation. Le père
120 Hamel en pleurait. Fouillard, lui, ne riait pas. Il haussait les épaules,
tout de suite hostile, regardant déjà de travers ce soldat trop propre qui
parlait poliment.

– Un gars aux sous[2] qui veut nous en mettre plein la vue, dit-il
à Sulphart.

125 Le rouquin, uniquement préoccupé de parler plus que les autres,
considérait le nouveau avec compassion[3].

– Mais, mon pauvre gars, lui dit-il, tu ne crois pas qu'on se bat
comme ça ; c'était bon le premier mois. On ne se bat plus maintenant.
Tu ne te battras peut-être jamais.

130 – Sûrement, approuva Lemoine, tu ne te battras pas, mais t'en bave-
ras tout de même.

– Tu n'tirero jamais un coup de fusil, prophétisa Broucke, le
« ch'timi » aux yeux d'enfant.

Le nouveau ne répliqua rien, pensant sans doute que les anciens
135 cherchaient à l'épater. Mais l'oreille tendue, sans entendre Sulphart discourir, il écoutait le canon qui ébranlait le ciel à grands coups de bélier,
et il aurait voulu être déjà là-bas, de l'autre côté des coteaux bleus, dans
la plaine inconnue où se jouait la guerre au parfum de danger.

*

Le nouveau s'est présenté à moi :
140 – Gilbert Demachy… Je faisais mon droit…

---

1. Naïveté.
2. Un garçon riche (argot).
3. Attendrissement et pitié.

Et je me suis fait connaître :

– Jacques Larcher. J'écris…

Dès son arrivée, j'ai compris que Gilbert serait mon ami, je l'ai compris à sa voix, à ses mots, à ses manières. Tout de suite je lui ai dit
145 « vous » et nous avons parlé de Paris. Enfin, je trouvais quelqu'un avec qui m'entretenir de nos livres, de nos théâtres, de nos cafés, des jolies filles parfumées. Rien que les noms que je prononçais me faisaient revivre un instant tout ce bonheur perdu. Je me rappelle que Gilbert, assis sur une brouette, avait posé ses pieds déchaussés sur un journal, en
150 guise de tapis. Nous parlions, fiévreusement :

– Vous vous souvenez… Vous vous souvenez ?…

Les copains aidaient les nouveaux à s'installer dans l'écurie où couchait l'escouade et empilaient leurs sacs avec les nôtres dans la mangeoire. Quand ils eurent fini, Gilbert tendit deux billets de cent sous
155 pour offrir à boire.

– C'est ça, plein la vue… grogna Fouillard jaloux.

Les autres, reconnaissants, retournèrent à l'écurie pour soigner la place du nouveau. Ils brassèrent sa paille pour la rafraîchir et lui firent un rebord aux pieds. Broucke avait pris respectueusement l'oreiller de
160 caoutchouc de Demachy et s'amusait à le gonfler, comme un jouet, avec une peur secrète de l'user. Ceux qui devaient changer de coin, pour faire de la place, déménageaient, en se volant mutuellement de la paille.

– Toi, gras du ventre, dit Fouillard à Bouffioux, tu coucheras là-haut, dans la soupente[1]. Comme j'couche juste en dessous, tu feras attention
165 de n'pas m'tomber dessus au milieu d'la noïe, les souliers sur la gueule ; j'ai l'sommeil léger.

Sulphart ne lâchait pas le nouveau, qu'il étourdissait de conseils

---

1. Espace aménagé sous un toit.

inutiles, de recettes saugrenues[1], un peu par complaisance[2] naturelle, un peu pour remercier du vin offert, mais surtout pour se faire valoir.

170 Tous étaient joyeux, comme s'ils avaient déjà bu. Vairon, en corps de chemise, se mit à faire l'hercule forain[3], lançant le boniment d'une voix grasse et canaille qui sentait la barrière[4]. Rangés autour, nous faisions la foule. Jaloux de son succès, Sulphart tira Lemoine par la manche.

– Viens avec moi, on va se marrer.

175 – Pourquoi foutre que j'irais avec toi ? fit Lemoine, toujours prêt à contredire le rouquin avant de l'imiter.

– Viens toujours.

Tout en protestant, Lemoine le suivit dans l'escalier. La maison du notaire, dont nous occupions modestement l'écurie, était une belle

180 demeure campagnarde avec un haut bonnet d'ardoise[5], des consoles de stuc[6] et un cadran solaire drôlement peint qui marquait midi sur le coup de dix heures.

Elle attendait son monde au haut d'un large perron, et ses volets fraîchement peints étaient d'un vert de jeune feuillage. Ils étaient restés

185 fermés depuis la guerre. Les propriétaires avaient fui lors de l'avance allemande, n'ayant eu le temps de rien sauver, et ils n'étaient jamais revenus. Le vaguemestre[7] y avait un moment installé son bureau, mais un obus ayant un matin ajouté un œil-de-bœuf[8] à la façade, il avait jugé prudent de s'en aller à l'autre bout du pays.

---

1. Bizarres.
2. Amabilité.
3. Athlète de foire.
4. Aux intonations populaires. Aux accents des faubourgs parisiens (les barrières servaient de douane entre le centre de Paris et les faubourgs).
5. Toit d'ardoise.
6. Moulures de plâtre imitant le marbre et servant de support.
7. Sous-officier chargé du courrier.
8. Lucarne.

190 On nous avait formellement défendu d'entrer dans la maison, dont toutes les portes étaient verrouillées. L'adjudant Morache, qui aimait nous gâter de ces sortes de promesses, avait tout de suite annoncé douze balles dans la peau pour le contrevenant, sans compter le coup de grâce. Cela avait donné l'idée à Sulphart de visiter la villa. Il la connaissait 195 à présent dans ses moindres recoins, ouvrant les portes avec ménagement, à grands coups de souliers, quand une adroite pesée avec un tronçon de baïonnette ne suffisait pas.

Il conduisit Lemoine au premier, dans une grande chambre aux tentures claires.

200 – V'là ce qu'il nous faut, dit-il en ouvrant l'armoire.

Et, jetant, en vrac, du linge et des robes sur le tapis, fouillant les tiroirs, vidant les rayons, il fit son choix.

– J'vas m'habiller en poule et toi en homme, tu piges, face d'âne.

Le temps de déchirer quelques corsages dans des essayages malheu-205 reux, et ils purent s'admirer dans la glace, transformés en mariés de mardi gras. Quand ils parurent dans la cour, bras dessus, bras dessous, ce fut une courte stupéfaction, puis une clameur les salua.

– Vive la noce ! beugla le premier, Fouillard.

Les autres braillèrent plus fort, et l'escouade hurlant de joie entoura 210 les deux chienlits[1]. Sulphart avait passé sur son pantalon rouge, un joli pantalon de femme garni de dentelles, qui laissait voir par son ouverture son large derrière garance[2]. Il avait endossé une sorte de matinée blanche[3], et, sur sa tête hérissée de charbonnier, il avait posé de travers une couronne de mariée, à l'oranger un peu jauni : la couronne de 215 la notairesse qui dormait sous un globe. Lemoine, qui ne riait pas,

---

1. Excentriques (argot).
2. Rouge.
3. Vêtement d'intérieur blanc porté le matin par les femmes.

avait plutôt l'air soucieux d'un militaire en service commandé, s'était contenté d'un jupon écossais, tenue sans façon dont il corrigeait le regrettable laisser-aller par une redingote[1] à revers de satin et un solennel chapeau haut de forme préalablement brossé à rebrousse-poil.

220 Le petit Broucke, émerveillé, gambadait derrière eux comme à la ducasse[2].

– J'vo à la noce, criait-il.

Tous, chantant et beuglant, se mirent à danser, accompagnés par Fouillard, qui croyait faire de la musique en cognant avec une poignée 225 de baïonnette sur le fond noir de son chaudron.

– Vive la mariée ! reprenions-nous en chœur.

La maigre figure de Bréval était élargie par un rire bienheureux. Pourtant, il cherchait à nous apaiser.

– Pas si fort, bon Dieu, un officier va nous entendre…

230 Vairon avait pris Sulphart par la taille et dansait une java[3], avec des grâces de bal musette[4], tandis que Lemoine, se croyant à la fête du pays, exécutait des ailes de pigeon[5] en faisant claquer ses talons cloutés.

– Et la fête continue, vive M. le maire ! braillait le cuistot, qui essayait en vain de laver ses mains noires en les frottant sur son front en sueur.

235 Ils sautillaient l'un derrière l'autre, en farandole, riant comme des gosses. Le nouveau suivait à la queue, tout clopinant, tenant Lagny par son capuchon. Sulphart, la bouche sèche, sortit le premier de la ronde.

– Bon Dieu, on la crève[6] ici… Et l'autre outil[7] qui ne r'vient pas avec le pinard. Pourvu qu'il s'soit pas fait poirer[8] par Morache.

---

1. Manteau serré à la taille.
2. À la fête du village (terme du nord de la France).
3. Danse de bal populaire.
4. Bal populaire où l'on danse sur des airs d'accordéon.
5. Pas de danse.
6. On meurt de soif.
7. L'autre imbécile (argot).
8. Fait arrêter (argot).

240 La pensée de cette catastrophe arrêta les danseurs.

– Ça serait pourtant l'moment de boire le coup, se désola Vairon.

– Mais un autre peut aller en acheter, dit Demachy en sortant deux nouveaux billets. J'ai trop ri, je boirais bien.

Respectueux ou jaloux, les camarades regardèrent le nouveau ouvrir
245 son porte-monnaie de cuir fin, et Broucke était si troublé qu'il dit « merci » en prenant l'argent.

Fouillard, qui avait oublié son rata[1], s'était jeté à quatre pattes devant son feu noirci et soufflait à pleines joues sur les cendres, sans en tirer une étincelle.

250 – Allez me chercher du papier, demanda-t-il, c'te vache de bois mouillé n'veut pas prendre.

Quelqu'un dégringola à la cave et en remonta une pile de papiers multicolores qu'il jeta près de l'âtre. Des feuillets s'envolèrent, blancs et bleus, presque tous du même format. C'étaient les papiers du notaire.
255 La flamme, en se dressant, les fit voleter, et l'on crut lire un instant, dans le feu même, les belles bâtardes d'étude[2] et les écritures appliquées de paysan.

– Moi, j'trouve ça ballot[3], fit Lemoine de sa voix bonasse[4]. C'est des trucs qui se gardent… Si on brûlait les papelards[5] de mes vieux pour les
260 terres, j'l'aurais à la caille[6].

– Ta gueule, toussa Fouillard dans la fumée. C'est déjà toi qu'as pas voulu qu'on brûle la porte et qu'on aille chercher c'te saloperie de bois vert qui n'veut pas prendre. Comme si c'était pas la guerre.

---

1. Plat servi aux soldats.
2. Type d'écriture utilisé dans les bureaux des notaires.
3. Je trouve ça bête (argot).
4. Pleine de bonté un peu niaise.
5. Papiers (argot).
6. Je serais mécontent (argot).

— Sûr que c'est la guerre, approuva le petit Belin qui avait projeté de
265 se faire un gilet avec une redingote et en découpait soigneusement les
basques[1].

— C'est vrai, nous faisons la guerre, répéta le nouveau, en trinquant
avec Broucke.

Et regardant Sulphart en pantalon de linon[2], il se mit à rire.

270 — Ça ne se dirait pas, dit-il. On s'amuse au moins au front. J'en étais
sûr que je m'ennuierais moins qu'à la caserne.

Bréval, dont la face creuse avait repris ses deux plis de tourment en
travers des joues, le regarda en hochant la tête :

— Tu ne te figures pas que c'est tous les jours comme ça, non ? tu te
275 tromperais, tu sais.

Le nez dans son quart[3], Fouillard ricanait. Sulphart, compatissant…
haussa simplement les épaules.

— Ça ne sait pas, dit-il.

— Si tu t'étais tapé Charleroi comme moi, lui dit Lagny, à la figure
280 ratatinée de vieille femme, t'aurais pas été si pressé de revenir.

— Et encore, t'as pas fait la retraite, toi, intervint Vairon. J'te jure que
c'était pas la pause.

— C'est ça qu'a été le plus dur, approuva Lemoine.

— Et la Marne ? demanda Demachy.

285 — La Marne, c'était rien, trancha Sulphart. C'est pendant la retraite
qu'on en a le plus roté[4]. C'est là qu'on a reconnu les hommes…

Ils étaient tous les mêmes. La retraite, c'était l'opération stratégique
dont ils étaient le plus fiers, la seule action à laquelle ils se vantaient immo-

---

1. Partie d'une veste située sous la taille.
2. Fin tissu.
3. Gobelet d'un quart de litre.
4. Qu'on a le plus souffert (argot).

dérément d'avoir participé, c'était le fond de tous leurs récits : la Retraite, la
290 terrible marche forcée, de Charleroi à Montmirail, sans haltes, sans soupe,
sans but, les régiments mêlés, zouaves et biffins, chasseurs et génie, les
blessés effarés et trébuchants, les traînards hâves[1] que les gendarmes abattaient ; les sacs, les équipements jetés dans les fossés, les batailles d'un jour,
toujours acharnées, parfois victorieuses – Guise, où l'Allemand recula – le
295 sommeil de pierre pris sur le talus ou sur la route, malgré les caissons qui
passaient, broyant des pieds ; les épiceries pillées, les basses-cours dévastées,
le pain moisi qu'on se disputait ; mitrailleurs sans mulets, dragons sans
chevaux, Sénégalais sans chefs ; les chemins encombrés de tapissières[2] et
de chars à bœufs, où s'entassaient des gosses et des femmes en larmes, les
300 arbis[3] traînant des chèvres, les villages en flammes, les ponts qui sautaient,
les copains qu'on abandonnait, sanglants ou fourbus, et toujours, harce-
lant la tragique colonne, l'aboiement du canon. La Retraite... Dans leurs
bouches, cela prenait des airs de Victoire.

– J'te jure que quand tu lisais sur les plaques « Paris, 60 kilomètres »,
305 ça te faisait drôle...

– Surtout à ceux de Paname, fit le grand Vairon.

– Et après, termina négligemment Sulphart, comme l'épilogue[4]
banal d'un beau récit, après ç'a été la Marne.

– Tu t'souviens des petits melons de Tilloy... Ce qu'on a pu s'en
310 taper ?...

– Eh ben, et les seaux de pinard, quand on est entré dans Gueux.

– J'm'en rappellerai, moi, d'la saucisse de Montmirail... Tu pouvais
pas t'déplacer, les obus te pistaient... Ah ! les tantes[5]...

---

1. Blafards.
2. Voitures qui servaient aux transports des meubles.
3. Arabes (péjoratif).
4. Dénouement, fin.
5. Injure homophobe.

Demachy avait repris sa mine grave et regardait ces hommes avec
315 envie.

– J'aurai bien voulu y être, dit-il... Être d'une victoire.

– Sûr que ç'a été une victoire, concéda Sulphart qui tournait sa
couronne entre ses doigts comme une casquette. Si t'y avais été, t'en
aurais bavé comme les copains et rien de plus. Demande voir aux gars
320 ce qu'on a sonné aux Boches à Escardes... Seulement, faut pas parler
sans savoir... Tous les mecs qu'ont écrit des conn... là-dessus dans les
journaux, ils auraient mieux fait de n'pas l'ouvrir. Moi j'y étais, hein,
j'sais comment que ça s'est passé. Eh bien, on était resté plus d'quinze
jours sans toucher l'prêt, depuis la fin d'août... Alors, après le dernier
325 coup dur, on nous a tout payé d'un coup, on nous a refilé à chacun
quinze ronds. C'est ça la vérité. Alors, si tu vois des mecs qui t'parlent
de la Marne, t'as qu'à leur dire une chose : la Marne, c'est une combine
qu'a rapporté quinze sous aux gars qui l'ont gagnée...

*

La nuit tombe vite, en novembre. Avec l'ombre, le froid était venu
330 et là-bas, aux tranchées, la fusillade s'était éveillée, à l'heure des hiboux.
Nous avions mangé la soupe dans l'écurie, accroupis sur la paille,
d'autres juchés, jambes pendantes, sur les mangeoires.

Les anciens racontaient des histoires compliquées et brutales avec des
« et pis alors » et des « tu t'rappelles », nécessaires à la belle ordonnance
335 d'un récit. Mais les nouveaux, qu'ils voulaient épater, n'écoutaient
plus : ils dormaient à moitié, l'œil vague et le menton bas.

– Il est l'heure de se coucher, les gars, dit Bréval en délaçant ses
chaussures. Les copains ont passé la nuit en chemin de fer.

Chacun passa à sa place avec la docilité des chevaux qui connaissent
340 leur coin. Lemoine hésitait à fouler ce beau tapis de paille fraîche.

– C'est pas malheureux… Du blé qu'a pas été battu…

Soigneusement, comme il faisait toute chose, le petit Belin préparait
son lit. Il étendait d'abord sa toile de tente, puis, en guise d'oreiller, il
enfonçait sa musette sous la paille. Pour avoir chaud aux pieds, il les
345 glissait dans les manches de sa veste, puis il s'enroulait dans sa large
couverture pliée en deux et adroitement, comme un pêcheur lance
l'épervier, il jetait sa capote[1] sur ses jambes. Alors on ne voyait plus
qu'un petit coin de figure satisfaite, par la lucarne du passe-montagne
tricoté : Belin était couché.

350 Demachy l'avait regardé faire, mais pas avec la même admiration
que moi : avec effroi plutôt. Puis il regarda les autres se préparer avec
stupeur, une sorte de terreur grandissante. Au troisième qui commença
à se déchausser, il se redressa sur son coin de paille.

– Mais on ne va pas tout garder fermé ici, s'écria-t-il, on va au moins
355 laisser la porte ouverte ?

Les autres le regardèrent étonnés.

– Non, t'es en chaleur… grogna Fouillard. La porte ouverte, tu veux
donc nous faire crever ?

La pensée de dormir, entassé sur la paille avec ces hommes pas lavés,
360 l'écœurait, l'épouvantait. Il n'osait pas le dire, mais, effrayé, il regardait Fouillard son voisin, qui, ayant déroulé sans hâte ses molletières[2]
boueuses, retirait ses gros souliers.

---

1. Manteau militaire.
2. Bande de tissu qui couvrait le mollet.

– Mais, c'est très malsain, vous savez, insista-t-il ; surtout qu'il y a de la paille fraîche… Cela fermente… Il y a eu des cas d'asphyxie, souvent… Cela s'est vu…

– T'en fais pas pour l'asphyxie.

Les autres étaient prêts à dormir, bien serrés pour se tenir chaud ; Sulphart cherchait à atteindre sa chaussure, pour abattre la bougie qui pleurait sur le bat-flanc[1]. Accablé, le nouveau ne dit plus rien. À genoux devant la mangeoire, comme s'il priait le dieu des bêtes, il se mit à chercher un flacon dans sa musette.

– Gare la casse ! cria Sulphart.

Et son godillot[2] bien lancé emporta la bougie dans le noir…

– Bonne nuit tout le monde.

Demachy, à tâtons, s'enveloppa maladroitement dans sa couverture, et le visage enfoui dans son mouchoir arrosé d'eau de Cologne, il ne bougea plus.

L'odeur se répandit vite dans l'écurie. Le premier, Vairon s'étonna :

– Mais ça pue. Qu'est-ce que c'est que ça ?

– Ça sent le coiffeur.

– C'est du coup qu'on va être asphyxiés, railla Fouillard qui avait compris.

Et se tournant sur le côté gauche, pour ne pas sentir, il ronchonna :

– Il a tout d'la gonzesse[3], ce mec-là…

Le nouveau ne répondit rien. Les autres se taisaient, indifférents. Le sommeil, près de nous, allait s'étendre. Dans le noir, pourtant, des voix bavardaient encore.

---

1. Plancher.
2. Chaussure (argot).
3. Fille (argot).

– Ça fait quinze jours qu'elle ne m'a pas écrit, confiait tout bas Bréval à un copain. Jamais elle n'a été si longtemps... Ça me tourmente, tu sais...

Un des nouveaux interrogeait Vairon, dont je reconnaissais la voix gouapeuse[1].

– Quand vous allez au repos, vous êtes bien reçus ?

– Heu... Ils n'nous foutent pas de coups de fourche, il n'y a rien à dire...

Sulphart, pour s'endormir, injuriait doucement Lemoine qui avait promis de trouver du rhum, et était rentré les mains vides.

– Tu m'apprendras à dénicher les bons coins, face à piler le riz, marmonnait-il. Tu parles d'un œuf... d'une bille.

Le sommeil les emportait, l'un après l'autre, mêlant leurs respirations lentes ou saccadées[2], des soupirs égaux d'enfant et des plaintes de mauvais songe.

Dehors, la nuit aux aguets[3] écoutait la tranchée. Elle était tranquille ce soir-là. On n'entendait ni le sourd ébranlement du canon, ni le sec crépitement de la fusillade. Seule, une mitrailleuse tirait, coup par coup, sans colère ; on eût dit une ménagère lunatique qui battait ses tapis. Autour du village, c'était le lourd silence des campagnes frileuses. Mais soudain, sur la route, un bourdonnement s'éveilla, grossit, roula vers nous, et les murs se mirent à trembler... Les camions.

Ils roulaient pesamment[4], avec un bruit cahotant[5] de ferraille. Que j'aurais voulu m'endormir avec ce roulement familier dans les oreilles

---

1. Aux accents d'un voyou.
2. Aux mouvements brusques.
3. Sur le qui-vive, à l'écoute.
4. D'une manière lourde.
5. Secoué par des soubresauts.

et dans l'esprit ! Les autobus, naguère, passaient ainsi sous mes fenêtres et me tenaient éveillé, tard dans la nuit. Comme je les détestais, en ce temps-là ! Sans rancune, pourtant, ils revenaient me voir dans mon
415 exil. Comme autrefois, ils faisaient tressauter[1] mon demi-sommeil, et je sentais trembler les murs. Ils venaient me bercer.

Est-ce drôle, on n'entend pas leurs durs cahots sur le pavé, ce soir, ni les vitres qui tremblent, ni le passant attardé qui appelle... Leur bruit ne fait plus qu'un ronron dans ma tête qui s'endort... Ils grincent, ils
420 cahotent, ils sont passés... Adieu, Paris...

---

1. Sursauter.

II

À LA SUEUR DE TON FRONT

Un tas de colis devant lui comme un éventaire[1] de camelot[2], le fourrier appelait les lettres en souffrance[3], au milieu d'une cohue de soldats qui jouaient des coudes et s'écrasaient les pieds. C'était à notre porte, entre le lavoir communal, si petit que trois laveuses n'auraient pas tenu sous
5 son auvent, et la maison du notaire, qui portait en sautoir[4] une écharpe rouge de vigne vierge. Grimpés sur le banc de pierre, nous écoutions.

– Duclou Maurice, 1re section.

– Il a été tué à Courcy, cria quelqu'un.

– Vous en êtes sûr ?

10 – Oui, des copains l'ont vu tomber devant l'église… Il avait reçu une balle. Maintenant, hein, je n'y étais pas…

Dans le coin de l'enveloppe, au crayon, le fourrier écrivit : « Tué ».

– Marquette Édouard.

– Il doit être tué aussi, dit une voix.

15 – T'es pas louf[5], protesta un autre… Le soir qu'on dit qu'il s'est fait descendre, il est allé à l'eau avec moi.

– Alors, demanda le fourrier, il serait à l'hôpital. Mais on n'a pas reçu sa fiche.

– À mon idée, il a été évacué par un autre régiment.

20 – Mais non, il était blessé ; les Boches ont dû le ramasser.

---

1. Table où sont exposées les marchandises à vendre.
2. Marchand ambulant.
3. En attente d'être distribuées.
4. Autour du cou, sur la poitrine.
5. Fou (argot).

Roland Dorgelès

– C'est malheureux, c'est toujours ceux qui ont rien vu qui ont le plus de gueule.

Tout le monde parlait à la fois dans un tohu-bohu[1] d'affirmations contradictoires et de démentis insultants. Le fourrier, pressé, les mit 25 d'accord.

– J'm'en fous. Je le porte « disparu »... Brunet André, 13e escouade...

– Présent pour lui.

Les autres, à mi-voix, discutaillaient toujours ; ceux des derniers rangs criaient pour les faire taire, et personne n'entendait plus rien. 30 Bréval écoutait quand même, anxieusement, et quand un nom rappelait le sien, il faisait répéter :

– C'est pas pour moi, des fois ? Caporal Bréval...

Mais ce n'était jamais pour lui, et tournant vers nous son pauvre visage gêné, il expliquait :

35 – Elle écrit si mal, hein, ça n'aurait rien de drôle.

À mesure que le tas diminuait, ses lèvres se pinçaient. La dernière lettre appelée, il s'en alla, le cœur et les mains vides. Au moment d'entrer dans la maison, il se tourna vers nous :

– À propos, Demachy, c'est ton tour de corvée. Tu prendras un sac 40 et tu iras aux distributions...

– De quoi ? Le nouveau aux distributions... Tu te fous de nous !

Et Sulphart indigné quitta son groupe de copains pour s'approcher du caporal.

– Un gars qui débarque, qui croit que les carottes ça pousse chez le 45 fruitier, c'est tout ce que tu trouves pour envoyer aux distribes[2]. Ah ! t'en connais des combines... Si les c... nageaient, t'aurais pas besoin de bateau pour traverser la Seine.

---

1. Tumulte, brouhaha.
2. Distributions de nourriture (abréviation argotique).

– Si tu veux y aller, je ne t'empêche pas, répondit posément Bréval...
– Sûrement que j'irai ! clama Sulphart. J'irai parce que je ne veux pas
que l'escouade bouffe avec les chevaux de bois[1] et que le gars m'a l'air
foutu de choisir un morceau de barbacque[2] comme moi de dire la messe.

Demachy, qui depuis son arrivée était abasourdi par les cris, les
revendications bruyantes et les joies brutales du rouquin, chercha à se
réhabiliter :

– Pardon, je vous assure que je saurai très bien. À la caserne...

Il s'y prenait mal. Le seul mot d'active[3] ou de caserne suffisait à faire
perdre la raison à Sulphart, qui avait passé ses trois ans à défendre fièrement la cause du droit contre des adjudants vindicatifs[4] et des officiers
mal intentionnés, qui envoyaient de préférence les bons soldats coucher
à la salle de police les veilles de permission. La colère l'étrangla.

– La caserne !... Il s'croit encore à la caserne, l'autre crâne
d'alouette... Ça débarque du dépôt et ça veut en remontrer à nous
autres !... Eh bien ! vas-y, aux distributions, tiens, on rigolera... Les
gars de l'escouade sont toujours sûrs de se mettre une belle corde. Moi,
je m'en colle, je m'débrouillerai pour moi.

Et pour bien montrer qu'il n'était plus solidaire d'une escouade
conduite aux abîmes par un caporal incapable, il s'en alla vers l'église,
en sifflotant un petit air.

On faisait l'appel des escouades lorsque Gilbert entra dans la cour
où le fourrier avait fait décharger, à quelques pas de la fosse à purin,
les quartiers de viande frigorifiée, qu'un homme découpait à coups de
hachette, les pommes de terre, le singe[5], un sac crevé d'où s'écoulait le

---

1. N'ait rien à manger (argot).
2. Viande (argot).
3. Armée d'active, qui s'oppose à l'armée de réserve.
4. Haineux.
5. Viande de bœuf en boîte (argot).

riz en mince filet, et les biscuits, que les gosses emportaient dans leur tablier pour faire la pâtée des cochons.

75   Penchés sur le tonneau de vin qu'ils tapotaient pour s'assurer qu'il était bien plein, ceux qui attendaient leur tour discutaient sur le nombre de bidons qui reviendraient à chaque escouade, il y en avait qui criaient déjà que ça ne faisait pas leur compte. On distribua les lentilles, les patates, le café en grains. Surpris, Demachy fit remarquer :

80   – Mais nous n'avons pas de moulin.

Les autres le regardèrent et rirent. Derrière le groupe, quelqu'un vociféra[1] :

– Vous pouvez vous marrer, allez ! V'là le gars qu'on envoie aux distributions pour une escouade...

85   C'était Sulphart, qui était venu là en curieux, rien que pour voir. Embarrassé, son képi plein de sucre, ses poches remplies de café, le fond de son sac gonflé de lentilles, Gilbert s'affolait ne sachant plus où mettre son riz. Comme on riait autour de lui et que le fourrier criait : « Eh bien ! et la mesure, tu ne veux pas la bouffer », il perdit la tête et la

90   vida n'importe où : dans son sac avec les lentilles. Alors Sulphart éclata :

– Ça, c'est plus bath... Visez la gueule du cuistot s'il s'amuse à trier son riz et ses punaises... Non, quelle armée ! Et on parle de chasser les Boches ? Laissez-moi me marrer...

Agacé, le nouveau se retourna, tout rouge :

95   – Fiche-moi la paix, hein ! Tu n'avais qu'à y venir tout seul.

Sulphart, sans s'émouvoir, attendait la suite du partage. Il observait le caporal d'ordinaire qui jetait les morceaux de viande, les uns d'un beau rouge frais, les autres veinés de graisse, sur une toile de tente boueuse.

– On va tirer au sort, dit le cabot.

---

1. Cria avec colère.

giving out rations?

¹⁰⁰ — Non, protestèrent plusieurs escouades, y en a qui truquent… Qu'on partage d'après le nombre d'hommes.

— Nous, à la deuxième, on est quatorze, je veux ce morceau-là.

— Et nous, alors, de la première…

Tous, penchés sur l'étal[1], les mains tendues, se disputaient d'avance ¹⁰⁵ la pâture[2] en braillant sous les regards impassibles du fourrier.

— Vous avez fini de gueuler ? dit-il enfin. Je vais distribuer. Troisième escouade celui-là… Quatrième escouade… Cinquième…

Il n'eut pas le temps d'achever, ni de désigner le quartier du bout de son bâton. Avec un rugissement, Sulphart s'était rué dans le groupe :

¹¹⁰ — Non, braillait-il, j'marche pas… Vous voulez pas qu'on la crève à l'escouade. Ils profitent que c'est un gars qui ne sait pas y faire pour nous englanter[3].

Les autres le huèrent, le fourrier voulut l'écarter, mais déchaîné, agitant les bras, il criait plus fort qu'eux tous.

¹¹⁵ — J'veux pas de ce morceau-là… Je l'dirai au pitaine[4], et au colon[5] s'il le faut… C'est toujours les mêmes qui se dém… J'veux ma part… C'est à la cinquième qu'on est le plus.

— Vous n'êtes que onze…

— C'est pas vrai !… On se plaindra… Y a que des os…

¹²⁰ Il poussait des cris tour à tour aigus et rauques, terrifiants et plaintifs, repoussant les uns, bousculant les autres. Ceux qui étaient déjà servis serraient leur part sur leur cœur, comme les mères de Bethléem devaient tenir leurs enfants la nuit du Massacre. Heureusement, le fourrier lui

---

1. Table où l'on expose les denrées alimentaires à distribuer, éventaire.
2. Nourriture des animaux, pitance.
3. Arnaquer (argot).
4. Capitaine (argot).
5. Colonel (argot).

tendit une tranche, n'importe laquelle, et il se tut aussitôt, rasséréné[1]
125 d'un coup, sa colère inutile puisqu'il était servi. Il se tourna alors vers
Demachy tandis qu'on continuait le partage.

– Tu comprends, lui dit-il amicalement, t'as de l'idée, mais tu
gueules pas assez... Si tu veux être mieux servi que les autres, il faut
gueuler, même sans savoir : c'est l'seul moyen d'avoir ton compte.

130 Gilbert Demachy l'écoutait sans répondre, amusé par ce grand gail-
lard à la barbe hérissée ; son silence attentif plut à Sulphart.

– Comme de juste, c'te bille de Bréval ne t'a pas dit de prendre le seau
ou les bouteillons pour le pinard. Alors, dans quoi que tu veux l'emporter ? Dans tes grolles[2] ? Heureusement que j'y ai pensé. V'là un seau,
135 et j'ai pris un bidon, pour s'il y avait de l'eau-de-vie... Ça ne fait rien,
un cabot qui ne va pas lui-même aux distributions, ça ne se voit qu'à la
cinquième. Il est encore resté à écrire à sa bourgeoise... Peau de fesse[3] !

Sulphart ne daigna pas[4] se mêler de la distribution de boîtes de singe,
denrée qu'il méprisait, mais il cria pourtant : « Il m'en manque une ! »
140 simplement pour montrer qu'il était là.

– Au vin ! dit le fourrier.

Sulphart s'élança le premier et tant que dura la distribution, il ne leva
pas la tête ; à mesure qu'un seau se remplissait, il geignait, poussait de
petits cris, comme si ç'avait été son sang qu'on eût versé.

145 – Assez... Assez... criait-il... Il tient plus que le compte... Voleur !

Mais les autres, qui avaient l'habitude, subissaient les injures et gar-
daient le vin. Son tour vint enfin, et il fit emplir son seau jusqu'au bord,
jurant qu'il était arrivé six nouveaux, que le cabot allait se plaindre,
qu'on s'était déjà « mis la bride » la veille, que le pitaine...

---

1. Apaisé.
2. Chaussures (argot).
3. Insulte.
4. Ne s'abaissa pas.

¹⁵⁰ — Tiens, et fous le camp, lui dit le fourrier exaspéré en lui versant un dernier quart. Ah ! quel métier…

Content de lui, Sulphart s'en revint en triomphateur son seau d'une main et le sac sur l'épaule. Ils traversèrent le village, où flânaient les soldats désœuvrés[1] en quête d'un débit, et, tout en cheminant il chercha ¹⁵⁵ à inculquer[2] au nouveau les premiers principes d'astuce et de mauvaise foi nécessaires à un militaire en campagne.

— Chacun pour soi, tu comprends. J'aime mieux boire le pinard des autres, que ça soye les autres qui boivent le mien… C'est jamais que les plus honteux qui perdent.

¹⁶⁰ Arrêté dans un coin où il ne passait personne, il puisa avec son quart dans le seau et le tendit à Gilbert.

— Tiens, lui dit-il, bois ça, tu y as droit.

Il avait en effet composé dans son esprit, et à son usage seulement, un petit traité des droits et des devoirs du soldat où il était admis de ¹⁶⁵ bon accord que l'homme de corvée avait droit à un quart de vin comme récompense. Il en but un aussi, puisqu'il aidait l'homme de corvée, et repartit plus léger. Tout en marchant, il racontait des histoires à Gilbert, lui parlant à la fois de sa femme qui était couturière, de la bataille de Guise, de l'usine où il avait travaillé à Paris, et de l'adjudant Morache, ¹⁷⁰ un rempilé[3], notre bête noire[4]. Quand ils arrivèrent au cantonnement, il déposa son seau, jurant qu'il n'avait même pas goûté le vin et offrant comme preuve de faire sentir son haleine, puis il se rapprocha de Demachy, pour qui il lui venait de la sympathie.

---

1. Inactifs, sans occupation.
2. Faire apprendre.
3. Militaire réengagé pour les besoins de la guerre.
4. Personne déplaisante, que l'on déteste.

— Si j'avais été aux sous comme toi, lui dit-il, et que j'aie eu ton
175 instruction, j'te jure qu'ils ne m'auraient pas vu venir au rif[1] comme
ça. J'aurais demandé à suivre les cours d'officier, je serais allé passer
quelques mois au camp et on m'aurait nommé sous-lieutenant au
milieu de 1915. Et à ce moment-là, la guerre sera finie... À mon idée,
t'as pas su nager.

---

1. Au front.

III

LE FANION ROUGE

Depuis le petit jour, le régiment aunait[1] la route de son long ruban bleu. C'était une grosse rumeur de piétinement, de voix et de rires qui avançait dans la poussière. Inlassablement, les camarades, coude à coude, se racontaient de ces histoires rebattues de régiment, toutes pareilles, qu'on croirait
5 arrivées dans la même caserne. On se querellait, de rang à rang ; on vidait, à la régalade[2], les bidons remplis à la pause, et on interpellait au passage le cantonnier[3] sur le bord de la route, le paysan dans sa vigne, la femme qui rentrait des champs. Parfois, on croisait un gendarme.

    – Hé, gars… C'est pas par là les tranchées.

10 Personne ne pensait à la guerre. Cela sentait l'insouciance et la rigolade. Il ne faisait pas trop chaud, le pays était gai, et l'on regardait les choses avec des yeux amusés de soldats aux manœuvres[4].

Le visage luisant de Bouffioux portait des traces noires : la marque de ses doigts et des rigoles de sueur descendant du képi. Il s'était mis à côté
15 de Hamel pour parler du Havre. Ils fraternisaient sur des noms de rues et de bistrots et, pour la centième fois, ils s'étonnaient de ne pas s'être connus dans le civil.

    – T'as pourtant une grosse face qu'on reconnaît, répétait chaque fois Hamel.

---

1. Mesurait (ou ici, servait de mesure à la route).
2. La tête renversée, en laissant couler la boisson sans contact des lèvres avec le bidon.
3. Ouvrier chargé de l'entretien des routes.
4. Exécutant l'entraînement militaire.

20   Solide, il avançait à larges enjambées, le gros Bouffioux, au contraire, allait à petits pas pressés, et Fouillard, qui marchait derrière lui, son fichu[1] sale noué autour du cou, n'arrêtait pas de grogner...

    – Vas-tu marcher droit, gros jeton... Si seulement il me prenait mon plat... Pourquoi que tu ne le portes jamais, d'abord ? T'es bien

25   content de becqueter[2]... Rien qu'un bout de bois il ne l'apporterait pas, ce cochon-là... Tu viendras en chercher de la soupe, ce soir... On se marrera...

    La graisse heureuse du marchand de chevaux était une de ses haines : Bouffioux était gras, lui maigre ; il était aisé, lui pauvre ; il restait

30   à l'arrière, lui montait aux tranchées.

    – Pas étonnant qu'il ait une face comme des fesses, avec tout ce qu'il bouffe... Les copains n'en goûtent pas souvent de ses colis. Il profite qu'on est aux tranchées pour se la taper en Suisse[3]. Mais ça durera pas ; ça fait assez longtemps qu'il s'embusque[4], il faudra qu'il y monte aux

35   tranchées...

    Bouffioux se laissait injurier, mais n'y montait pas. Depuis la guerre, il avait fait tous les métiers ; un seul lui répugnait vraiment : le nôtre. Il était prêt à n'importe quoi pour ne pas prendre les tranchées. Il ne s'était battu qu'une fois, à Charleroi, et il en avait conservé une telle terreur

40   qu'il n'avait plus qu'une idée : se planquer. Il y parvenait en employant autant de ruses que naguère, à la foire, pour vendre un cheval rogneux[5]. Tous les filons, il les avait usés. Il avait fait la retraite comme cycliste du trésorier, sachant tout juste se tenir en selle et courant sans répit sur le

---

1. Foulard triangulaire pour se couvrir la tête.
2. Manger (argot).
3. Bien manger sans partager (argot).
4. Se cache.
5. Difficile à dresser, furieux.

flanc de la colonne, son vélo crevé à la main. La Marne, il l'avait gagnée
45 comme téléphoniste à la brigade. Depuis on l'avait connu bûcheron,
aide-vaguemestre, armurier, convoyeur du ravitaillement, cordonnier. Il
s'offrait pour toutes les besognes, effrontément, et se cramponnait à la
place usurpée, jusqu'à ce qu'on l'en chassât. Avait-on besoin d'un secrétaire qui sût tout juste lire, d'un menuisier n'ayant jamais tenu un rabot,
50 d'un tailleur ne sachant pas coudre : il était là. On aurait demandé un
aumônier pour la division qu'il eût crié : « Présent ! » Il ne voulait pas
se battre, c'était tout, et la peur lui donnait toutes les audaces. Pour le
moment, il payait à boire à tous les caporaux du train de combat et
partageait ses colis avec le sergent muletier des mitrailleurs, qui lui pro-
55 mettait de le faire affecter à l'échelon. Mais le capitaine ne voulait pas
lui laisser quitter la compagnie et Bouffioux pliait une nuque songeuse
sous les menaces de Fouillard.

– Pourquoi que tu serais plus que les autres, gros tas ! T'y monteras,
j'te dis…
60 Fouillard, très fier d'avoir fait Montmirail à quatre pattes dans un
fossé et orgueilleux de son titre d'ancien, détestait également Demachy,
qui avait trop d'argent et des façons de monsieur. Alors, quand il était
fatigué d'injurier le dos placide[1] de Bouffioux, il regardait le nouveau, et
la ride de crasse qui lui coupait la joue se creusait pour sourire.
65 – Vise-le, s'il en bave, ricanait-il.

Gilbert allait le cou tendu, les pouces passés sous les courroies, le pas
traînant. De pause en pause, son sac était plus lourd. Il l'avait pourtant
bouclé gaiement, au départ. Il avait ressenti une allégresse sportive sous
ce fardeau bien arrimé. Les jarrets dispos, il aurait voulu chanter, partir
70 au pas accéléré, la clique en tête.

---

1. Indifférent.

Mais au bout d'une heure, le sac était déjà lourd. Au lieu de le pousser comme au départ, il se faisait pesant, et semblait le retenir, le tirer en arrière, par les deux courroies. Il rejetait bien son fardeau d'un coup d'épaule, tous les cent pas, mais le sac reglissait vite, encore plus pesant.

75 Son pied meurtri s'était rouvert, ses genoux secs s'ankylosaient[1], et, maintenant, le sac de plomb jouait avec lui, le faisait tituber comme un homme saoul. Pour la première fois, on l'avait entendu jurer, dire des gros mots, d'une petite voix rageuse qui ne savait pas. Le buste en avant, peinant comme s'il avait dû traîner la route, il haletait sous son carcan :

80 — Je fous tout en l'air à la pause, et leur saleté de biscuits…

À chaque halte, il faisait son inventaire sur le talus et se délestait de quelque chose – des ampoules de pharmacie, un filtre portatif, une boîte de poudre de viande – un tas d'objets saugrenus que les camarades se disputaient sauvagement sans savoir au juste ce qu'ils en feraient. Sulphart

85 lui portait la moitié de sa charge, son bouteillon, sa musette blanche pleine à crever, et quand l'étape tirait à sa fin, il lui prenait même son fusil, dont la bretelle lui sciait l'épaule. Mais le peu qu'il devait porter était encore trop lourd et à chaque halte il croyait qu'il n'irait pas plus loin. Quand le coup de sifflet commandait : « Aux faisceaux ! » il aurait

90 voulu ne pas entendre, ou bien qu'on eût pitié de lui et qu'on le laissât là une heure, tout seul, laisser son talon se cicatriser et s'apaiser la fièvre de ses tempes battantes. Pourtant, il se relevait comme les autres et repartait en boitillant, plus perclus[2], une souffrance à chaque pas. Le sac dégarni n'était pas moins lourd et les bornes indifférentes ajoutaient

95 sans cesse de nouveaux kilomètres à l'étape déjà longue.

Peu à peu, la rumeur de la troupe en marche s'apaisait. On sentait

---

1. S'engourdissaient.
2. Paralysé.

la fatigue : « La pause ! La pause ! » criait-on en se cachant. Des éclopés sortaient du rang et se déchaussaient, assis au pied du talus. Sur le bord de la route, Barbaroux, le major à quatre galons, donnait une consulta-100 tion, maintenant des rênes et du genou son cheval qui piaffait. Devant lui, tout gauche, un homme se tenait au garde-à-vous.

– Tais-toi ! criait le major, les veines des tempes gonflées. Tu marcheras comme les autres... Je suis commandant, tu entends, commandant ! Qu'est-ce que tu me dois ?
105 Le biffin hébété le regardait.

– Mais je ne sais pas... Je ne vous dois rien, m'sieur le major.

– Tu me dois le respect, hurlait Barbaroux sautant sur sa selle... Tiens-toi droit... Tends la main, je t'ordonne de tendre la main... Naturellement sa main tremble... Tous alcooliques, fils d'alcooliques...
110 Eh bien, fiche-moi le camp, les autres marchent, tu marcheras... Et que je ne te voie pas traîner derrière ou gare le tourniquet !

À la halte, étendus derrière la ligne des faisceaux, les hommes se délassaient. Les nouveaux – le corps moins endurci – ne débouclaient même plus leur sac ; ils se couchaient sur le dos, le barda remonté sous
115 la tête, comme un dur oreiller, et sentaient frémir la fatigue dans leurs jambes endolories.

– Sac au dos !

On repartait en clopinant. On ne riait plus, on parlait moins fort. Le régiment qui tout à l'heure emplissait la route poudreuse jusqu'au dos des
120 coteaux, se perdait dans une buée légère. Bientôt on ne vit plus la tête du bataillon ; puis la compagnie elle-même ondula dans la brume. Le soir allait venir, on entrait dans du rêve. Les villages se reposaient, la journée terminée, et leur haleine agreste[1] de bois brûlé montait des toits pointus.

---

1. Campagnarde, champêtre.

On s'était battu en septembre dans ce pays, et, tout le long de la
125 route, les croix au garde-à-vous s'alignaient, pour nous voir défiler.

Près d'un ruisseau, tout un cimetière était groupé ; sur chaque croix
flottait un petit drapeau, de ces drapeaux d'enfant qu'on achète au
bazar, et cela tout claquant donnait à ce champ de morts un air joyeux
d'escadre en fête.

130 Sur le bord des fossés, leur file s'allongeait, croix de hasard, faites
avec deux planches ou deux bâtons croisés. Parfois toute une section
de morts sans nom, avec une seule croix pour les garder tous. « Soldats
français tués au champ d'honneur », épelait le régiment. Autour des
fermes, au milieu des champs, on en voyait partout : un régiment entier
135 avait dû tomber là. Du haut du talus encore vert, ils nous regardaient
passer, et l'on eût dit que leurs croix se penchaient, pour choisir dans
nos rangs ceux qui, demain, les rejoindraient.

Pourtant, elles n'étaient pas tristes, ces premières tombes de la guerre.
Rangées en jardins verdoyants, encadrées de feuillage et couronnées
140 de lierre, elles se donnaient encore des airs de charmille pour rassurer
les copains qui partaient. Puis, à l'écart, dans un champ nu, une croix
noire, toute seule, avec un calot gris.

– Un Boche ! cria quelqu'un.

Et tous les nouveaux se bousculèrent pour regarder : c'était le premier
145 qu'ils voyaient.

*

Dans un bourdonnement assourdi de voix étouffées, de cliquetis[1] et
de pas fourbus, la compagnie entra dans le village noyé d'ombre. Pas

---

1. Petits bruits d'objets métalliques qui s'entrechoquent.

bien loin, les fusées barraient la nuit d'un long boulevard de clarté,
et, par instants, cela s'égayait de lueurs rouges ou vertes, vite éteintes,
150 pareilles à des enseignes lumineuses.

Ce ciel de guerre faisait penser à une nuit populaire de quatorze
juillet. Rien de tragique. Seul, le vaste silence.

Au milieu de la grande rue, une ferme qui brûlait mettait au-dessus
des toits démantelés un rouge brutal de fête foraine, et l'on était tout
155 surpris de ne pas entendre les orgues. Des lapins enflammés traversèrent
les rangs, comme de petites torches vivantes. Puis, entre deux murs près
de crouler, on vit courir, dans la buée rouge de l'incendie, des ombres
muettes qui portaient des seaux.

– Pressons, pressons, répétaient les officiers, ils vont encore tirer.

160 Tombées l'une vers l'autre, les maisons blessées mêlaient leurs ruines
et l'on trébuchait sur les gravats. De loin en loin, une façade abattue
tout entière barrait la rue. On franchissait en sacrant[1] cet amas de pierraille, et la compagnie disloquée se reformait en trottinant.

Au bout du pays, un gosse qu'on voyait mal dans le noir cherchait
165 des débris d'on ne sait quoi dans les ruines de sa maison. Il leva le nez,
nous regarda passer sans rien dire et salua gravement l'officier, sa petite
patte blanche de plâtre portée à sa tignasse.

– Petite vache, grommela Sulphart… Qu'est-ce que ça fout dehors
au moment d'une relève, ces poux-là, faut pas le demander… Et vise-
170 moi toutes ces lumières qui font des signaux. Tu peux être sûr que les
Boches savent qu'on est là.

Une vieille femme passa, d'une cour à l'autre, cachant sa lanterne
sous son tablier, pour l'aveugler et l'abriter du vent. On eût dit qu'elle
emportait une étoile dans son giron[2].

---

1. En disant des jurons.
2. Partie du corps qui s'étend des genoux à la taille.

175 – Encore une... Hé ! la vieille... La lanterne ! cria Sulphart.
Maroux, qui se disait braconnier, grogna avec lui : il voyait des
espions partout, celui-là. La moindre lumière lui semblait suspecte, et il
imaginait on ne sait quel code mystérieux et compliqué de signaux nocturnes entre les paysans allumant leur chandelle et l'état-major ennemi.
180 Harassé, tendant le cou comme un cheval qui monte une côte,
Demachy suivait le braconnier. Quand la file s'arrêtait, il allait buter
dans son sac, et attendait, engourdi, que ça reparte. Sa fatigue même
avait disparu : il était une chose exténuée, sans volonté, qu'on pousse.
Les yeux tournés vers les premières lignes, il cherchait cependant à voir
185 les fusées, entre deux murs. C'était pour lui une déception, cette première vision de la guerre. Il aurait voulu être ému, éprouver quelque
chose, et il regardait obstinément vers les tranchées, pour se donner une
émotion, pour frissonner un peu.
Mais, il se répétait : « C'est la guerre... Je vois la guerre » sans par-
190 venir à s'émouvoir. Il ne ressentait rien, qu'un peu de surprise. Cela
lui semblait tout drôle et déplacé, cette féerie électrique au milieu des
champs muets. Les quelques coups de fusil qui claquaient avaient un air
inoffensif. Même ce village dévasté ne le troublait pas : cela ressemblait
trop à un décor. C'était trop ce qu'on pouvait imaginer. Il eût fallu des
195 cris, du tumulte, une fusillade, pour animer tout cela, donner une âme
aux choses : mais cette nuit, ce grand silence, ce n'était pas la guerre...
Et c'était bien elle pourtant : une rude et triste veille plutôt qu'une
bataille.
La rue s'arrêtait brusquement, coupée par une barricade faite de
200 herses et de tonneaux. Il fallait la franchir un par un, en se glissant sous
un timon[1] qui accrochait les sacs.

---

1. Pièce de bois d'une charrue.

– Silence... Rassemblement dans le champ à gauche.

Le groupe immobile des soldats faisait dans l'ombre comme une vigne noire, avec tous les fusils dressés. Seul, un point rouge de cigarette piquait la nuit. On le voyait monter aux lèvres, se raviver, puis redescendre lentement.

– Eh ! l'autre salaud qui va nous faire repérer, grogna quelqu'un... Ça ferait tuer les copains pour une cibiche[1], ces enfifrés-là.

Ayant débouclé son sac, Gilbert s'était couché. La terre des champs était molle et froide, encore humide des pluies récentes, et cela lui gelait les jambes, à travers la capote mince. Son sac sous la tête, les mains glissées dans les manches, il reposait les yeux pleins de ciel. La meurtrissure des deux courroies lui chauffait maintenant les épaules d'une bonne brûlure, et sa fatigue s'écoulait par tous ses membres lâches.

Dans le village, de l'autre côté de la barricade, une compagnie empilée se bousculait pour les distributions. On entendait les ordres, les disputes, tout un tohu-bohu de jour de marché. Une voix pointue criait :

– Faut qu'ils soient saouls... À l'escouade, on a touché trois fois du sucre et rien à bouffer...

D'autres s'appelaient : « Par ici la corvée d'eau... Les chefs d'escouade au vin. »

Puis c'étaient des mitrailleurs qui braillaient, leurs mulets pris dans la cohue. Un chef, pour rétablir le calme, hurlait : « Silence ! Moins de bruit, nom de Dieu ! » Toute cette rumeur réveilla Gilbert engourdi. Il s'accouda.

– Les Boches sont encore loin d'ici ? demanda-t-il.

– Non, de l'autre côté de la route, lui répondit Sulphart, couché près de lui dans l'herbe humide. Tu vas voir qu'à force d'entendre ce

---

1. Cigarette (argot).

boucan-là, les Boches vont se mettre à tirer dans le tas… Je donnerais
230 vingt ronds pour que tous ces c…-là se fassent bigorner[1]… Mais écoute-
les gueuler !…

Lui ne criait plus. Sa voix de braillard s'était prudemment assourdie ;
il avait même rentré sa pipe, et avançait le dos courbé. Ces précautions
étonnèrent Gilbert.

235 — Il n'y a pas de danger ici ? demanda-t-il.

— Non, au contraire. Écoute.

Des petits sifflements mélodieux rayaient la nuit, prolongés, comme
une guitare qu'on pince.

— Tu entends ? C'est des balles.

240 Gilbert écouta, amusé. Cela lui plaisait que les balles eussent ce joli
son de guêpe. Et il ne pensa même pas que cela pouvait tuer. À un
commandement transmis, tout bas, de bouche en bouche, la compagnie
se redressa dans un long cliquetis.

— Ligne d'escouade à cinq pas… Arme à la main… Pas de bruit…

245 En longue file zigzagante, la troupe descendit vers la grand-route
dont on apercevait la ligne d'arbres, en contrebas. On n'avait pas encore
creusé de boyaux pour y descendre.

Les betteraves aux hautes fanes[2] et l'herbe folle des champs incultes
trempaient les jambes jusqu'aux genoux et tendaient des collets aux
250 pieds pesants. On ne voyait rien. Le monde s'arrêtait à quelques pas,
la terre noire et le ciel sombre confondus. À peine devinait-on les
silhouettes penchées des camarades. Parfois, un homme trébuchait et
s'abattait de tout son long, dans un affreux tintamarre de gamelle, de
quart et de bidon. Alors, sur toute la file, des rires étouffés couraient.

---

1. Tuer (argot).
2. Feuilles de la betterave.

255   Soudain Gilbert entendit comme un souffle rapide qui s'enflait et au
même instant, il vit la longue file d'hommes s'abattre d'un seul coup.
Il fit comme eux. Un éclair éclata avec un terrible fracas de cuivre et de
ferraille. Les éclats, en jurant, vinrent fouetter le sol, et l'âcre fumée se
rabattit.

260   Gilbert à genoux, le cœur dansant, respira une large goulée de son
premier obus.

« Cela sent bon », pensa-t-il.

Déjà les autres se relevaient et repartaient plus vite, presque courant. Rejetant le bidon qui lui battait les cuisses, il suivit Lemoine qui
265   traînait, au bout d'une corde, un malheureux chien, arc-bouté sur ses
quatre pattes raides.

– Halte ! firent passer des voix assourdies.

La tranchée était creusée juste devant la route. Trois fils de fer la pro-
tégeaient, comme une pelouse de square. Sous nos pieds, ronchonnaient
270   des soldats invisibles qui mettaient sac au dos.

– Ils ne se sont rien cassé, pour faire la relève, grognaient-ils.
Sûrement qu'on leur rendra leur vacherie.

Et sur cette bienvenue, les camarades s'en allèrent.

*

Un joli soleil pâle de la Saint-Martin. Sur le ciel d'un bleu tendre, les
275   nuages étaient pareils à des flocons de shrapnells[1]. Un émouchet[2] et un
corbeau se poursuivaient à coups de bec, sauvagement. On entendait
chanter une alouette, qui bougeait à peine. C'était dimanche.

---

1. Obus qui libèrent en explosant de multiples projectiles.
2. Petit rapace proche de l'épervier.

Par-dessus les sacs à terre, on pouvait voir les tranchées allemandes :
deux lianes minces, l'une de terre brune, l'autre de marne[1] blanche. Les
280 champs dévastés avaient des airs de terrain vague, avec leurs meules en
ruine et leurs javelles[2] culbutées. Sur le bord d'un chemin, une fau-
cheuse abandonnée dressait ses longs bras désœuvrés.

La tranchée flânait. On se promenait dans les boyaux comme dans
les rues d'une petite ville dont chaque coin vous est familier et l'on fai-
285 sait la causette, à l'entrée des gourbis[3].

Sous leurs abris, les camarades bricolaient. Le petit Belin mettait le
sien à sa mesure, taillant un trou pour sa bougie, un deuxième pour son
quart, et un autre, plus grand, pour y glisser ses pieds. Bréval écrivait
à sa femme et Broucke dormait, son seul plaisir entre deux soupes.

290 Fouillard accroupi finissait une boîte de singe, qu'il prenait par
grosses bouchées entre son couteau verdi et son pouce terreux. Gilbert le
regardait de côté. Il n'aimait pas cet être chétif et sale ; tout le dégoûtait,
sa voix, ses yeux rouges et jusqu'à son éternel fichu de laine, dont pendaient les pompons crasseux. Ils couchaient tous les deux dans le même
295 trou, serrés, reins contre reins, et c'est surtout pour cela qu'il l'exécrait.

Pourtant, le nouveau s'était accoutumé assez vite à notre vie brutale.
Il savait à présent laver son assiette avec une poignée d'herbe, il commençait à boire notre pinard avec plaisir, et n'avait plus honte de faire
ses besoins devant les autres.

300 – Tu te fais, gars, tu te fais, constatait Bréval avec satisfaction.

Vautré sur la paille pourrie de sa niche, Sulphart somnolait, ne laissant couler qu'une mince bande de lumière dans ses yeux mi-clos. Il
tirait de lentes bouffées de sa pipe au tuyau mâchonné et rêvassait à la

---

1. Calcaire.
2. Fagots de céréales.
3. Baraque, cabane.

305 foire Saint-Romain, avec ses bals, ses manèges, ses loteries, ses tirs, toute
une joie pétaradante sentant les frites et le gros vin.

N'ayant pas de veille à prendre, ils s'étendaient l'un après l'autre,
fatigués de la longue nuit passée à charrier des tôles ondulées. Vairon
grognait dans un demi-sommeil, le ronflement de Lemoine l'empê-
chant de dormir. Ceux qui n'avaient pas de tanière s'étaient couchés
310 dans la tranchée, enroulés dans leur couverture. Dans un trou, des voix
piailleuses de manilleurs[1]. Tous les autres s'assoupissaient.

Brusquement, une rafale d'explosions les secoua. Ce fut une seconde
d'affolement. Ils se levaient, sortaient des trous, se bousculaient pour
prendre leurs fusils, tout de suite hébétés par le tonnerre assourdissant
315 de l'artillerie subitement déchaîné.

Au même signal, sur toute la ligne, nos pièces s'étaient mises à
tirer, et dans ce déchirant fracas, on n'entendait même plus les obus
rayer l'air. Nous nous étions précipités aux créneaux, fouillant déjà la
cartouchière.

320 Au bout du terrain vague qui séparait les deux réseaux, juste sur
la ligne allemande dont on apercevait encore le lacet sinueux dans la
fumée, les obus tapaient à coups furieux, faisant voler des morceaux
de tranchée blanche, comme des copeaux sous un rabot de menuisier.

Énervés, nous courions de droite à gauche, on s'appelait, on se ren-
325 seignait l'un l'autre, sans rien savoir.

– C'est les Boches qui attaquent… C'est un barrage…

– Non, c'est pour faire sauter leurs mitrailleuses.

– Il paraît que le troisième bataillon va sortir pour enlever le bois…

Chaque obus soulevait une longue gerbe de terre dans un nuage de
330 fumée ; ceux qui tombaient sur le bois déracinaient des arbres entiers et

---

1. Joueurs de manille, un jeu de cartes.

les jetaient dans le taillis, tout droits, intacts, comme de gros bouquets.
Un agent de liaison passa vite, en nous bousculant.

– Tout le monde dans les gourbis ! C'est un tir d'une demi-heure, ils
vont peut-être répondre.

335   Personne ne rentra. Toute la tranchée massée regardait le spectacle,
et comme l'artillerie allemande ne répondait pas, les plus prudents
devenaient braves. Fouillard s'était même assis sur le parapet, pour n'en
rien perdre.

Quand une salve bien pointée donnait sur la tranchée ses quatre
340 coups de pic, arrachant une gerbe de terre, de pierres et de madriers[1],
un cri d'admiration montait, une clameur ravie de feu d'artifice. Dans
le vacarme, on n'entendait plus que ce rire heureux, ce rire honnête,
comme si nous avions jugé l'effet de balles à massacre, sur les têtes de
bois d'une noce villageoise. Parfois un cri dominait le tumulte.

345   – Visez, les gars, un poilu qui saute, hurlait Vairon avec des gestes
désarticulés.

– T'as des visions, ripostait Lemoine, jaloux de n'avoir rien vu, c'est
un rondin.

– De quoi ! Je te dis que c'est un Boche, même qu'il avait les panards[2]
350 en l'air.

Puis, un gros noir[3] arrivait, haletant, comme un rapide entrant en
gare, et tous les yeux braqués guettaient l'endroit où il allait tomber.
C'était alors un énorme geyser noir qui jaillissait, zébré de feu, puis on
entendait tonner le coup.

355   – Ah, le bath ! criait la tranchée.

---

1. Poutres, pièces de bois.
2. Pieds (argot).
3. Gros obus.

Le bois bombardé fumait comme une usine. Gesticulant dans la cohue, Sulphart braillait sa joie.

– Qui n'a pas gagné va gagner ! C'est à la chance et à l'idée du joueur... Allons, pressons-nous, qui n'a pas sa plaque, six pour deux
360 sous.

Il agitait d'une main des numéros imaginaires, comme un marchand forain, et ses beuglements couvraient le vacarme. Avec un affreux craquement d'os broyés, d'autres éclataient encore, arrachant les fils de fer ainsi que des rubans.

365 – Boum ! Le monsieur a gagné un superbe poulet d'Inde. Allons, au suivant ! Risquons-nous. Au petit bonheur la chance...

Un coup tonna plus sourd, en plein dans la tranchée, arrachant une grosse gerbe de terre et de rondins.

– C'te fois, ça y est, cria Vairon, qui tenait à son idée. J'ai vu sauter
370 le poilu. Il est retombé sur le talus.

Les autres, qui n'avaient encore rien vu, guettaient anxieusement le prochain coup, le regard fixe. Demachy, étrangement fébrile, les poings serrés, chantonnait un air, pour montrer qu'il n'avait pas peur. Les oreilles s'habituent vite à ce roulant fracas. On les reconnaît tous, rien
375 qu'à leur voix : le soixante-quinze[1] qui claque rageur, file en miaulant et passe si vite qu'on le voit éclater quand on entend le départ ; le cent vingt[2] essoufflé qu'on croirait trop las pour achever sa course ; le cent cinquante-cinq[3] qui semble patiner sur des rails et les gros noirs, qui passent très haut, avec un bruit tranquille d'eau qu'on agite. Le vent,
380 en dénouant les tourbillons épais, apportait jusqu'à nous une haleine

---

1. Type d'obus, explosif.
2. Type d'obus, incendiaire.
3. Type d'obus, court, à tir rapide.

de soufre, une forte odeur de poudre. Gilbert la respirait, à s'en saouler. Parfois, on entendait bien l'obus siffler, mais, cinq, dix secondes s'écoulaient, et il n'éclatait pas, tombé on ne sait où. Un murmure de déception s'élevait, un grognement de badauds trompés.

385   – Il a foiré…

Son quart à l'oreille comme un récepteur, le petit Belin jouait à l'artilleur.

– 4 800 mètres… Explosif… Tambour trois… Feu des deux pièces…

Le tir, d'abord bloqué devant le bois, s'était élargi sur toute la ligne
390   ennemie et les panaches noirs et verts la bordaient à présent tout entière, comme une infernale allée d'arbres. Soudain, on crut voir des calots[1] gris passer.

– Les Boches qui se barrent ! cria Vairon.

On se bouscula, on grimpa sur les sacs.

395   – Là, où ça vient de tomber.

Et les doigts désignaient l'endroit sous un dais[2] vert haché d'éclairs. Tous les soldats des derniers renforts tendaient le cou, dressés sur le bout carré de leurs godillots.

– Je vais faire un carton, dit Vairon, en chargeant son fusil.

400   Il épaula, visa à peine, lâcha le coup… Encore abasourdi par la détonation, il entendit le cri furieux de l'adjudant Morache, qui arrivait sur lui en gesticulant, brandissant son bâton comme s'il allait le battre.

– Qui est-ce qui a tiré ?… Je veux savoir qui a tiré… C'est vous ? Vous serez puni.

405   Son visage maigre tout crispé, il glapissait sous le nez de Vairon interdit.

---

1. Bérets.
2. Feuillages ou branchages formant comme un baldaquin.

– Alors, c'est défendu de tuer les Boches, maintenant, riposta l'autre mollement... En trois mois, c'est la première fois que je tire...

– Taisez-vous, je vous défends de discuter.

410   Vairon, devenu blême, baissa sa tête volontaire de grand voyou et déchargea son lebel[1], serrant les dents sur sa colère.

– C'est bon, murmura-t-il tout de même, on ne vous les tuera pas, vos Boches... Mais alors je me demande ce qu'on fout ici...

– Comment ? Qu'est-ce que vous dites ? cria Morache à se casser la
415   voix. Je vais prévenir le capitaine.

Vairon se tut. Il s'éloigna, traînant son fusil comme un gourdin inutile. Puis, pour punir ses chefs, il se désintéressa ostensiblement du bombardement et alla s'étendre dans son trou. Il sortit sa blague et roula une cigarette, d'une main qui tremblait encore. Une série de détona-
420   tions cuivrées lui fit lever le nez, en connaisseur.

– Des fusants[2], murmura-t-il.

Le cri d'admiration de la tranchée lui fit regretter de ne les avoir pas vus, mais il avait sa dignité d'homme : il ne se releva pas. À ce moment, nette et sèche dans le fracas, on entendit taper une mitrailleuse alle-
425   mande. Ce fut plus fort que lui : il bondit au créneau.

Nous nous étions arrêtés de crier, étonnés, un peu inquiets. La mitrailleuse tirait toujours, exaspérante, semblant enfoncer des clous. Et brusquement nous vîmes sur qui elle tirait.

– Des poilus qui sortent !... On attaque de l'autre côté du ruisseau...
430   Tout le monde avait crié ensemble, puis aussitôt, on s'était tu, anxieux, cloués. Une compagnie venait de sortir des tranchées, sur notre gauche, et, en tirailleurs, sans sacs, à la baïonnette, les soldats couraient

---

1. Fusil français.
2. Obus qui explosent en l'air.

dans les champs nus. Le régiment voisin tentait un coup de main et c'étaient eux que cherchait la maxim[1] au tap-tap régulier de machine
435 à coudre. Le tir, s'étant fixé, parut faire dans la ligne d'hommes un large accroc.

– Ils sont fauchés.

– Non, ils se planquent…

Les soldats redressés couraient, se couchaient, repartaient, mais
440 malgré le barrage qui pilait leur ligne, les Allemands s'étaient mis à tirer, et l'on voyait dans le grand terrain vague, tournoyer, culbuter des hommes. Il y en avait qui, couchés, s'agitaient encore, se traînaient vers les trous d'obus. D'autres, tombés lourdement en paquet, ne bougeaient plus. La fusillade crépitait, plus serrée, mais ce qui restait de
445 la compagnie fonçait quand même, les soldats dispersés se regroupant à mesure qu'ils approchaient de la tranchée comme s'ils avaient craint de l'aborder seuls. Sur cette troupe massée, la mitrailleuse bloqua son tir, et, presque d'un coup, les hommes s'abattirent.

Un seul cri douloureux jaillit de nous. Puis des jurons, de la colère,
450 de la détresse.

– Mais non, ils s'sont cor planqués, cria Broucke.

– Oui, dit Demachy, qui avait pris sa jumelle et regardait, angoissé… Il en reste. Ils sont dans les trous d'obus. Les fils de fer les ont arrêtés…

Nous nous bousculions derrière lui, tendant la main.
455 – Passe-moi ta jumelle, dis… Passe-la-moi…

En regardant bien, malgré la fumée, on les voyait encore, petits, serrés, éparpillés dans les trous. Mais, brusquement un nuage de fumée les cacha : notre artillerie reprenait son tir et se mettait à taillader, trop tard, la large haie de barbelé.
460 – Nom de Dieu ! hurla Hamel, mais ils leur tirent dessus !

---

1. Mitrailleuse auto-alimentée.

Une salve jeta ses cinq coups terribles autour de la vivante épave, puis les shrapnells claquèrent au-dessus d'eux. L'artillerie aveugle s'acharnait sur ce coin-là.

  — Mais il faut prévenir... Il faut arrêter le feu, criait Demachy
465 livide...

  Le capitaine passa en courant.

  — Ils ne voient donc pas !... Un homme de liaison... Vite au téléphone.

  Cela tombait toujours, hersant la terre. Entre deux salves, on vit
470 quelque chose s'agiter dans les trous d'obus, une forme se relever, un des survivants avait dénoué sa ceinture de flanelle, une large ceinture rouge, et, agenouillé sur le bord de son trou, à trente pas des Allemands, il agitait son fanion[1], le bras levé très haut.

  — Rouge ! Il demande qu'on allonge le tir, cria la tranchée.

475   Secs, tragiques, des coups de mauser[2] claquèrent. Le soldat s'était recouché, touché peut-être... Des obus piochèrent encore le point maudit, arrachant un tourbillon de terre dans la fumée lourde. Anxieux, nous attendions que le nuage s'écartât...

  Non, il n'était pas mort. L'homme se redressait et levant le bras très
480 haut, il agitait sa ceinture d'un grand geste rouge. Encore une fois les Boches tirèrent. Le soldat retomba...

  On hurlait...

  — Salauds ! Salauds !

  — Il faut attaquer, criait Gilbert hagard.

485   Entre deux bordées de tonnerre, le soldat se relevait toujours, son fanion au poing, et les balles ne le faisaient coucher qu'un instant. « Rouge ! Rouge ! » répétait la ceinture agitée. Mais notre artillerie prise

---

1. Petit drapeau.
2. Fusil ou pistolet allemand.

de folie continuait de tirer, comme si elle eût voulu les broyer tous. Les obus encerclaient le groupe terré, se rapprochaient encore, allaient les écraser…

490

Alors, l'homme se leva tout droit, à découvert, et d'un grand geste fou, il brandit son fanion, au-dessus de sa tête, face aux fusils. Vingt coups partirent. On le vit chanceler et il s'abattit, le corps cassé, sur les fils acérés dont les liens le reçurent.

495

L'homme tombé, les Boches tiraient quand même férocement, et le crépitement meurtrier nous faisait mal, cruellement mal, comme s'il nous avait blessés tous. Un nuage d'obus cacha l'horrible scène. Mais on entendait encore tirer, derrière le mouvant rideau. La fumée s'écarta. Rien ne bougeait plus… Si… Un bras remuait encore, remuait à peine, traînant son fanion dans l'herbe. « Rouge ! Allongez le tir… Allongez le tir… »

500

*

Des lumières se cachaient sous les paillotes. Des rires et des voix s'y blottissaient, frileusement. C'était l'heure d'avant dormir. Le vent froid qui passait dans les branches avec un bruit d'écluse, apportait des tranchées les coups de feu égarés des sentinelles anxieuses.

505

Puis, brusquement, le long craquement d'un feu de salve déchirait le silence, les fusées biffaient[1] la nuit de leur trait livide et la fusillade reprenait, comme un feu qu'on ravive d'une bourrée de bois mort.

– Tiens, ça recommence, disaient les camarades.

510

Et Vairon, la couverture au nez, ronchonnait.

– Pourvu qu'ils ne demandent pas du renfort !

1. Rayaient.

Soucieux, inquiet peut-être, le capitaine Cruchet se promenait nerveusement sur le chemin ; parfois, il grimpait sur le talus, derrière les vignes, et inspectait les grands champs noirs, vers la bergerie. C'était là 515 qu'on tirait. Pourtant on ne voyait rien. La nuit était opaque, sans un éclair, sans une flamme d'obus et les fusées qui crevaient au-dessus de la route en grandes bulles lumineuses ne découvraient que de beaux arbres taciturnes dans les champs endormis.

Que se passait-il ? On ne savait pas. Les Allemands peut-être atta-520 quaient la route. La fusillade se resserrait sur deux cents mètres à peine, et elle était comme perdue dans ce vaste horizon tranquille. Ne sachant rien, on écoutait se battre les deux bruits, et quand le silence retombait après un feu de salve, nous pensions : « Ça y est… Ils ont repoussé les Boches. »

Sulphart rebattait les cartes, et Broucke, pour se bercer, reprenait sa 525 chanson :

> *Dors, min p'tit quinquin,*
> *Min p'tit pouchin,*
> *Min p'tit ruchin…*

Les autres dormaient déjà. Dans le fond obscur de la paillote[1], on 530 n'entendait plus que le bruit régulier des ongles d'un copain qui se grattait le ventre, tourmenté par les poux. La fusillade, en reprenant, ne les réveillait pas. Devant les cagnas[2], le capitaine veillait seul, grand corps maigre, tout en jambes. Il attendait Bourland, un de ses hommes de liaison, qu'il avait envoyé à la route pour avoir des nouvelles. J'entendis 535 le retour des souliers cloutés du soldat.

---

1. Cabane.
2. Cabanes dans la tranchée.

Peu après, un ordre passa de hutte en hutte : « Debout…
Rassemblement. »

Comme la fusillade semblait s'étendre, on sortit vite, en se poussant,
les mains se disputant les fusils dans l'ombre. Rapidement, les sections
540 s'alignèrent. Les hommes réveillés frissonnaient, surpris par la nuit
glacée.

– La quatrième compagnie va peut-être avoir besoin de nous, nous
dit le capitaine de sa voix sèche. Ils s'attendent à une attaque. Donc,
défense expresse de se déchausser, n'est-ce pas. On gardera les sacs
545 montés, la couverture dessus, chaque homme son fusil près de lui…
Maintenant, il me faut un volontaire…

Nous écoutions, coude à coude, les quatre sections en carré. Un crépitement désordonné de fusillade le fit taire un instant, l'oreille tendue,
puis le bruit s'émietta en coups dispersés, et un silence inquiétant effaça
550 tout. Étaient-ils à la route ?

– Un volontaire qui connaisse assez le secteur, reprit plus vite le
capitaine. Il s'agit de guider une patrouille de la quatrième qui doit se
mettre en liaison avec les territoriaux qui sont à droite du ruisseau. Des
éléments ennemis se sont peut-être glissés là… Je connais plus d'un
555 brave à la compagnie, n'est-ce pas, parmi mes anciens.

– Présent ! cria tout de suite une voix…

C'était Gilbert. Vite, il avait crié, spontanément sans réfléchir, rien
que pour la joie vibrante d'entendre dans le silence sa voix qui n'avait
pas peur ; rien que pour lancer orgueilleusement son nom devant trois
560 cents hommes muets.

– Demachy… Première section.

Et son cœur battit d'entendre sa propre voix, son nom offert. Assuré,
il sortit du rang, se frayant un passage d'un coup de coude, et se mit au
garde-à-vous.

565 – J'aurais mieux aimé un ancien, dit le capitaine. Enfin, puisque vous vous présentez, c'est bien… C'est très bien.

On nous fit rentrer sous les abris, et Gilbert ayant pris les ordres s'éloigna, l'arme à la main.

Il escalada le talus et prit par les champs. Comme il longeait la vigne, 570 il sursauta. Un homme là, devant lui… C'était une sentinelle qui surveillait la plaine.

– Tu vas à la route ? Descends jusqu'au pommier, après t'as plus qu'à suivre le sentier. Mais grouille-toi, tu sais, ça siffle dur quand ils se mettent à tirer.

575 Il repartit. Des perdrix s'éveillèrent et filèrent dans ses jambes, d'un vol lourd. Il dut encore réprimer un brusque mouvement de recul, et, les mains glacées, il chargea son fusil. Ses yeux fouillaient l'ombre ; pas un arbre. À trois cents mètres des gourbis il se sentait seul, déjà menacé, loin de tout. Il n'avait pas peur, cependant, c'était ce grand silence, ce 580 vide, cette ombre qui l'inquiétaient.

La fusillade reprit d'un coup et quelques balles sifflèrent autour de lui. Il ne les craignait pas. Il croisa seulement son fusil, de façon que la crosse lui protégeât le ventre, et il baissa la tête, pensant naïvement qu'ainsi rien ne pouvait plus l'atteindre. Les fusées seules le guidaient, 585 et l'invisible fusillade. Il marchait péniblement, arrachant à chaque pas ses souliers lourds de glèbe[1]. Parfois un bruit furtif le saisissait et, tombé à genoux, doigt à sa gâchette, il épiait…

Les tranchées, au ruisseau, ne se joignaient pas. Si des Allemands s'étaient glissés par là ? Il attendait un instant et repartait, plus courbé. 590 Un sentier coupait les champs. Était-ce le bon ?… Il le suivit, au hasard. Le son brutal de la fusillade se faisait plus proche. Enfin il distingua la

---

1. Mottes de terre.

rangée d'arbres de la route et se laissa glisser le long du talus. Dans le fossé traînaient des équipements, des armes, des sacs ; contre un tas de cailloux un mort était couché. Gilbert détourna les yeux et franchit 595 rapidement la chaussée. La quatrième compagnie était déployée en tirailleurs, les soldats accrochés au flanc pierreux du talus. Assis sur une borne, un homme trempait du pain dans un quart.

– Qui êtes-vous ?

– De la troisième compagnie… Je cherche le capitaine Stanislas, pour 600 la patrouille.

– C'est moi.

À ce moment une voix tomba de là-haut :

– Ça remue près de la meule.

Le capitaine enfla la voix :

605 – Attention, pour un feu de salve. À gauche de la meule de paille… Joue… feu !

Un terrible craquement étourdit Gilbert. Il avait vu tout le long du talus, jaillir la mince bordure de flammes.

– Suivez la route jusqu'à l'arbre couché en travers, à cinq cents 610 mètres… lui dit l'officier en se rasseyant. La patrouille vous attend.

Gilbert se hâta. Dans les ténèbres, on devinait la bergerie, grand bâtiment désert aux murs crevés de meurtrières. Plus loin, le talus s'amincissait surplombant à peine la route, et à cet endroit, un arbre était abattu. Gilbert s'arrêta et, le fusil croisé, mit un genou en terre. Du 615 champ obscur une voix le héla :

– C'est toi, l'homme de la troisième ?… Viens.

Ils étaient cinq. Le derrière sur les talons, le caporal inspectait la nuit avec méfiance.

– Tu connais bien la route ?

620 – Oui, dit Gilbert, c'est par là…

Et d'un geste, il leur montra un coin de nuit.

– C'est là qu'ils ont fait un coup de main dimanche ? Le gars au fanion rouge ?

– Oui.

625 Ils mirent baïonnette au canon et les fusils s'allongèrent d'une lueur mince. Le caporal se redressait lorsqu'une fusée siffla.

– Ne bougez pas !

Ils restèrent immobiles. La fusée épanouie retombait, hochant sa tête éblouissante. Accroupis en rond, ils semblaient prêts à danser la capu-630 cine. Sur la crête, une file d'hommes se découvrit, chargée de rondins et d'outils, puis disparut, la fusée morte.

– Allons-y.

La fusillade un instant apaisée se ranimait parfois, pour se taire aussitôt.

635 – Écoute-les, grommela le caporal. Ils ne veulent pas laisser une betterave debout.

– On vous a attaqués ?

– Les poteaux du chemin de fer, oui, et la meule de paille. C'est là-dessus qu'on tire depuis deux heures… Heureusement qu'ils ne visent 640 pas par ici ces c…-là.

Ils avançaient en tirailleurs, espacés de quelques pas. Un grand marchait tout cassé, comme un bineur. Gilbert allait devant. À la crête, une sourde rumeur animait l'ombre, des tintements de pelle. Puis on entrait dans l'inconnu.

645 Ils faisaient cent pas, s'agenouillaient, fouillaient le champ d'un œil aigu, repartaient. Le caporal piqua une forme noire du bout de sa baïonnette… Le cœur de Gilbert fit un bond.

– Rien… Une gerbe.

Ils devaient approcher du ruisseau lorsque la nuit sembla s'éclairer.

650 Il n'y avait plus devant la lune qu'un mince rideau ; le vent le tira et les champs parurent, tout nus. La patrouille ne bougeait plus, démasquée par l'immense fusée. Un long moment, ils restèrent tapis, muets, sans un mouvement. Seul Gilbert s'était redressé sur les coudes, sans képi, et cherchait à s'orienter. Quand la lune se cacha, il se releva le premier et partit tout

655 droit. Il avait aperçu, couchés dans l'herbe, les premiers cadavres. C'était la bonne route. Au premier qu'il frôla, il eut un brusque geste d'effroi, la peur de la main froide qui allait l'agripper. L'homme était tombé en boule, les genoux repliés, semblant continuer dans l'infini sa terrible prière.

Gilbert n'osait plus avancer, la peur au ventre, les jambes molles. Il

660 se serra brusquement contre le caporal.

– Quoi, murmura la voix, c'est pas par là ?

– Si…

Il regardait les morts, tous ces morts qu'il avait vus courir à leur atroce destin. Leur grand champ l'effrayait : toutes ces gerbes oubliées…

665 Il en devinait partout, dans chaque trou d'obus, dans chaque sillon, et n'osait plus bouger. Rien ne pouvait le défendre, pas même le camarade contre lequel il se pressait.

– Eh bien, quoi, on avance ?

Un peu plus loin, les capotes se serraient par grappes. Elles étaient si plates

670 déjà, les corps si vides, qu'on pouvait à peine s'imaginer que cela avait vécu, que cela courait… Une détresse infinie pesait sur le cœur de Gilbert. Ils ne lui faisaient plus peur à présent. A-t-on peur de ceux qu'on aime ? Faisant un effort sur lui-même, forçant ses mains qui ne voulaient pas, il se pencha sur un cadavre et déboutonna la capote, pour prendre les papiers. Il eut à peine

675 un frisson nerveux, quand il sentit la chair froide du cou, sous ses doigts craintifs. Le caporal, penché, prenait déjà la médaille d'un autre.

Les pauvres camarades qu'ils revenaient voir dans leur néant, devaient revivre pour un instant sous leurs gestes fraternels. Et réveillés,

680 miséricordieux, c'étaient les morts qui guidaient la patrouille, semblant
se passer les vivants de main en main.

*

Gilbert est rentré au petit jour.

– J'ai conduit la patrouille jusqu'au réseau boche, a-t-il rendu compte
au capitaine.

Cruchet a seulement répondu :

685 – Ah !...

Et il a eu un tel sourire d'incrédulité que Gilbert en a rougi.
Quelqu'un a aussitôt raconté l'histoire à sa façon et des camarades ont
regardé le volontaire d'un air narquois.

– Y en a qui savent bourrer la caisse[1], a dit Fouillard, à la canto-
690 nade... Il les aura, ses galons de cabot.

Et un autre :

– Tu te planques dans un trou pendant deux heures, tu comprends,
et tu racontes après que t'as visité leur poste d'écoute.

Gilbert, qui parlait avec nous, n'a pas riposté. Un petit sourire amer
695 lui plissait les lèvres.

– Je vais emmailloter mon fusil comme toi, a-t-il dit à Lemoine, la
pluie a tout rouillé le mien.

Il s'est éloigné, la tête basse. Assis à l'entrée du gourbi, il a pris son
fusil entre ses genoux, et, déboutonnant sa capote, il a sorti une large
700 ceinture de flanelle rouge. D'un seul coup, les rires se sont tus.

On a regardé dans la plaine, devant la tranchée allemande. Le fanion
rouge n'y était plus.

---

1. Exagérer.

IV

LA BONNE VIE

Nous faisions le gros dos sous la pluie. Ce village boueux et noir ne nous attendait pas, et tassés par paquets mouillés le long des maisons endormies, nous guettions le retour des fourriers qui nous cherchaient des cantonnements. Le nôtre, le grand Lambert, venait d'entrer dans
5 cette ferme dont la fenêtre aux rideaux rouges ensanglantait la nuit d'une lueur d'assommoir[1] et, de la rue, nous reconnaissions, sans distinguer les mots, sa voix cordiale qui cherchait à convaincre l'habitant. Le fermier, quelque paysan buté[2], répondait en braillant :

— Non, non, j'en coucherai point dans le cellier, que j'vous dis. Ils
10 m'boiraient la feuillette[3] qu'il me reste.

La compagnie qui descendait des tranchées s'était abattue au coup de sifflet, harassée, boueuse, trempée. Devant nous, d'autres défilaient encore, avec un piétinement pressé d'enterrement attardé trottinant vers Bagneux. Après les mitrailleurs et leurs mulets crottés, entrevus dans
15 un brouillard de fatigue et de pluie, passèrent les caissons cahotants du train de combat, la voiture à viande, l'ambulance aux roues ferrées, et, à la queue du régiment, les voitures de compagnie, cavalcade burlesque de limonières[4], de pataches[5] et de tapeculs[6] ramassés au hasard des marches et des contremarches, de Charleroi à Reims, antiques guim-

---

1. De cabaret, de bar.
2. Entêté.
3. Le vin en tonneau.
4. Attelages.
5. Diligences.
6. Voitures cahotantes, mal suspendues.

20 bardes[1] aux essieux grinçants, tapissières débordant de sacs et de fusils, carrioles vêtues de bâches ruisselantes, breaks de famille et camions de brasseurs, puis, fermant la colonne, le phaéton[2] du vaguemestre, tiré par un percheron[3] de labour que les brancards habillaient trop juste.

Les hommes ne regardaient rien, exténués, dormant à moitié. Les 25 roues les frôlaient et ils ne retiraient même pas leurs pieds. Ils s'étaient laissés tomber où ils étaient, sans regarder, la boue ne pouvant plus les salir, et, accroupis contre le mur pour s'abriter sous le rebord des toits, ils se réchauffaient l'un l'autre comme des bêtes, ne trouvant plus le courage de grogner. Quelques-uns, restés debout, les bras croisés sur 30 le fusil, parlaient de paille fraîche, de vin pas cher, de repos sans exercice, tout un chimérique[4] bonheur, et les camarades assis sur leurs sacs écoutaient sans répondre, trop hébétés pour rien désirer d'autre que le droit de dormir.

Par moments, un officier passait et, d'un coup subit de sa lampe 35 électrique, éclairait crûment[5] les corps effondrés.

– Les agents de liaison… Où est la liaison ? C'est insensé !

Un fourrier cria, tout courant.

– Ça va, mon capitaine. J'ai déjà trouvé un bon cantonnement pour les chevaux.

40 La pluie tombait toujours, fine, froide et molle. Là-haut, entre les berges blafardes des maisons, la nuit coulait, comme une eau noire.

*

1. Voitures vieilles et en mauvais état.
2. Voiture à quatre roues, haute et légère.
3. Cheval de trait.
4. Imaginaire, illusoire.
5. Violemment, durement.

Toute la maison braille, de la cour au grenier. Dans la cuisine, d'où s'envole une âcre fumée de bois vert, on se bat pour des quarts de jus[1]. Dans l'escalier, on grimpe, on dégringole, on chante.

45 Mais ici, au jardin, tout est tranquille. J'ai pris, pour m'asseoir, le seau que j'ai retourné et, adossé à la muraille, installé comme sur un fauteuil, je rêvasse. C'est le petit matin. Il n'y a pas longtemps que le jour a fini sa toilette : l'herbe est encore toute mouillée. Et le ciel sort des brassées de nuages blancs qu'il met à sécher, comme du linge.

50 L'œil indolent[2], encore lourd de sommeil, je regarde le jardin en friche, avec ses arbustes dépouillés, ses plants d'herbe folle et sa pompe grinçante où des camarades se nettoient. Je paresse entre veille et somme.

On a bien dormi. Pour la première fois depuis quinze jours, on a pu se déchausser, retirer le ceinturon, la baïonnette, tout ce sale équipe-
55 ment qui vous meurtrit les reins. Je me suis réveillé comme je m'étais couché : saucissonné dans ma couverture, la tête dans un placard, avec le plancher pour matelas et un sac de haricots en guise d'oreiller. J'ai dû faire un beau rêve : il m'en restait, au réveil, des bribes dans l'esprit, comme un duvet d'édredon.

60 Les caporaux, rassemblés dans la buanderie, se partagent des effets de laine pour leurs escouades. Depuis qu'il fait moins froid, il en arrive des ballots toutes les semaines. Il était temps…

Le long de la haie, Sulphart brosse les molletières de Gilbert, tout en sifflant. Il a trouvé, chez de bonnes gens, une salle où nous ferons
65 notre popote, et, déjà, il pense au déjeuner. Manger sur une table, dans des assiettes, cela me paraît presque trop beau, et je n'ose pas tout à fait y croire, de peur d'être déçu.

---

1. Café (argot).
2. Paresseux, qui a du mal à s'ouvrir.

« C'est la bonne vie », répète Sulphart. Autour de lui, ils sont six ou sept qui nettoient leurs capotes crottées. Ils grattent d'abord la boue
70 avec leur couteau ou un tesson de bouteille, et, quand elle est convertie en poussière, ils battent leurs frusques comme un tapis, à grands coups de bâton. C'est ce que nous appelons se brosser...

– Tu parles d'une garce de boue... Et ça tient bon, c'est de la craie...

Avec la charmante impudeur des soldats, deux copains, le torse nu,
75 cherchent leurs poux. Vairon tient sa flanelle[1] à bout de bras, comme un peintre regarde une toile et, le nez froncé, l'œil fixe, il inspecte son linge. Puis, quand il a découvert la bête, il joint rapidement les pouces, et « clac ! » il l'écrase. Broucke, au contraire, examine sa chemise pli par pli, le nez dessus et chasse posément. Quand il en débusque un gros, il pousse un cri.

80 – Cor un qui n'maquera plus mi.

Vairon, dont les ongles claquent, compte à haute voix :

– Trente-deux... trente-trois.

– Vingt-sept... vingt-huit, réplique tranquillement le gars du Nord.

Tout en grattant les molletières, Sulphart les suit des yeux en
85 connaisseur. Il a déjà son favori.

– Tu verras que ça sera Vairon qu'en aura le plus. Il a le sang plus chaud... C'est des gros ?

– « Des à la croix de fer », renseigne vaniteusement le camarade.

– C'est encore rien, ceux-là, fait Sulphart de son air important. On
90 en a eu des rouges, des poux d'arbis. C'est les plus féroces, ceux-là, ça vous bouffe le sang. Et puis ça donne des maladies. Tandis que les autres, ça retirerait plutôt les mauvaises humeurs.

– Y a rien de meilleur pour la santé, ajoute un camarade instruit qui retire sa chemise pour commencer sa battue. Ça vous suce le mal...

---

1. Chemise en flanelle.

95 — J'ai eu mon petit frère, c'est les poux et la gourme[1] qui l'ont empêché d'avoir la méningite.

— Ça ne m'étonne pas, reprend l'autre, qui commence l'inspection de sa ceinture.

Mais dès le premier regard il se sent découragé. Son linge four-
100 mille de vermine, on voit grouiller une file noire dans chaque pli. Un moment, il semble hésiter, puis, se décidant, il met tout en boule, sa chemise, son caleçon, sa ceinture, et jette le ballot par-dessus le mur.

— Tant pis, j'en toucherai du neuf. Ça me fera toujours ça de moins à laver.

105 Fouillard, que j'entendais depuis un moment crier dans sa tanière, vient de se montrer sur la porte, ses bras nus noirs de suie et luisants de graisse ; de ses souliers délacés à ses cheveux en broussaille, on ne trouverait pas, même en cherchant bien, un endroit à salir. Sa peau, son linge, son pantalon, tout est gras, maculé, et quand, d'un geste familier, il se
110 passe les paumes sur les reins, pour les essuyer, on se demande lequel va tacher l'autre, de son fond de culotte ou de ses mains. Il nous dévisage un instant avec sévérité, fouille le jardin d'un regard méfiant, et crie :

— Quel est le salaud qui m'a calotté[2] mon seau ?

Mon premier mouvement a été de me lever, pour lui restituer l'objet.
115 Mais non, je suis vraiment trop bien. Je me trouve encore mieux assis, depuis qu'on veut me le prendre. Le bien-être me paralyse.

— J'peux pourtant pas aller chercher de la flotte dans mes godasses ! braille le cuistot.

Oh ! non, cela ne serait pas à conseiller. Pourtant je serre hypocri-
120 tement les genoux pour cacher mon siège, et je regarde innocemment Fouillard déchaîné qui hurle sa fureur impuissante :

---

1. Sorte d'eczéma.
2. Volé (argot).

— Tas de vaches !... Puis après tout, j'm'en colle. J'vous laisse tomber avec votre cuistance[1], s'il y en a un qui veut la place, il n'a qu'à aller se faire inscrire au burlingue[2].

*

125 Nous devons faire un bel ensemble, les quatre sections en carré, en ligne sur deux rangs.

Pas deux tenues qui se ressemblent. Sauf les derniers venus, nous avons été équipés de bric et de broc[3], dans le désarroi du premier mois de guerre, et depuis, on s'est arrangé comme on a pu. Il y a des capotes 130 de toutes les teintes, de toutes les formes, de tous les âges. Celles des grands sont trop petites, et celles des petits trop longues. La martingale[4] de Fouillard lui bat minablement les fesses, et sur le large coffre du père Hamel, la capote trop étroite fait des plis circulaires, tous les boutons prêts à péter. Moi, c'est Sulphart que je préfère.

135 Il est vêtu d'une capote ancien modèle, bleu foncé, avec une grande poche rapportée, d'un joli bleu hussard[5]. Il a cousu son paquet de pansement sur son téton gauche et renforcé ses molletières grises d'une bande de gros cuir, découpée dans des jambières réglementaires. Comme tout bon soldat d'active, il a voulu se distinguer en cassant la 140 visière de son képi, à la Bat'd'Af[6], et il a encore enjolivé ce couvre-chef, plus aplati qu'une galette, d'une jugulaire tressée du meilleur effet.

Ses larges godillots craquelés et racornis, qu'on dirait taillés à la serpe dans du vieux bois, portent encore à leurs talons tournés un peu de la

---

1. Cuisine (argot).
2. Bureau (argot).
3. De manière hétérogène, n'importe comment.
4. Lanière fixée dans le dos pour maintenir l'ampleur d'un vêtement, comme une demi-ceinture.
5. Variante de bleu appelée aussi bleu de cobalt, tirant légèrement vers le violet.
6. Abréviation du bataillon d'infanterie légère d'Afrique, qui recrutait les jeunes criminels.

boue glorieuse des tranchées, et son pantalon rouge apparaît aux cuisses, par une large déchirure dans sa cotte de toile bleue. On le croirait dessiné pour *L'Illustration*[1].

D'autres, qui ont déjà touché les nouvelles capotes bleu horizon, font les farauds[2]. On dirait qu'ils vont faire la guerre en habit des dimanches. Les camarades les regardent avec une ironie forcée.

– T'occupe pas, toujours les mêmes qui se démerdent…

– En douce tu comprends, le fourrier n'en a refilé qu'aux mecs qui lui lavent la gueule[3].

Et Sulphart, qui regarde ces petits élégants avec des yeux captivés, songe déjà aux heureuses transformations qu'il fera subir à la sienne.

– J'taillerai deux grandes poches raglan[4] de chaque côté et j'm'arrangerai un col aiglon… Tu verras si je serai *rider*[5].

Le capitaine Cruchet, qui a l'oreille fine, se retourne, lèvres pincées.

– Silence ! Qui a parlé ?… Vous êtes au garde-à-vous. Faites attention à vos hommes, Morache.

Ricordeau, qui attend son galon de sergent, fronce les sourcils en nous regardant, pour faire croire qu'il a de l'autorité. Sulphart ne bronche pas, mais derrière lui Gilbert se ratatine, ayant peur qu'on ne découvre son chandail qui dépasse. Tout le monde se tait. Satisfait, le capitaine continue sa revue. À mesure qu'il approche, les corps se redressent, comme sous un déclic, les bras gauches tombent bien raides et les yeux pas rassurés regardent intelligemment dans le vague, à une distance que la théorie évalue à quinze pas. Maigre, haut sur jambes, sa longue figure encadrée de courts favoris noirs, le capitaine Cruchet

---

1. Magazine hebdomadaire réputé pour la richesse de son iconographie.
2. Malins, crâneurs.
3. Qui le flattent bassement (argot).
4. Poches coupées en biais.
5. Élégant, façon playboy (argot).

a un air naturellement sévère qui impressionne. Les sourcils soucieux, il
170 avance sans hâte, dévisageant chaque homme comme s'il le rencontrait
pour la première fois.

– Décoiffez-vous.

Le camarade, tout rouge, retire gauchement son képi.

– Tt ! Tt ! Tt ! Tt ! C'est trop long, c'est sale. Il faudra me faire cou-
175 per ces cheveux-là… Prenez son nom, Morache.

Comme il nous tourne le dos, plusieurs copains se décoiffent furtivement, et, s'étant craché dans les mains, collent de leur mieux leurs
cheveux rétifs[1]. Malheureusement, le capitaine ne s'intéresse pas qu'aux
cheveux. Il remarque tout : le bouton qui manque, le point de rouille
180 au fusil, le brodequin mal graissé, la tache de boue sur la cartouchière ;
et, la voix glaciale, il demande :

– Où vous êtes-vous sali comme ça ?

Quelle drôle de question !…

Ayant gourmandé[2] Bréval, dont la cartouchière tient avec des ficelles,
185 il s'arrête devant Sulphart. L'autre s'est raidi, talons joints, le regard fixe.

Le capitaine l'examine un bon moment, puis :

– Il est joli, celui-là, raille-t-il.

Sulphart n'a pas bougé, pas même baissé les yeux. Les voisins le
regardent de biais, avec des sourires en coulisse.

190 – Vous vous trouvez plus séduisant avec votre visière cassée, comme
une casquette de voyou, ttt… ttt… C'est pour plaire aux filles ? Elles
auraient du goût.

La joie des camarades fuse en petits rires serviles. Sulphart ne bronche
toujours pas, la main gauche bien ouverte, la tête une idée renversée.

---

1. Indisciplinés.
2. Sermonné, disputé.

195 — Et ces cheveux ! Ma parole, il ne les a pas fait couper depuis le
début de la campagne… Un pantalon déchiré, ttt…, ttt… de la boue
aux souliers… Mauvaise tenue, très mauvaise tenue. Vous prendrez
son nom, Morache : quatre jours de prison… Et qu'on lui coupe les
cheveux, ttt… ttt… bien ras.

200 Sulphart est resté impassible. Il n'a pas sourcillé, pas frémi. Ah ! ces
vainqueurs de la Marne…

On croyait la revue terminée et des impatiences nous fourmillaient
dans les genoux, quand le capitaine a commandé :

— Sac à terre !

205 J'en étais sûr ! C'est la revue des vivres de réserve, à présent. À genoux
devant le barda débouclé, il faut tout démonter, tout défaire, tout sortir,
pour retrouver la tablette de potage salé écrasée sous les chemises, ou le
cube de café qui s'émiette dans les chaussettes, et salit le linge.

À genoux on vide son armoire en rageant.

210 — Y croit qu'on va les bouffer ses biscuits, grogne Vairon.

On étale tout son bien : les cartouches, le sachet de sucre, la boîte de
singe. Le sac qu'on avait eu tant de mal à monter doit être vidé jusqu'au
fond. Des camarades à quatre pattes comptent et recomptent leurs cartouches d'un air inquiet.

215 — Bon Dieu, il m'en manque un paquet… T'en as pas un en rab ?

Tout notre bien tient dans ce petit tas de hardes et de conserves, que
le capitaine dérange du bout de sa canne, pour compter les trousses
de cartouches. Il fait rapidement le tour, puis, se plaçant face à notre
section, il demande :

220 — Quelqu'un veut-il être cuisinier ? Celui de la cinquième escouade
est relevé. Qui veut le remplacer ?

Aussitôt, d'un seul mouvement, tout le monde a regardé Bouffioux.

Deux cents bonnes têtes épanouies le dévisagent, rigolant d'avance. Le marchand de chevaux est devenu tout rouge, mais il a crié quand
225 même :

– Présent !

– Vous savez faire la cuisine ? lui a demandé Cruchet.

– J'ai été cuisinier dans le civil, mon capitaine.

Alors, la compagnie tout entière a éclaté de rire. Broucke étouffait,
230 plié en deux. Les sergents au garde-à-vous ne pouvaient pas se retenir et Cruchet, mécontent, a dû commander : « Rompez vos rangs ! »

Quand je redescendis dans la cuisine où des lames de parquet brûlaient en flammes joyeuses, l'ancien cuistot, noir comme un Savoyard, passait ses pouvoirs à Bouffioux devant l'escouade assemblée. La céré-
235 monie fut toute simple. Fouillard, qui remuait le rata avec un bout d'échalas[1], tendis l'objet à son remplaçant.

– Tiens, v'là la cuiller. T'as plus qu'à servir… Pour ce soir, c'est toi qui feras la croustance… Seulement, moi, j'boufferai avec du saucisson, parce que t'as autant une gueule à être cuistot comme moi à être
240 sacristain[2].

Un hurlement chargé de rires approuva le cuisinier. Bouffioux, posément, retira sa capote.

– T'en fais pas pour la croûte, répondit-il doucement.

Sulphart, qui le regardait avec sympathie, lui bourra les côtes[3].

245 – Hé, nez de bœuf, on dit que t'as la tremblote pour monter aux tranchées. Tu serais pas né un jour de grand vent, des fois ?

---

1. Bâton.
2. Personne chargée d'entretenir une église.
3. Lui donna quelques coups.

Bouffioux commençait tranquillement à remuer son rata.

– T'en fais pas pour le vent non plus… Moi, pourvu que mes cheveux frisent et que mon ventre ne fasse pas de plis, je m'en fais jamais…

*

250   C'est ainsi que les sauvages doivent faire leur cuisine, j'imagine. À genoux devant son chaudron, Bouffioux, un peu saoul, les yeux larmoyants, sa grosse face luisante de sueur et balafrée de suie, souffle à perdre haleine sur un petit bûcher mouillé qui fume sans vouloir flamber. Près de lui, tenant le couvercle comme un bouclier, Vairon remue le rata avec 255   l'échalas, tandis que Broucke, dépenaillé, demi-nu, découpe du « frigo[1] » bien rouge avec une hachette à bois, en hurlant des refrains flamands. On dirait qu'il dépèce[2] un explorateur. Précautionneusement il jette les tranches glacées sur un sac à patates, boueux comme un paillasson.

Tout autour du foyer, des camarades se pressent, les mains dans les 260   poches, l'air prodigieusement intéressés, avec un bout de sourire au coin des lèvres. On dirait qu'ils pincent la bouche pour ne pas laisser fuser leur joie ; de leurs yeux brillants à leurs joues gonflées, on les sent tout prêts à péter de rire.

À genoux, Bouffioux souffle toujours, s'arrêtant pour tousser et cra- 265   cher de la suie.

– Vas-y mec, l'encourage Vairon, ça commence à bouillonner.

Et ayant prévenu les copains, d'un coup d'œil complice, il ajoute, très sérieux :

– Veux-tu mon idée, gosse de gosse ? Eh bien, ton fricot serait meil- 270   leur si t'ajoutais un peu de riz… Ça te lierait ta sauce.

---

1. Viande froide.
2. Met en morceau, démembre.

L'autre lève sa face aux yeux pleurards, l'air ahuri.

– Quoi, du riz ?...

Ainsi écroulé sur les genoux, tout en larmes, hirsute et barbouillé, on dirait qu'il demande pardon à ses bourreaux au moment d'être rôti vif.

275 – Nature, du riz, approuve perfidement Fouillard qui veut faire bénéficier Bouffioux de son expérience. Ça te fera quéque chose de plus doux, de plus présentable.

Les camarades se bourrent les côtes, étouffant de joie.

– Allons-y pour du riz, consent Bouffioux qui se relève péniblement.

280 Et il va en prendre plein ses deux mains, une écuellée[1] qu'il jette dans la marmite. Caché derrière le cabot d'ordinaire, l'un des cuisiniers rit dans son mouchoir, n'en pouvant plus.

– Ah ! j'me marre... Qu'est-ce qu'ils vont bouffer les gars de la cinquième !...

285 – Du bois, ch'timi, commande Vairon, le feu reprend. Pas de branches, surtout, ça fume de trop.

Sans changer d'arme, Broucke prend une moitié de porte, posée contre le mur, et la fend d'un bon coup.

– Va falloir cor inlever d'marches à l'z'escayer, dit-il, v'lo qu'y a déjà 290 plus d'bo... Ch'est cor cha qui brûle el mieux.

En effet, sur ce bois bien sec qui flambe clair, la soupe se met à chanter.

– Ça y est ! Ça chauffe ! bredouille le marchand de chevaux. Je serai à l'heure !

295 Tout un cercle de faces épanouies le contemple : leur joie devient de la béatitude.

---

1. Contenu d'une petite assiette.

– Tu sais pas, Bouffioux, suggère alors astucieusement le caporal d'ordinaire, à ta place, j'verserais deux bons litres de vin la n'dedans et je ferais bouillir un petit quart d'heure.

300 Un rire fuse : Fouillard ne peut plus se retenir. Mais les autres approuvent de la tête sérieux comme un concile.

– T'es pas louf que je vas y foutre du vin, proteste pourtant Bouffioux qui retrouve une lueur de raison dans les fumées du tord-boyaux. Vous m'avez déjà fait mettre du lait.

305 – Qu'est-ce que ça prouve ? D'abord du lait, t'en as pas mis lerche[1], et puis les légumes ont tout bu. J'te dis que tu as tort.

– Sûr, que ça serait meilleur, opine hypocritement Vairon.

– Mais j'en ai pas, d'pinard. J'peux pourtant pas prendre celui de l'escouade.

310 Le caporal d'ordinaire, sentant faiblir le cuistot désemparé, a un beau geste :

– Tiens, j't'en refile deux litres, moi… Broucke, prends dans le coin. Il y en a six seaux pleins et trois bouteillons.

Prompt, le ch'timi saisit le premier seau venu – je reconnais le seau
315 de toile dans lequel, ce matin j'ai fait ma toilette –, et en vide quatre bons quarts, au jugé.

– Ce sera fameux, affirme Vairon, qui fait déjà claquer sa langue d'un air de gourmandise.

– Tu crois ? demande Bouffioux vaguement inquiet.

320 – Probable, approuvent tous les autres avec ensemble. T'as rien mis de mauvais dedans… De la viande, des patates, du lait pour adoucir, des poireaux, du vin, du lard d'Amérique, pour graisser un peu, du riz, pour lier la sauce, des biscuits. C'est du bon, tout ça.

---

1. Tu n'en as pas mis beaucoup (argot).

Bouffioux, soucieux malgré tout, soulève le couvercle et flaire le
325 mélange.

– J'sais pas si c'est une idée, mais ça sent drôle.

– Pourquoi que ça sentirait drôle ? proteste Sulphart qui veut s'en
mêler.

Et écartant les autres, il vient humer à son tour le fumet de notre
330 dîner.

– Ça donne faim, affirme-t-il avec un aplomb scandaleux. Tu goûtes
pas ?

Vairon, sans se faire prier, puise dans le chaudron avec son quart,
et en sort une sorte de pâte épaisse et violâtre dont la seule vue lève le
335 cœur. Il goûte lentement, à petites gorgées de gourmet.

– C'est fameux, fait-il. Sans charre, c'est pépère ; seulement – et il
semble chercher un moment – on dirait tout de même qu'il manque...

– Quoi, éclate Bouffioux, tu vas pas dire qu'il manque encore
quelque chose !

340 – J'dis pas, seulement à mon idée, un petit peu de chocolat râpé dans
ce fricot-là, ça ne ferait rien de sale...

Tous les dos se courbent ; ils étranglent de rire, ils étouffent, ils n'en
peuvent plus. Mais cette fois, le cuistot résiste. Il hausse les épaules en
relevant son pantalon à deux mains, d'un geste de dandy.

345 – Du chocolat dans d'la soupe, ça s'serait jamais vu. Tu m'prends
pour un c...

– Dans d'la soupe qu'il dit, l'enfifré ! s'exclame Sulphart. Ce que c'est
de la soupe, d'abord ? Et puis moi, hein, j'm'en colle. Mais si t'étais si
marle[1] que ça, c'était pas la peine de venir me chercher avec Broucke
350 pour t'aider à faire la croûte. Une autre fois, tu ne m'auras plus...

---

1. Malin, futé (argot).

Toute la bande approuve Sulphart, et Fouillard flétrit en trois mots crus la noire ingratitude de son successeur :

– Il t'donne un bon conseil et tu l'envoies ch… T'as tout d'la vache.

– Mais non, braille Vairon, il sait tout mieux que tout le monde…

355 Un des cuistots haussa les épaules :

– Ils sont tous les mêmes. Ça ne sait rien foutre et ça ne veut écouter personne. Demande voir aux gars de mon escouade si je leur fais pas du riz au chocolat maous[1]…

– Mais c'est pas du riz, se défend encore Bouffioux, plus mollement,

360 c'est du rata.

– Ça ne fait rien, intervient le cabot. T'as tort de t'obstiner. Du chocolat, c'est toujours bon… Ce soir, je becqueterai à ton escouade, tiens, tu m'feras une part…

Cette fois encore le marchand de chevaux, abruti, se résigne avec une

365 docilité de poivrot[2]. Sortant son couteau, il râpe deux barres de chocolat dans son rata qui bout, tandis que derrière son dos Broucke mime une danse canaque, en brandissant sa hachette.

En bousculade, les autres sortent, étouffant de rire, pliés, bégayant, et laissent Bouffioux tout seul devant son chaudron.

370 Dans le jardin, au pied du mur brodé de joubarbes[3], des foyers fument : la cuisine de toutes les escouades. Ici de la soupe, là du rata. Celui de la deuxième prépare des frites.

– C'est pas nous qui aurons la veine d'en dégauchir[4] un comme ça, regrette Vairon.

---

1. Chocolat noir, fort en cacao (argot).
2. Ivrogne (argot).
3. Plantes grasses dont la fleur rappelle l'artichaut.
4. Trouver (argot).

375 Un autre, planté perplexe devant son feu, tient dans sa large patte noire un gros morceau de bœuf conservé, enroulé dans sa gaze.

– Encore du paquet de pansement ! peste-t-il avec dégoût. Comment que tu veux faire cuire c'te saloperie-là, j'te le demande.

Et il considère longuement sa viande, l'air absorbé, comme Hamlet 380 devait regarder le crâne de Yorick. Je cherche Sulphart. Sifflotant, il s'est planté au bout du clos, la pensée au vent, les regards perdus par-delà les bois dépouillés.

– À quoi penses-tu, Sulphart ?

Il garde son air rêveur.

385 – J'pense qu'à la mobilisation, en quittant l'usine, j'ai laissé mes outils et mes bleus chez l'bistrot d'en face en lui disant : « Mettez ça de côté, j'vous les reprendrai un de ces samedis, en rentrant d'Berlin... »

V

LA VEILLE DES ARMES

Six heures, et la croûte qu'est pas encore là... Non, c'est tout de même cherré[1] !

Sulphart ne peut plus tenir en place. Ayant sorti son quart et sa gamelle, il va se poster à l'entrée du boyau des Zouaves, par où arrivent les corvées. Ainsi perché sur ses deux jambes maigres aux molletières plaquées de boue séchée, on le croirait monté sur pilotis. Adossé à la tranchée, il regarde, il regarde furieusement.

– Tu parles de fumiers ces cuistots-là... Y a pas, moins t'en fous, moins t'en veux foutre. Et j'ai une dent !

Mais personne ne l'écoute, personne ne le plaint. Les uns lisent, les autres dorment dans leur terrier, le petit Belin coud les boutons de sa capote avec du fil téléphonique, Hamel chique[2]. Il y en a même un qui, poussé par l'oisiveté, regarde au créneau. Cette veulerie[3] générale écœure Sulphart. Il hausse les épaules, se venge d'un coup de pied dans une gamelle qui traîne et, peut-être pour ne pas entendre ses boyaux gémir, il entreprend un âpre réquisitoire où ses camarades, les cuisiniers et le haut commandement sont comparés à des cochons de mœurs abominables et plus particulièrement à de la paille souillée par les bestiaux. Il trouve même le courage de ricaner.

– On les aura... oui... On les aura, les lentilles aux cailloux et le macaroni à l'eau froide. Et pendant ce temps-là, les cuistots se tapent la tête avec les autres vaches.

---

1. Exagéré (argot).
2. Mâche du tabac.
3. Mollesse, paresse.

Je connais Sulphart et ses opinions excessives, « les autres vaches » ne peuvent désigner que l'ensemble des individus qui ne prennent pas les
25 tranchées, sans distinction de sexe, de costume, ni de grade. Ensuite, il se perd dans des projets de réformes d'ordre militaire où il est expressément convenu que « tous les mecs seront cuistots, chacun son tour », et qu'ils seront condamnés « à bouffer de leur tambouille au lieu de se les caler avec des frites, parce que, comme ça, ils mettront un peu plus de goût
30 à préparer la cuistance des poilus ». Telles sont les paroles d'un juste.

Mais les autres, qui n'ont pas encore faim, n'ont pas le moindre mot d'approbation. Bréval écrit, Broucke ronfle, Vairon sifflote. Alors définitivement dégoûté, Sulphart se tait, sort son couteau et se met à découper en tartines la boue durcie qui alourdit ses godillots. À ce
35 moment, un bruit familier lui fait relever la tête.

– Les v'là !... À la soupe, les gars !

Dans un brimbalement[1] de bouteillons et de bidons, c'est en effet la corvée de soupe qui arrive. Bouffioux marche en tête, portant en sautoir un gros chapelet de boules de pain enfilées sur une corde, un plat de
40 rata d'une main et, de l'autre, un bidon à essence qui tient ses cinq bons litres de vin.

Tous les cuistots suivent en file indienne, chargés de bouteillons qu'ils portent à deux, suspendus à une perche, de sacs à patates gonflés d'on ne sait quoi, de plats où la terre dégouline, de seaux de toile, de
45 boules de pain mises en brochettes sur un gourdin, tout un attirail rudimentaire de négresses ravitaillant leur tribu.

Sulphart a tout de suite découvert le bidon que Bouffioux a en bandoulière.

– Bath, y a du cric[2]...

---

1. Ballottement.
2. Eau-de-vie (argot).

50 Écrasés contre la paroi qui s'écaille ou rentrés dans nos trous, nous laissons passer la corvée, puis nous entourons notre cuistot et son aide, qui ont posé leur charge. Avidement[1] on découvre les plats.

– Qu'est-ce qu'il y a à becqueter ?

Tout le monde à la fois interroge Bouffioux qui s'éponge.

55 – T'as les babilles[2] ? Ce que j'en ai ?

– Ce que t'as pensé à m'apporter une bougie et un paquet de trèfle ?

Les deux hommes répondent posément, à petits mots, avec un drôle d'air que j'ai remarqué tout de suite.

– C'est du paquet de pansement, renseigne Bouffioux, on n'a pas 60 touché d'autre viande. J'ai fait du riz au chocolat, il doit être pépère… Le bidon de pinard est à ras… C'est le copain qui a les lettres.

Mais il dit tout cela d'une voix pas naturelle, avec un air préoccupé que Vairon à son tour finit par remarquer :

– Vous en faites une drôle de gueule, leur dit-il gentiment… 65 Qu'est-ce qu'il y a de cassé ?

Bouffioux hoche la tête, et sa grosse face, si reluisante que je l'ai longtemps soupçonné de se laver avec un morceau de lard, réussit presque à paraître soucieuse.

– On ne peut pas être content, répond-il comme à regret… Vous 70 attaquez après-demain.

Un bref silence tomba sur nous : juste le temps que le cœur fasse toc toc. Plusieurs ont brusquement pâli ; d'imperceptibles petits tics : un nez qui se fripe, une paupière qui saute. Les cuisiniers nous dévisagent, en hochant la tête. On les regarde, voulant douter. Puis, d'un même 75 mouvement, on se serre autour d'eux et des demandes se bousculent :

---

1. Avec impatience.
2. Lettres (argot).

– T'en es sûr ? Mais on devait être relevés demain ! Pas possible, c'est un bobard[1]... qui c'est qui t'a dit ça ?

Bouffioux, fort des vérités qu'il apporte, se tourne simplement vers son second :

– Ce que c'est pas vrai ?

L'autre confirme, d'une voix affligée :

– Vous pensez bien qu'on n'irait pas vous bourrer la caisse[2] avec un machin comme ça. C'est tout ce qu'il y a de vrai et de sûr.

Broucke s'est réveillé tout seul et est sorti de son gourbi. Sulphart a reposé la gamelle où il allait faire chauffer la boîte de cassoulet de Gilbert, et Bréval a replié la lettre qu'il lisait. Avec un peu d'angoisse dans la poitrine on écoute.

– Y a les bicots[3] qui sont à Fismes, explique Bouffioux, le patelin en est plein, toute la division marocaine... Les infirmiers divisionnaires sont arrivés à Jonchery, on les a amenés en camions... Il paraît que le deuxième corps arriverait de Lorraine... Et puis de l'artillerie, alors, des pièces maous, il faut voir ça...

Toute une armée surgit de leurs paroles décousues : des cavaliers, des nègres, des aviateurs, des zouaves, du génie[4]. Il paraît même que la légion en serait, mais cela Bouffioux ne le jurerait pas : c'est le cycliste du trésorier qui l'a entendu dire au téléphone. Enfin, on a tout prévu : les brancardiers pour nous ramasser et les aumôniers[5] pour la messe des morts.

Je suis resté une minute interloqué, mon sourire oublié sur mes lèvres comme un drapeau du 14 juillet qu'on n'aurait pas pensé à décrocher.

---

1. Mensonge (argot).
2. Mentir (argot).
3. Tirailleurs algériens, arabes (argot).
4. Corps d'armée spécialisé dans les techniques d'attaque et de défense et dans la construction des infrastructures.
5. Militaire faisant office de prêtre.

100 « Non, il faut encore aller faire les fous dans la plaine ? Eh bien ! vrai... »
Et mon sourire s'est décroché tout seul.

Les camarades non plus ne rient pas : rien qu'en tournant la tête,
ils pourraient voir, par le créneau, ceux de la dernière attaque, restés
couchés dans l'herbe haute. Aucun ne sort un médaillon de sa poche
105 pour l'embrasser furtivement, aucun non plus ne s'écrie, comme dans
les contes : « Enfin ! On va sortir des trous ! » Comme mot historique,
Sulphart dit simplement : « Ah ! les tantes... » et sans savoir lui-même
à qui s'adresse le compliment.

Muets, nous écoutons les hommes de soupe qui parlent d'abon-
110 dance[1], l'un relayant l'autre. Ils rangent les troupes, ils installent l'artillerie, ils assurent le ravitaillement, ils étudient l'arrivée des réserves... Ils
parlent, ils parlent...

Ils donnent même tant de précisions qu'un léger doute commence
à me gagner. J'en ai tellement entendu de ces tuyaux de cuisine que
115 les cuistots recueillent à l'arrière avec une crédulité de Peau-Rouge et
nous montent le soir aux tranchées, en même temps que le jus et les
bouteillons de riz.

Le matin, à la distribution des vivres, ils échangent leurs nouvelles,
issues de sources mystérieuses : ce que le cycliste du trésorier a compris
120 de travers, ce qu'un téléphoniste a cru entendre dire, ce qu'un planton[2]
de la brigade a rapporté au voiturier du colonel. On assemble tout
cela, on commente, on suppose, on déduit et on invente un peu, pour
que cela fasse mieux. C'est fini, le rapport des cuisines est au point.

Et le soir, la tranchée apprend que le régiment part au Maroc, que le
125 kronprinz[3] est mort, que Joffre a tué Sarrail d'un coup de sabre, que
nous sommes envoyés au repos à Paris, que le pape a imposé la paix ou

---

1. Avec aisance, facilement.
2. Soldat aux ordres d'un officier.
3. Titre porté par le prince héritier en Autriche et en Allemagne.

que l'observateur de la saucisse a été fusillé parce qu'il était feld-maré-chal[1] dans l'armée allemande. On est impitoyable avec celui-là : on le fusille au moins une fois par mois.

130 Personne ne doute, surtout quand le messager vous apprend, la veille d'un coup dur, qu'on restera « peinards » en soutien d'artillerie. Le len-demain on est généralement dans les fils de fer à se battre comme des Sioux, mais on a autre chose à faire qu'à blâmer l'imposture des cuisi-niers, et, la fois suivante, on les croira quand même. Depuis la guerre, la
135 vérité sort des marmites ; tant mieux pour elle, d'ailleurs : elle y a moins froid que dans son puits.

Tous ces racontars, toutes ces balivernes me reviennent à mesure en mémoire, et cela, peu à peu, me rend méfiant. J'écoute encore un ins-tant Bouffioux, qui discute à présent l'attaque au point de vue purement
140 stratégique et poliment, ne voulant pas le vexer, je lui demande :

– Dis donc, vieux, tu en es sûr, au moins ? Ça ne serait pas un tuyau de cuisine ?

Le maquignon[2] tout suant s'est arrêté brusquement de discourir, une moitié de mot sur les lèvres, l'air stupéfait. J'ai dû le froisser. Il reste
145 deux secondes bouche bée, trop indigné pour répondre. Puis il devient tout rouge, il va éclater…

Mais non, il se ressaisit. Il prend simplement une lippe[3] méprisante, se penche, ramasse son plat et déclare avec une dignité d'apôtre outragé.

– Ça va bien, je suis un c…, tout ce que je vous ai dit c'est du bour-
150 rage de crâne. Seulement vous verrez, après-demain.

Il veut écarter les camarades pour s'en aller, mais les autres se serrent les coudes et, pour le retenir, lâchement ils me donnent tort.

– L'écoute pas… Dis-nous voir… C'est vrai que le troisième batail-

---

1. Le plus haut grade militaire en Autriche et en Allemagne.
2. Marchand de chevaux, mais aussi négociateur malhonnête.
3. Moue, mine.

lon restera en réserve ?… Pourquoi celui-là plutôt qu'un autre ?… D'où
155 qu'on sortira ?… Ce qu'on attaquera aussi le Bois Carré ?

Ils le retiennent à deux mains, comme des pauvres cramponnés à la
robe de saint Vincent de Paul. Par pure bonté d'âme, Bouffioux consent
tout de même à livrer ses derniers tuyaux, et, professant le pardon des
injures, il renseigne les camarades en laissant tout bonnement « tomber
160 l'autre noix ». C'est moi, l'autre noix.

Sans me vexer je m'écarte et je me jette à quatre pattes, comme si
j'allais demander pardon. Mais non, je respecterai mon uniforme. Je me
glisse dans mon trou la tête la première, et je cherche à tâtons une boîte
de conserves dans ma musette. Je sors mon réchaud à alcool solidifié,
165 ma gamelle remplie d'eau sale que j'ai précieusement conservée depuis
hier matin et, installé sur un sac à terre, je prépare mon bain-marie.

Penché sur la flamme bleue, je me donne un air absorbé pour tromper mon monde, mais j'écoute hypocritement le marchand de chevaux
qui parle toujours. Pour me mortifier[1], il retrouve des détails oubliés,
170 des précisions nouvelles dont une seule suffirait à me confondre.
Comme un refrain, il répète :

– C'est peut-être des bobards, ça aussi…

Tant d'assurance finit par me troubler. Si c'était vrai, pourtant ? ils
n'ont pas l'air de plaisanter. La tête penchée, je les observe sournoise-
175 ment par-dessus ma gamelle où l'eau commence à chantonner. Toute
l'escouade est groupée autour d'eux, agitée. Seul, Demachy reste calme
et les écoute criailler avec son sourire de tous les jours, narquois, un peu
amer, un sourire d'enfant gâté à qui rien ne plaît plus.

En me voyant commencer à manger, les camarades se rappellent que
180 la soupe les attend.

---

1. Humilier.

– Ça va froidir, fait remarquer Broucke.

Et il remplit sa gamelle, grasse encore du rata précédent, des haricots restés collés au fond. Après lui, chacun se sert honnêtement.
Puis en cercle, tendant le quart, nous entourons Bréval qui partage le
185 vin. Pendant qu'il verse le rabiot[1] goutte à goutte, Sulphart ausculte
le bidon d'eau-de-vie. Il fait entendre un cri plaintif, de douleur et
d'indignation.

– Ah ! il n'est même pas plein…

Et, brandissant le bidon comme un témoignage accablant, il beugle :
190 – Ça de cric pour douze hommes, la veille d'une attaque ! Faut pas
demander qui c'est qui s'le tape à notre santé… Eh bien ! qu'ils en
demandent des volontaires, ils peuvent toujours aller se faire coller.

– C'est le compte, lui répond fermement Bouffioux. Pas tout à fait
le bidon par escouade.

195 – Eh bien, va voir au château, à la table des officemars[2], s'ils n'ont
pas chacun leur plein demi-setier. Et après ça on se foutra des Boches ?
Non, laissez-moi me marrer. Tiens, j'en veux pas de leur cric, ils
peuvent se le foutre au…

Et il jette avec dégoût le bidon sur le bord du parapet, après s'être
200 assuré que le bouchon tenait bien.

Les bouteillons sont vides, les plats saucés, Bouffioux et son aide
reprennent leurs ustensiles, emportant quelques cartes écrites à la hâte.

– Au revoir, les gars, nous souhaite le gros cuistot… Ne vous en faites
pas, allez, il y aura des balles filons[3] à récolter… Ce que je souhaite à tout
205 chacun, c'est la petite blessure coquette avec trois semaines d'hostau…

---

1. Vin (argot).
2. Officiers (argot).
3. Balles qui blessent suffisamment pour quitter le front mais qui n'infligent pas une grave blessure.

Ces vœux, que l'autre nous fait d'une voix bonasse, ont fait sursauter Fouillard. D'un œil mauvais, il regarde le maquignon rougeaud, qui a hérité de sa place.

– Tu ne l'auras pas, toi, la blessure coquette, lui lance-t-il de sa voix usée de poitrinaire[1]. Ça te va bien de parler d'attaque, toi qui t'es toujours planqué, foireux !

Bouffioux s'est retourné :

– Écoute-moi, l'autre… Mais s'il fallait que j'fasse l'attaque, j'aurais pas plus les foies que toi… On a fait la Retraite, dis donc.

– Oui, au cul d'un camion.

– Tiens, t'as des raisons de terreux, riposte l'autre pour en finir, j'aime mieux pas discuter.

Et, dédaigneux[2], il s'en va, sur un dernier « Bonne chance, les gars », rejoindre la procession des cuistots, qui s'en retourne par le boyau des Zouaves. Un court instant, on n'entend plus qu'un bruit de bouches qui lapent, les têtes penchées sur les gamelles comme un cheval de fiacre plongé dans sa musette.

– Ça ne fait rien, il vous l'a bien mis, raille le père Hamel, qui se gave de riz au chocolat.

– Débloque pas, lui répond Fouillard, sa barbe rare grasse de soupe. Moi j'l'avais dans l'idée qu'on allait attaquer.

– Eh bien, si on attaque, on le verra, s'écrie Gilbert. Toutes les balles ne tuent pas.

Accroupi dans son trou comme dans une échoppe[3] le petit Belin l'approuve :

---

1. Personne atteinte de la tuberculose.
2. Méprisant.
3. Boutique.

– Quoi, ils ne bouffent pas le linge, les Boches. Pas la peine de s'en faire d'avance.

Toute la tranchée connaît à présent la nouvelle ; l'assiette à la main, on bavarde, et des bruits courent d'escouade en escouade. Il paraît
235 que les pionniers[1] vont venir cette nuit, pour préparer les escaliers d'attaque… On doit installer des canons de 37 et des lance-bombes… La première compagnie va faire une grosse patrouille.

Tout cela commence à m'ébranler, et pourtant, partageant mon fromage avec Gilbert, j'essaie de le convaincre que nous n'attaquerons pas.
240 Sulphart beugle, la bouche encore pleine. Il ne pense plus à l'attaque, mais seulement aux injustices qui l'entourent. Tout en nettoyant son assiette avec une poignée d'herbe, il flétrit l'infamie[2] du Grand Quartier général qui favorise indignement « les gonziers[3] du troisième bataillon qu'en foutent jamais une ramée », et ne donnent même pas aux com-
245 battants l'eau-de-vie à laquelle ils ont droit. Il pousse ses cris sous le nez de Bréval, seul gradé à présent, pourtant innocent de ce déni[4] de justice et, pour le faire taire, il faut que le sergent Berthier se dérange.

On se répand dans la tranchée, comme le village dans sa rue, après la soupe du soir. On parle, on discute, on s'énerve. Quelqu'un m'appelle :
250 – Jacques !

C'est Bourland, l'un des cyclistes du colonel.

– Eh bien ?

– C'est vrai ; on attaque… Je suis allé toucher deux mille cigares au ravitaillement.

---

1. Militaires du génie, appelés aussi sapeurs, chargés des tranchées.
2. Condamne les agissements honteux et déshonorants.
3. Hommes (argot).
4. Refus de ce qui est dû.

255 J'ai dressé brusquement la tête. Quoi !... des cigares, des cigares à bague ? Cette fois, je suis convaincu, nous attaquons sûrement.

Hamel, dont l'esprit est cependant fermé aux déductions subtiles, ne s'y est pas trompé non plus.

– Il avait tout de même raison, l'autre vendu, soupire-t-il.

260 Puis, comme le sage ne doit considérer que le bon côté des pires choses, il ajoute :

– Comme tu ne fumes pas, tu me donneras le tien, hein ? Je le retiens.

Distraitement, avec une sorte de gêne au cœur, je me rapproche des 265 camarades.

Vairon, monté sur la banquette de tir, regarde par le créneau le grand champ désolé, crevé de trous d'obus comme autant d'accrocs, où s'est brisée la dernière attaque. On peut compter les morts, dispersés dans l'herbe jaune. Ils sont tombés comme ils chargeaient, front en 270 avant ; certains, abattus sur les genoux, semblent encore prêts à bondir. Beaucoup portent le pantalon rouge du début. On en voit un, adossé à une petite meule, qui, de ses mains crispées, tient sa capote ouverte comme pour nous montrer le trou qui l'a tué. Vairon les regarde longuement, rêveur, sans bouger et il murmure :

275 – Alors, il va falloir aller renforcer les copains d'en face...

*

Comme je dois prendre la veille le deuxième, je rentre dans le gourbi pour me reposer un peu ; Bréval y est déjà, il écrit. Allongé sur sa toile de tente, les mains sous la nuque, Gilbert rêve. Je prépare mon coin, ma musette pour oreiller, et je m'allonge. On n'entend plus rien que

280 nos respirations égales et, dans les rondins du plafond, le cui-cui pointu des rats.

Bientôt chassés par le froid qui tombe sur la tranchée avec le soir, les camarades rentrent. Une autre bougie s'allume, un quillon[1] de baïonnette pour bougeoir, et, accroupis en rond autour de la lumière, ils se 285 mettent à jouer à la banque. Mais la partie s'arrête vite : le cœur n'y est pas, ce soir.

– J'm'en gourais[2] qu'on allait attaquer, dit, le premier, Lemoine.

Leur fièvre d'un instant est tombée ; ils parlent maintenant de l'attaque avec résignation – presque de l'indifférence.

290 – Quoi ! On l'enlèvera cor bien, l'bois, s'écrie Broucke, qui ne dort pas encore. On a fait pire...

Bréval a cacheté sa lettre. À la bougie, je vois son maigre menton qui tremble.

– Si, seulement, après ça, on nous renvoyait chez nous, soupire-t-il.

295 Chez nous ! Rentrer !... Toutes les faces s'éclairent subitement, les bouches rient comme celles des gosses à qui l'on parle de Noël.

– Dis donc, Lemoine, demande Sulphart, assis sur le créneau de bois blanc qui lui sert d'escabeau, une supposition qu'on te dirait : « Vous allez rentrer chez vous, seulement, il faudra faire la route à reculons, 300 avec un gros rondin sur le dos en plus du sac complet et sans godasses. » Tu marcherais ?

– Sûrement que je marcherais, accepte Lemoine, sans hésiter... Et toi, si on te disait : « La guerre sera finie pour toi, seulement t'as plus le droit de boire de vin ni d'eau-de-vie jusqu'à ce que tu meures ? » 305 Qu'est-ce que tu dirais ?

---

1. Partie arrondie de la garde d'une épée ou d'une baïonnette.
2. Je m'en doutais (argot).

Sulphart réfléchit un moment : un obscur combat doit se livrer dans son âme.

– Heu… J'pourrais toujours boire du cidre, pas vrai ?… Et puis en douce, ça n'm'empêcherait pas d'me mettre un vieux coup de rhum
310 dans le col. Je dirais « oui ».

Les voilà lancés dans les suppositions insensées, les hypothèses absurdes qui, pendant des heures, les font parler, bercés de fabuleux espoirs. La volière[1] est ouverte : les rêves les plus saugrenus vont s'envoler. Ils imaginent des marchés impossibles, des conditions stupéfiantes
315 que le général en personne vient leur proposer – donnant, donnant – contre leur libération. Et si formidables que soient ces conditions, ils acceptent toujours.

De supposition en supposition, ils en arrivent à offrir un membre, à sacrifier un peu de leur peau pour sauver le reste. Chacun choisit sa
320 blessure : un œil, une main, une jambe.

– Mi, dit Broucke en se grattant, j'donnero min pied gauche… J'in o pas besoin, d'min pied pour travailler à ch'cuve… Et pis, vaut cor mieux rintrer à cloche-pied que point rintrer du tout.

– J'aimerais mieux avoir un œil crevé, moi, dit Fouillard. À quoi que
325 ça sert, d'abord, d'avoir deux yeux ? Tu vois aussi bien avec un… Tu vois même mieux, à preuve que t'en fermes un pour mieux viser.

Ils discutent posément, raisonnablement, chacun faisant valoir ses préférences, et en petites phrases honnêtes ils taillent dans leur chair vive, ils débitent tranquillement leur corps par membres, en choisissant
330 soigneusement l'endroit.

– Non, un œil, ça ne se touche pas, dit Sulphart qui a des principes. Une bonne jambe assez amochée, c'est ce qu'il y a de mieux. Seulement,

---

1. Cage à oiseaux (ici réservée aux rêves qui s'en échappent).

comme, si t'attends les brancardiers, t'es sûr de cramser sur l'tas, voilà comment que j'ferais.

Il prend deux lebels aux culasses emmaillotées de flanelle et, sa crosse
335 sous l'aisselle, s'en servant comme de béquilles, il se met à sautiller dans le gourbi, une jambe morte, en geignant d'une voix aiguë :

– Houla ! Houla !... Laissez-moi passer, les gars...

Il a minutieusement réglé sa scène d'évacuation jusqu'au ton de ses cris, glapissants et plaintifs. Mais tout cela ne convainc pas le ch'timi
340 têtu :

– C'est cor el'pied qui vaut l'mieux.

– Eh bien, moi, dit le père Hamel, je veux leur laisser ni pied, ni patte, ni rien... Et le Boche qui voudra m'avoir, faudra pas qu'il s'y reprenne à deux fois ; sans cela, je lui crève le ventre, comme à celui de
345 Courcy.

Ils se taisent, songeurs. Se voient-ils déjà courant dans la plaine, tête enfoncée, courbant le dos sous la mort qui siffle ?

Sulphart et Vairon parlent tout bas :

– Moi, j'ai repéré un trou d'obus, près du ruisseau... Si je vois que
350 l'attaque loupe, je m'planque dedans et j'attends le soir.

– Si on leur paume[1] leurs tranchées, y aura du fricot[2]... Ça fait longtemps que je voudrais une jumelle boche ou un revolver... Après Montmirail, j'en ai vendu un vingt balles à un automobiliste.

Bréval sort de sa méditation morose[3] :
355 – Ça ne fait rien, dit-il en déroulant ses molletières, on n'en reviendra pas tous...

---

1. Prend (argot).
2. Argent (argot).
3. Sombre, renfrognée.

Près de lui Broucke retire ses godillots.

– Tu sais bien que c'est défendu de se déchausser, lui dit-il. S'il y avait une alerte ?

360 – J'iro à pied d'bas, lui répond tranquillement le ch'timi en posant sur sa musette sa tête ébouriffée aux cheveux de lin.

Hamel et Vairon, qui ont des trous individuels, sortent du gourbi, et, sous la toile de tente qu'ils soulèvent, entre un peu de nuit froide et noire.

365 – Ça va encore pincer dur[1], me dit Fouillard qui enfonce son passe-montagne. Tu me réveilleras, hein ? on prend ensemble.

Je ne veux pas dormir : j'aurais à peine le temps de fermer les yeux. Je prends mon sac à patates et j'y glisse mes jambes pour ne pas avoir froid. Puis, la couverture tirée jusqu'aux yeux, les mains sous les aisselles, je

370 regarde rêveusement sautiller la flamme de la bougie qui meurt. Je reconnais la voix de Sulphart, qu'une fureur impuissante tient éveillé.

– Ce qui me fout à ressaut[2], explique-t-il au petit Belin, c'est d'aller me faire fendre la gueule pour aller prendre trois champs de betteraves qui ne servent à rien... Qu'est-ce que tu veux qu'ils en foutent, de leur

375 petit bois qui est dans un creux ? C'est pour le plaisir de faire descendre des bonshommes, quoi !...

Le monologue du rouquin doit bercer le gosse comme une chanson de maman. Et sa voix endormie répond :

– Cherche pas à comprendre, va, cherche pas à comprendre.

380 Les autres voix ont bourdonné un instant, puis se sont tues. Ils dorment à présent. Redressé sur le coude, je les regarde, à peine distincts ; je les devine plutôt. Ils dorment, sans cauchemar, comme les autres nuits. Leurs respirations se confondent : lourds souffles de manœuvres,

1. Faire très froid (argot).
2. Ce qui me met en colère (argot).

sifflements de malades, soupirs égaux d'enfants. Puis il me semble que
je ne les entends plus, qu'elles se perdent aussi dans le noir. Comme
s'ils étaient morts... Non, je ne peux plus les voir dormir. Le sommeil
écrasant qui les emporte ressemble trop à l'autre sommeil. Ces visages
détendus ou crispés, ces faces couleur de terre, j'ai vu les pareils, autour
des tranchées, et les corps ont la même pose, qui dorment éternellement
dans les champs nus. La couverture brune est tirée sur eux comme le
jour où deux copains les emporteront, rigides. Des morts, tous des
morts... Et je n'ose dormir, ayant peur de mourir comme eux.

Brusquement, Bréval se réveille avec un cri rauque et se dresse, effaré.
Il reste un instant assis appuyé sur ses bras raides, pas encore dégagé du
mauvais rêve. Il se force à rire.

– Sans blague, je rêvais que les Boches...

Une voix grogne. Les autres ne se sont pas réveillés.

– Alors quoi, personne n'a soufflé la chandelle ? Je m'en fous, je la
laisse...

Il s'étend, se ramasse, se rendort. La bougie à sa fin éclaire soudainement le gourbi d'une flamme plus haute, la dernière... Tout est noir...

Je les envie, maintenant. On est si bien, ici, à l'abri, les pieds chauds,
les membres lâches. Dormir... après-demain ? Baste ! c'est encore
loin...

....

Quelqu'un a écarté la toile de tente :

– Jacques... Fouillard... Il est l'heure.

Déjà !... Je secoue Fouillard qui grogne, nos mains tâtonnent à la
recherche des fusils. Nous sortons. Qu'il fait froid ! Le camarade qui m'a
réveillé claque des dents, sous sa couverture mise en capuchon.

410   — Rien de neuf ?

— Non... Une patrouille va sortir... Bonsoir.

On ne voit rien ; dans la tranchée obscure on ne peut distinguer les gabions[1] des guetteurs somnolents. Je glisse mon fusil dans le créneau. Trois heures à passer là...

415   Par-dessus le parapet, on ne voit pas à dix pas. Le regard fouille les ténèbres jusqu'au réseau enchevêtré où titubent les pieux, puis se perd. Hébété, je regarde sans voir. Je regarde la nuit et j'ai froid. Cela me glisse le long des bras comme un vent glacé, et me pénètre. Je me mets alors à danser d'un pied sur l'autre, en serrant bien ma couverture.

420   Quand on sort du gourbi, le froid vous mordille le menton, vous pique le nez comme une prise, il vous amuse. Puis il devient mauvais, vous grignote les oreilles, vous torture le bout des doigts, s'infiltre par les manches, par le col, par la chair, et c'est de la glace qui vous gèle jusqu'au ventre. Frissonnant, on danse.

425   Un long piétinement se rapproche, un cliquetis d'armes. C'est la patrouille qui va sortir. Les hommes portent d'énormes cisailles au cou, comme les vaches suisses portent leurs cloches.

— Tu parles d'un business, dit le premier qui grimpe : il faut ramener chacun un bout de fil de fer boche, pour montrer qu'on y est allé...

430 Comment qu'on va déguster !

Pesamment, ils escaladent le parapet, cherchent la chicane[2] et s'éloignent, le dos voûté. Le silence retombe sur notre fosse obscure. Des veilleurs parlent à voix basse. Sous une toile de tente, glisse un mince fil de lumière : on doit faire du vin chaud.

---

1. Képis de soldats (argot).
2. Partie de la tranchée qui forme un zigzag.

435 On entend monter des gourbis la respiration de ceux qui dorment :
on dirait que la tranchée geint comme un enfant malade. Transi[1], je me
remets à danser comme un ours devant mon créneau noir, sans penser
à rien qu'à l'heure qui s'écoule. Nez à nez, les bras croisés, les hommes
sautillent pesamment en bavardant, ou battent la semelle d'un rythme
440 régulier. La nuit s'anime de ce bruit cadencé. Dans le cheminement,
dans le boyau, la terre gercée résonne sous tous ces pieds cloutés.
Toute la tranchée danse, cette nuit. Tout le régiment danse, cette veille
d'attaque, toute l'armée doit danser, la France entière danse, de la mer
jusqu'aux Vosges... Quel beau communiqué pour demain !

445 Fatigué, je ne saute plus. Accoudé au parapet, je pense vaguement
à des choses... Puis ma tête tombe tout d'un coup et je me redresse...
C'est bête, je m'endormais. Je regarde ma montre à mon poignet :
encore deux heures. Jamais je ne pourrai attendre minuit, jamais.
J'écoute, avec envie, le ronflement d'un camarade qui « en écrase » dans
450 son trou. Si je pouvais me glisser près de lui, sur la paille tiède, la tête
sur son oreiller de sacs à terre, et dormir... Mes yeux se ferment déli-
cieusement en y pensant...

Non, pas de blague... Je me secoue et me force à regarder le trou noir
du créneau, où l'on ne voit jamais rien. C'est trop tranquille, aussi, pas
455 un obus ; on dirait que les Allemands sont partis.

Tac ! Un coup de feu claque sec, venant des lignes boches. Puis un
autre, aussitôt... Les hommes qui rêvassaient à leur créneau se sont
brusquement redressés. Nous écoutons, anxieux. Un instant se passe,
puis quelques coups de feu partent à la débandade, et la fusillade gagne
460 en crépitant.

— Ils tirent sur la patrouille !

---

1. Paralysé de froid.

Une fusée ennemie tire son trait blanc et éclate. Une autre siffle à droite, puis à gauche, et leurs yeux fulgurants[1], balancés par le vent, épient la plaine réveillée. Rien n'y bouge, les nôtres sont planqués.

465 Face à nous, toute la ligne allemande tire : les balles miaulent au-dessus de la tranchée, très bas, et plusieurs claquent sur le parapet, comme des coups de fouet. Dans ce bruit de fusillade, le crépitement régulier d'une mitrailleuse domine, exaspérant. Gare ! une fusée verte ! les Boches demandent l'artillerie. Nous attendons, un peu plus courbés 470 derrière nos créneaux.

Cinq coups éclatent, en gerbes rouges, cinq shrapnells bien en ligne. Leur lueur soudaine éclaire les dos ronds et les têtes qui s'enfoncent. Dans la plaine, dispersés, des obus éclatent, percutants et fusants. Quelques minutes de fracas et, sans raison, tout se tait ; le canon a passé 475 sa colère. La fusillade aussi s'est arrêtée.

– Faites passer, ne tirez pas... La patrouille est dehors, commande une voix.

– Faites passer, ne tirez pas.

Le commandement arrive, passe, s'éloigne. Nous guettons, nous 480 écoutons... Clac ! À quelques pas, un coup de feu brise le silence. Mais il est fou, celui-là ? Clac ! Encore un...

– Ne tirez pas, bon Dieu ! crie le sergent Berthier qui est sorti de son gourbi. C'est la patrouille qui rentre.

Au même instant j'entends dans les ténèbres une voix qui grelotte. 485 On dirait qu'on chante... Mais oui, c'est une chanson :

Je veux revoir ma Normandie...

---

1. Brillants d'un éclat aussi vif que l'éclair.

Derrière moi, Fouillard rit. Et je ris aussi malgré moi, le cœur serré.
C'est tragique et burlesque cette romance[1] bredouillée dans le noir. La
voix se rapproche et cesse de chanter :

490   — Ne tirez pas... Verneau, de la quatrième... Patrouille.
Mais un autre, plus loin, a repris le refrain, d'une voix étouffée :

ma Normandie,
C'est le pays qui m'a donné le jour...

Plus loin encore, on en entend un troisième qui siffle, perdu dans les
495 champs d'ombre :

En avant la Normandie !

Partout, dans les champs noirs, on entend les voix assourdies qui fre-
donnent et des sifflotements peureux, au ras des champs. C'est comme
un retour de foire, saisissant et bouffon[2]. Pour se garder d'une ruse des
500 Allemands, qui peuvent avoir surpris le mot, on a ordonné aux patrouilles
de chanter des airs du pays, pour se faire reconnaître. Et rampant dans les
betteraves dures, se traînant, ils chantent. Leurs voix étranglées rôdent, de
l'autre côté de la broussaille barbelée ; ils cherchent la chicane...
  — Par ici, les gars !...
505 Un homme saute dans la tranchée.
  — Y en a de mouchés[3] ?
  — Je ne sais pas... Ils nous ont entendus, les vaches. C'était forcé, avec
leur saloperie de cisailles qui s'entendent à une lieue.

---

1. Chanson.
2. Burlesque, clownesque.
3. Tués (argot).

D'autres se laissent glisser dans notre trou, l'arme à la main. On
510 distingue un groupe sombre qui s'avance lentement.

— Ne tirez pas. Un blessé.

Par-dessus le parapet, on leur tend la main. Péniblement ils font
descendre leur camarade qui geint. Il se tient courbé en deux, comme
cassé, touché aux reins.

515 — On en a laissé un autre près du ruisseau… Une balle en pleine tête.
Tu parles que leur mitrailleuse tirait bas.

On entend encore une voix égarée qui chantonne. Elle se rapproche
enfin. Un saut dans la tranchée. Plus rien.

— Tout le monde est rentré, attention, fait passer Berthier.

520 — Tout le monde est rentré, répètent les guetteurs.

Dans un gourbi, derrière moi, des voix discutent :

— Après c'te patrouille-là, ils vont se douter de quelque chose… On
va encore être bonards[1]… Et le troisième bataillon, pourquoi qu'il
n'attaque pas ?

525 J'écoute avec peine, je m'engourdis. Encore une heure un quart…
Je vais compter jusqu'à mille, cela fera bien un quart d'heure. Après je
n'aurai plus qu'une heure à tirer.

Mais cela m'endort, ce chapelet de chiffres bêtes. Pour me tenir
éveillé, je veux penser à l'attaque, notre course folle dans la plaine, la
530 chaîne d'hommes qui se brise maille à maille ; je veux me faire peur.
Mais non, je ne peux pas. Ma tête lourde ne m'obéit plus. Mon esprit
engourdi se perd en titubant dans une rêverie confuse.

La guerre… Je vois des ruines, de la boue, des files d'hommes fourbus, des bistrots où l'on se bat pour des litres de vin, des gendarmes aux

---

1. Être dans une mauvaise situation (argot).

535 aguets, des troncs d'arbres déchiquetés et des croix de bois, des croix, des croix... Tout cela défile, se mêle, se confond. La guerre... Il me semble que ma vie entière sera éclaboussée de ces mornes horreurs, que ma mémoire salie ne pourra jamais oublier. Je ne pourrai plus jamais regarder un bel arbre sans supputer[1] le poids du rondin, un 540 coteau sans imaginer la tranchée à contre-pente, un champ inculte sans chercher les cadavres. Quand le rouge d'un cigare luira au jardin, je crierai, peut-être : « Eh ! le ballot[2] qui va nous faire er'repérer !... » Non, ce que je serai embêtant, avec mes histoires de guerre, quand je serai vieux !

Mais serai-je jamais vieux ? On ne sait pas... Après-demain... Ce 545 qu'ils ronflent, les veinards ! Un coin de paille n'importe où, ma couverture, je n'envie plus que cela. Dormir.

Dans un demi-sommeil, ma pensée vacillante ébauche une idylle burlesque[3], une sorte de songe inconscient que je ne comprends pas. J'ai rejoint la jeune fille à l'entrée de son cantonnement et, lui montrant la 550 campagne d'un geste autoritaire, je lui fixe le rendez-vous.

– Devant vous, à douze cents mètres une meule de paille... À deux doigts à gauche, un arbre en boule...

Et militairement, les pieds en équerre, la jeune fille me répond en saluant :

555 – Vu...

Ce qu'il fait froid !... Et noir... Pourquoi sommes-nous là, tous ?... C'est bête. C'est triste. Ma tête penche, tombe... J'ai peur de dormir... Je dors...

---

1. Évaluer.
2. Imbécile (argot).
3. Amourette ridicule.

VI

LE MOULIN SANS AILES

J'ai retrouvé la ferme telle que nous l'avions laissée dimanche, avant l'attaque. On croirait que les quatre compagnies viennent à peine de franchir l'herbage, montant aux tranchées, et le gros chien qui gambade semble courir après un traînard. Rien n'a bougé.

5 C'est là, par ce chemin de boue gercée, que nous sommes partis. Combien sont revenus ? Oh ! non, ne comptons pas...

Je rentre dans la grande salle, tout embaumée de soupe, et m'assieds près de la fenêtre, sur *ma* chaise. Voici *mon* bol, *mes* sabots, *mon* petit flacon d'encre. Cela semble si bon de retrouver ces choses à soi, ces riens

10 amis qu'on aurait pu ne jamais revoir.

Mon bonheur m'attendait, la vie continue, avec de nouveaux délais d'espoir. Une sorte d'âpre[1] joie sourd[2] en mon cœur. Je vois le soleil, moi, j'entends l'eau qui chante, moi ; et mon cœur est tranquille, lui qui a tant battu.

15 Comme l'homme est dur, malgré ses cris de pitié, comme la douleur des autres lui semble légère, quand la sienne n'y est pas mêlée ! Je regarde les choses d'un œil distrait. Le tas de fumier, humide et luisant, est appuyé au mur, si bien que, de la salle, on voit le petit coq noir à hauteur de la fenêtre, dans une légère vapeur bleue. Sur les pierres

20 grises de l'étable, des balles perdues ont laissé comme des cicatrices blanches. Au milieu du courtil[3], le puits à la margelle[4] usée, et ses trois

---

1. Amère.
2. Jaillit.
3. Jardin.
4. Rebord de pierre d'un puits.

murs verdis… Comment, cela n'est pas fini, là-bas ? On dirait que le
canon reprend. Qui nous a relevés ? Le 148. Pauvres gars !…

L'eau du ru[1] passe en cascadant devant la ferme. Elle traverse la mare
25 sans y tracer son passage et s'échappe en sautant de pierre en pierre,
jusqu'à la roue pourrie du moulin, sur laquelle un gros chat feint de
dormir.

Les volées froufroutantes[2] de pigeons vont et viennent, caressant les
murs de leurs ombres rapides ; les oies promènent leur troupe grave,
30 marchant, criant et se taisant ensemble. Deux petits veaux, l'un taché
de noir, l'autre de roux, jouent avec des grâces pataudes de jeunes chiens
et le grand épagneul, tout jappant, s'amuse à faire peur aux poules. Ils
n'entendent rien. Seul, l'âne qui mange lentement son foin, très digne
sous sa tunique de boue séchée, écoute d'une oreille. Parfois, de la paille
35 aux dents, il s'arrête de mâcher, lève sa longue tête rêveuse et écoute le
canon qui tonne.

Quel brouhaha, dimanche, dans la cour, quand on a distribué le
« cric » – un quart pour deux ! – et donné les cigares, de beaux cigares
à deux sous, avec la bague ! Ma foi, nous avions bien mangé.

40 – Si les Boches m'font l'autopsie, ils ne trouveront pas le buffet[3] vide,
avait dit le grand Vairon, les joues violettes et le ceinturon débouclé.

C'est là, dans cette grange au toit hérissé de chaume, que nous avions entassé nos sacs. Ils y sont encore, presque tous, l'ossuaire[4] d'un
bataillon. C'est un tragique fouillis d'outils rouillés, d'équipements, de
45 havresacs[5] éventrés, de cartouchières, de musettes. Du linge traîne, déjà
boueux. Une boule de pain pas entamée, un goulot qui dépasse, des

---

1. Petit ruisseau.
2. Qui font le bruit d'un frôlement d'ailes.
3. Estomac, ventre (argot).
4. Lieu où l'on amasse les ossements (ici les accessoires des soldats tués).
5. Sac à dos du soldat.

paquets de lettres, des cartes en couleurs, si niaises et qui feraient pleurer... Malgré soi, on lit les noms, sans se baisser : je les connais tous...

Ça, c'est la veste de Vairon. Il l'avait laissée craignant d'avoir trop
50 chaud. On a tout fouillé, on s'est partagé le chocolat et les boîtes de
singe, et on a noué dans un mouchoir les papiers, les pauvres bricoles
qu'on envoie aux familles : héritages de soldats. Une photo a glissé dans
l'ornière : une maman en robe des dimanches, son gros bébé sur les
genoux. Des chemises encore pliées, des paquets de pansements, une
55 pipe. Et, perdu sur ce tas misérable, un coussin de soie, un beau coussin
rose, amené là on ne sait comment, par on ne sait qui.

Bon sang, mais cela tonne dur...

C'est comme un gros convoi qui roule, un orage assourdi qui gronde
et se rapproche. Puis la fusillade commence à pétiller, tout un brusque
60 fracas d'attaque.

Le chien inquiet rentre le premier, l'échine basse. Puis les volailles
apeurées, puis les deux petits veaux, soudain surpris de se voir seuls dans
le courtil. L'âne n'a pas bougé. Songeur, il reste devant sa botte. Parfois
il dresse ses oreilles, renverse la tête comme s'il allait braire, puis dédai-
65 gnant ce tonnerre qu'il connaît, il s'incline sagement, tire une gueulée
de foin et, la tête basse, il mange...

*

Je n'aime pas les gens de ce village. Les marchands ne nous estiment
même pas pour l'argent qu'ils nous volent. Ils nous regardent avec une
sorte de dégoût ou de crainte, et quand on entre dans leur boutique en
70 s'écrasant[1], ses billets de cent sous à la main pour être plus tôt servis, ils
crient plus fort que si les Prussiens venaient les piller.

---

1. En se faisant discret (argot).

Quand les Allemands occupaient le pays, nous ont dit les paysannes, ils étaient moins fiers. Ils n'avaient pas voulu se sauver, à cause des marchandises. Mais lorsque les derniers Français furent passés des chasseurs à pied qui firent le coup de feu[1] pendant tout un après-midi, embusqués dans le cimetière – la panique les prit. Ils cachaient tout : leurs liqueurs, leurs conserves, leurs gros sous, et les femmes geignaient pendant que les vieux creusaient des trous dans le jardin pour y enfouir le magot.

L'institutrice – une petite femme volontaire, aux joues pâles, que les gens n'aiment pas parce qu'elle se coiffe en bandeaux – avait fermé les fenêtres de l'école et mis son drapeau en berne[2]. Mais le gros Thomas, l'épicier marchand de vins du Lion d'Or, avait aussitôt couru chez elle, suivi de quelques mégères, pour l'obliger à retirer son drapeau « qui allait faire mettre le pays à feu et à sang ».

La petite lui avait tenu tête un moment.

– Vous n'êtes pas le maire, vous n'êtes rien. Je n'ai pas d'ordres à recevoir de vous.

– Ordre ou pas ordre, vous ferez comme tout le monde, s'étranglait l'épicier, qui se voyait déjà fusillé à son comptoir. C'est moi qui l'ordonne.

– Au nom de qui ?

– J'm'en fous, au nom du roi de Prusse si vous voulez !

Bégayant, apoplectique[3], les yeux prêts à rouler, le mercanti[4] cognait furieusement le bureau de l'institutrice de son poing massif. Elle avait dû céder.

Terrorisés, les uns cachés dans leur maison, les autres groupés muets sur le bord de la route, les paysans avaient regardé passer les premiers

1. Se battirent (argot).
2. Roulé sur lui-même, fermé.
3. Prêt à faire une attaque cérébrale.
4. Commerçant malhonnête et profiteur.

bataillons bavarois qui braillaient joyeusement : « Paris ! Paris ! » comme
s'ils avaient dû, le lendemain, le mettre à sac. C'était une automobile
qui était arrivée d'abord, pleine de soldats armés. Les gamins gamba-
daient autour, en faisant des grimaces.

    – Allez-vous arrêter, maudits garnements ! leur criait la vieille, la
doyenne du pays ; ils vont croire que vous vous moquez d'eux.

    Et elle faisait de si grands saluts que les longs rubans noirs de son
bonnet des dimanches traînaient par terre.

    Les Allemands riaient, et jetaient aux enfants des poignées de bon-
bons, qu'ils avaient volés dans Reims. Pendant cinq jours, le pays avait
été plein de Bavarois et de Prussiens. Ils avaient emmené trois otages
qu'on n'avait plus revus ; le plus vieux, disait-on, avait été fusillé à une
lieue de là, sur le bord de la route, sans raison, pour servir d'exemple.

    – Et ils payaient recta[1], ces cochons-là, racontait le gros Thomas. Les
officiers réglaient avec des bons, mais les hommes nous donnaient de
l'argent, et de l'argent français, même.

    Cet argent-là – celui de nos prisonniers, de nos blessés, de nos
morts – l'épicier en avait pris plein ses tiroirs, et ç'avait été pour sa
boutique le commencement de la prospérité, qui continuait avec nous.

    Le jour de l'attaque, comme il ne restait pas un seul soldat dans le
village, il avait pu enfin prendre un peu de repos. Il aurait voulu aller
à la pêche, mais les sentinelles, au bout du Chemin des Vaches, l'avaient
arrêté. Il était rentré chez lui en rage, brandissant sa gaule au risque de
casser ses bocaux. Puis, pour passer le temps, grimpé dans son grenier, il
avait suivi le combat à la jumelle, pendant que sa femme faisait des crêpes.

    Quand il nous avait vus, à midi juste, sortir de nos tranchées, et nous
élancer au pas de charge vers la ligne ennemie, jetés dans les champs

---

1. Ponctuellement, cash.

125 nus comme des graines au vent, il avait éprouvé quelque chose qui était peut-être un sentiment.

– Viens vite voir, avait-il braillé à sa bourgeoise. Dépêche, il ne va plus en rester.

– Je peux pas laisser le lait, avait-elle répondu d'en bas, il va se sauver.

130 Et seul, Thomas avait tout vu.

Le village, cependant, a eu un frisson d'émotion ce jour-là, en voyant revenir les premiers brancards et la longue file des blessés clopinants, qui traînaient leurs pattes sanglantes. Sur le pas de la porte, la mère Bouquet, larmoyante, cherchait à reconnaître ses clients, dans le défilé.

135 En pleins champs l'institutrice avait installé une sorte de relais, où elle attendait les blessés avec un broc de citronnade.

Le curé – un vieux brave homme qui nous aime bien – ne s'est pas couché de la nuit ; au petit jour, il donnait encore l'absolution à des mourants.

140 On en a enterré six fosses pleines, et les derniers ont dû attendre, mis en tas dans un coin, que les territoriaux eussent fini de creuser le trou. On n'a pas trouvé de fleurs pour parer leurs tombes, que quelques giroflées transies, et c'est ce qui a donné l'idée aux Thomas d'ouvrir un rayon de couronnes.

145 – On gagne encore plus là-dessus que sur la conserve, a avoué le gros homme.

Il y en a tout un choix, sur une étagère, alignées comme des liqueurs de marque. On en trouve de toutes simples, en immortelles jaunes, qui sentent la pharmacie, et de grandes en perles, où s'entrelacent des fleurs

150 noires à tiges violettes.

– C'est pour la clientèle aisée, celles-là, me dit Demachy qui les examine complaisamment, en monsieur sérieux qui réfléchit avant d'acheter.

Et il ajoute gentiment :

155   — C'est une comme cela que je t'offrirai.

La soupe mangée, les boutiques se remplissent et les rues s'animent. Le village prend un air de dimanche. Tout le monde est dehors : de vieilles grand-mères qui trottinent, des bidons en bandoulière, des gosses qui piaillent en jouant à la marelle avec les débris du calvaire 160 abattu par un 305, des paysans qui ne vont plus aux champs, et des soldats, des soldats...

On se bat à la porte des épiceries, sans trop savoir ce qu'on y achètera. Au passage, on se donne des tuyaux[1].

— Hé ! ils n'ont plus de pinard au *Comptoir français*.

165   — La maîtresse d'école a reçu des saucisses.

— Y en a aussi chez le charron[2], mais faut se grouiller.

Tout le monde est marchand, ici ; chaque maison est une boutique, chaque ferme un cabaret, et toutes les fenêtres sont enguirlandées[3] d'amadou au mètre[4], en guise d'enseigne. Le charcutier vend des 170 peignes et M. le maire du tord-boyaux[5].

Devant le *Comptoir français*, trente soldats se bousculent et braillent. Rien que des bidons vides.

— Tas de vaches, crie un des hommes, en fendant le groupe pour s'en aller. Comment que j'serai heureux l'jour où une marmite[6] défoncera 175 leur crèche[7] !

---

1. Renseignements (argot).
2. Fabricant des charrettes.
3. Décorées.
4. Mèche servant aux briquets se vendant au mètre.
5. Eau-de-vie de mauvaise qualité (argot).
6. Gros obus (argot).
7. Maison (argot).

– Y a que les cognes[1] qui sont bien reçus ici, approuve un autre. Ils sautent la patronne, tu comprends, comme ça elle est parée pour les contraventions[2] et eux ont la croûte...

La porte du boulanger est verrouillée, les volets mis. Une douzaine
180 de naïfs font pourtant la queue dans l'espoir insensé d'avoir un peu de pain chaud. Un arrêté du maire interdit d'en vendre à d'autres qu'aux civils, et la porte ne s'ouvre pas.

Nous l'avons vu en gerbes, pourtant, en meules blondes, le beau pain des civils, après la Marne. Ah ! c'est bon, le pain chaud...
185 Dans les maisons, on entend chanter. Sur la place, on discute, on rigole.

La guerre est finie pour nous, finie pour cinq jours. L'attaque, les morts, c'est oublié ; on s'en souvient juste pour parler entre copains, se dire avec une joie sourde : « On s'en est tiré, hein ! » Dans cinq jours,
190 c'est vrai, il faudra remonter aux tranchées, au Redan ou à gauche du ruisseau, mais personne n'y pense. Il n'y a que le présent, le jour même qui compte – le seul qu'on soit certain de vivre. Sans y prêter attention, comme l'oreille s'habitue à un tic-tac d'horloge, on entend le canon. Quand ce sont les 75 de la gare qui tirent, on dirait que leur miaule-
195 ment traverse la place.

– Tu vas voir qu'à force de jouer aux c..., ils vont finir par gagner, dit Lemoine qui n'aime pas les artilleurs. Les Boches nous foutent la paix, il faut qu'ils les emm... Total : ils bombardent le patelin et c'est nous qui seront encore verts.
200 Les Allemands bombardent souvent, et la mairie, toute neuve, avec son clocheton d'ardoise, leur sert de cible. Des maisons, crevées jusqu'à

---

1. Gendarmes (argot).
2. À l'abri des contraventions (argot).

la cave, laissent voir leur pauvre cœur mis à nu et leur toiture sans tuiles s'ouvre sur le ciel, comme une porte à claire-voie[1]. De grands trous chaotiques sont creusés où se trouvaient des granges ; au fond de la 205 cuvette, l'obus a pilé des pierres, des solives[2] et des débris calcinés d'on ne sait quoi. Avec toutes ces ruines, les territoriaux font, sans trop se presser, des petits tas, et les gamins viennent y chercher des lattes de plafond, pour se faire des sabres. Car les gosses aussi jouent à la guerre.

En sortant de chez Thomas, nous allons chez la mère Bouquet, dont 210 la boutique peinte en noir attriste la place aux ormes dépouillés. Il faut faire la queue pour entrer, se battre pour être servi. Dans la salle d'épicerie aux casiers vides, c'est une cohue d'hommes qui beuglent. La mère Bouquet, une femme énorme, se défend à son comptoir contre vingt mains avides.

215 — Il n'y a plus de sardines… Trente-deux sous le camembert… Si vous n'en voulez pas, laissez-le, on a la vente… N'allez-vous pas tripoter tout comme ça, tas de dégoûtants !

Ceux qui s'écrasent contre le comptoir se font suppliants, et ceux de derrière crient par-dessus les têtes.

220 — Madame Bouquet, la boîte d'haricots qu'est là-haut, s'il vous plaît… Moi, je suis un bon client…

— Du pâté, madame Bouquet… Hé ! par ici… ça fait une demi-heure que j'attends.

L'épicière se démène, crie et ne sert personne, ne pensant qu'à écarter 225 les mains qui se tendent, de peur qu'on ne lui vole quelque chose.

— Y a plus rien, j'vous dis… Allez-vous-en… Lucie ! Viens fermer la porte… Ils vont tout casser, les saligauds[3] !

---

1. Porte dont les planches écartées laissent passer le jour.
2. Poutres.
3. Sales types (argot).

Mais Lucie, la fille de la patronne, ne bouge pas : elle n'aime pas les saligauds. Un sautoir en argent sur son corsage empesé, ses cheveux fades ondulés aux papillotes, elle siège, hautaine, dans la petite salle du fond, aussi fière sur son tabouret, entre le portrait du général Joffre et le tableau des pièces à refuser, qu'une grue[1] débutante dans son taxi.

Tout le régiment connaît Lucie, tous les hommes la désirent, et quand elle traverse le débit bondé, portant les verres, ils la guignent d'un air goulu et disent crûment leur goût. Les plus hardis tendent la main en se cachant, et palpent, au passage. Elle ne daigne même pas s'en apercevoir et passe au milieu d'eux avec l'air offensé d'une princesse en exil, condamnée à faire des ménages. On peut dire d'elle ce qu'on veut, c'est une fille qui garde son rang. Elle ne sourit qu'aux soldats « bien » et ne rougit que pour les officiers.

Un soldat « bien », c'est celui qui achète du lait condensé, des petits gâteaux, du chocolat extra et du vin bouché. Ce sont à ses yeux des denrées nobles dont l'acquisition dénote l'éducation accomplie et les goûts « comme il faut » d'un fils de famille. Demachy ayant acheté de l'eau de Cologne et du champagne, est estimé presque à l'égal d'un sous-lieutenant et Lucie l'appelle « Monsieur ».

– Quatre petits verres, mademoiselle, commande Lemoine. Quelque chose de doux.

– Du marc, par exemple, ajoute Sulphart à titre d'indication.

La fille minaude, en regardant Gilbert :

– Vous n'êtes pas raisonnables. Vous savez bien que c'est défendu… Je vais vous servir quand même, mais faudra vous dépêcher de boire que je remporte les verres.

---

1. Prostituée (argot).

255 Sulphart, obéissant, vide le sien d'un trait et passe dans l'autre salle, où
il va faire nos achats pour le dîner. Tout de suite, il commence à brailler :
– J'l'avais retenu, l'boudin. Pas vrai, madame Bouquet ?... Et le
gruyère, « mon gruyère »...
À l'entendre, il aurait tout retenu depuis la veille, depuis huit jours,
260 depuis tout le temps.
– Il est à moi, l'boudin, gueule de raie... demandez-y voir.
À une table près de nous, des copains boivent du vin rouge, litre par
litre. Avant, on le payait vingt-quatre sous. Mais une note du colonel
a interdit de vendre le vin ordinaire plus de quatre-vingts centimes.
265 Alors, la mère Bouquet a fait cacheter le goulot de ses litres, et maintenant, nous le payons trente sous : c'est devenu du vin bouché.
Vieublé, un soldat de notre compagnie, fait le service en bras de
chemise. Dans tous les villages où nous allons au repos, il trouve un
débitant pour l'embaucher. Il sert dans la salle, descend à la cave, lave
270 les verres, ramasse les pourboires, chaparde, et tous les soirs va se coucher saoul. Avec le cuisinier du colonel, c'est l'homme le plus envié du
régiment.
Il s'approche de notre table avec un sourire satisfait de patron dont
les affaires prospèrent.
275 – Eh bien, les gars, vous avez aussi coupé à la marche ?... Moi, je
m'suis fait porter pâle, l'toubib me r'connaît toujours. Y m'fout une
purge et c'est marre[1]... Y a bien Morache qu'a essayé de me poirer[2] au
tournant, mais comment que j'en ai joué !...
– Oui, je l'ai vu qui faisait le pet[3] derrière les saules. Il trouve que
280 c'est pas assez des bourres[4].

---

1. C'est bon (argot).
2. Prendre en faute (argot).
3. Guetter (argot).
4. Il pense que les policiers ne suffisent pas (argot).

– Et on a nommé ça sous-lieutenant ! s'indigne Vieublé, son torchon sous le bras. C'est toujours pas pour ce qu'il a fait le jour de l'attaque.

– Tu peux être sûr que si le colon l'avait vu comme on l'a vu, il n'aurait pas été nommé... Tu sais qu'il a foutu quatre jours à Broucke,
285 sans même qu'on sache pourquoi.

– Aie pas peur, prédit Sulphart qui revient chargé comme une corvée, tout ça se paiera en gros et en détail.

– C'est du bien de mineur, ça rapporte, opine sentencieusement[1] Lemoine.

290 – On se retrouvera après la guerre.

C'est toujours la même chanson : cela se réglera après la guerre. De fixer leurs revanches à cette date incertaine, cela les venge déjà plus qu'à moitié.

À la caserne, pendant leur temps d'active, quand l'adjudant les nom-
295 mait de piquet d'incendie ou que le sergent leur faisait faire demi-tour à la grille, ils s'en allaient, rageant à blanc, et grommelant de mysté-rieuses menaces.

– Que la guerre arrive, on se marrera... On les retrouvera, les mecs...

La guerre a éclaté ; ils ont en effet retrouvé l'adjudant et le sergent,
300 qu'ils ont vite emmenés à la cantine en les appelant « ma vieille ». Puis, ils en ont détesté d'autres – ou bien les mêmes. Et maintenant qu'on se bat, ce n'est plus à la guerre qu'ils remettent leurs desseins de vengeance, c'est à la paix...

– Qu'on redevienne civils, tu verras...

305 Et Demachy, qui sait bien qu'il ne verra rien, sourit d'un air scep-tique, en jouant avec le fond de son verre, où roule une goutte de lumière.

Venant de l'épicerie ou de la rue, d'autres s'attablent bruyamment.

---

1. Gravement.

– Hé ! vieux, un litron de rouge.

310   Un gros caporal essaie vainement de fléchir Mlle Lucie, méprisante et revêche[1].

– Deux petits verres seulement, mam'zelle, on boira vite. N'importe quoi, pourvu que ça soit du solide, du « tiens-toi bien ».

– Fichez-moi la paix, on ne vend que du vin ici, c'est pas pour les
315   soûlots[2].

Les coudes sur la table ou à cheval sur des tabourets, les buveurs discutent, dans un tumulte de voix, de godillots traînés, de cris, de verres qu'on choque.

– Paraît que le...[c3] qui nous a relevés à Berry s'est fait poirer une
320   tranchée.

– Ça ne m'étonne pas de ces enfoirés-là.

– Des bons à lappe[4] qu'ont même pas été foutus de creuser de bons gourbis... C'est pas de la blague, y a que nous qui grattent.

Une dispute éclate soudain entre Vieublé et des mitrailleurs qui
325   veulent lui carotter un litre. Un petit rougeaud aux yeux sans cils défend ses sous et sa réputation d'une voix pâteuse :

– Faut pas crâner, tu sais. C'est pas parce qu'on n'est pas des Parisiens qu'on est des voleurs. On l'est peut-être pas plus que toi. Et j'y ai été avant toi, à Paname, moi qui te cause.

330   – Tais-toi, réplique Vieublé sans se fâcher. T'as jamais eu l'honneur d'y traîner tes grolles, à Paname, bouseux. Je la connais, ta capitale : y a que des cochons sur le boulevard.

– Quoi qu'il dit ce feignant-là !

---

1. Désagréable.
2. Ivrognes (argot).
3. Numéro du régiment effacé par discrétion.
4. Des bons à rien (argot).

— Il dit que t'as jamais débarqué[1] à Paris, plein vase, même avec
335 ton bleu costume des dimanches et le canard dans le panier. D'abord,
t'aurais pas pu, avec la machine à refouler les croquants[2]. Tu la connais
seulement pas, c'te machine, bellure[3]. C'est juste en face de la gare :
quand un péquand[4] débarque, v'lan ! Y a un grand coup de piston, et
le mec est refoutu dans son train. Ça t'en bouche un coin, Saturnin...
340 Sa voix de faubourg, aux mots qui traînent, me rappelle étrangement
celle de Vairon. Je crois encore l'entendre rouspéter, le matin de l'attaque, parce qu'on lui donnait à porter une grande planche qu'il devait
jeter au-dessus de la tranchée allemande pour servir de passerelle. Pauvre
gars ! Broucke nous a dit qu'il était repassé près de lui, en se repliant,
345 et qu'il remuait encore. À présent, depuis quatre jours, c'est sûrement
fini. Et pourtant...

— Allons, sois pas méchant, Ferdinand, fait Vieublé la main tendue.
Lâche tes trente bourgues[5], et ne pleure pas : tu la reverras, ton étable.

À la table qui prolonge la nôtre, des soldats de la compagnie causent
350 du moulin et des Monpoix, les fermiers, en nous regardant de côté,
comme s'ils parlaient pour nous. Tout leur paraît suspect dans la
bicoque : les pigeons qui volent à heure fixe, la fumée, le chien blanc
qui gambade dans le pré, en vue des Allemands et surtout le vieux qui,
chaque soir, sort tout seul pour fumer sa pipe.
355 — Plus de dix fois, je te dis, il a fait marcher son briquet.

— Mais il y en a qui s'en foutent, tu comprends, pourvu qu'ils se
tapent bien la cloche[6], insinue un petit maigrichon au nez retroussé.

---

1. Tu n'es jamais venu (argot).
2. Machine imaginaire qui renverrait automatiquement les paysans dans leur campagne.
3. Idiot (argot).
4. Paysan (argot).
5. Sous (argot).
6. Ils mangent bien (argot).

Sulphart, qui sert d'arbitre dans le conflit des mitrailleurs, n'est pas là pour leur répondre et Demachy ne les entend pas. Le menton dans les paumes, il rêvasse, les yeux perdus.

— À quoi penses-tu, Gilbert ? Le cafard ?

— Non, souvenirs...

Et il parle tout bas, de loin, comme si le passé le gardait.

— L'an dernier, jour pour jour, j'arrivais à Agay. C'était le matin. Je me souviens que, près de la gare, on brûlait un beau tas vert d'eucalyptus ou de pin dont l'âcre fumée piquait l'air d'un parfum sauvage. Elle me disait que cela la faisait tousser. Elle portait une robe bleue, bleu pervenche...

Puis il se força un peu pour rire :

— Maintenant, c'est moi qui suis en bleu. C'est la guerre...

Nos voisins parlent plus fort, avec de mauvais rires et des brocards[1] qui sont pour nous. Un soir qu'ils rejoignaient leur gourbi, une gamelle de riz dans le ventre, sans même un quart de vin, ils ont dû nous entendre rire, dans la maison bien chaude, et cela les a rendus jaloux. Comme ils voient que je suis décidé à ne pas répondre, ils insistent.

— J'te dis qu'ils s'envoient la fille, moi. On peut toujours, en douce, avec ses sous... Ah ! je voudrais bien faire la guerre comme ça.

Gilbert tourne à peine la tête et les regarde. Il sourit drôlement – un peu amer, un peu narquois – et me dit, sans baisser la voix :

— Tu les entends ?

Puis il hausse les épaules, songe un instant, et :

— Après la guerre, reprend-il, son sourire déçu au coin des lèvres, nous ne pourrons plus nous montrer, même avec une jambe de bois. Si on paraît avoir de l'argent, on ne se sera pas battu. Avec un faux col

---

1. Moqueries.

385 et des gants, on ne croira jamais que tu as été dans les tranchées, et le muletier du train de combat, le laveur de camions automobiles, le cuistot du colonel, le mécanicien en sursis, tout cela t'injuriera dans la rue et te demandera où tu te cachais pendant la guerre. Moi, cela m'est égal. Pour être sûr de ne pas me faire écharper, dès que je verrai que cela 390 tourne mal, je m'achèterai des espadrilles, une casquette de trente-neuf sous, et je ferai ma toilette avec du cambouis... Ça et une cuite, on est à peu près sûr de s'en tirer : les ivrognes sont les seuls qu'on épargne, pendant les révolutions.

Les débits devant fermer à une heure, nous payons Lucie, qui nous 395 rend autant de sourires que de gros sous, et sortons. Sulphart veut nous entraîner au café Culdot, où, assure-t-il, on trouve de l'absinthe, en venant de la part du fourrier de la troisième. Par habitude, Lemoine dit que ça n'est pas vrai. Nous partons en flânant. Le village est maintenant presque désert. Il est interdit de quitter les cantonnements avant cinq 400 heures et les quelques traînards qui musardent[1] rasent les murs et tendent le cou, à chaque coin de rue, craignant de se jeter dans les gendarmes.

– Ça serait pas le coup de se faire poirer, dit Sulphart l'œil méfiant. Être pris à se baguenauder[2] pendant que les autres se font les pieds, ça ch...

405 – Y a pas de danger, rassure Lemoine optimiste – il l'est toujours quand il a bu son compte.

– Pas de danger ! L'ouvre pas, tiens, tu causeras mieux.

Prisonniers dans leurs granges, les hommes désœuvrés se sont assis aux lucarnes, jambes pendantes. Ils savourent une bonne oisiveté en 410 regardant passer les compagnies qui vont à l'exercice pour apprendre à présenter les armes en décomposant.

---

1. Flânent, se baladent.
2. Se promener.

Sur le Chemin des Vaches, où passe le Decauville, des territoriaux grisonnants qui vont à la corvée jouent au chemin de fer. L'un d'eux, un vieux, assis sur un wagonnet, se laisse entraîner sur la pente en faisant :
415 « Pin ! Pin ! » et les autres courent derrière, criaillant comme des gosses. Pour traverser la place, il faut raser les murs, se défiler derrière les piles de rondins, utiliser le terrain.

– Vise, nous dit Lemoine, le gars Broucke qui nous fait bonjour.

Le ch'timi est enfermé dans le sous-sol de la mairie, dont on a fait 420 une prison. La tête passée entre les barreaux du soupirail, il prend l'air et sans rien dire, de peur de nous faire repérer, il nous sourit.

– Passer son repos en taule quand on n'a rien fait, c'est tout de même ressautant[1], grogne Sulphart. Y a pas à chiquer[2] contre, on est moins que rien. Si jamais Morache nous disait : « Vous allez me baiser le gras 425 des reins », on n'aurait rien à répondre, rien à foutre, qu'à l'aider à se déculotter. Sans charre[3], y a de l'abus… Puisqu'on est en République on devrait tous être égal.

Gilbert, qui n'est pas démocrate, hausse les épaules et fait sa petite moue de guenon déçue.

430 – L'égalité, c'est un mot, l'égalité… Qu'est-ce que c'est, l'égalité ?

Sulphart réfléchit un instant. Puis il répond sans vouloir rire :

– L'égalité, c'est de pouvoir dire m… à tout le monde.

Au bout du village nous nous arrêtons un instant pour bavarder avec Bernadette, qui garde ses bêtes. Elle plaît beaucoup à Gilbert, avec ses 435 longs yeux minces de chevrette, ses joues criblées de son et son cou frêle de Parisienne. Il lui dit des bêtises, qui la font éclater d'un gros rire, et je crois qu'il la voit en cachette. Trop niaise pour être perverse, cela doit

---

1. Révoltant (argot).
2. On ne peut pas dire le contraire (argot).
3. Sans rire.

515 La mère Monpoix, elle, n'entend rien « à toute notre guerre », mais la fille tient du père : une mémoire dure et fidèle de paysanne. Un jour qu'on parlait de batteries lourdes allemandes, démasquées dans le Bois Noir, elle avait dit :

— Ah ! oui, sur la cote 91.

520 Surpris, je l'avais regardée. Rien ne ternissait son regard naïf. Elle avait dû dire cela tout simplement, un chiffre retenu...

Les Monpoix sortent à peine. On leur a bien permis de rester à la ferme, mais il leur est interdit de circuler du côté des lignes. Pour se dérouiller les jambes, le père faisait autrefois le tour du village nègre, 525 mais il s'est disputé avec les soldats, à propos de deux brancards tout neufs qu'ils ont pris pour faire le chambranle d'une porte de gourbi, et, injurié par eux, il n'ose plus se montrer dans le cantonnement.

Depuis, il va faire son tour du côté des batteries. Il siffle Féroce, son grand chien, et on les voit de très loin aller et venir, le maître noir et le 530 chien blanc, jusqu'à la crête : il ne va jamais plus loin. Si les Allemands se mettent à tirer, il ne se presse pas de rentrer : il n'a pas peur.

Parfois, au milieu de la journée, si une lubie[1] lui vient, il monte se coucher, sans rien dire à personne. On l'entend qui marche dans le grenier, qui déplace des caisses, ouvre et ferme les lucarnes. Cela fait 535 rire sa femme.

— Qu'est-ce qu'il peut faire ? Il ne peut pas tenir en place, ce maudit-là...

Je ne sais pourquoi, je me sens gêné pendant ces absences que rien n'explique.

540 Ce que nous donnons aux Monpoix pour la popote les aide à vivre, car ils n'ont pas d'argent. Ils vendent du lait, des œufs, un peu de

_____
1. Caprice.

l'amuser, tous ces hommes échauffés qui la poursuivent, la relançant jusque dans l'écurie. Peut-être, cependant, en a-t-elle remarqué un dans 440 la bande.

Elle pense à nous, lorsque le régiment est aux tranchées. Et quand le canon tonne dur, elle compte candidement chaque coup... « Un peu... Beaucoup... Passionnément... » comme si elle effeuillait la marguerite.

*

— Dépêchez-vous, monsieur Sulphart, vous allez m'aider à plumer 445 le canard.

Une bonne haleine chaude nous accueille en entrant dans la cuisine. La table ronde, toute blanche sous la lampe, semble nous attendre pour lire. Mes chaussons sont là, près du poêle, le gros chat roux couché dessus. On croirait rentrer chez soi, un jour de pluie.

450 Les joues encore brûlantes de la marche au vent vif des champs, nous soufflons, tout heureux.

— On est mieux ici que dans la tranchée, hein, gamins, nous dit la mère Monpoix, qui tourne dans son saladier la pâte crémeuse des beignets.

455 C'est vrai, on est bien au moulin. Cela fait deux mois que nous y venons au repos : six jours en ligne, trois jours à la ferme.

Au début, nous avons dormi dans les granges, sous la remise, au grenier et jusque dans l'escalier. Mais depuis, sans nous soucier des Allemands, qui du clocher de L... devaient nous voir piocher, nous 460 nous sommes creusé des gourbis dans l'herbage. De loin, tous ces tumulus[1] font songer à des tombes fraîches qui attendraient leur croix. Il ne

_____
1. Monticules de terre.

reste plus, des fragiles paillotes[1] construites en septembre, que quelques huttes malgaches[2], dont les pluies ont pourri le bois et crevé la toiture de roseaux. Pourtant le cantonnement s'appelle toujours le village nègre.

465   Ceux que je visitais, enfant, pour vingt sous, n'étaient pas plus amusants, et je crois, quand je nous regarde, retrouver les mêmes sauvages – un peu moins noirs tout de même qui préparent leur couscous dans des gamelles de fer-blanc.

Nous sommes une dizaine de camarades, sergents et soldats, qui 470 vivons à la ferme en popote[3]. On y retrouve Lambert, le fourrier, Bourland, de la liaison du colonel, Demachy, Godin qui était sergent et que Barbaroux, le major, a fait casser pour une bêtise. Ricordeau et parfois l'adjudant Berthier quand il s'ennuie à sa popote.

Malgré les gourbis creusés dans l'herbage, malgré la fumée qui leur 475 montre que la maison est habitée, jamais les Allemands ne tirent par ici. Ils marmitent tout, détruisent le village, toit par toit, mais jamais un obus sur la ferme. On dirait que quelque chose de miraculeux la préserve.

– Ce sont les arbres qui cachent, explique Monpoix.

480   La ferme, c'est notre maison. On ne la quitte jamais tout à fait, même étant aux tranchées on y laisse son bonheur en partant.

Les bergers provençaux, lorsqu'ils conduisent le troupeau dans la montagne, voient toujours de là-haut la ferme blanche, les étables, les pâtis[4] verts, et croient vivre quand même dans le mas au bonnet de 485 tuiles tuyautées. Nous, de la tranchée, nous vivons encore à la ferme : nous voyons descendre et monter la spirale blanche des pigeons, se

1. Cabanes.
2. De Madagascar.
3. Tranquilles (argot).
4. Prairies.

dénouer la fumée légère, d'un bleu tout pareil à celui des peupliers et, au matin, quand rentrent les derniers guetteurs, on entend le coq qui nous crie bonjour.

490   – C'est des signaux, tout ça, répète obstinément Fouillard qui sait que cela nous ennuie.

Des signaux, ils croient en voir toutes les nuits, là et ailleurs. Parfois une patrouille part en courant, vers la lumière, et bat les champs. On tourne des heures, on s'égare, on rôde autour de fermes endormies, 495 ou bien on va terrifier une femme qui montait coucher ses petits, une bougie à la main.

Quand on parle de cela à la ferme, Monpoix grogne :

– C'est tout espions, dans ce pays, gamin… Ah ! les brigands !

Le matin, très tôt, avant d'aller aux champs, il vient bavarder avec 500 nous, dans la cuisine obscure où nous prenons le chocolat. Une grande flambée lèche la plaque d'âtre, aux trois fleurs de lis à demi rongées, et, piquant les tartines à la pointe d'une baïonnette, on se fait griller du pain.

Cela lui plaît, notre jeunesse bruyante de soldats. Et puis il aime 505 à parler de nos travaux, de tout ce qu'on creuse, là-bas, dans ces champs.

– De bonnes tranchées, au moins ?… Vous ne les laisserez plus passer, ces bandits de Prussiens… Et ce poste d'écoute, où que vous le mettrez, à c't'heure ?

Il connaît le secteur comme nous, boyau par boyau, sans y être 510 jamais allé. Malgré ses airs bourrus, il doit nous aimer. Les cuisiniers m'ont dit que, le matin de l'attaque, il était plus agité que nous. Je leur ai demandé :

– Il connaissait l'heure de l'attaque ?

– Oui, comme tout le monde… Il nous l'avait demandée souvent.

volaille. Mais jusqu'à présent, ils n'ont pas voulu vendre de pigeons, même au colonel.

– C'est que ça ne se prend pas comme ça, pas vrai, gamins, nous dit
545 Monpoix. Allez donc les attraper, ces bestioles-là ! On ne veut pas non plus y monter la nuit : les Prussiens verraient la lumière. Et puis on s'habitue à ses bêtes, aussi.

Dès qu'il fait beau, la ronde infatigable des pigeons fait au moulin une couronne blanche, d'où quelques fleurs s'envolent. Un jour, de la
550 tranchée, on en a tiré un qui volait très bas, au-dessus des lignes. A-t-il eu peur ? Il s'est sauvé du côté des Boches.

Mais nous ne verrons plus longtemps les pigeons de la ferme : le colonel a parlé de les faire tuer tous.

Les Monpoix ne s'indignent pas de ces tracasseries. Ils ne semblent
555 même pas s'apercevoir de la défiance qui les entoure et n'en parlent jamais. C'est ce qui m'étonne le plus.

Si on leur refuse un laissez-passer de quelques heures, le père grogne un peu, c'est tout. La fille fait parfois une allusion, de sa voix qui traîne, mais sans montrer la moindre émotion, comme elle parlerait d'un ennui
560 naturel qu'il faut subir avec les autres, parce que c'est la guerre.

Drôle de fille, falote[1], douce, maladive, qui parle d'une voix pâle comme ses joues. Je sens bien que nous l'amusons, mais elle ne rit jamais aux éclats comme sa mère. Elle a toujours cet air réfléchi, et, quand nous parlons sérieusement au lieu de brailler, elle s'arrête de
565 travailler pour nous écouter, quel que soit le sujet. Elle n'oublie rien de ce qu'elle entend – notre vie à tous, nos familles, nos affaires, et de son côté elle ne recevrait pas une lettre de son frère le chasseur à pied, dont elle est si fière, sans nous la lire.

---

1. Terne, insignifiante.

Nos travaux de soldats aussi l'intéressent. Elle connaît, depuis qu'elle
570 entend parler, les détours tortueux des boyaux, dans les bois où naguère
elle allait aux mûrons[1], et l'emplacement des batteries, qu'on croirait
installées devant la ferme, tant les murs tremblent quand elles tirent.
Elle ne questionne jamais ; elle nous écoute sans placer un mot, et l'on
pourrait supposer qu'elle pense à autre chose, quand on observe ses
575 yeux vagues.

Je me souviens qu'un matin, devant Morache qui prenait alors son
petit déjeuner à la ferme, elle parlait à Demachy de notre corvée de la
nuit précédente. Nous avions creusé un emplacement à la lisière du
bois et charrié[2] des rondins, pour un abri de mitrailleuse. Gilbert lui
580 expliquait l'endroit sous les sapins, près du ruisseau.

– Bavard, dangereux bavard ! avait lancé l'adjudant de sa voix criarde.

Gilbert, je me rappelle, était devenu tout pâle ; mais elle avait seulement regardé Morache d'un air à peine étonné, sans rien répondre. Elle
n'a jamais reparlé de l'incident.

585 Emma est encore plus prévenante que sa mère. J'ai toujours, quand
je descends des tranchées, de l'eau chaude pour laver mes cuisses à vif.
Elle connaît les goûts de tout le monde, fait la soupe aux choux comme
l'aime Gilbert et prépare le café très fort, pour nous plaire, préférant
n'en pas boire. Le jour où le bataillon redescend, nos chaussons sont
590 devant le feu depuis le déjeuner, et quand un blessé passe, tout raide, sur
un wagonnet, elle court vite jusqu'au chemin, pour voir si ce n'est pas
un de ses soldats. Dès qu'un de nous parle, elle s'approche. Je l'observe
qui écoute Berthier. Il explique à Gilbert comment il envisagerait une
nouvelle attaque, en précisant chaque détail. Son bol à la main, elle se

---

1. Cueillir des mûres.
2. Transporté.

dénouer la fumée légère, d'un bleu tout pareil à celui des peupliers et, au matin, quand rentrent les derniers guetteurs, on entend le coq qui nous crie bonjour.

490 — C'est des signaux, tout ça, répète obstinément Fouillard qui sait que cela nous ennuie.

Des signaux, ils croient en voir toutes les nuits, là et ailleurs. Parfois une patrouille part en courant, vers la lumière, et bat les champs. On tourne des heures, on s'égare, on rôde autour de fermes endormies, 495 ou bien on va terrifier une femme qui montait coucher ses petits, une bougie à la main.

Quand on parle de cela à la ferme, Monpoix grogne :

— C'est tout espions, dans ce pays, gamin... Ah ! les brigands !

Le matin, très tôt, avant d'aller aux champs, il vient bavarder avec 500 nous, dans la cuisine obscure où nous prenons le chocolat. Une grande flambée lèche la plaque d'âtre, aux trois fleurs de lis à demi rongées, et, piquant les tartines à la pointe d'une baïonnette, on se fait griller du pain.

Cela lui plaît, notre jeunesse bruyante de soldats. Et puis il aime 505 à parler de nos travaux, de tout ce qu'on creuse, là-bas, dans ces champs.

— De bonnes tranchées, au moins ?... Vous ne les laisserez plus passer, ces bandits de Prussiens... Et ce poste d'écoute, où que vous le mettrez, à c't'heure ?

Il connaît le secteur comme nous, boyau par boyau, sans y être 510 jamais allé. Malgré ses airs bourrus, il doit nous aimer. Les cuisiniers m'ont dit que, le matin de l'attaque, il était plus agité que nous. Je leur ai demandé :

— Il connaissait l'heure de l'attaque ?

— Oui, comme tout le monde... Il nous l'avait demandée souvent.

515   La mère Monpoix, elle, n'entend rien « à toute notre guerre », mais la fille tient du père : une mémoire dure et fidèle de paysanne. Un jour qu'on parlait de batteries lourdes allemandes, démasquées dans le Bois Noir, elle avait dit :

     – Ah ! oui, sur la cote 91.

520   Surpris, je l'avais regardée. Rien ne ternissait son regard naïf. Elle avait dû dire cela tout simplement, un chiffre retenu...

     Les Monpoix sortent à peine. On leur a bien permis de rester à la ferme, mais il leur est interdit de circuler du côté des lignes. Pour se dérouiller les jambes, le père faisait autrefois le tour du village nègre,

525   mais il s'est disputé avec les soldats, à propos de deux brancards tout neufs qu'ils ont pris pour faire le chambranle d'une porte de gourbi, et, injurié par eux, il n'ose plus se montrer dans le cantonnement.

     Depuis, il va faire son tour du côté des batteries. Il siffle Féroce, son grand chien, et on les voit de très loin aller et venir, le maître noir et le

530   chien blanc, jusqu'à la crête : il ne va jamais plus loin. Si les Allemands se mettent à tirer, il ne se presse pas de rentrer : il n'a pas peur.

     Parfois, au milieu de la journée, si une lubie[1] lui vient, il monte se coucher, sans rien dire à personne. On l'entend qui marche dans le grenier, qui déplace des caisses, ouvre et ferme les lucarnes. Cela fait

535   rire sa femme.

     – Qu'est-ce qu'il peut faire ? Il ne peut pas tenir en place, ce maudit-là...

     Je ne sais pourquoi, je me sens gêné pendant ces absences que rien n'explique.

540   Ce que nous donnons aux Monpoix pour la popote les aide à vivre, car ils n'ont pas d'argent. Ils vendent du lait, des œufs, un peu de

---

1. Caprice.

l'amuser, tous ces hommes échauffés qui la poursuivent, la relançant jusque dans l'écurie. Peut-être, cependant, en a-t-elle remarqué un dans la bande.

Elle pense à nous, lorsque le régiment est aux tranchées. Et quand le canon tonne dur, elle compte candidement chaque coup... « Un peu... Beaucoup... Passionnément...» comme si elle effeuillait la marguerite.

*

– Dépêchez-vous, monsieur Sulphart, vous allez m'aider à plumer le canard.

Une bonne haleine chaude nous accueille en entrant dans la cuisine. La table ronde, toute blanche sous la lampe, semble nous attendre pour lire. Mes chaussons sont là, près du poêle, le gros chat roux couché dessus. On croirait rentrer chez soi, un jour de pluie.

Les joues encore brûlantes de la marche au vent vif des champs, nous soufflons, tout heureux.

– On est mieux ici que dans la tranchée, hein, gamins, nous dit la mère Monpoix, qui tourne dans son saladier la pâte crémeuse des beignets.

C'est vrai, on est bien au moulin. Cela fait deux mois que nous y venons au repos : six jours en ligne, trois jours à la ferme.

Au début, nous avons dormi dans les granges, sous la remise, au grenier et jusque dans l'escalier. Mais depuis, sans nous soucier des Allemands, qui du clocher de L... devaient nous voir piocher, nous nous sommes creusé des gourbis dans l'herbage. De loin, tous ces tumulus[1] font songer à des tombes fraîches qui attendraient leur croix. Il ne

1. Monticules de terre.

reste plus, des fragiles paillotes[1] construites en septembre, que quelques
huttes malgaches[2], dont les pluies ont pourri le bois et crevé la toiture de
roseaux. Pourtant le cantonnement s'appelle toujours le village nègre.
465 Ceux que je visitais, enfant, pour vingt sous, n'étaient pas plus amusants, et je crois, quand je nous regarde, retrouver les mêmes sauvages
– un peu moins noirs tout de même qui préparent leur couscous dans
des gamelles de fer-blanc.

Nous sommes une dizaine de camarades, sergents et soldats, qui
470 vivons à la ferme en popote[3]. On y retrouve Lambert, le fourrier,
Bourland, de la liaison du colonel, Demachy, Godin qui était sergent
et que Barbaroux, le major, a fait casser pour une bêtise. Ricordeau et
parfois l'adjudant Berthier quand il s'ennuie à sa popote.

Malgré les gourbis creusés dans l'herbage, malgré la fumée qui leur
475 montre que la maison est habitée, jamais les Allemands ne tirent par
ici. Ils marmitent tout, détruisent le village, toit par toit, mais jamais
un obus sur la ferme. On dirait que quelque chose de miraculeux la
préserve.

– Ce sont les arbres qui cachent, explique Monpoix.
480 La ferme, c'est notre maison. On ne la quitte jamais tout à fait,
même étant aux tranchées on y laisse son bonheur en partant.

Les bergers provençaux, lorsqu'ils conduisent le troupeau dans la
montagne, voient toujours de là-haut la ferme blanche, les étables, les
pâtis[4] verts, et croient vivre quand même dans le mas au bonnet de
485 tuiles tuyautées. Nous, de la tranchée, nous vivons encore à la ferme :
nous voyons descendre et monter la spirale blanche des pigeons, se

---

1. Cabanes.
2. De Madagascar.
3. Tranquilles (argot).
4. Prairies.

595 tient debout, près de la lampe, et l'on dirait que son menton taché de
lumière a trempé dans le lait. Écoute-t-elle seulement ?

Elle tourne la tête, m'aperçoit, et se rapproche aussitôt de sa mère, les
yeux baissés, sans qu'on entende ses chaussons sur les carreaux.

Monpoix est assoupi dans un coin. C'est une heure chaude et tran-
600 quille de bon repos. On est bien. Je m'étire paresseusement, comme un
chien qui se chauffe et je m'assieds contre le lit, un bras sur le dossier, un
bras sur le matelas. On se sent à l'abri de tout, dans ces êtres familiers,
mieux que dans une sape profonde. Il suffit de tirer les gros rideaux et
d'allumer la lampe pour se sentir chez soi et ne plus rien craindre. Par
605 prudence, on met encore une toile de tente devant la fenêtre. La nuit
n'aura rien de notre chaleur, pas un fil de notre lumière.

On est chez soi, loin du danger, loin de la guerre. Les énormes rondins des gourbis craignent l'obus et s'arc-boutent ; ici, c'est un joli mur
tendu de papier rose, qui nous protège. On a confiance. Mieux que par
610 tous les parapets on se sent défendu par cette lumière qui vous semble si
belle après la lueur jaune et dansante des bougies, on se sent défendu par
le feu qui ronfle, par la marmite qui fume, par tout cet humble bonheur
– et même par cette odeur provocante d'oignons, tout pareils à de petits
fruits blancs, dans une assiette.

*

615 Un vrai dîner de famille, de ces dîners d'hiver, plus intimes, plus
cordiaux que les autres, où le bonheur frileux vient se blottir près du feu.

Sommes-nous des soldats ? À peine, on l'oublie. Il y a bien la vareuse
de Berthier, une ou deux vestes bleues, mais les autres sont en chandail,
en gilet, sans rien de militaire. Demachy s'est même fait envoyer un gros
620 pyjama à brandebourgs de soie, ce qui l'a définitivement perdu dans

l'esprit du village nègre et désigné à la malveillance tenace de Morache. Insoucieux, solides, nos vingt-cinq ans éclatent de rire. La vie est un grand champ, devant nous, où l'on va courir.

Mourir ! Allons donc ! Lui mourra peut-être, et le voisin et encore
625 d'autres, mais soi, on ne peut pas mourir, soi... Cela ne peut pas se perdre d'un coup, cette jeunesse, cette joie, cette force dont on déborde. On en a vu mourir dix, on en verra toucher cent, mais que son tour puisse venir, d'être un tas bleu dans les champs, on n'y croit pas. Malgré la mort qui nous suit et prend quand elle veut ceux qu'elle veut, une
630 confiance insensée nous reste. Ce n'est pas vrai, on ne meurt pas ! Est-ce qu'on peut mourir, quand on rit sous la lampe, penchés sur le plat d'où monte un parfum vert de pimprenelle[1] et d'échalote ?

D'ailleurs, nous ne parlons jamais de la guerre : c'est défendu pendant les repas. Il est également interdit de parler argot[2] et de s'entretenir
635 du service. Pour toute infraction, il faut verser deux sous d'amende à la cagnotte : c'est notre jeu de tous les jours. Ricordeau, notre nouveau sergent, y mange ses dix-huit sous de solde. Il parle prudemment, pourtant, car nous l'avons rendu méfiant, mais Sulphart trouve toujours des ruses nouvelles pour amener la conversation sur le terrain glissant, et
640 tout à coup le mot malheureux échappe : la corvée de la veille, l'attaque du seize, le poste d'écoute...

– Deux sous ! Deux sous ! crions-nous.

Si par malheur Ricordeau veut se défendre, c'est pour mieux se perdre :
645 – Je ne marche pas, proteste-t-il, ne voulant pas payer l'amende.

Aussitôt, tout le monde hurle de plus belle :

---

1. Plante parfois utilisée en assaisonnement.
2. Utiliser un langage codé compréhensible seulement d'un groupe social.

– C'est de l'argot ! Deux sous de plus !...

De quoi parlons-nous ? De tout, pêle-mêle. On parle de son métier, de ses amours, de ses affaires, avec de la gaieté partout. La vie de chacun

650 se disperse en bribes d'anecdotes et, sans vouloir mentir, on brode un peu : il y a si peu de choses dans notre passé naissant de jeunes gens !

Les moins gais n'ont jamais de souvenirs tristes à raconter ; on n'en devine dans l'existence d'aucun. Ils ont connu des deuils, pourtant, des misères. Oui, mais c'est passé... De sa vie, l'homme ne garde que les

655 souvenirs heureux ; les autres, le temps les efface, et il n'est pas de douleur que l'oubli ne cicatrise, pas de deuil dont on ne se console.

Le passé s'embellit ; vus de loin, les êtres semblent meilleurs. Avec quel amour, quelle tendresse, on parle des femmes, des maîtresses, des fiancées ! Elles sont toutes franches, fidèles, joyeuses, et l'on croirait,

660 à nous entendre ces soirs-là, qu'il n'y a que du bonheur dans la vie.

Parfois, quelque chose claque sur le mur, comme un coup de fouet. C'est une balle perdue.

– Entrez, crie Demachy.

Si quelqu'un parle du Fritz qui l'a tirée, toute la tablée s'agite :

665 « Deux sous ! deux sous ! » Et l'on rit.

– Il a fallu la guerre pour nous apprendre que nous étions heureux, dit Berthier, toujours grave.

– Oui, il a fallu connaître la misère, approuve Gilbert. Avant, nous ne savions pas, nous étions des ingrats[1]...

670 Maintenant, nous savourons la moindre joie, ainsi qu'un dessert dont on est privé. Le bonheur est partout : c'est le gourbi où il ne pleut pas, une soupe bien chaude, la litière de paille sale où l'on se couche, l'histoire drôle qu'un copain raconte, une nuit sans corvée...

---

1. Gens non reconnaissants.

Le bonheur ? mais cela tient dans les deux pages d'une lettre de chez
675 soi, dans un fond de quart de rhum. Pareil aux enfants pauvres, qui se
construisent des palais avec des bouts de planche, le soldat fait du bonheur avec tout ce qui traîne.
Un pavé, rien qu'un pavé, où se poser dans un ruisseau de boue, c'est
encore du bonheur. Mais il faut avoir traversé la boue, pour le savoir.

680 J'essaie de pénétrer l'avenir, de voir plus loin que la guerre, dans ce
lointain brumeux et doré comme une aube d'été. Irons-nous jusque-
là ? Et que nous donnera-t-il ? Serons-nous jamais lavés de cette longue
souffrance ; oublierons-nous jamais cette misère, cette fange, ce sang,
cet esclavage ? Oh ! oui, j'en suis certain, nous oublierons, et il ne restera
685 rien dans notre mémoire, que quelques images de bataille, que la peur
n'enlaidira plus, quelques blagues, quelques soirées comme celle-ci. Et
je leur dis :
– Vous verrez... Des années passeront. Puis nous nous retrouverons
un jour, nous parlerons des copains, des tranchées, des attaques, de nos
690 misères et de nos rigolades, et nous dirons en riant : « C'était le bon
temps... »
Alors ils protestent tous, même Berthier, bruyamment :
– Hou ! Assez !
– Si tu t'y plais, rempile[1].
695 – Le bon temps, les relèves dans la boue ! tu vas fort.
– Et la corvée de tôle ondulée, la nuit où il pleuvait, tu l'as oubliée ?
Tu gueulais pourtant assez.
– Est-ce que c'était le bon temps, le seize à midi moins deux ?
Je ris, heureux de les entendre crier :

---

1. Réengage-toi (argot).

700   – Vous verrez !

La mère Monpoix, qui s'amuse autant que nous, tournant le coin de son tablier bleu, m'approuve dans le brouhaha !

– Certainement, vous regretterez la ferme.

– On y reviendra, la maman !

705 Bourland s'est levé pour aller prendre son violon. Il l'a fabriqué lui-même avec une boîte à cigares et des cordes qu'il a fait venir de Paris et c'est à ce joujou, à cet instrument de cirque, que nous devons nos meilleures soirées.

Il l'accorde – deux plaintes – et aussitôt on se tait. Musique, notre

710 amie à tous.

C'est l'*adagio* de la *Pathétique* qu'il joue. Tout s'apaise... Musique ardente et tendre comme nos cœurs. Y a-t-il rien de pathétique dans ce long frisson ? Non... C'est comme un beau rêve déchirant. Et puis, qu'importe ce qu'il joue... La *Mort d'Aase*, un *aria* de Bach, je ne sais

715 plus. La pensée ne suit pas. Autant de trames ténues[1] où brodent nos songes.

Nous écoutons, l'esprit et les regards en allés[2]. Voici les voix chères d'autrefois qui reviennent. Qu'elles sont douces, entendues de si loin ! On rêve. C'est un dimanche chez Colonne, l'atelier où le piano égrenait

720 les gouttes du *Jardin sous la pluie*, la mélodie que chantait une amie...

Berthier, la bouche un peu déclose et les mains jointes, écoute comme on prie. De Gilbert, je ne vois rien, que son front droit d'enfant têtu au-dessus des doigts mêlés qui cachent ses yeux. Sulphart a pris un air sérieux, les traits tendus, comme s'il fallait comprendre. Puis, je

725 ferme les paupières pour ne plus rien voir.

---

1. Ensemble de fils très minces (figuré).
2. Enfuis, partis.

N'être plus rien qu'une âme charmée et qui s'endort. Tout s'abolit.
Loin, la guerre… Loin, le présent… Les jurons, les râles, le canon, tous
les bruits de notre pauvre vie de bêtes, cela ne pouvait pas endurcir notre
âme et flétrir sa tendresse infinie. Elle renaît, jardin d'août sous l'ondée.
730 Et dix soldats, ce n'est plus qu'un même cœur qu'on berce, dix soldats.
     – La *Méditation de Thaïs*, Bourland !
     – Non ! la *Valse des Ombres*.
     Gilbert, qui a une jolie voix, chante les romances, *mezzo voce*, et
tous les camarades reprennent au refrain. Alors, c'est Paris qui revient,
735 le beau Paris d'automne dont les trottoirs pluvieux luisent sous les
réverbères. On les chante toutes, l'une après l'autre, tous les succès du
dernier hiver, et, de refrain en refrain, les voix grossissent. Renversés sur
nos chaises, nous crions, insoucieux, gonflés de trop de joie. Le violon
de Bourland ne s'entend plus, perdu dans ce chœur assourdissant : on
740 braille…
     – Écoutez !
     Un brusque silence tombe. Bourland s'est arrêté, l'archet levé. Les
visages surpris se froncent… On écoute, inquiet. Qu'est-ce que c'est ?
     Le même poing cogne à la porte, et une voix vient de la nuit :
745 – Un blessé.
     On ouvre vite ; les paupières clignotantes, il entre. Il est blême, avec
de grands yeux cernés qui lui mangent les joues. Son bras gauche est tenu
en écharpe par un grand mouchoir sale où s'élargit une tache rouge, et,
ayant glissé jusqu'à sa main inerte, le sang s'égoutte sur son passage.
750 – Non, pas de rhum. J'aime mieux du vin.
     La main de Monpoix tremble en le servant. Muets, gênés, nous
entourons le copain. Il s'est assis lourdement, énergie fauchée. Plus un
bruit, que le glouglou du vin dans sa gorge sèche.

Le chien s'est réveillé. Il se lève, flaire la piste et, goutte à goutte, il
755 lèche le sang encore tiède, sur les carreaux.

*

Six jours encore de tranchée – six jours de pluie – et nous voici
revenus à la ferme. J'écris. Assis tout contre le poêle, tassé, le dos rond,
Monpoix a laissé sa pipe s'éteindre. On n'entend que la soupe qui chantonne et sa respiration oppressée qui siffle.
760 Je le trouve changé, depuis l'attaque. Il ne plaisante plus avec nous
comme autrefois. Il reste des heures sans rien dire, acagnardé[1] sur sa chaise
basse, et quand nous parlons entre nous, il tourne à peine la tête pour nous
écouter, timidement, comme s'il craignait qu'on ne le rabroue[2].

Sa femme dit qu'il est malade. Pourtant il ne se plaint pas. Il a bou-
765 gonné qu'il ne voulait pas voir le major, et il se soigne à sa façon, avec
de pleins bols de tisane.

Que peut-il avoir ? J'y pense souvent. Sans doute, ses traits tirés, la
fièvre dont il frissonne chaque soir, montrent qu'il est malade, mais
cette raison ne me suffit pas. Il me semble qu'il doit y avoir autre chose
770 sous cet accablement ; ce n'est pas seulement un malaise qui peut le
voûter ainsi et le tenir des jours entiers devant son feu, taciturne[3]. Il ne
paraît pas souffrir. Il réfléchit, c'est tout.

– C'est un homme qui se mine, a diagnostiqué Maroux, qui autrefois
sortait avec lui, pour lui raconter ses histoires de chasse.

---

1. Isolé (argot).
2. Repousse.
3. Morne, silencieux.

775   On dirait en effet qu'un chagrin le tourmente. Les nouvelles de son fils sont toujours bonnes, pourtant. À quoi peut-il penser, pendant ces longues siestes ? Il ne sort plus, même à la nuit, pour fumer sa pipe. L'autre soir, pourtant, il s'est levé, a pris sa blague[1], et s'est dirigé vers la porte du courtil, d'un pas traînant. Il a ouvert et s'est arrêté sur le seuil, 780 regardant le champ noir où se hélaient des hommes. Est-ce le vent froid, est-ce l'ombre, je l'ai vu frissonner. Brutalement, il a refermé la porte et est revenu s'asseoir à sa place, devant le poêle. Il n'a pas fumé, ce soir-là.

Quel souci cache-t-il donc ? On ne l'ennuie pas plus qu'avant l'attaque, au contraire. On lui a même proposé plusieurs fois des laissez-785 passer dont il n'a pas voulu.

Rien ne l'intéresse plus, pas même les gambades de Féroce.

– Pourquoi n'allez-vous pas faire un petit tour avec le chien, monsieur Monpoix ?

– Je n'ai pas le goût à sortir, gamin.

790 Plusieurs fois, Berthier a dit :

– Nous vous cassons la tête, à brailler ainsi. Nous mangerons dans la cuisine.

La mère Monpoix et Emma ont protesté : ne plus nous entendre rire, chanter, nous chamailler, ah ! non. Et le vieux a dit comme elles :

795 – Restez, au contraire. De vous entendre causer, ça me change les idées.

Cependant, il ne nous parle guère. Plus jamais il ne nous questionne comme autrefois sur les nouvelles tranchées, nos corvées, nos patrouilles, tout ce qui l'intéressait tant. Au contraire, lorsque nous en 800 parlons, il a toujours une raison pour s'écarter, ou bien il baisse la tête

---

1. Petit sac à tabac.

et ferme à demi les yeux, comme s'il cherchait à s'assoupir. Je ne suis pas le seul à avoir observé cela.

– Ce pauvre homme, on dirait que ça lui fait quelque chose quand on parle de l'attaque, m'a dit Gilbert apitoyé.

805 C'est vrai. Pas une fois il ne nous a parlé de l'affaire du seize, jamais il ne s'est approché pour en écouter le récit. Lorsqu'on en parle, il ne tourne même pas les yeux. Seulement, on dirait que son dos se voûte encore plus, et que sa tête s'incline… Je ne vois que son dos, son large dos rond, mais j'y devine cachée je ne sais quelle attention farouche. On 810 jurerait qu'il sommeille, et il écoute, pourtant, je suis sûr qu'il écoute.

L'autre soir, Berthier racontait au sergent vaguemestre notre repli par le boyau en V, quand il avait fallu reculer. Quelques hommes et lui couvraient le mouvement, tirant sur les capotes qui coupaient par les champs et jetant en travers du boyau des chevaux de frise, des 815 rondins, tout ce qui traînait. Dans les lignes droites, il faisait courir ses hommes, craignant le feu d'enfilade, et comme ils regardaient derrière eux, ils se prenaient les pieds dans des cadavres et s'abattaient en jurant. Heureusement on avait déjà emporté les blessés, car maintenant il était trop tard. Jusqu'à la première ligne, ils n'en avaient rencontré qu'un.

820 Il était assis sur le parapet, jambes ballantes, comme au bord d'un fossé – ne craignant plus les balles –, et il criait d'une longue plainte obstinée : « Je ne vois plus clair… Ne me laissez pas…, je ne vois plus clair… » Un large filet rouge coulait de sa tempe et lui barrait la joue.

Il les avait entendus passer en galopant et, ayant deviné sans doute 825 qu'on se repliait, il avait couru derrière eux, penché d'abord, presque à quatre pattes, puis tout droit, trébuchant, tâtant la nuit de ses mains effarées. Sa supplication les avait poursuivis un instant : « Ne me laissez pas, les copains, je vous jure de ne pas crier !… » Puis, un pas dans le vide du boyau, et d'un bloc, les mains tendues, l'aveugle était tombé

830 dans son tombeau. Comme ils tournaient le redan[1], ils avaient entendu le coup sec d'un mauser. Le coup de grâce, sans doute.

Par hasard, je regardais Monpoix pendant que Berthier parlait. Il avait à demi levé la tête pour écouter, et il ouvrait des yeux étranges, de grands yeux fixes dont les paupières ne battaient pas. Mais il m'avait vu 835 et aussitôt il avait rebaissé la tête et repris son somme.

Ce n'est rien, ce regard surpris, et cependant depuis ce soir-là, d'étranges idées me viennent. Malgré moi, d'instinct, j'observe le vieux. À quoi peut-il penser pendant des journées entières ? Je crois le savoir à présent. Ce n'est rien, pas même une supposition, rien qu'une 840 inquiétude vague, une angoisse irraisonnée qui se cristallise. Mais cela s'impose à mon esprit, avec des petits faits qui se raccordent, des coïncidences banales. J'épie ses moindres gestes, à présent, comme si je devais découvrir quelque chose.

Parfois, je résiste à cette obscure suggestion. Voyons, c'est stupide : 845 pourquoi vouloir prêter une âme de roman à ce paysan malade ? Il souffre comme souffriraient ses bêtes qui, ne sachant pas se plaindre, se couchent le mufle au mur et dorment sur leur mal. Il n'y a point là de psychologie à faire.

Et cependant… Le doute hésitant se précise, c'est comme un pres- 850 sentiment que la raison ne peut écarter.

Il doit sentir cette attention tenace qui le suit, et il n'aime pas que nous restions seuls. On dirait qu'il a peur que je ne lui parle. Je vais m'asseoir de l'autre côté du poêle, à cheval sur une chaise, le menton posé sur mes bras croisés, comme si j'allais bavarder avec lui. Il n'ouvre 855 même pas les yeux. Pourtant, je suis certain qu'il me sait là et que cela le gêne. Je pourrais dire les mots qui l'effraient, je les connais. Nos deux

---

1. Partie de la tranchée en zigzag.

angoisses se devinent. Au bout d'un moment, je crois voir trembler ses grosses mains aux ongles courts sur ses genoux de velours usé. Va-t-il enfin ouvrir les yeux, me regarder en face ?

860 Non. Peu à peu, sa respiration s'allonge, se fait régulière. Il s'est endormi… Alors, tout mon échafaudage de soupçons s'abat d'un coup et, comme ses mains tremblent toujours, frémissantes de fièvre, je voudrais le réveiller, honteux d'avoir été mentalement cruel, et lui parler comme autrefois, gaiement, en camarade.

865 Pourquoi me suis-je mis dans l'idée qu'il avait peur de passer près de la grange où les hardes des morts sont entassées ? L'autre jour, comme il était arrêté devant, je l'ai rejoint. Échappé des sacs éventrés, le linge traînait jusque sur le chemin.

– Tenez, lui ai-je dit, voilà le sac du grand Vairon. Ce sont les lettres
870 de sa mère qui dépassent. Elle était à l'hôpital. Elle s'était crevée pour lui envoyer quelques sous, de bons tricots, la pauvre vieille… Deux tués d'un coup.

Il s'est retourné, tout blême.

– Il ne faut pas me raconter cela, gamin. Mon fils est soldat aussi.

875 Je n'ai su que dire, je l'ai laissé rentrer sans oser le suivre. Le soir, j'hésitais presque à pousser la porte de la salle où j'entendais sa voix essoufflée. Je suis entré avec Bourland. Le vieux demandait à Gilbert :

– C'est vrai que ce grand Vairon, il appelait encore le lendemain, blessé dans la plaine ?

880 Nous ayant vus, il s'est arrêté, les yeux vite détournés. Il n'a plus reparlé ce soir-là et est monté se coucher avant qu'on se soit mis à table. Je me remémore tout cela et je n'écris plus. Je regarde le vieux qui respire à coups haletants, les épaules secouées. Il a mauvaise mine, ce soir. Ses joues se devinent grises et creuses, sous sa barbe de huit jours. Je le

885 trouve plus abattu encore qu'à notre dernier tour de repos. Toujours acagnardé sur sa chaise basse, il poursuit son mauvais songe.

Et dans le jour mourant qui frotte d'un éclat glacé le dos ciré des chaises, il me semble que je vais voir, penchées sur lui, toutes les ombres de nos morts, pour qui l'horloge égrène son rosaire[1].

*

890   On enterre Monpoix. Il est mort l'autre nuit, sans une plainte, sans agonie. Au jour, sa femme l'a trouvé froid dans le lit.

Sa bière portée à bras vient de partir à travers champs, deux robes noires derrière, quelques paysans et des soldats. Pouvant à peine marcher, je suis resté seul à la ferme. Je la sens autour de moi vaste et triste.

895   On n'entend plus rien, que le sautillement des pigeons dans le grenier. C'est inquiétant, ce grand silence qui sent la mort. Les deux escabeaux rapprochés semblent encore attendre son cercueil. Il est bien revenu une fois, déjà...

Sur le moment, cet incident en somme banal ne m'a pas frappé, 900 mais, maintenant, resté seul, un malaise indéfini me gagne. Je ne devrais plus y penser.

Comme l'enterrement, ayant traversé l'herbage, atteignait le chemin, les Allemands nous ont aperçus et se sont mis à tirer. Le premier obus est tombé court, l'autre à cinquante pas, et le cortège aussitôt s'est dislo-905 qué. Les quatre porteurs – je les vois encore – s'étaient arrêtés, interdits, puis, voyant les paysans courir, ils ont lourdement posé le brancard d'où la bière a culbuté, et ils ont sauté avec nous dans le fossé. Il était temps : le troisième obus a éclaté juste sur le talus, criblant le cercueil. En file,

---

1. Grand chapelet servant à dire les prières.

courbés, nous avons filé en nous poussant, et le mort est resté seul au
910 milieu du sentier, sa bière renversée échappée du drap noir. La mère et
la fille, qui n'ont jamais peur, s'étaient sauvées en criant, et quand des
camarades ont ramené la bière à la ferme, Emma s'est évanouie. Elle
avait remarqué, la première, que la boîte était à demi déclouée, comme
si le vieux avait fait un effort pour sortir et se sauver aussi.

915 Sa bière couchée sur les deux escabeaux, il est resté jusqu'à la brune
dans sa ferme qu'il ne voulait pas quitter. Au jour tombant, les paysans
sont revenus et les porteurs ont repris leur charge. Ils viennent à peine
de partir ; dehors le chien hurle encore, tirant sur sa chaîne.

Ce retour tragique du vieux m'a frappé comme un intersigne.
920 Jamais ils n'avaient bombardé si près de la ferme. Vont-ils la détruire,
maintenant qu'il n'est plus là ? Un trouble inexplicable m'envahit. J'ai
l'impression gênante d'avoir quelqu'un derrière moi, tout près.

Alors, une crainte vague à fleur de peau, je me lève et, sans me retourner, sans un regard à la chaise basse du vieux, je sors dans le courtil en
925 sifflotant. Vite, je tire la porte sur moi…

La nuit est presque venue. Le puits de pierre a un air de tombeau.
De l'autre côté du ru, une relève passe, troupe noire qui bourdonne.
Lourdes silhouettes confondues, hérissées de pioches et de fusils : une
bande de terrassiers en armes. Quelques traînards suivent, appuyés sur
930 le gourdin. Des territoriaux sans doute.

Pas un coup de feu aux tranchées. Loin, sur Berry, le canon aux
coups sourds. Les saules au front penché rêvent autour de l'étang ; dans
l'ombre, les canards couchés ont des airs de cygnes. La nuit tient, tout
entière, dans cette eau morte. Les arbres y découpent leur silhouette
935 précise, branche par branche, et l'on y revoit le ciel d'étain, le grand ciel
triste qui se mire.

Plus un bruit. Dans la campagne, une voix perdue, une perdrix qui radote. Ce vaste silence me calme... Tiens, pourquoi Féroce n'aboie-t-il plus ?

940   Brusquement, dans le pigeonnier, s'éveille un bruit léger de plumes, le bruit froufroutant qu'on entend lorsqu'on éveille un poulailler. Un pigeon, deux pigeons sortent et, d'un coup d'aile, vont se poser sur une branche... Pourquoi ? Qui les a dérangés ?

Une idée absurde me vient : Emma est rentrée, elle est montée là-

945   haut, en se cachant, et elle fait quelque chose, elle continue ce que faisait le vieux... L'esprit alerté, le cœur battant, j'écoute. Quelque chose a craqué ; une lucarne qu'on ouvre ?

Tant pis, je veux savoir. J'entre dans la ferme par le fournil[1] obscur. Mes mains tâtonnent. Je me cogne à une brouette, et mon cœur débu-

950   ché bat, bat...

Je monte par l'escalier de bois. Dieu, qu'il crie !... Le grenier. Un peu de nuit bleue entre par les carreaux sales de la lucarne. Dans l'ombre, des formes tapies... Non, rien : des sacs.

Mes jambes tremblent. Je n'ai pas peur, pourtant. J'avance d'un pas

955   étouffé et mes mains froides fouillent le noir, reconnaissent les choses. Mes yeux qui scrutent s'habituent. Je reconnais une capote qui sèche, bras pendants.

De l'autre côté de la cloison de planches, les pigeons s'agitent toujours. J'approche, et lentement, pour étouffer le cri aigu des gonds qui

960   grincent, je pousse la porte... Le cou tendu, le poing serré, je regarde. Rien, rien...

---

1. Pièce où se faisaient les lessives dans les maisons à la campagne.

La clarté lunaire qui filtre par les tuiles éclaire les pigeons, en boule sur les perchoirs. Un roucoule. Dehors, le vent siffle un air aigu, les lèvres pincées...

965 Alors, je referme la porte qui grince, et seul, tout seul, dans le grenier obscur, je regarde la triste défroque[1] aux bras pendants, cette capote lasse où mourra un soldat.

---

1. Vêtement hors d'usage et qu'on a abandonné.

VII

AU CAFÉ DE LA MARINE

On avait dit à Demachy : « Tu les retrouveras au *Café de la Marine*, près du pont de pierre. »

Le grand pont aux piles[1] ébréchées ne se franchissait plus que la nuit. Le jour, il suffisait qu'un cycliste s'y montrât pour déchaîner une salve qui fouettait furieusement l'eau ou arrachait un pan de parapet. Arrivé à la fin de l'après-midi, Demachy passa la rivière en amont, sur le pont de bateaux.

Dans l'eau verdâtre, qui frissonnait à peine, les hauts peupliers plongeaient jusqu'à leur cime, comme s'ils avaient encore cherché du ciel dans l'eau tranquille. Une grosse péniche dormait près de la berge, couchée sur le côté. Ses planches arrachées laissaient voir la cale vide, entre ses énormes côtes de bois, et l'on se demandait comment cette carcasse de baleine était venue s'échouer si loin.

La rivière froufroutait, en se brisant sur les bateaux du pont. C'étaient de ces petites barques, vertes ou noires, de pêcheurs, qu'on mène d'une rame indolente[2], les beaux dimanches d'été. À l'avant de la plus fraîche, peinte en blanc, on lisait un nom : « Lucienne Brémont. Roucy. » Un éclat d'obus l'avait blessée au côté.

Tout le long de la berge, des croix de bois, grêles et nues, faites de planches ou de branches croisées, regardaient l'eau couler. On en voyait partout, et jusque dans la plaine inondée, où les képis rouges flottaient, comme d'étranges nénuphars.

---

1. Arches d'un pont de pierre.
2. Molle.

Avec la crue, les croix devaient s'en aller, au fil de l'eau grise, pour accoster on ne sait où, près d'un enfant qui épellerait sur la planche
25 rongée « ... infanterie... pour la France... » et s'en ferait un sabre de bois. On eût dit que ces morts fuyaient leurs tombes oubliées, et la file infinie des autres morts les regardait partir, leurs croix si rapprochées qu'elles semblaient se donner la main.

Dans le taillis touffu, les églantiers fleuris tendaient leurs bouquets
30 blancs. Demachy en cueillit tout en marchant. Il approchait de la Tuilerie. Sur le toit éventré, le drapeau à croix rouge ne flottait plus : c'était une sorte de loque grise, déchiquetée, qui pendait le long de la hampe[1]. Le mur de briques, percé de meurtrières en septembre, avait été crevé par les obus, la tourelle abattue, la façade criblée et, à présent,
35 on pouvait entrer dans l'ambulance par dix brèches. C'est pourtant là qu'on soignait les blessés, depuis que l'eau avait envahi les caves. Et comme on n'osait rien allumer, la nuit, dans cette ferme repérée, on les pansait[2] dans l'ombre, à tâtons, les doigts cherchant les plaies.

Ceux qu'on ne sauvait pas avaient leur lit fait à la porte : les trous
40 étaient creusés, ils n'avaient qu'à sortir. Le cimetière aussi avait appris à faire la guerre ; il ne laissait plus ses morts aller à la débandade, il les rassemblait en compagnie devant la Tuilerie. Il fallait se pencher, soulever une couronne de fleurs, une cocarde tricolore faite de trois haillons pour retrouver un numéro de régiment, un nom. Le couteau
45 d'un camarade avait bien gravé ces choses sur une plaque de ceinturon, mais la rouille les rongeait vite, comme si la mort avait voulu tuer jusqu'à leur souvenir.

---

1. Long manche qui sert à accrocher un drapeau.
2. Soignait.

Demachy s'arrêta aux premières tombes. Des cadavres avaient été amenés depuis la veille, et attendaient leur fosse, couchés entre les croix.

50 L'un était enveloppé dans une toile de tente, linceul[1] rigide que le sang durcissait encore. Les autres étaient restés comme ils s'étaient battus, la capote terreuse, le pantalon boueux, et sans rien pour cacher leurs visages bouffis ou cireux, leurs pauvres faces violacées, qu'on eût dit barbouillées avec la lie de vin[2]. La tête d'un sergent, pourtant, était voilée.

55 On l'avait enfoncée dans une musette, comme dans une cagoule, et l'on devinait l'horrible blessure, sous ce suaire de sang caillé. Il portait une alliance au doigt. Le bras d'un petit chasseur s'était détendu et semblait barrer l'allée, les ongles enfoncés dans la terre molle. S'étaient-ils traînés depuis les tranchées, pour venir mourir là ?

60 Parmi les croix blanches et noires, Demachy chercha celle de Nourry, qui avait été tué au Bois des Sources, huit jours auparavant. Le petit Belin l'avait faite avec une grande planche de caisse fendue en deux, et Gilbert la reconnut de derrière, en lisant : « Champag… » Au pied, quelqu'un avait enfoncé une douille d'obus où jaunissait un bouquet de

65 muguet. Demachy le jeta pour y mettre ses églantines.

Les yeux fermés, il songeait à Nourry, le dernier jour. Blessé au ventre, il avait râlé dans le gourbi toute la nuit, les brancardiers n'arrivant pas, et, tournant parfois vers nous sa maigre tête au nez pincé, il murmurait :

– Hein, je vous empêche de dormir, mes pauvres gars.

70 Il était mort au petit jour. La fusillade nocturne s'était tue, les canons ne tiraient pas encore. Un pinson chantait dans le bois. Et, dans cette paix, on avait mieux compris cette mort.

Pour lui donner une vraie tombe, l'escouade avait voulu le ramener à l'arrière. Quatre hommes étaient partis pour la soupe au lieu de deux,

---

1. Drap mortuaire.
2. Ce qui reste au fond d'une bouteille de vin.

75 portant alternativement le grand corps enroulé dans sa couverture
brune, et Demachy les avait suivis, la croix de bois blanc sous le bras,
tenant les bouteillons de l'autre main.

Depuis la mort de Nourry il était arrivé deux lettres à son nom. On
aurait pu les retourner avec le brutal avis de décès, dans le coin : « Le
80 destinataire n'a pu être atteint.» Demachy avait cru mieux faire de les
prendre. Il les sortit de sa cartouchière, les déchira sans les ouvrir, et sur
cette tombe réglementaire de soldat, carrée comme un lit de caserne, il
effeuilla les pétales de lettres, pour qu'il pût au moins dormir sous des
mots de chez lui.

85 Ce camarade lui était plus cher, maintenant qu'il n'était plus. Il
regrettait de n'avoir pas mieux aimé ce grand garçon timide et doux, de
n'avoir pas été meilleur. Il portait ainsi en lui le nom de quelques camarades, laissés dans les petits cimetières de Champagne ou de l'Aisne, ou
bien entre les lignes, sur la terre à personne, et il leur parlait, les écoutait
90 se plaindre, ces pauvres hommes que, vivants, il n'avait pas toujours
aimés, parce qu'ils étaient parfois grossiers, le geste et l'esprit lourds. Il
n'en oubliait aucun et aimait se pencher sur leur souvenir, alors qu'il ne
restait déjà plus d'eux qu'un nom banal dans la mémoire oublieuse de
leurs copains d'escouade.

95 Ainsi arrêté sur une tombe, il retrouvait, intacte, son âme d'autrefois,
son âme d'avant-guerre, douloureuse et passionnée, qui dormait, usée par
la fatigue, la vie misérable, les appétits quotidiens, le frottement des autres.
Elle se réveillait ainsi, aux heures de solitude – le temps de souffrir…

– Hé ! vieux, lui cria un brancardier qui le vit s'en aller, ne traîne
100 pas dans le pays. Ils sont mauvais, c't'après-midi, ils n'arrêtent pas de
marmiter[1].

---

1. Envoyer des obus (argot).

Il repartit sans hâte, en suivant l'eau, pas pressé d'arriver. Il aurait aimé rester seul, ce soir-là.

105 Les premières maisons, dont les jardins en friche continuaient les champs, étaient presque habitables, tout juste écornées, par les 210, leurs tuiles envolées devant l'obus comme des nichées de pigeons rouges. Mais, le raidillon[1] monté, c'était le massacre.

On voyait l'église d'abord ; une ruine de clocher sans faîte et une haute muraille démantelée, dont les fenêtres en ogive ouvraient sur le 110 ciel. La petite porte du presbytère, bien droite, gardait ces ruines et, au-dessus de la sonnette, une plaque bleue conseillait innocemment : « Tirez fort. »

L'artillerie peut s'acharner sur un pays, il restera toujours quelque chose : un pan de mur avec son papier à fleurs et deux photographies 115 au cadre noir en pendant ; une porte de chambre fraîchement peinte qui coquette[2] au milieu des moellons pilés, une cheminée de marbre restée là-haut, en équilibre sur trois lames de parquet.

Avec ces débris, Demachy imaginait le pays vivant. Ce n'était ni un village, ni un bourg de campagne : un petit coin de plaisance, plutôt, 120 une villégiature paisible où les boutiquiers de la ville devaient se retirer, à la soixantaine, pour bouturer des roses et pêcher à la ligne. Pas de fermes, des villas qu'on reconnaissait malgré tout aux trois marches de grès d'un perron, à un bout de façade rose, dont les éclats avaient griffé la peinture.

125 Il suivait en trébuchant la grande rue bordée de boutiques dévastées et de vestiges de maisons. Sous les ruines, montant des escaliers des caves, on entendait des voix, des rires, le hennissement d'un cheval, le grincement d'un violon.

---

1. Chemin en pente.
2. Se pavane, fait la belle.

130 Derrière les pans de mur, des cuistots accroupis essayaient de faire du feu sans fumée et tournaient simplement la tête, en curieux, quand un obus s'annonçait en froissant l'air. On peut bien risquer quelque chose, quand on veut des frites.

– Le *Café de la Marine* ? leur cria Demachy.

– Plus bas, à gauche.

135 Il repartit en se pressant, car un gros noir venait de tomber tout près, dans les ruines, arrachant une gerbe de gravats et de fumée. Il espérait trouver l'enseigne encore vivante sur un bout de façade, mais autour du pont de pierre, que les Boches cherchaient, il ne restait qu'un bouleversement de gravats et de poutres broyées, autour d'un grand toit 140 rouge intact que les obus n'avaient pas vu. Pourtant, par les trous des soupiraux, on entendait brailler. Il se pencha et demanda :

– Le *Café de la Marine* ?

– À côté… Il y a une cage à la porte.

D'un coup d'œil circulaire il chercha, mais ne vit rien. Des shrapnells 145 ayant éclaté au-dessus de l'église – deux coups cuivrés – il s'énerva : « Il n'y a pas de cage, bon Dieu ! »

Les éclats passèrent, en jurant, et rebondirent sur les tuiles, comme des grêlons. Il se redressa et aussitôt tendit l'oreille.

– Ah ! ils sont là…

150 Il venait de reconnaître la voix de Sulphart, qui devait s'expliquer amicalement avec Lemoine.

– Quoi ! vociférait-il, mais, pauvre croquant, tu marchais à quatre pattes que j'avais déjà des vernis[1].

Guidé par ces clameurs, Demachy chercha l'escalier et s'y jeta. En 155 effet, à l'entrée, une grande volière était posée, et un maigre corbeau

---

1. Chaussures (argot).

hérissé se tenait dans un coin, son long bec dans les plumes, observant
le désastre d'un œil rond.

C'était au sujet de l'oiseau qu'on se disputait, dans la cave du *Café
de la Marine*, où notre section attendait la relève, n'ayant fait que trois
160 jours en première ligne.

– Demande-z-y voir à Demachy, brailla Sulphart en apercevant son
ami dont le regard tâtonnait dans le noir du souterrain, demande-z-y si
les corbeaux ça ne vit pas des cent ans.

– J'en ai déniché plus que t'en as jamais vu, répliquait tranquillement
165 Lemoine, assis sur une moitié de tonneau coupé en baquet. Tu ne sais
pas ce que tu causes : le corbeau, il n'y a pas plus bête.

– N'empêche que ça vit vieux, et que celui-là il a vu plus de guerres
que toi, peut-être la Révolution, et 70...

Étendu dans un coin, sur un hamac en grillage, Vieublé protesta.

170 – Ah ! ne nous en fais pas un plat avec 70. Tu parles d'une guerre à la
noix. Ils se battaient une journée tous les mois et ils croyaient avoir tout
bouffé. Et les gars qui se baladaient dans Paname avant d'aller se mettre
ça à Buzenval, tu crois pas que c'était un filon ? Ça me fait marrer, moi,
des guerres comme ça.

175 – J'te parle pas de 70, insistait Sulphart têtu, je parle du corbeau.

– Hou !... Hououu !... Ta gueule !

Tout le monde se mit à hurler, pour le faire taire. Quelqu'un lui
lança un quart de boule[1].

– Ça va, dit-il, d'un ton vexé. Je vais toujours lui donner à becqueter.

180 Et ayant pris un morceau de singe, un bout de fromage et un quart
de boule qu'on lui avait jeté, il monta le dîner de son corbeau, qui n'en
demandait pas tant.

---

1. Un quart de pain (argot).

Demachy, brusquement, se sentait heureux. Sulphart lui avait gardé une bonne place, sur un sommier, et il allait pouvoir lire, revâsser, paresseusement étendu, comme sur un divan.

La grande cave regardait la rivière par deux longs soupiraux grillagés. Le matin, il y entrait, avec le petit jour, un brouillard glacé qui sentait l'eau.

On y voyait à peine, et, pour écrire, les hommes avaient allumé une bougie, fixée avec trois larmes de suif[1] sur le coin d'un guéridon en acajou. Il y avait de tout dans cette cave : des chaises, des lits, des tables, des casiers à bouteilles qui nous servaient d'armoire, des matelas, et jusqu'à un rocking-chair[2], que Bouffioux lorgnait pour allumer son feu. Jamais, depuis qu'ils étaient en guerre, ceux de la compagnie n'avaient si bien dormi. Ils savouraient leur bonheur toute la journée, vautrés dans leur coin, marquant la literie de leurs godillots sales, et la tête moelleusement posée sur un oreiller de duvet.

Dans la cave du fond, on faisait un concert. Un caporal jouait de l'ocarina[3], et, accroupis autour de lui, les camarades reprenaient la romance au refrain avec des voix langoureuses. Juché sur un secrétaire Empire, le père Hamel marquait la mesure à coups de talon sur le panneau de palissandre[4].

On se rendait des visites de cave à cave. Toutes étaient bien meublées. Il ne devait plus rien rester dans les maisons, ni même sous les pierres : peu à peu on avait tout enlevé. Ce qu'on n'avait pas descendu dans les caves, on l'avait emporté dans le bois où l'on prenait les tranchées. Le soir, les corvées arrivaient, en bandes d'ombres, et s'en retournaient

---

1. Graisse animale servant de combustible.
2. Fauteuil à bascule.
3. Instrument de musique ovoïde à trous.
4. Type de bois.

chargées de tables, de fauteuils, de sommiers. Meuble par meuble, le village déménageait, et l'on rencontrait dans le Bois des Sources d'étranges
210 gourbis dont la porte était celle d'un bahut Renaissance, avec d'affreux petits Bretons bien sculptés qui jouaient du biniou[1]. Dans notre guitoune[2], nous avions trouvé un fauteuil en osier, et un édredon rouge. Le sous-lieutenant Berthier possédait un canapé et une grande glace fendue au milieu, sur laquelle un guerrier crédule avait gravé : « Trois
215 mois et la classe. »

Sur le bord de la route, il y avait même un piano que les hommes, découragés, avaient abandonné à mi-chemin du bois, et le soir, en attendant les voitures de distribution, les cuistots, en sourdine, jouaient un petit air d'un seul doigt.
220 Les premières lignes n'étaient pas terribles, dans ce secteur sylvestre. Quelques obus indifférents, de loin en loin – c'est ainsi qu'avait été tué Nourry – une balle à risquer quand on allait cueillir du muguet entre deux boyaux, c'était tout. On se promenait librement dans le bois et les cuistots y faisaient leur tambouille[3], cent mètres à l'arrière, suffisam-
225 ment cachés par les taillis. Pour la première fois, aux tranchées, on avait mangé chaud et bu du café qui fumait dans les quarts.

Les Allemands, au début, avaient lancé des torpilles, d'énormes « tuyaux de poêle » qui broyaient tout. Aussitôt on avait fait venir une section de bombardiers, pour leur répondre. Ceux-ci avaient creusé la
230 terre pendant près d'un mois, nuit et jour, charrié des rondins, et fait un abri aux étais solides qui ne craignait rien. Puis, ils avaient amené leur canon.

---

1. Cornemuse.
2. Abri, cabane (argot).
3. Ragoût, cuisine peu élaborée (argot).

C'était une riche pièce de musée, une sorte de tout petit mortier[1] en bronze qui portait, gravé sur son ventre de crapaud, ses date et lieu de
235 naissance : « 1848, République française, Toulouse. » On le chargeait au jugé : un gramme de poudre par mètre. Nous étions à 180 mètres de l'ennemi, à peu près ; on en mettait quatre cuillerées, et, pour faire bonne mesure, le sergent bombardier ajoutait une pincée de rabiot. Cela faisait un bruit épouvantable et le mortier, ayant tiré, sautait d'effroi.
240 On voyait le boulet décrire en tournoyant une immense parabole et il tombait où il voulait, dans le bois, acclamé par les Boches qui, je crois bien, criaient bravo. Cela éclatait parfois. Après un court séjour, les bombardiers avaient touché un autre canon – un vrai – et s'en étaient allés l'essayer ailleurs, nous laissant avec leur beau gourbi une arme
245 baroque et inoffensive, une espèce de grande fronde ou de baliste faite avec des caoutchoucs de pneumatique et des leviers de bois. Avec cet instrument on pouvait lancer des grenades : le premier qui avait essayé en était mort.

Depuis, les sections en ligne s'en servaient pour envoyer les projec-
250 tiles les plus imprévus : des godillots, des bouteilles vides, des bottes de tranchée aux semelles de bois et, en général, tous les objets qui traî-naient, à condition que leur poids fût satisfaisant.

Sulphart était d'une jolie force, à ce jeu-là. Il avait passé ses trois jours à bombarder la sape qui se trouvait à quarante mètres de nos lignes. Il
255 avait jeté tout ce qu'il avait pu : des chaussettes bourrées de cailloux, de boîtes de singe, des briques, des culots d'obus. La veille, au moment de partir, il leur avait lancé le coup d'adieu : un gros pot à moutarde plein de terre, qui dut tomber en plein dans la tranchée, car on entendit crier. On avait acclamé Sulphart, hué les Boches, et de leur sape l'un d'eux

---

1. Canon.

260 – peut-être le blessé – avait répondu en mauvais français, nous traitant de vaches et de cocus.

Depuis, Sulphart manifestait une joie insolente. Il avait braillé pendant toute la relève, raconté son fait d'armes à tout le régiment, interpellé les officiers, ameuté les cuisiniers à la sortie des boyaux, sa face 265 radieuse pétant d'orgueil.

– Il l'a reçu en pleine gueule, que je vous dis, j'en suis sûr ; à preuve qu'il m'a appelé cocu, et en français... C'était sûrement un officier.

Il avait couru dans toutes les caves pour narrer son histoire, et, pour un quart de vin, il en faisait en public un récit détaillé et adroitement 270 enjolivé. À l'entrée de la cave où il gavait patiemment son oiseau vorace, on l'entendait raconter son histoire pour la centième fois, à des bleus[1] gobeurs[2] qui l'admiraient.

– Oui, mon gars, clamait-il, le général l'a reçu en pleine gueule. Même qu'il m'a appelé cocu en français.

275 Et comme il savait, malgré tout, rendre hommage à ses ennemis, il ajoutait, avec une intonation de respect :

– Y a pas, ils sont tout de même instruits ces mecs-là !

---

1. Jeune recrue de l'armée.
2. Personnes qui croient tout, naïfs.

VIII

LE MONT CALVAIRE[1]

Du Bois des Sources, on le voyait entre les branches, où se posaient en essaims verts les premiers bourgeons. Hersée[2] par les obus, éventrée à coups de torpilles, usée, tragique, c'était une haute butte crayeuse, hérissée de quelques pieux qui avaient été des arbres. Sur les cartes
5 d'état-major, elle devait avoir un nom. Les soldats l'avaient appelée le mont Calvaire.

C'était l'enfer du secteur. Lorsque le régiment montait en ligne, on se demandait, anxieux : « Qu'est-ce qui prend au Calvaire, ce coup-ci ?... » Et quand on l'avait appris, les victimes grognaient :
10 — Toujours les mêmes... Sûr que le piston s'en fout, on ne le verra pas souvent là-haut...

Bombardé sans répit, le Calvaire fumait comme une usine. On voyait les torpilles monter du bois des Boches et tomber lourdement sur cette terre morte, où elles ne pouvaient plus rien arracher que des lambeaux
15 d'hommes et des cailloux. La nuit, c'était là qu'on tirait le feu d'artifice : globes rouges, étoiles blanches, chenilles vertes balancées ; vision splendide des nuits de guerre. Des éclairs d'éclatements y joignaient leur fracas. Et, pendant quatre jours, deux sections restaient là, guettant l'inconnu par-dessus un champ râpé, jonché de capotes bleues et de dos gris.
20 De loin, lorsqu'on regardait le nuage jaune et vert des éclatements qui ne se dissipait jamais, qu'on voyait le panache épais des torpilles, qu'on entendait cet orage incessant, on se disait :

---

1. Lieu où fut crucifié le Christ ; ici épreuve douloureuse et longue.
2. Brisée, comme la herse le fait avec les mottes de terre.

– C'est impossible. On ne peut pas tenir là... Il ne doit pas en revenir un.

25   On y tenait quand même ; on en revenait pourtant.

Notre tour était venu d'y monter. Ce n'était pas un boyau qui menait au Calvaire, mais une sorte de sentier taillé dans la craie, un chemin muletier, bordé d'étroits gourbis suintants[1] et froids. Tout le long, c'était un navrant fouillis d'équipements, de bouteillons, de cartouches, 30 de hardes, d'outils, tout un cimetière de choses. Et de loin en loin, des croix de bois : « Brunet, 148ᵉ d'infanterie... Cachin, 74ᵉ d'infanterie... Ici un soldat allemand... » À peine recouverts d'une couche de marne, on voyait nettement la boursouflure des corps. Il y avait plus de douze stations[2] à ce chemin de croix.

35   La relève se fit plus vite, ce soir-là. On avançait, le dos bossu, l'oreille inquiète. On se poussait. Comme on distinguait, à la lueur des fusées, les courts moignons[3] des arbres, le sous-lieutenant Berthier, qui nous guidait, fit passer :

– On approche, silence.

40   Conseil inutile. Pas un grognement, pas un tintement, pas un murmure. Lemoine, qui ne croyait pas au danger, retenait pourtant sa baïonnette, qui ferraillait. La même gravité nous dominait tous. Seul, Maroux était satisfait. Il avait prétendu que c'était un filon, que là-haut personne ne viendrait nous voir, que nous serions tranquilles. Mais, comme les 45 autres, il allait la tête basse, maintenant sa gamelle qui brimbalait.

– Planquez-vous !

---

1. Où l'eau ruisselle.
2. Endroits où l'on s'arrête ; dans la Bible, le terme désigne les quatorze étapes de la Passion du Christ.
3. Ce qui reste d'un arbre coupé ou d'une branche cassée.

Deux obus sifflèrent et vinrent éclater à vingt pas, éclair rouge qui nous éblouit. Tous s'étaient écrasés, les uns dans les autres. Les éclats fouettèrent la craie.

50 — Faites passer, en avant...

Dans la tranchée étroite, creusée sur l'autre versant de la butte, les hommes du régiment relevé nous attendaient, impatients, sac au dos. Tout bas, à mots hachés, les sergents transmirent les consignes :

— Leur tranchée est à la lisière du bois... Un peu plus de cent mètres.
55 Ne tirez pas sur la gauche plus loin que les bouleaux : c'est un petit poste à nous...

Brièvement, les camarades nous souhaitaient bonne chance, tout en ramassant leur barda.

— Gare aux torpilles, surtout le soir, à l'heure de la soupe. Si vous
60 pouvez, ramenez le gars qui est dans le champ, juste devant les fils de fer. C'est un copain à nous qui s'est fait descendre l'autre nuit. Vous l'enterrerez, hein ? Un nommé Questel...

Vite, ils partirent, encaqués[1] dans l'étroit boyau où toute la tranchée se déversait. Leur rumeur étouffée s'éloigna et se tut. Veinards...
65 Ils n'avaient rien laissé au Calvaire : quelques boîtes de singe, des paquets de cartouches, des boules pas entamées, un copain dans la plaine... Ils étaient partis.

Tandis que les premiers guetteurs, s'accoudant au parapet, prenaient la veille, notre section reflua sur l'autre versant du mont pour s'installer.
70 Un régiment de mineurs – des gars du Nord tristes et violents – avait creusé là une sorte de casemate dont l'entrée donnait sur nos lignes et les créneaux sur le bois boche. Elle comprenait une galerie assez haute,

---

1. Enfermés (argot).

solidement étayée, flanquée à droite et à gauche d'étroits réduits, garnis de vieille paille et de journaux. Les premiers arrivés s'y jetèrent en braillant, repoussant les autres des poings et des pieds, et ce fut dans le demi-jour d'une bougie tremblotante une brusque bousculade, un tohu-bohu furieux de cris et de jurons. Sans mal, Berthier rétablit l'ordre :

– Allons, pas de pagaille, pas de dispute, ça ne sert à rien… Tout le monde aura de la place.

Avec sa lampe électrique, il fouillait les coins sombres et logeait posément les hommes. Les soldats, derrière lui, attendaient bien sages, comme des enfants que case le maître, et personne ne criait plus, pour ne pas l'ennuyer. On acceptait le coin désigné et l'on se nichait.

Bréval, en déroulant sa couverture, faisait des trouvailles dans la paille : « Un journal de chez nous ! s'écria-t-il joyeusement… Je vais lire au lit, comme dans le temps… »

Nous étions quatre dans notre soupente, bien serrés, le ceinturon défait et les molletières dénouées. Broucke avait même retiré ses chaussures et ronflait déjà, tandis que le petit Belin fabriquait avec un bout de barbelé un bougeoir ingénieux, dont la lumière ne se verrait pas du dehors.

– Ah ! on est bien, soupira Bréval en s'étirant… Pourvu que les Boches nous foutent la paix…

– Dans le fond, c'est bien ce que j'avais dit, fit Maroux, qui couchait de l'autre côté de la galerie. De loin, avec ce qui dégringole, on se fait des idées, et quand on y est, c'est pas pire qu'ailleurs.

À tout moment, pourtant, un coup sourd ébranlait la butte et la détonation entrait, avec un coup de vent, dans notre grotte dont les bougies tremblaient. Cela tombait parfois sur l'autre versant du Calvaire, devant l'entrée de notre sape, et l'on voyait flamber l'éclair sur la toile de tente.

– Trop long, disait Lemoine, rassuré par les quatre mètres de terre que nous avions au-dessus de nous.

Broucke ronflait plus que d'ordinaire, pour ne pas entendre les obus, et Bréval lisait son journal, loin de la guerre.

– Tas de dégoûtantes, grommela-t-il… Encore des femmes qu'on a arrêtées, au camp des Anglais. Et pas des catins, tu peux en être sûr : des femmes mariées… On m'a dit comme ça qu'on affichait leur nom à la mairie. Tu parles d'un coup pour leur mari, quand il apprendra ça…

Il lut encore quelques lignes, puis coléreusement froissa son journal, le jeta et se tourna contre le mur de craie humide en me disant : « Tu souffleras. »

À grands coups sourds, têtue, l'artillerie s'acharnait sur le Calvaire, tout en haut du Calvaire, là où auraient dû se dresser les trois croix. Entre deux explosions, on n'entendait rien, que parfois un pas d'homme trébuchant sur les cailloux, ou des coups de feu égarés, lubie de sentinelle.

À la clarté dansante de la bougie qui se mourait, je regardais les rondins trapus où pendaient nos équipements et nos bidons. Les musettes gonflées couvraient le mur, des baïonnettes pour patères. Sous la tête, nos sacs ; dans un coin, les fusils… Et l'on porte tout cela, des nuits, des jours, des lieues… On porte sa maison, on porte sa cuisine, et jusqu'à son linceul : la couverture brune où, bien enroulé, je vais dormir.

*

La nuit, lentement, semblait fondre. On eût dit que la dernière étoile se dépêchait de rentrer.

Dans le brouillard du petit jour, des choses revenaient de leur voyage au pays noir et, sagement, reprenaient leur place : l'arbre en fourche devant la tranchée, la meule brûlée contre le réseau Brun. Ce fut Broucke qui le premier vit les morts.

130   – Ben y en o, dit-il. Cor un bois qui reviendro cher…

Gilbert cherchait à découvrir celui de l'autre nuit, que les camarades nous avaient demandé d'enterrer. L'aube le découvrit enfin. Il était resté à vingt mètres des fils de fer, déjà plat et fané, comme les autres. À quoi bon risquer de se faire tuer pour traîner ce cadavre plus près de la tran-
135   chée ? Une place ici ou un trou là… On avait ses papiers, cela suffisait. Sa tombe ? Quelque part, sur le front…

Avec le jour, l'artillerie s'éveilla. Une salve de shrapnells tonna d'abord, couronnant le Calvaire d'une auréole verte vite dénouée. Puis, ce fut le tour des gros.

140   Les premiers qui sifflèrent nous jetèrent terrés au fond de la tranchée. Ce fut un déchirant fracas, et une gerbe de pierraille retomba sur nous en lourds grêlons. Bréval poussa un petit cri, touché à la nuque par un éclat mort ou un caillou. La peau seule était déchirée, mais il saignait.

– Pas de veine, lui dit Lemoine en lui mettant un peu de teinture
145   d'iode… Si ç'avait pu te casser un bras, hein.

– C'est pas moi qu'aurais cette veine-là, regretta le caporal.

La journée se passa ainsi, courbés sous les obus, fuyant sous les torpilles.

Vers onze heures, cela redoubla et les hommes de soupe hésitèrent
150   un bon moment avant de s'en aller, plus à l'abri dans la sape que dans le boyau partout éboulé. Lorsqu'ils revinrent, la moitié du vin était renversé, le macaroni[1] plein de terre et Sulphart s'étranglait à injurier

---

1. Nourriture (argot).

Lemoine, qui n'était « pas même foutu de porter un bouteillon ».

Le rata mangé, on commença à jouer aux cartes en attendant le soir.

155 Broucke s'était mis à ronfler ; couché près de lui, Gilbert essayait de rêver.

Soudain il se souleva et nous dit, la voix sèche :

– On creuse là-dessous.

Tous se retournèrent, cartes tombées.

– Tu es sûr ?

160 Il fit oui, de la tête. Je secouai brutalement Broucke, qui ronflait toujours, et Maroux, Bréval, Sulphart se couchèrent dans la galerie, l'oreille à terre. Nous autres les regardions, muets, le cœur dans l'étau.

Nous avions tous compris : une mine… Anxieusement, nous écoutions, rageant contre les obus qui ébranlaient la butte de leurs coups de bélier.

165 Bréval se redressa le premier.

– On ne peut pas se tromper, fit-il à mi-voix, ils creusent.

– Il n'y en a qu'un qui travaille, on entend bien, précisa Maroux. Ils ne sont pas loin.

Nous étions tous serrés, immobiles, regardant le sol dur. Quelqu'un

170 était allé chercher le sergent Ricordeau. Il arriva, prêta un instant l'oreille et dit :

– Oui… Il faudrait prévenir le lieutenant.

Chacun se couchait à son tour pour entendre, et se relevait rembruni.

Dans la tranchée, la nouvelle avait déjà couru, et, entre deux obus, les

175 guetteurs écoutaient la pioche effarante qui creusait, creusait…

Le sous-lieutenant Berthier vint à la nuit, avec la corvée de soupe. Il ausculta la terre un long moment, hocha la tête et, tout de suite, voulut nous rassurer :

– Peuh !… Ce sont peut-être des pionniers qui creusent une tran-

180 chée, et même assez loin… Cela trompe beaucoup, vous savez, ces

bruits-là. Je vais demander quelqu'un du génie... Mais ne vous montez pas la tête : c'est certainement encore loin, il n'y a pas de danger...

Nous prîmes la veille. Les obus tombaient toujours, mais ils faisaient moins peur à présent. On écoutait la pioche.

185 Nos deux heures finies, nous remontâmes dans la grotte. Le bruit avait diminué.

– Il est raisonnable, dit Broucke. Il fo, moins d'train.

Et tranquillement, il s'endormit.

On allait souffler la bougie quand le lieutenant Berthier reparut,
190 accompagné d'un adjudant du génie. Tout le monde fut aussitôt sur pied et l'on se tassa dans la galerie. Le premier mot que nous saisîmes fut :

– Nous nous en doutions.

Fouillard eut un tic qui lui tira l'œil.

L'adjudant s'était allongé, l'oreille contre terre, les yeux fermés. Nos
195 silences écoutaient avec lui. Il se releva, brossa d'une tape sa capote blanche de craie, et repartit avec Berthier sans rien nous dire ; pas un mot.

– C'est qu'il n'y a pas encore de danger, supposa Lemoine.

– C'est que nous allons sauter, prédit Sulphart.

200 On se coucha, pourtant. Et l'on dormit. Berthier revint au petit jour ; il avait un air triste, un air soucieux qu'on ne lui connaissait pas et qui nous inquiéta tout de suite. Que savait-il ? Il entendit encore piocher, sans coller son oreille à terre, car les coups, à présent, nous parvenaient plus distincts. Nous nous sentions troublés par un pressen-
205 timent vague, une crainte confuse. Berthier releva la tête :

– L'escouade de Bréval, rassemblement.

Il nous regarda tous, de son profond regard de brave homme, puis arrêtant ses yeux sur Bréval seul, qui, depuis sa coupure, portait un pansement autour du cou, comme un faux col, il lui dit :

210   – Comme vous l'aviez deviné, les Allemands creusent une mine. Le génie va peut-être venir pour faire une sape, mais la leur doit être bien avancée pour qu'on puisse la couper. Alors... n'est-ce pas... il est inutile que tout le monde reste ici... Vous comprenez bien ça... Alors... c'est votre escouade qui va rester, Bréval : on a tiré au sort. On va relever les

215 deux sections qui vont se porter en deuxième ligne, et vous resterez ici avec votre escouade et des mitrailleurs... Ce n'est pas beaucoup, mais le colonel a confiance en vous : on sait que vous êtes des braves... Et puis, on n'a pas d'attaque à craindre, puisqu'ils creusent... D'ailleurs, leur mine n'est pas encore près d'être finie, vous n'avez pas à avoir peur...

220 Il n'y a pas de danger, aucun danger... C'est une simple mesure de précaution...

    Il commençait à bafouiller, la gorge serrée. Son regard fit encore une fois le tour de l'escouade, cherchant nos yeux à tous. Personne ne dit rien ; seul, Fouillard bredouilla :

225   – On pourra tout de même partir pour aller à la soupe.

   – On vous l'enverra.

    Les autres se turent, un peu pâles, c'est tout. Courage ? Non. Discipline. Notre tour était venu...

   – On est bons, dit simplement Vieublé.

230   – Mais non, vous êtes fou, coupa vivement le lieutenant. Ne vous faites pas cette idée-là... Tenez – et il baissa les yeux, gêné – j'aurais bien voulu rester avec vous. C'était ma place. Le colonel n'a pas voulu... Allons, bonne chance.

    Sa lèvre inférieure tremblait, une buée mouillait ses yeux sous le

235 lorgnon. Brusquement, il nous donna à tous une poignée de main et s'éloigna, les dents serrées, tout pâle.

    Déjà les camarades s'en allaient, en se poussant, comme s'ils avaient peur que la mort ne les rattrapât. Ils nous regardaient drôlement, en

passant devant nous, et les derniers nous dirent : « Bonne chance. »
240 Le cliquetis des chaînettes sur les gamelles s'éloigna, le tintement des
bidons vides, les cailloux qui roulent, les voix... Nous restions seuls. Les
mitrailleurs s'assirent à leur pièce. Trois de l'escouade descendirent dans
la tranchée, et nous rentrâmes dans notre casemate.

    – Il n'y a plus qu'à attendre, dit Demachy, qui exagérait son air
245 indifférent.

    Attendre quoi ? Tous assis sur le bord de nos litières, nous regardions
la terre, comme un désespéré regarde couler l'eau sombre, avant le saut.
Il nous semblait que la pioche cognait plus fort à présent, aussi fort que
nos cœurs battants. Malgré soi, on s'agenouillait, pour l'écouter encore.
250 Fouillard s'était allongé dans un coin, la tête sous sa couverture pour
ne plus rien entendre, ne plus rien voir. Bréval commença d'une voix
hésitante :

    – Après tout, ce n'est pas dit qu'on va sauter... Ça ne se fait pas
comme ça, une mine.

255   – Surtout dans la pierre.

    – On dirait que c'est tout près, et il y en a peut-être encore pour
huit jours.

    Ils parlaient tous ensemble, à présent ; ils mentaient tous, pour se
donner du cœur, espérer quand même. Ce fut une discussion bruyante
260 d'un moment, où chacun avait son histoire de mine à raconter, et,
quand ils écoutèrent de nouveau, il leur parut que cela tapait déjà
moins. Machinalement, on déroula les couvertures, on se coucha.

    – Tu parles d'un réveil en sursaut, ronchonna Vieublé en se
déchaussant.

265   Où la terre allait-elle se fendre ? En fermant les yeux, on croyait voir
ces ignobles photographies des illustrés, ces entonnoirs béants avec des
pieux, de la ferraille et des bouts d'hommes qui dépassent, mal ensevelis.

Étendus, la tête sur le sac, nous n'entendions plus que le terrible pic, régulier comme un tic-tac d'horloge, qui creusait notre trou.

270 — Ça va en faire un bruit, murmura Belin. Tu parles d'une charge qu'il faut pour arracher une butte comme celle-là !

— Encore trois jours avant de se barrer.

— Non, plus que deux et demi : on doit être relevés le mercredi soir.

Bréval, absorbé, écrivait sur ses genoux, son sac pour pupitre.

275 — Tu le fais à l'émotion à ta bourgeoise[1], blagua Lemoine. Tu lui racontes qu'on va sauter ?

Les obus tombaient moins nombreux, cette nuit. La brève aurore des fusées naissait et mourait sur la toile de tente. La nuit était presque tranquille. Seul, ce bruit de pioche assourdi, qui nous berçait...

*

280 À minuit, je pris la veille. Il faisait froid dans la tranchée. Le vent rabattait du bois des frissons glacés et Gilbert grelottait sous sa couverture.

— Tu entends ?

— Oui, ça cogne toujours.

On ne regardait plus dans la plaine. À quoi bon ? On n'y voyait que 285 du noir trembler dans du noir. On écoutait, on songeait.

Le premier, Demachy parla à mi-voix, avec ce petit ton persifleur qui m'irritait et que j'aimais pourtant :

— C'était trop beau... C'est vrai, c'était trop beau. Une vie d'insouciance, de joie quotidienne. Un jour, quelqu'un frappe : « Pan ! Pan ! 290 C'est la vie, — Mais je ne vous connais pas. — ... Tant pis, c'est bien votre tour ! » Elle vous a mis une pioche et un fusil entre les mains, et creuse bonhomme, et marche bonhomme, et crève bonhomme...

---

1. Épouse (argot).

— Pourquoi que tu t'es engagé, aussi, lui dit Lemoine, puisque t'étais réformé ?... Surtout dans la biffe.

295   — Le devoir, un emballement : des bêtises...

Nous nous rapprochâmes des mitrailleurs, entassés, muets, sous leur caponnière[1]. L'un dormait dans le fond, la tête renversée.

— Plus que deux jours et demi, hein ? nous dit le chef de pièce.

— Ils auront fini avant, dit l'autre.

300   Lemoine qui, sans y voir, sculptait sa canne, s'accroupit dans un coin.

— S'ils sont sûrs que ça doit sauter, fit-il, ils n'avaient qu'à nous relever comme les copains... Et pourquoi notre escouade plutôt qu'une autre, d'abord ?

Le vent fauchait les étoiles. La nuit devenait plus épaisse. Nous

305   n'étions plus, dans la tranchée, que des tas noirs, et dans l'ombre de la caponnière on ne distinguait rien, que le point rougeoyant d'une pipe. Parfois, quelqu'un soulevait le rideau du créneau et regardait. Rien... Un frisson, un murmure : les moutons du soir broutaient les champs.

Après les trois heures de veille, nous étions rentrés gelés. Et bien ser-

310   rés sous nos couvertures, nos musettes côte à côte comme des oreillers, nous nous étions endormis, d'un bon sommeil de brutes.

*

Au matin, ce fut un présage, une détresse intérieure qui nous réveilla. Ce n'était plus le bruit : un silence tragique, au contraire. L'escouade était muette, atterrée, penchée sur Bréval qui écoutait, couché de tout

315   son long. Redressés sur notre litière, nous les regardions.

— Qu'est-ce qu'il y a ? chuchota Demachy.

---

1. Abri, refuge.

– Ils ne cognent plus !… Ils doivent bourrer la mine.

Mon cœur s'arrêta net, comme si quelqu'un l'avait pris dans sa main. Je ressentis comme un frisson. C'était vrai, on n'entendait plus creuser.

320 C'était fini.

Bréval se releva, un sourire machinal aux lèvres :

– Il n'y a pas à se tromper. Ils ne cognent plus.

Nous regardions la terre, muets, comme elle. Fouillard, blême, fit le geste de sortir. Sans un mot, Hamel le retint par le bras. Maroux s'était

325 assis, les mains croisées entre les genoux, et tambourinait la planche de sa litière, avec ses gros talons.

– Tais-toi ! lui dit durement Vieublé. Écoute…

Nous tendîmes tous le cou, anxieux, ayant peur de nous tromper. Non ! la pioche avait bien repris. Elle cognait. Oh ! ce qu'on put l'aimer,

330 un instant, cette horrible pioche ! Elle creusait. C'était la grâce. On ne bourrait pas encore la mine, on ne mourrait pas encore…

Vieublé s'était dégagé de l'angoisse, d'un coup de collier. Blême de rage, il bondit dehors en braillant.

– Il est fou, s'écria Bréval. Qu'est-ce qu'il fait ?

335 On courut après lui. Il avait grimpé sur des sacs à terre, et, sorti de la tranchée jusqu'au ventre, le cou tendu, il hurlait :

– Vous pouvez creuser, tas de vaches, on vous em… On sautera peut-être tous, mais on vous em…

Sulphart l'avait pris à bras-le-corps.

340 – Vas-tu te taire, grand c…

Bréval aussi le tirait par le bras, mais l'autre résistait.

– Faut que j'en bute un avant de sauter… Je veux pas crever comme une lope[1], rugissait-il, il m'en faut un !…

_____

1. **Hom**me sans virilité et manquant de courage (argot).

On put pourtant le faire descendre et le rentrer dans la sape, où il se
345 calma, en buvant le vieux marc de Demachy.

– C'est du bon, fit-il en connaisseur.

Toc... Toc... Toc... Elle creusait toujours... Toc, toc... Puis elle
s'arrêtait. Nous écoutions alors, plus angoissés. Non. Toc... Toc... Toc...
Cela dura deux jours encore, et une nuit. Quarante heures que l'on
350 comptait, qu'on arrachait, par lambeaux de minutes. Deux jours et une
nuit à écouter, la bouche sèche de fièvre. Le dernier soir, on ne put retenir Vieublé : il partit avec quatre grenades dans sa musette, et, au bout
d'une heure quatre aboiements nous parvinrent, coup sur coup, puis
des plaintes hurlées à la lisière du bois. Il avait bien distribué ses sodas[1].
355 Comme il rentrait dans la tranchée, le lieutenant Berthier arriva,
précédant la relève. Déjà nous mettions sac au dos, prêts à partir.

– Ah ! je suis content, nous dit-il... Vous voyez qu'il ne fallait pas se
désespérer. C'est fini.

– On n'est pas encore parti, trembla Fouillard.

360 – Sauter maintenant, ça serait vraiment pas de veine, remarqua posément Lemoine.

Les coups, réguliers, nous parvenaient, rassurants malgré tout. Mais
ce n'était plus la pioche qu'on guettait, c'était la relève. Une rumeur
assourdie nous avertit.

365 – La relève... Entrez dans la grotte pour dégager. Je me charge des
consignes, nous dit Berthier.

Nous regardâmes passer les hommes, d'un régiment inconnu. Ils
étaient dix seulement, et quatre mitrailleurs. Le dernier s'arrêta, nous
ayant devinés dans l'ombre de la galerie.

370 – Alors, ils creusent une mine en dessous ?... On est sûrs de sauter.
Tu parles, quatre jours...

---

1. Grenades (argot).

Tous ensemble, nous cherchâmes à la rassurer :
– Y a pas de raison... Regarde, nous autres, on y est bien resté...
C'est long, ces trucs-là... Faut pas s'en faire.

375 Mais, par-dessus son sac, nous guettions le lieutenant, des frémissements dans les genoux, tant nous étions pressés de partir. Fouillard, on ne sait comment, avait déjà disparu. Berthier revint enfin.
– En route !... Bonne chance, mes petits.
Et, s'étant retourné vers Demachy, il ajouta tout bas :
380 – Les pauvres gars, j'ai peur pour eux...
Sans le lieutenant qui allait en tête d'un bon pas, nous aurions peut-être couru. On avait peur de ce Calvaire blafard, que les fusées parfois mettaient à nu. Peur de ce danger qu'on sentait derrière soi, tout près encore.
385 On glissa dans le chemin crayeux, on traversa vite la passerelle sur le ruisseau, et, là seulement, on osa se retourner. Le Calvaire se détachait, terrible, sur la nuit verte, avec ses moignons d'arbres, pareils à des montants de croix.

*

On cassa la croûte à la sortie des tranchées. Les cuistots avaient fait
390 du jus et l'on mangeait voracement, ne sentant plus, à l'estomac, ces doigts crispés qui vous serraient. On buvait du vin à pleins quarts : il fallait vider les seaux avant de repartir. Vantard, Sulphart racontait des histoires à ceux de la compagnie :
– Et comment qu'on les a engueulés, les Boches, avec le gars Vieublé !
395 Chaque homme de l'escouade avait son groupe et palabrait[1]. Vieublé, dont la voix paresseuse et grasseyante de gouape se remarquait parmi les autres, racontait sa patrouille :

---

1. Discutait sans fin.

— Tu parles, si ça a gueulé... Je m'étais levé, je tenais un pieu de leur réseau de la main gauche et v'lan ! en plein dedans... J'ai même pas reçu un coup de flingue... Et vise la bath jumelle que j'ai prise à un macchabée boche, un officier...

La compagnie suivait le canal, en longue file décousue. Des gourbis des artilleurs, creusés dans la berge, une vapeur montait, et l'on enviait leurs trous humides : « Finir la guerre là-dedans, tiens tu parles d'un filon... »

L'eau noire ne reflétait que de la nuit et ne vivait que d'un clapotis léger. On franchit la rivière sur un pont tanguant, fait de barques et de tonneaux. Le canal passé, on entrait dans le bois et la fraîcheur vous tombait sur les épaules comme un manteau humide. Cela sentait le printemps mouillé. Quelque part un oiseau chantait, ne sachant pas que c'était la guerre.

Derrière nous, les fusées dessinaient la ligne infinie des tranchées. Bientôt, les arbres les cachèrent et les hautes futaies étouffèrent la voix acharnée du canon. On s'éloignait de la mort.

En entrant dans le premier village, l'escouade de tête se mit à fredonner, en sourdine, et machinalement on se mit à marcher au pas.

C'est aujourd'hui marche de nuit,
Au lieu d'roupiller, on s'promène...

Alors, brusquement, venu de loin, un bruit sourd ébranla la nuit : un bruit tonnant de catastrophe, que l'écho répéta longuement. La mine avait sauté.

La colonne, comme au commandement, s'était arrêtée. Plus une voix... On écoutait encore, le cœur serré, comme si on avait pu, de cette rive, entendre les cris. Les canons aussi s'étaient tus, interdits.

Mais non, plus rien, c'était fini...

425 – Combien qu'ils étaient ? demanda dans le rang une voix étranglée.

– Dix... répondit quelqu'un. Et quatre mitrailleurs...

IX

MOURIR POUR LA PATRIE

Non, c'est affreux, la musique ne devrait pas jouer ça...
L'homme s'est effondré en tas, retenu au poteau, par ses poings
liés. Le mouchoir, en bandeau, lui fait comme une couronne. Livide,
l'aumônier dit une prière, les yeux fermés pour ne plus voir.

5 Jamais, même aux pires heures, on n'a senti la Mort présente comme
aujourd'hui. On la devine, on la flaire, comme un chien qui va hurler.
C'est un soldat, ce tas bleu ? Il doit être encore chaud.

Oh ! Être obligé de voir ça, et garder, pour toujours dans sa mémoire,
son cri de bête, ce cri atroce où l'on sentait la peur, l'horreur, la prière,
10 tout ce que peut hurler un homme qui brusquement voit la mort là,
devant lui. La Mort : un petit pieu de bois et huit hommes blêmes,
l'arme au pied.

Ce long cri s'est enfoncé dans notre cœur à tous, comme un clou. Et
soudain, dans ce râle affreux, qu'écoutait tout un régiment horrifié, on
15 a compris des mots, une supplication d'agonie : « Demandez pardon
pour moi... Demandez pardon au colonel... »

Il s'est jeté par terre, pour mourir moins vite, et on l'a traîné au poteau
par les bras, inerte, hurlant. Jusqu'au bout il a crié. On entendait :
« Mes petits enfants... Mon colonel... » Son sanglot déchirait ce silence
20 d'épouvante et les soldats tremblants n'avaient plus qu'une idée : « Oh !
vite... vite... que ça finisse. Qu'on tire, qu'on ne l'entende plus !... »

Le craquement tragique d'une salve. Un coup de feu, tout seul : le
coup de grâce. C'était fini...

Il a fallu défiler devant son cadavre, après. La musique s'était mise
25 à jouer *Mourir pour la Patrie* et les compagnies déboîtaient l'une après

l'autre, le pas mou. Berthier serrait les dents, pour qu'on ne voie pas sa mâchoire trembler. Quand il a commandé : « En avant ! » Vieublé, qui pleurait, à grands coups de poitrine, comme un gosse, a quitté les rangs en jetant son fusil, puis il est tombé, pris d'une crise de nerfs.

30 En passant devant le poteau, on détournait la tête. Nous n'osions pas même nous regarder l'un l'autre, blafards, les yeux creux, comme si nous venions de faire un mauvais coup.

Voilà la porcherie où il a passé sa dernière nuit, si basse qu'il ne pouvait s'y tenir qu'à genoux. Il a dû entendre, sur la route, le pas cadencé 35 des compagnies descendant à la prise d'armes. Aura-t-il compris ?

C'est dans la salle de bal du *Café de la Poste* qu'on l'a jugé hier soir. Il y avait encore les branches de sapin de notre dernier concert, les guirlandes tricolores en papier, et, sur l'estrade, la grande pancarte peinte par les musicos : « Ne pas s'en faire et laisser dire. »

40 Un petit caporal, nommé d'office, l'a défendu, gêné, piteux. Tout seul sur cette scène, les bras ballants, on aurait dit qu'il allait « en chanter une », et le commissaire du gouvernement a ri, derrière sa main gantée.

– Tu sais ce qu'il avait fait ?

– L'autre nuit, après l'attaque, on l'a désigné de patrouille. Comme 45 il avait déjà marché la veille, il a refusé. Voilà…

– Tu le connaissais ?

– Oui, c'était un gars de Cotteville. Il avait deux gosses.

Deux gosses ; grands comme son poteau…

X

NOTRE-DAME DES BIFFINS

La grand-route grouillait, bruyante et noire, comme une galerie de mine où l'on aurait soudain éteint les lampes, à l'heure de la remontée. Toute une foule obscure qu'on ne voyait pas, mais qu'on sentait vivre, luttait dans cette nuit d'encre, chaque troupe forant son chemin, et de
5 cette cohue montait une rumeur de piétinements, de voix, de grincements de roue, de hennissements, d'injures, tout cela confondu, mêlé comme se mêlaient les champs, la route et les hommes dans la même ombre épaisse.

Cependant, il y avait de l'ordre dans cette cohue. Les territoriaux
10 revenant à l'arrière, nos régiments montant en ligne, les voitures, les caissons, tout avait son chemin ; les compagnies se croisaient coude à coude, rejetées contre le talus par des motocyclistes : « Appuyez à droite ! À droite ! » ; les naseaux des chevaux d'artillerie nous soufflaient au visage, les roues énormes des camions frôlaient les godillots,
15 et, dans ce tumulte de choses et d'êtres, l'armée d'attaque enfonçait lentement ses colonnes au piétinement infini.

Tassés le long du fossé, des régiments arrêtés nous regardaient passer. Les hommes debout tendaient la tête, semblant chercher quelqu'un dans ce flot noir. On en devinait d'autres vautrés dans l'herbe : une
20 musette blanche, le point rouge d'une cigarette. D'eux à nous, des voix se hélaient :

– Quel régiment ?

– Ce qu'il y a encore un patelin avant les tranchées ?

– D'où que vous venez ?

25 Une voix gouaparde de Parisien criait de nos rangs :

– Ce qu'il y a des gars de Montmartre ? Bonjour à ceux de Barbès.

Ces voix inconnues se cherchaient et se joignaient, comme des mains, Sulphart, qu'un coup de vin venait de réveiller, répondait des blagues.

– Quelle compagnie ?

30   – Compagnie du gaz !

On allait par à-coups, d'une marche inégale qui brisait les jambes. Parfois on s'arrêtait, la route embouteillée ; on entendait, dans les ténèbres, tinter la gourmette[1] des chevaux cabrés et jurer les artilleurs. Des hommes nous prenaient par le bras.

35   – C'est vous qui allez attaquer ? Les sidis[2] sont déjà là… Et il y a la chiée de canons, vous savez…

Alors, près de moi, Fouillard grognait :

– Et les Boches, ils n'en ont pas de canons, non ? Tas de vieux jetons ! Ça me fout en rogne d'entendre ça.

40   Comme la colonne repartait, se laminant[3] entre deux files de caissons et de chevaux baveux, il en saisit un par la queue, à deux mains, et tira brutalement. La lourde croupe de la bête ne bougea même pas.

– Il ne sait donc pas jinguer[4], ton sale bourrin[5] ? cria-t-il au conducteur, empaqueté sur son siège. Il ne pourrait pas me casser une jambe, 45 nom de Dieu !

Un mulet de mitrailleurs marchait dans nos rangs faisant sonner ses caisses : il se colla derrière, dans l'espoir d'une ruade, et, pour l'y inciter, il reprit son jeu, lui tirant la queue ainsi qu'un cordon de sonnette. Abruti comme un homme, le mulet ne broncha pas.

---

1. **Chaînette.**
2. **Nord-Africains**, terme péjoratif (argot).
3. **Se réduisant.**
4. **Ruer**, projeter ses pattes postérieures en arrière (on écrit aussi « ginguer »).
5. **Mauvais cheval** (argot).

⁵⁰   – T'es pas tombé fou ? dit Hamel... Et s'il te foutait un coup de
sabot dans le ventre ?

– J'm'en fous... J'en ai marre, je ferais pas l'attaque.

Derrière lui, Gilbert railla, du ton qu'il aurait pris pour lire une
citation à l'armée :

⁵⁵   – « A toujours fait preuve de la plus courageuse initiative, donnant
à ses camarades l'exemple d'une incomparable bravoure. »

Fouillard se retourna :

– Toi, je t'em... Occupe-toi de tes fesses.

Écrasé sous le sac, Bréval murmura :

⁶⁰   – ... Le courage de s'engueuler... Plus bêtes que les chevaux...

On distinguait à peine la silhouette des arbres, tant la nuit était noire,
et au loin, vers les lignes, où nos canons tonnaient par bouffées, nulle
lueur n'éclairait le ciel bas. La bataille invisible se déroulait, derrière ce
grand mur sombre, et les routes, gonflées ainsi que des artères, chas-
⁶⁵ saient vers elle du sang nouveau.

La colonne, un instant, piétina sur place : « Appuyez à gauche ! » criait-
on devant nous. On repartit en file disloquée. Des choses noires barraient
la route : deux chevaux aux longues pattes raides, une voiture culbutée
et des cadavres, dont on devinait la forme douloureuse sous la toile de
⁷⁰ tente. Une odeur fade et chaude montait de cet amas. Hâtivement, des
territoriaux comblaient le large trou qu'avait creusé l'obus.

Un des anciens ne travaillait pas. Debout sur une borne, il dominait
notre marée montante et, se penchant, cherchant à voir, il criait :

– Bailleul Émile, de la cinquième compagnie... C'est pas la cin-
⁷⁵ quième compagnie qui passe ? Émile ! Émile !... Vous ne connaissez
pas Bailleul ? c'est mon fils. Hé ! Émile !

La colonne fourbue **défilait** devant lui, **obscure, impénétrable.**
Personne ne répondait. **Des têtes,** en passant, **se tournaient** et regardaient le vieux. Derrière **nous, sa** voix appelait **encore :**
80 – Émile… Vous ne **connaissez** pas le petit **Bailleul, de la cinquième ?**
Parbleu, oui, nous l'**avions connu**… Pauvre **gosse !**

*

De l'église, on n'a **gardé que ce** coin d'autel : **la chapelle de** la Vierge,
et six rangs de prie-Dieu. **Tout** le reste a été **transformé en** ambulance
et, de l'autre côté d'une **cloison** en planches, **qui nous sépare** de la nef,
85 on entend les blessés **gémir.**
Deux cents hommes **s'écrasent** pour entendre la **messe.** Les autres se
tiennent sous le porche **et jusque** dans le cimetière, **où ils** écoutent les
cantiques en bavardant, **assis sur** des coins de **tombe.**
Les uns arrivent de **la tranchée,** boueux, **le teint gris, les** mains ter-
90 reuses ; d'autres, au **contraire,** sont tout **rouges encore** de la toilette
à la pompe. On se **bouscule, on** s'entasse, capotes **sales** et vareuses d'officiers. Quelques femmes**, toutes** en deuil, quelques **filles,** qu'on lorgne
en se bourrant du coude, **et, à la** place d'honneur, **un paysan** rasé, cinquante ans, très digne **dans ses** habits noirs **du dimanche.**
95 À chaque génuflexion **du prêtre,** on aperçoit **sous la** soutane ses
molletières bleues : c'**est un br**ancardier de **chez nous** qui officie. Sur
l'unique marche de **pierre, quatre** soldats barbus **égrènent** leur chapelet : des prêtres encore. **Le vent** agite mollement **des linges blancs,** qui
cachent les vitraux **brisés.**
100 Pas un chandelier **sur l'autel** ; le tabernacle **même a été** enlevé. Il ne
reste plus que la Vierge **en robe** bleue piquée **d'étoiles, un** bouquet de
pâquerettes à ses pieds. **Notre-Dame des Biffins**…

Elle étend ses deux mains, deux petites mains roses de plâtre peint, deux mains toutes-puissantes qui sauvent qui la prie. Ils ne croient pas tous, ces soldats désœuvrés, mais tous croient à ses mains, ils veulent y croire, aveuglément, pour se sentir défendus, protégés ; ils veulent la prier comme on se serre contre un plus fort, la prier pour n'avoir plus peur et garder, ainsi qu'un talisman, le souvenir de ses deux mains.

Quelques-uns sont venus vraiment pour prier. Les autres, dont la foule déborde dans le cimetière, attendent le défilé des filles : la messe, c'est un spectacle de soldats.

Cette veille d'attaque, ils sont venus plus nombreux encore que les autres dimanches. Ils chantent. Leurs voix mâles conservent dans la prière un rude accent de vie brutale ; ils chantent sans retenue, à pleine gorge, comme dans une salle de débit, et le cantique, par instants, étouffe le canon :

Sauvez, sauvez la France
Au nom du Sacré-Cœur...

Ils chantent cela sans penser aux mots, ingénument, comme des enfants de chœur qui s'égosillent ; et combien sommes-nous, les yeux fermés, le front dans les mains, que ce cantique émeut à nous serrer la gorge !

Sauvez, sauvez la France...

C'est comme un cri profond qui monte de ces orgues humaines. De l'autre côté de la cloison, un blessé crie : « Non ! Vous me faites mal... Pas comme ça ! » On devine la main pressée arrachant le pansement boueux. Ce sont ces plaintes, ces cris rauques qui font au prêtre les réponses.

Puis, la clochette tinte, toutes les têtes s'inclinent. On dirait que la
130 prière les courbe tous, sous son coup de vent. Nous nous tenons, coude à coude, serrés comme dans une sape d'attaque. Le canon rage et tonne, sonnant ainsi l'Élévation[1], mais on ne l'entend plus, ni le râle des blessés… Il n'y a plus rien, dans cette église, que deux bras de soldat élevant le ciboire vers la Vierge aux bonnes mains.

135 La cloche tinte… Qu'implorons-nous de vous, sinon l'espoir, Notre-Dame des Biffins !

Nous acceptons tout : les relèves sous la pluie, les nuits dans la boue, les jours sans pain, la fatigue surhumaine qui nous fait plus brutes que les bêtes ; nous acceptons toutes les souffrances, mais laissez-nous vivre, rien
140 que cela : vivre… Ou seulement le croire jusqu'au bout, espérer toujours, espérer quand même. Maintenant et à l'heure de notre mort, ainsi soit-il…

*

Rangés sur deux rangs, les soldats regardaient sortir les filles, de fortes dondons[2] aux corsages voyants, les joues astiquées comme pour une revue de détail, qui riaient et parlaient fort, pour se donner le genre
145 de Paris. Des yeux goulus les convoitaient et des compliments crus saluaient les plus belles.

La fille du maire, chafouine[3] et chlorotique[4], était partie, les yeux baissés, avec la demoiselle des postes, une jeune fille légère, en robe

---

1. Moment de la messe où l'hostie est montrée aux fidèles.
2. Grosses femmes.
3. Avec un air méfiant.
4. Anémiée, pâle.

noire comme une vendeuse de magasin, qui marchait d'un pas dansant
150 et devait mettre un brin de poudre sur ses joues mates. Bourland, en la
voyant, était devenu tout rouge et elle lui avait souri.

   – On la filoche[1] ? proposa Sulphart qui, tondu de frais, se croyait
invincible.

   Mais Vieublé n'y tenait pas. Avec un long épi, il était occupé à cha-
155 touiller de loin le creux de la main de la bistrote, qui faisait la belle avec
ses compagnes.

   – T'occupe pas, répondit-il tout bas au rouquin, j'te dis qu'on boira
à l'œil.

   À la porte du cimetière, sa bicyclette posée contre le mur, l'aumônier
160 faisait une distribution de scapulaires[2] et de papier à cigarettes.

   De l'autre côté de la rue, c'étaient des couteaux qu'on distribuait.

   Cela se passait dans la cour du maréchal-ferrant. Devant la maison,
les hommes du train de combat déchargeaient un caisson de munitions, de lourdes caisses de cartouches qu'ils prenaient à quatre, comme
165 les croque-morts descendent leurs cercueils. Passé le porche, c'était un
étalage de marché aux puces. On avait fait sur le pavé un tas de gros
couteaux – de forts « surins[3] » au manche de bois, et Lambert, le fourrier, accroupi devant son étalage forain, les distribuait par escouade.
C'était une cohue bruyante ; tout le monde braillait en jouant des
170 coudes.

   – Ça m'est égal, criait Lambert, les joues empourprées, c'est pas
moi que ça regarde… On m'a dit de donner des couteaux à toute la
deuxième section, je donne des couteaux… On m'aurait dit de vous

---

1. Suit.
2. Médaillons de tissus représentant la Vierge ou le Christ.
3. Poignards (argot).

distribuer des parapluies, je vous donnerais des parapluies... Le reste,
175   c'est pas mon rayon... allez expliquer ça au major...
Peu à peu, le tas de lames diminuait.
– Pressons-nous ! blaguait le fourrier. Il n'y en aura pas pour tout le
monde. Allons, qui n'a pas son couteau ?
Et se retournant vers un vieux sergent que je n'avais pas remarqué et
180   qui se tenait debout derrière lui, il ajoutait, le front plissé :
– J'en connais qui n'en auront pas besoin, de couteau... Ce sont des
malins qui savent faire la guerre, ceux-là...
Le vieux ne répondait pas. Il avait une barbe blanche, et les copains
qui le dévisageaient se demandaient tout haut ce qu'il venait faire là.
185   – Ce qu'il vient faire, nous expliqua Lambert, il vient prendre ma
place, tout bonnement. Oui, mes gars, je suis relevé, et versé à la troisième comme chef de section : c'est le vieux pèlerin qui me remplace...
– Mais qui c'est ?...
– C'est une vieille noix qui a eu ses deux fils tués, s'emportait le
190   fourrier. Alors, il s'est engagé... Bien entendu, quand le colon a vu
débarquer ce vieux zèbre-là, il n'a pas voulu le foutre dans la tranchée et
il l'a nommé à ma place, sans s'en faire... Est-ce que c'est pas honteux,
hein ?... Moi, je m'en fous de ses deux fils ! C'est pas à moi de les venger. J'en ai assez bavé, pendant un an que j'ai pris les tranchées. S'il s'en
195   ressentait pour se battre, il n'avait qu'à y aller lui-même, au lieu de me
prendre mon filon et de m'envoyer me faire casser la gueule pour lui...
Seulement ça fait bien, pas vrai, engagé à son âge. Vieille bille !
Le vieux, à l'écart, ne disait rien, l'air absent, avec un regard triste et
lointain qui, malgré tout, me serrait le cœur.
200   – Allons, la septième, appelait Lambert, dépêchez-vous... Dix belles
lames toutes neuves. Ce n'est pas un lot, c'est une affaire.

Les caporaux s'en allaient, des couteaux plein les poches. Dans la rue, pour épater les filles, certains ouvraient le leur, d'un déclic sec, et en essayaient la pointe sur le dos de leur main.

205 – Tu parles d'un business, me dit un petit de la compagnie, le visage consterné. Qu'est-ce que tu veux que je foute d'un couteau ? je suis jardinier, moi, dans le civil. Et j'ai un de mes poilus qu'est même libraire. Ce que c'est des métiers à se servir d'un couteau ?

Berthier se promenait seul, toujours songeur, les mains nouées der-
210 rière le dos et la tête baissée. Je le rejoignis. Il me répéta tout ce qu'il avait appris sur l'attaque, au rapport du matin. Un seul mot d'ordre pour l'instant : passer. On ne relèverait aucune unité pendant le combat ; de nouvelles vagues renforceraient sans cesse les vagues décimées, et on avancerait quand même. À nos côtés la division marocaine, la légion,
215 du vingtième corps ; derrière, toute l'armée...

– J'ai confiance, me dit-il d'un ton résolu.

Arrêté, il me regardait bien droit.

– Je crois qu'on va passer.

– Moi aussi... je le crois.

220 Cette confiance insensée, on la sentait chez tous les hommes, dans toutes les voix, elle était dans l'air, dans les choses même. Était-ce le canon qui sonnait sans relâche, pilant la terre à conquérir, qui enfonçait en nous cette certitude de vaincre ? Sans raison, d'instinct, on avait confiance... Pour la première fois, on avait la sensation de se préparer
225 à une bataille et non pas à l'une de ces bousculades tragiques, à l'un de ces déménagements burlesques qu'avaient été les attaques précédentes.

Au bout du village, derrière un petit bois, la lourde[1] tirait par salves[2] précipitées, sans rien voir de la guerre, qu'un rideau vert de noisetiers.

---

1. L'artillerie lourde.
2. Ensemble de coups de feu tirés à de courts intervalles, décharges.

Comme il faisait chaud, les servants avaient retiré leur veste pour être
230 à l'aise et, luisants de sueur, ils enfournaient leurs obus comme du pain.
— Jamais on n'a autant tiré, nous dit un brigadier de l'échelon.
Chaque pièce n'a pas vingt mètres à battre ; il ne peut rien rester, rien…
Dans un seau d'eau, près d'une pyramide de douilles dorées – des
bouteilles étaient au frais. Entre deux tirs, les artilleurs en corps de che-
235 mise venaient boire un coup, puis, s'étant épongé le front d'un revers
de main, ils reprenaient leur infernale partie de boules.
Sur la route, ou couchés le long du talus, des cavaliers flânochaient[1],
laissant leurs chevaux arracher par lambeaux l'écorce des arbres. On les
regardait d'abord de travers, jaloux de leur poste meilleur, de leurs vestes
240 trop propres, et surtout des bonjours que, de loin, leur adressaient les
filles, mais on ne leur lançait pas les blagues ordinaires : personne ne
leur demandait, avec un air de se payer leur tête : « Tu sais où que ça
se trouve, les tranchées ? » Bientôt, au contraire, on parlait en copains.
Ils nous disaient :
245 — C'est nous, l'armée de poursuite… Une fois que vous aurez fait la
brèche, on charge et on va attaquer leurs réserves.
Derrière nous, toute une armée attendait : des autos blindées, des
pontonniers[2], des escadrons, des batteries de 75, et cette masse, on
croyait déjà la sentir, qui nous poussait. On parlait, on discutait, gagné
250 par une fièvre. Un grand artilleur, un peu saoul, répétait :
— J'vous dis qu'après ce coup-là, la guerre est finie… C'est la dernière
attaque, les gars…
Jamais nous n'avions vu tant d'uniformes différents, jusqu'à de
grands manteaux rouges de spahis[3] derrière la grille rouillée du château.

---

1. Flânaient, se baladaient (argot).
2. Soldats du génie chargés du montage et du démontage des ponts militaires.
3. Cavaliers de l'armée française d'un corps militaire d'Afrique du Nord.

255 C'était peut-être l'ardeur montée de tous ces êtres, comme une haleine, qui nous faisait vivre pour un jour dans cette chaude atmosphère d'espoir. Cela saoulait les moins braves, d'avoir tant de témoins, d'être devant tous ceux-là « les biffins qui allaient attaquer ».

Pour séduire les filles, pour épater les bleus, on parlait fort, on crâ-
260 nait, et lorsqu'on croisait les hommes d'un régiment relevé qui descen-dait au repos, on les regardait de haut, un peu gouailleurs.

– C'est bon qu'à se faire paumer[1] les tranchées que les autres prennent.

– Aie pas peur, tu ne la gagneras pas, la croix de bois !

Par les fenêtres ouvertes d'un cabaret, dans une fraîche ruelle bordée
265 de sureau blanc qui sucrait les lèvres, on entendait crier. On renversait les chaises, on se bousculait, on chantait dans un cliquetis de verres entrechoqués et l'on sentait, rien qu'au bruit, croître leur humeur belli-queuse. Vrai, je ne les reconnaissais plus...

Debout, le verre en main, Fouillard essayait de hurler, d'une voix
270 qui se cassait :

– Baïonnette au canon... En avant !

Vieublé qui passait, faisant le beau avec sa croix de guerre et sa médaille, haussa les épaules.

– C'est toujours ceux-là qui ont le plus de gueule, nargua-t-il.

275 – Où vas-tu par là, à la soupe ?

– Non, je mange avec vous, chez le bistrot qui vous fait la croûte... C'est Gilbert qui m'a invité, parce que je lui ai juré d'aider Sulphart à le ramener, si des fois il était blessé.

Tout en marchant, un mégot jauni collé à sa lèvre pendante, il
280 méditait.

– Et encore... Sulphart, hein, c'est un copain. Eh bien, j'aurais pas confiance. C'est encore un mec qui se dégonfle.

---

1. Prendre.

Machinalement, comme des chevaux qui rentrent nous nous diri-
geâmes vers l'enclos où Bouffioux avait installé sa roulante[1]. Entassés
285 autour d'une table rustique, une vingtaine d'hommes s'agitaient.

Au milieu du groupe, écartant les autres d'un geste circulaire, comme
un hercule forain qui va faire des poids, Hamel, les manches retrous-
sées, donnait une exhibition. Il avait sorti son coutelas de matelot, qu'il
tenait bien en poigne, dans sa grosse main velue, il s'arc-boutait et d'un
290 coup rude, avec un « han !» de bûcheron, il enfonçait sa lame entière
dans un énorme quartier de bœuf, déjà crevé de vingt plaies. Ceux qui
avaient touché des couteaux de tranchée se bousculaient derrière lui, le
couteau à la main, criant comme s'ils allaient se battre. Ils se jetaient sur
la viande, et l'un après l'autre, à coups féroces, ils l'éventraient.

295 Après leur lame, ils emportaient des lambeaux de graisse, des copeaux
de tendon, et la viande poignardée perdait sa forme, s'aplatissait en
loque sur la table entaillée. Prévenu par Lemoine qui, seul, « ne trouvait
pas marle qu'on esquinte la barbacque », Bouffioux survint en courant,
son gros ventre dansant au-dessus de sa culotte qui tombait.

300 — Bande de c... ! hurlait-il. Et après ça vous irez encore vous
plaindre que le rata ne vaut rien... Je m'en fous, ce coup-ci, je le dis
au lieutenant.

Hamel, en essuyant son couteau, regardait le cuisinier avec un air de
gros chien qu'on dérange.

305 — Ça te gêne qu'on leur montre ? Et les copains qui vont peut-être
avoir à se battre demain, tu t'en fous, toi... Tu resteras là à éplucher tes
patates. Embusqué[2] !

— Pourquoi que tu l'engueules ? intervint Lemoine de sa voix molle.
T'es bien content de bouffer sa soupe.

---

1. Cuisinière roulante.
2. Lâche, qui ne combat pas.

310 — Et toi, de quoi que tu te mêles, betterave ? répliqua aussitôt Vieublé.

Le grand Lemoine ne broncha pas ; il garda même ses mains dans les poches, dominant de la tête le Parigot hargneux qui venait le provoquer sous le nez.

— Péquenot ! Ç'a été élevé dans un bas de buffet et ça la ramène.

315 — Je la ramènerai tant que je voudrai et c'est pas toi qui m'empêcheras, riposta posément l'autre, plissant son front buté. On ne chahute pas avec la viande.

— Parce qu'on n'en bouffait pas chez toi, groin de porc.

— Je me suis peut-être mieux nourri que toi... T'as beau crâner, t'as 320 pas dû toujours bouffer à ta faim, pour avoir c'te gueule-là.

— Taisez-vous, gonzesse, je vais vous corriger.

D'un coup, le cercle attentif se resserra : gare ! il lui avait dit « vous », les choses allaient se gâter... Cramoisi, bégayant, la sueur aux tempes, Bouffioux bredouillait des choses confuses.

325 — C'est toujours pas toi qui me corrigeras, dit encore Lemoine, mais sans trop d'assurance.

— Et puis, après, quand la soupe... s'égosillait Bouffioux.

D'autres s'en mêlaient, sans savoir, pour le plaisir de brailler.

— Il ne casse pas les pattes aux escargots, non, avec sa grande gueule.

330 — Faut pas en avoir pour se laisser dire ça.

— Moi, je pense qu'il a raison. Il nous court, le cuistot. La viande n'est pas plus à lui qu'à nous.

— Ceux qui ne sont pas de la compagnie n'ont qu'à la boucler et d'une...

335 Attiré par ce vacarme, le sergent Ricordeau, qui se rasait, parut à la baie[1] du grenier, la figure barbouillée de savon.

---

1. Ouverture.

– Vous n'avez pas bientôt fini de crier ? Je vous jure que si vous me faites descendre, ça ne sera pas pour rien… Tenez, v'là le lieutenant Morache qui arrive ; vous êtes contents ?

340 C'était le seul mot qu'il fallait dire : tout le monde se tut, la bande s'émietta.

Dans le quartier de viande, un grand couteau était resté planté férocement, jusqu'à la garde, avec une main sanglante marquée sur son manche de bois.

*

345 Dans l'arrière-boutique où nous déjeunions serrés à huit autour d'une table ronde, les buveurs de la grande salle trop pleine refluaient, le verre à la main. Le roulement continu du canon faisait trembler nos bouteilles et danser les assiettes peintes de la crédence ; parfois un coup plus violent entrait brutalement et couvrait les voix.

350 – Ce que ça cogne !

– Quoi, c'est-y demain qu'on attaque, oui ou non ?

La guerre, l'attaque, l'ambulance, on n'entendait que cela, et quand on l'oubliait un instant pour songer au bonheur passé, à Paris, au chez-soi perdu, le canon revenait, qui cognait à la porte.

355 Au comptoir, dans un tumulte, les camarades parlaient interminablement de la tranchée : il n'y a que le soldat qui écoute sans lassitude les histoires de soldats. La bouche déjà gonflée de la réplique traditionnelle : « C'est comme moi, figure-toi… » ils s'entendaient l'un l'autre, sans chercher à comprendre, et pensant seulement à placer leur récit.

360 Jusqu'à la soupe du soir, on a traîné, on a bu, on a parlé, on s'est fatigué. Les trois rues du village regorgeaient de troupe et, sur la grand-

route, les camions poudreux ronflaient, emportant des fantassins qui, au passage, nous criaient dans la poussière leur numéro de régiment.

365 Le ciel, d'un bleu cru de lessive, se tachait de shrapnells dont le troupeau blanc s'amassait, pareils à ces moutons floconneux d'été qui présagent le beau temps. Au milieu d'eux scintillant et léger, tournoyait un avion. Sur des coins de table, assis sur une brouette ou sur un timon de voiture, accroupis sous leur tente ou le dos au mur, des soldats écrivaient. Dans un pré, on jouait au football avec de grands cris, et des

370 camarades suivaient la partie, à cheval sur des selles lustrées, tout en se faisant tondre les cheveux par les muletiers du train de combat.

De l'autre côté du village, les venelles[1] étaient désertes. Pourtant, il y avait des sureaux fleuris dont le parfum candide[2] s'aspirait comme un apaisement.

375 – Vrai, ce n'est pas un temps pour aller se battre, soupira Gilbert, mordillant une tige d'anis[3].

Lambert, qui nous suivait le nez baissé, parut se réveiller :

– Un temps pour se battre ! s'emporta-t-il. C'est dans le *Pêle-Mêle* que tu as lu ça !... Ah ! ils connaissent de bonnes blagues tous les petits

380 coquins qui écrivent sur la guerre... Mourir au soleil, tu parles d'une affaire !... Tiens, je voudrais bien en voir un crever la gueule ouverte dans le barbelé, pour lui demander d'apprécier le paysage...

Et passant sa colère sur des ombelles[4], qu'il fauchait d'un coup de badine[5], il bougonna rageusement :

385 – Qu'on y envoie le vieux pèlerin, puisqu'il veut venger ses fils !

---

1. Ruelles.
2. Naïf, simple.
3. Plante.
4. Fleurs.
5. Baguette souple, bâton.

Glissant de feuille en feuille, le soleil tombait en larges gouttes sur le chemin. Un ruisseau coulait entre les mauves[1], entraînant de longues algues dénouées : les cheveux d'Ophélie[2]. Sous bois, des camarades cueillaient des fleurs, avant de cacheter leur lettre.

390 – Allons, ne pensons pas trop, dit Gilbert en se secouant... Entrons ici, tiens, ils ont l'air de s'amuser.

Nous poussâmes la porte du café et, dès l'entrée, j'aperçus Bouffioux et Fouillard attablés devant des litres vides. Une cuite les avait réconciliés : le cuisinier apoplectique, les yeux brillants, l'autre blafard, le regard 395 vitreux. Ils avaient joué tournée sur tournée, puis – une idée d'ivrogne – Fouillard avait proposé en toussotant de rire :

– Je te joue ma croix, en cinq sec... J'en ai vu de baths chez le menuisier, avec une plaque, comme pour un officier...

Bouffioux avait accepté, il avait perdu. Il avait demandé sa revanche : 400 la croix pour un copain de l'escouade. Il avait encore perdu.

– Il faut être saoul, tout de même... avaient grogné des camarades. On ne blague pas avec ça... Allez faire vos co... dehors...

Eux, fanfarons, s'étaient remis à boire : la tournée du gagnant, puis « le dernier », puis « le der des der » et maintenant, gavés à en rester 405 bouche bée, les jambes molles, ils restaient avachis, le menton sur la table, n'ayant même plus la force de boire ni de gueuler.

– J't'ai gagné, répétait stupidement Fouillard.

Et l'autre faisait « oui », d'une tête alourdie.

– Ne restons pas ici, venez, nous dit brusquement Lambert.

410 Et nous sortîmes.

Toute la journée j'ai pensé malgré moi à leur enjeu d'ivrogne. Maintenant, couché sous la tente, j'y songe encore... Le bombardement

---

1. Plantes à fleurs roses.
2. Personnage de la pièce de théâtre *Hamlet* de Shakespeare, qui finit noyée.

s'est apaisé, mais le vent qui s'élève apporte de la tranchée des bruits de
fusillade. Un côté de la tente resté ouvert donne sur les lignes et, par-
415 delà les bois noirs, on aperçoit l'aube parfois fugitive des fusées.

Étendus sur la paille neuve qui craque, nous écoutons, le cœur grand
ouvert, un murmure confus de voix sourdes et de chansons. Dans
l'ombre, on entrevoit des taches blanches que la brise ondule : du linge
de soldat qui sèche. Mais avec cette nuit claire, ces romances, cette
420 tendresse éparse, on peut croire à des robes blanches qui s'attardent, on
peut rêver que des femmes sont là, tout près, qui nous écoutent. On
ne leur parlerait pas, non : rien que pour leur présence, les sentir là…

On est si bien sous la caresse de ce vent doux ! Des voix alanguies[1]
reprennent le refrain, en sourdine, et traînent sur les mots d'amour,
425 pour les goûter mieux.

> *Ferme tes jolis yeux,*
> *Car les heures sont brèves*
> *Au pays merveilleux,*
> *Au doux pays du rê…ê…ve.*

430   Les voix s'attendrissent, la chanson meurt… On ne veut plus rien
voir : les soldats, la guerre… Elles ne sont pas si tristes, dans la nuit, nos
capotes pâles. Tu n'aimerais pas une robe de cette couleur-là ?

     Couché tout au fond de la tente, Gilbert dit des vers, précieuses ten-
dresses de Samain[2] que les autres écoutent, sans oser remuer, les yeux
435 criblés d'étoiles.

---

1. **Lentes, traînantes.**
2. **Poète symboliste français du XIXᵉ siècle.**

Les esprits sont loin, si loin : Paris, le village, le mail[1] tranquille, le lit aux draps brodés ou bien le grand lit de province, avec son ventre rouge qu'on enfonce d'un coup de poing. Chez soi !... Le souvenir des joies passées fond dans la bouche, comme une pâte exquise, et les cœurs sont
440 si tendres qu'on en fait couler des romances, en les pressant.

Ferme tes jolis yeux...

Soudain, sur la route, on entend un pas égal de troupe en marche. Qu'est-ce ?... On les reconnaît tout de suite, à leur brassard blanc. Les premiers portent sur l'épaule des brancards roulés, ceux qui suivent
445 poussent de légères voitures à deux roues. L'un d'eux tient une lanterne dont la clarté jaune danse autour de lui, comme un chien fou. Le régiment du silence qui s'en va.

— Allons, quoi, rompt une voix gênée, tu nous en chantes encore une.

— Non, sans blague, je ne sais plus rien...
450 Le silence tombe... Nos voix, cependant, ne faisaient qu'un murmure, mais il suffisait d'un murmure pour étouffer les bruits de cette nuit inquiète. Maintenant, ils nous parviennent tous : un souffle oppressé de dormeur, la paille qui craque sous les corps tourmentés, et, là-bas, l'angoissante rumeur de la tranchée qui lutte. Silencieuse, la
455 nuit a brusquement changé – à présent vaste et grave comme un rêve de trente ans.

La lune monte sans hâte, derrière une mantille[2] de sapins. Elle couche lentement sur l'herbe rase l'ombre précise des piquets et des fais-

---

1. Allée réservée à la promenade.
2. Voile de dentelles ; ici voile de branchages.

ceaux, et cela peint d'étranges signes noirs, sur ce beau champ poudré. Un mousqueton, suspendu au quillon d'un fusil, trace comme deux bras baroques que je regarde distraitement...

Mais, brusquement, mon cœur a un sursaut, et dans ce dessin noir je distingue une croix, une prophétique croix d'ombre, que la lune a posée sur le grand corps de Lambert endormi.

XI

VICTOIRE

De l'arrière aux tranchées, par vingt cheminements gonflés, les régiments d'attaque montaient en ligne.

– Faites passer, en avant.

– En avant, bande de c…, répétaient des voix furieuses.

Et la colonne démembrée repartait d'un trot lourd, dans un tintement de gamelles et d'outil. Le petit jour nous avait découverts dans les boyaux où la compagnie, partie une des dernières, piétinait depuis deux heures du matin, sans cesse coupée par des brancardiers, retardée par des relèves, et aussitôt l'artillerie allemande s'était mise à tirer. Les shrapnells semblaient nous poursuivre, avançant avec nous, et le bataillon harcelé courait vers les lignes sous une voûte zigzagante de fumée verte.

Guidés par Morache affolé qui ne trouvait plus le chemin, nous allions comme voulait le boyau, traqués par les fusants. Entre deux fracas, nous entendions la voix de Cruchet, froide et méticuleuse comme à l'exercice.

– Eh bien, Morache… Vous vous y reconnaissez ?

Les obus nous pourchassaient, comme s'ils avaient eu des yeux. Nous allions, bifurquions, rebroussions chemin, mais la meute ne nous lâchait pas, hurlant à nous assourdir et nous saoulant d'âcre fumée.

À chaque flamme, on se jetait les uns dans les autres, têtes et jambes mêlées, aplatis contre la paroi, incrustés dans les trous. Les coups éclataient bas, fouettant parfois le boyau d'éclats, et des cris montaient de tous ces corps blottis.

– Holà ! je suis touché.

25 Hébétés, nous enjambions des corps ; on avançait de vingt pas en se poussant, puis on se rejetait à quatre pattes, la bouche et les yeux étirés par un tic, bombant le dos sous le fracas.

— Eh bien, Morache, reprenait le capitaine, c'est bien par là ? Ttt ! Ttt !... Vous êtes sûr ?

30 On repartait, la gorge sèche, sans savoir où. Pas d'affolement pourtant, une sorte de discipline dans le vertige ; l'esprit vacillait, un peu étourdi, comme au sortir d'une forge infernale, mais malgré tout lucide, et, entre deux salves, les commandements passaient quand même, méthodiquement, ainsi qu'un ordre de contremaître transmis dans un 35 fracas d'usine.

Enfin, d'un seul coup, le barrage nous perdit. Ce fut soudain comme un grand calme, et l'on s'aperçut que le soleil était levé. Nous venions de déboucher sur un chemin creux dont les épais buissons verts habillaient les talus. Tout de suite, Sulphart s'élança fouillant les branches.

40 — Hé, les gars... Y a des mûres !...

*

— Ne me touchez pas, ne me touchez pas... répétait le blessé livide, tout en avançant dans le boyau.

Ses bras broyés pendaient comme deux nattes rouges. Arrivé près de nous, il dit de la même voix blanche où ne frémissait même plus la 45 souffrance :

— Je veux m'asseoir, prenez-moi par ma capote.

En le soutenant par le col, on le posa sur la banquette de tir, le buste raide, ses deux bras de bouillie sanglante ne tenant plus que par les manches lacérées. Son nez était mince, pincé, comme si déjà la mort 50 avait cherché à l'étouffer.

– Tu devrais te dépêcher d'aller au poste de secours, lui dit Lemoine, voyant couler les deux rigoles de sang.

– Oui, j'y vais… Allumez-moi une cigarette… Mettez-la-moi dans la bouche.

55 On le releva, il fit merci de la tête, et il repartit d'un pas mécanique, un camarade le précédant pour faire écarter les soldats massés.

– Laissez passer, un blessé…

La compagnie entière était entassée là, grand bouclier vivant de casques rapprochés, devant quatre échelles grossières. La couverture rou-
60 lée, pas de sac, l'outil au côté : « Tenue de gala », avait blagué Gilbert.

À notre droite, empilée dans la même parallèle, une compagnie d'un régiment de jeunes classes venait de mettre baïonnette au canon ; ils devaient sortir avec nous, en première vague. Toutes les sapes, toutes les tranchées étaient pleines, et de se sentir ainsi pressés, reins à reins, par
65 centaines, par milliers, on éprouvait une confiance brutale. Hardi ou résigné, on n'était plus qu'un grain dans cette masse humaine. L'armée, ce matin-là, avait une âme de victoire.

Des camarades, l'œil luisant, les joues rouges, parlaient vite, gagnés par une sorte de fièvre. D'autres restaient muets, tout pâles, et le men-
70 ton tremblant un peu.

Par-dessus les sacs à terre on regardait les lignes allemandes, ense-velies sous un panache de fumée où craquaient des éclairs ; plus loin encore, dans la plaine, trois villages semblaient brûler, et notre artillerie tirait toujours, dans un tonnerre rejaillissant où se confondaient les arri-
75 vées et les départs. Les champs tanguaient sous cette fureur, et je sentais, contre mon coude, la tranchée frémir et s'effriter.

À tout moment, Gilbert regardait sa montre. Cette attente angois-sante lui crispait le cœur ; il eût voulu entendre le signal, partir tout de suite, en finir. Il pensa tout haut :

80 – Ils font durer le plaisir.

Sur le parapet, entre deux touffes d'herbe, deux bêtes se battaient : un gros scarabée mordoré à la cuirasse épaisse et un insecte bleu aux fines antennes. Gilbert les regardait, et, quand le scarabée allait écraser l'autre, il le renversait sur le dos, du bout du doigt. De son front une goutte

85 de sueur tomba sur la petite bête bleue, qui secoua ses ailes bigarrées.

– Attention, il va être l'heure, prévint un officier sur notre droite.

Plus près, Cruchet commanda :

– Baïonnette au canon... Les grenadiers en tête.

Un frisson d'acier courut tout le long de la tranchée. Penché, Gilbert

90 observait toujours ses insectes, n'écoutant pas battre son cœur. Le scara-
bée secouait sa lourde carapace, mais l'autre l'avait saisi entre ses longues antennes, et il le maintenait, ne le lâchait plus.

Posément, Cruchet serrait sa jugulaire. Debout sur la première marche d'un escalier de sacs à terre, il nous dominait tous. Il nous

95 regarda.

– Mes amis... Ttt... Ttt... C'est pour la France, hein !... Une belle attaque... Nous allons enlever ça...

Était-ce l'émotion, il me sembla que sa voix était moins sèche, moins coupante qu'à l'ordinaire. Comme une brusque révélation, on compre-

100 nait ce mot : un chef. On serrait le ceinturon, on repoussait l'outil qui battait la cuisse. Au pied d'une échelle, Berthier était prêt à sortir. En tournant la tête, il vit Morache, le visage décomposé.

– Après vous, mon lieutenant, fit-il militairement, en s'écartant d'un pas.

105 L'autre, défait, vit un prétexte.

– Quoi, bredouilla-t-il... Vous avez peur de sortir le premier ?...

Sans rien dire, le sous-lieutenant se retourna et remit le pied sur l'échelon. De dos, on vit simplement son haussement d'épaules.

– Morache qui se dégonfle ! cria Vieublé dans le bruit.

110   Le lieutenant avait peut-être entendu, mais il ne broncha pas. Montant de ce tas d'hommes hérissés de baïonnettes, la voix gouapeuse continuait :

– Ça ne suffit plus maintenant d'avoir de la gueule… Il faut y aller… C'est plus dur que de foutre les types en taule… On est tous égal, ce coup-ci.

115   On n'entendait plus que cette voix railleuse sous le canon, et les copains riaient, sans colère, comme si ces mots les avaient soulagés.

Les corps prêts à surgir se balançaient, battant déjà le parapet, comme un jusant.

En jets aigus, des 75 sifflèrent et, au même instant, le grondement de 120 la lourde parut se taire ou s'éloigner.

– Nous y sommes ?… demanda Cruchet, d'une voix plus forte.

Les cœurs sautèrent un grand coup, ou un seul cœur pour cette foule armée.

– T'as bien l'adresse de chez moi ? dit encore Sulphart à Gilbert, 125 d'une voix saccadée dont l'émotion entrechoquait les mots.

Tiens, le scarabée doré ne bougeait plus, l'insecte l'emportait… Oh ! cette poudre, quelle âcre puanteur !… Une rumeur monta vers la droite, des cris ou une chanson. « Les zouaves sont sortis ! » Une rafale de 105 éclata, cinq coups de cymbales…

130   – En avant la troisième ! cria le capitaine.

– En avant !…

Des cris, une bousculade, un homme qui retombe en jurant, des fusils qui s'accrochent… Les tempes bourdonnantes on s'agrippe au parapet, puis on se redresse, les jambes un peu molles. On regarde la 135 plaine immense, la plaine nue… « En avant ! » On est sorti, on court…

Une mitrailleuse, une seule, s'était mise à tousser. Réveillée folle, l'artillerie allemande cognait partout.

Déjà, la chaîne d'hommes se formait, minces silhouettes, fusils obliques, et progressait, d'un trot égal, face aux tranchées muettes. Sur
140 la gauche, clairons en tête, un bataillon chargeait en criant.

Resté seul, un sabre à la main, un commandant poussait les dernières escouades de bleus qui hésitaient devant le barrage.

– Allons… Dépêchons-nous, dehors, dehors !

Un paquet de gosses monta. Devant eux, comme un grisou[1], un
145 fusant jaillit ; éruption rouge, volée d'éclats… Un corps haché éclaboussa la sape. Dans la fumée, des voix geignirent.

– Allons-y ! Il n'y a plus de danger… Dehors !

Une autre section, en flageolant, escalada les sacs qui s'éboulaient, mais une rafale hersa le champ. Ils refluèrent…

150 Ils s'acharnèrent encore, escouade sur escouade, ne sachant plus, hagards. Mais, à chaque effort, le feu les rejetait d'un coup, culbutés dans leur trou. Chaque fois, une salve plongeait sur eux.

– Dehors, nom de Dieu !

Leur pauvre vague battit plus mollement le talus qu'elle ne pouvait
155 pas franchir… Mais non, ils n'osaient plus…

Le commandant grimpa d'un bond.

– En avant, tas de flanchards !

Un petit aspirant les bourrait dans le dos, les forçant à sortir, en criant d'une voix de fille. Trébuchant, leur vivant holocauste[2] parut,
160 chassé du poing, et eut devant la mort comme un sursaut suprême, un dernier recul.

– Ça y est !… En avant !… cria la voix de fille…

Ils se ruèrent par la chicane, s'éparpillèrent, foncèrent droit sur le mur de fumée… C'était fini, le barrage était passé…

---

1. Explosion d'un gaz.
2. Sacrifice, massacre.

165 Émiettés dans les champs, les bataillons couraient et quelqu'un, au-delà des premières lignes, agitait un fanion : le village était pris.

*

Des murs écroulés, des façades béantes, des tas de tuiles et de moellons, des toits tombés tout d'une pièce, des jambes raides surgissant des décombres... La rue, on la devinait à des rails tordus, parfois visibles sous 170 les gravats. On courait de ruine en ruine, s'accotant aux pans de mur, tiraillant devant soi, criblant de grenades des caves vides. On criait...

Le canon tonnait moins fort, mais, par les soupiraux, des mitrailleuses fauchaient le village. Des hommes s'effondraient, pliés en deux, comme emportés par le poids de leur tête. D'autres tournoyaient, les 175 bras en croix, et tombaient face au ciel, les jambes repliées. On les remarquait à peine : on courait.

Quelqu'un, blanc de plâtre, cria à Gilbert :

– Lambert est tué !

Autour d'un puits, des hommes se battaient à coups de crosse, 180 à coups de poing, ou au couteau : une rixe[1] dans la bataille. Vieublé, d'un coup de tête, culbuta un Allemand par-dessus la margelle, et l'on vit sauter le calot, un calot gris à bande rouge. Tout cela s'inscrivait dans la pensée en traits précis, brutalement, sans émouvoir : cris d'hommes qu'on tue, détonations, aboiements de grenades, camarades 185 qui s'écroulent. Sans connaître de direction, l'un suivant l'autre, on chargeait, droit devant soi...

Aplatis derrière un mur, des traînards se cachaient : « Avec nous, salauds ! » leur cria Gilbert.

---

1. Affrontement, minimisé ici par l'ampleur de la bataille alentour.

Quelques Boches passèrent en courant, déséquipés, les mains hautes,
¹⁹⁰ filant vers nos lignes. Assis à l'entrée d'une cave, un autre épongeait,
avec un mouchoir sale, le sang qui lui coulait du front ; de la main
gauche, il nous fit bonjour.

Malgré le crépitement, on entendait le long halètement des marmites
qui s'abattaient au milieu du village, arrachant un nuage épais de pous-
¹⁹⁵ sière et de fumée, et, le dos bossu, on se jetait contre les murs.

Dans la poussière et les plâtras, nous avions pris la teinte neutre de
ces choses anéanties. Rien de vivant, de façonné ; des débris pilonnés,
un chantier de catastrophe où tout se confondait : les cadavres émer-
geant des décombres, les pierres broyées, les lambeaux d'étoffes, les
²⁰⁰ débris de meubles, les sacs de soldats, tout cela semblable, anéanti, les
morts pas plus tragiques que les cailloux.

Épuisés, haletants, nous ne courions plus. Une route coupait les
ruines et une mitrailleuse invisible la criblait, soulevant un petit nuage
à ras de terre. « Tous dans le boyau ! » cria un adjudant.

²⁰⁵ Sans regarder, on y sauta. En touchant du pied ce fond mou, un
dégoût surhumain me rejeta en arrière, épouvanté. C'était un entas-
sement infâme, une exhumation monstrueuse de Bavarois cireux sur
d'autres déjà noirs, dont les bouches tordues exhalaient une haleine
pourrie ; tout un amas de chairs déchiquetées, avec des cadavres qu'on
²¹⁰ eût dit dévissés, les pieds et les genoux complètement retournés, et, pour
les veiller tous, un seul mort resté debout, adossé à la paroi, étayé par
un monstre sans tête. Le premier de notre file n'osait pas avancer sur ce
charnier : on éprouvait comme une crainte religieuse à marcher sur ces
cadavres, à écraser du pied ces figures d'hommes. Pourtant, chassés par
²¹⁵ la mitrailleuse, les derniers sautaient quand même, et la fosse commune
parut déborder.

– Avancez, nom de Dieu !...

On hésitait encore à fouler ce dallage qui s'enfonçait, puis, poussés par les autres, on avança sans regarder, pataugeant dans la Mort… Par un caprice démoniaque, elle n'avait épargné que les choses : sur dix mètres de boyau, intacts dans leurs petites niches, des casques à pointe étaient rangés, habillés d'un manchon de toile. Des camarades s'en emparèrent. D'autres décrochaient des musettes, des bidons.

– Vise la belle paire de pompes ! beugla Sulphart, agitant deux bottes jaunes.

À la sortie du boyau, un sergent accroupi criait :

« À gauche, en tirailleurs, à gauche ! » et la file repartait en courant sur une petite route que bordait un fossé. Plus loin, dans les champs, on ne voyait qu'un réseau de fils de fer, à demi caché par l'herbe folle… Et pas une tranchée, pas un Allemand, pas un coup de feu.

Bientôt, comme on ne tirait pas, le trot se ralentit, on se groupa ; mais une salve de shrapnells tonna, plantant tout le long du chemin sa rangée d'arbres vaporeux, et, quand on regarda, la route était vide. Tous s'étaient terrés dans le fossé, ou derrière des pans de mur. En paquet, nous nous étions entassés dans une rigole étroite, creusée au pied d'une muraille en torchis. Nerveusement, on ramenait sur sa nuque le bourrelet de la couverture roulée, on attendait… Les obus s'acharnèrent un instant, des 88 qui passaient si bas, si près qu'on s'étonnait de ne pas voir l'herbe fauchée devant soi et qu'on s'enfonçait la tête à deux mains.

Puis le tir égaré s'allongea, continuant son cache-cache dans le village. Tout le long du chemin la file d'hommes se redressa, sans quitter ses abris.

– On reste là ? demanda un soldat qui paraissait enfoui dans un large terrier.

– Non, on avance toujours, nous cria Ricordeau qui passait en courant.

– C'est pas la peine, l'autre village là-bas est pris.

– Comment qu'il s'appelle, ce village ?

Personne ne le savait.

250   – Le coup est loupé, soufflait Fouillard écrasé contre moi. Il va falloir reculer.

Les uns criaient : « On voit la légion qui avance », et d'autres : « Gare ! v'là les Boches qui attaquent. »

– On va être pris de flanc.

255   – T'es saoul, c'est nos tranchées.

Le bombardement, un instant, les fit taire. Recroquevillés, on vidait les bidons, entre deux rafales.

– Mon capitaine ! On est là, mon capitaine...

Cruchet venait de se laisser glisser du haut du talus, entraînant des

260   plâtras. Berthier courait derrière lui, et ils allaient de trou en trou, se jetant à plat ventre quand soufflait un obus. Le capitaine criait :

– Vous êtes de braves cochons... On va enlever leur troisième ligne... Attention au signal sur la droite...

Il avait un nouveau visage, rouge, suant, sa bouche fendue d'un

265   grand rire muet. Tout courant, il répétait :

– Au signal sur la droite... La droite...

Un fracas et je n'entendis plus rien... Ce fut comme un coup de masse qui nous culbuta tous, un choc qui vous assomme, un souffle qui vous renverse... Et l'épais nuage, la nuit...

270   Dix idées : nous sommes tués, je suis aveugle, nous sommes ensevelis. Puis des cris :

– À moi ! vite...

Dans la fumée, des blessés se sauvaient. Fouillard était couché devant moi, la tête dans une flaque rouge, et son dos s'agitait convulsivement

275   comme s'il avait sangloté. C'était son sang qu'il pleurait.

Un souffle encore piqua sur nous... Je m'étais ramassé, la tête dans les genoux, le corps en boule, les dents serrées. Le visage contracté, les yeux plissés à être mi-clos, j'attendais... Les obus se suivaient, précipités, mais on ne les entendait pas : c'était trop près, c'était trop fort.

280 À chaque coup, le cœur décroché fait un bond ; la tête, les entrailles tout saute. On se voudrait petit, plus petit encore, chaque partie de soi-même effraie, les membres se rétractent, la tête bourdonnante et vide veut s'enfoncer, on a peur, enfin, atrocement peur... Sous cette mort tonnante, on n'est plus qu'un tas qui tremble, une oreille qui guette, un

285 cœur qui craint...

Entre chaque salve, dix secondes s'écoulaient, dix secondes à vivre, dix secondes immenses où tient tout le bonheur, et je regardais Fouillard, qui maintenant ne bougeait plus. Couché sur le côté, le visage violacé, il avait le cou béant égorgé comme on égorge les bêtes.

290 La puante fumée masquait le chemin, mais on ne voulait rien voir : on écoutait, effaré. Piochant autour de nous, les obus nous giflaient de pierraille et nous restions tassés dans notre ornière, deux vivants et un mort.

Brusquement, sans raison, le feu cessa. Des gros obus tombaient encore sur les ruines, soulevant des geysers noirs, mais c'était plus loin,

295 c'était pour d'autres. Dans nos têtes ébranlées, cet instant de paix fut auguste. Je me retournai et, au pied du talus, je vis Berthier penché sur un corps étendu. Qui ?

Tout le long du chemin, les camarades se redressaient : « Les grenadiers ! » appelait une voix.

300 Puis, venant de la droite, un ordre parvint, crié de trou en trou :

– Le colonel demande qui commande à gauche... Faites passer...

– Faites passer... Le colonel demande qui commande à gauche.

Je vis Berthier reposer doucement sur l'herbe la tête du mort. Il se releva, livide, et il cria :

305   — Sous-lieutenant Berthier, de la troisième… Faites passer…

*

Le tirant par sa capote, Gilbert traîna le cadavre jusqu'au bord du large entonnoir où nous nous étions jetés. Depuis longtemps, les morts ne lui faisaient plus peur. Pourtant, il n'osa pas le prendre par la main, sa pauvre main crispée, jaune et boueuse, et il évita le regard éteint de
310 ses yeux blancs.

    — Il en faudrait encore trois, quatre comme ça, fit Lemoine. Ça nous ferait un bon parapet, avec un peu de terre dessus.

    Il y a un instant, le pauvre gars courait avec nous, les yeux rivés, fixes d'angoisse, sur la tranchée allemande d'où jaillissaient les flammes
315 courtes et droites des mausers. Puis, des rafales d'obus avaient troué la compagnie, les mitrailleuses avaient fauché des rangées d'hommes, et, de la masse frémissante qui chargeait, tragique, silencieuse, il ne restait que ces vingt hommes blottis, ces blessés qui se traînaient, geignant, et tous ces morts…

320   Gilbert, entre deux explosions, avait entendu le camarade s'écrier : « Ah ! c'est fini ! » Le blessé s'était encore traîné quelques mètres, comme une bête écrasée, et il était mort, là, dans un sanglot. Était-ce triste ? À peine… Dans ce champ pauvre aux airs de terrain vague, cela faisait un cadavre de plus, un autre dormeur bleu qu'on enterrerait après
325 l'attaque, si l'on pouvait. À quelques pas, sous un tertre[1] crayeux, des Allemands étaient enfouis : leur croix servirait pour les nôtres, un calot gris sur une branche, un calot bleu sur l'autre.

---

1. Petite butte de terre.

– Alors, qu'est-ce qu'on va foutre ? demanda Hamel, dont la manche déchirée laissait couler un peu de sang. Tu ne vois pas qu'ils nous
330 laissent en rade ?

– Mais non, dit Gilbert. Le deuxième bâton[1] va certainement sortir, mais on doit attendre que l'artillerie prépare.

– Et s'ils tirent trop court, ça sera encore pour nos gueules.

Cachée dans les hautes herbes, la tranchée ennemie se devinait
335 à peine, derrière la toile barbelée des araignées de fer. Les Allemands ne tiraient plus, et leurs canons même se taisaient. Seuls quelques 210 essoufflés passaient très haut, avec un glouglou de bouteille qui se vide, et allaient tomber sur le village, empanachant les ruines d'un lourd nuage d'usine.

340 Couchés au bord de l'entonnoir, quelques soldats guettaient, l'œil au ras de l'herbe ; les autres discutaient, entassés dans le trou.

– Tu crois qu'on va remettre ça pour enlever leur troisième ligne ?

– Peut-être bien. À moins qu'on creuse une tranchée ici.

– Sans charre, c'est pas avec ce qu'il reste de poilus qu'ils espèrent
345 attaquer.

– Je la crève. Il ne te reste rien dans ton bidon ?

– Non… Vise, ce qu'il est descendu de copains depuis le village.

Des morts, il y en avait partout : accrochés dans les ronces de fer, abattus dans l'herbe, entassés dans les trous d'obus. Ici des capotes
350 bleues, là des dos gris. On en voyait d'horribles, dont le visage gonflé était comme recouvert d'un masque épais de feutre moisi. D'autres étaient charbonneux[2], les yeux déjà vides : ceux des premières attaques.

---

1. Bataillon (argot).
2. Couleur charbon.

On les regardait sans émotion, sans dégoût, et quand on lisait un numéro inconnu, au col de la capote, on se disait simplement : « Tiens,
355 je ne savais pas que leur régiment avait donné… »

À quelques pas de l'entonnoir, un officier était couché sur le côté, sa capote ouverte, et, dans ses doigts osseux, il tenait son paquet de pansement, qu'il n'avait pas pu dérouler.

– On devrait essayer de le traîner jusqu'ici, dit Lemoine qui ne
360 lâchait pas son idée, ça ferait un de plus pour le parapet. Et avec le Boche qui est là, plus loin…

– T'es pas louf ? grogna Hamel. Tu veux nous faire repérer en les empilant tous devant.

– Ceux des autres trous s'en sont bien fait, des parapets.

365 En effet, de loin en loin, tout le long de la crête, des hommes se dissimulaient, qu'on pouvait prendre pour des grappes de morts. Allongés derrière la moindre butte, blottis dans les plus petits trous, ils travaillaient presque sans bouger, grattant la terre avec leur pelle-bêche, et, patiemment, ils élevaient devant eux de petits monticules, des taupi-
370 nières qu'un souffle eût emportées.

– Notre trou est plus profond, on risque moins, observa Gilbert.

– Oui, mais quand ils auront repéré la crête, qu'est-ce qu'on va déguster !

À ce moment l'artillerie allemande s'éveilla. On entendit arriver
375 quelques obus, des fusants, qui éclatèrent beaucoup trop haut, dans un flocon noir, mais le tir réglé, le bombardement commença. Les premiers tombèrent assez loin, sur la gauche, puis la rafale se rapprocha, suivant la crête, et tout à coup… Quatre coups pressés, quatre jets de vapeur, quatre explosions… La salve s'était abattue devant notre entonnoir, et
380 un nuage épais, puant la poudre, remplit le trou. Le corps en boule, nous nous étions jetés les uns contre les autres, chacun cherchant

à s'enfoncer sous les jambes emmêlées. Gilbert cachait instinctivement sa tête sous son bras replié, comme un gosse qui a peur. Une pluie de terre retomba... Déjà l'autre salve arrivait, piochant autour de nous, à grands coups furieux, à droite, à gauche. Puis, brusquement, ce fut quelque chose de brutal, on ne sait quoi de terrible, qu'on croirait jailli de soi-même...

L'obus avait dû éclater sur le bord de l'entonnoir. Deux hommes ne bougeaient plus, glissés au fond du trou. Des blessés affolés se sauvaient, le visage sanglant, les mains rouges. Ceux qui restaient les regardaient à peine, incrustés dans la terre, la tête dans les épaules, attendant le coup suprême. Mais, soudain, le tir s'allongea : ils balayaient à droite. Toutes les têtes se relevèrent. Oh ! l'unique minute de bonheur, quand la mort est allée plus loin !

Gilbert jeta un regard dans la plaine. Les Boches ne sortaient pas ? Non... On ne voyait rien. Après, seulement, il regarda les deux camarades, dont la bouche entrouverte semblait parler au ciel.

– On ne peut pas les laisser là, à marcher dessus, proposa Lemoine, mettons-les plutôt devant.

Deux camarades saisirent le premier, s'englaunt les mains de sang coagulé, et le hissèrent au bord de l'entonnoir. Gilbert lui tourna le visage vers l'ennemi, pour ne pas le voir. L'autre cadavre étant plus lourd, il dut les aider, maintenant la tête du mort qui ne tenait plus.

– Comme ça, fit Lemoine satisfait, on a déjà un bon parapet... Les pauvres gars, s'ils avaient pensé ça, tout à l'heure... Juste un copain que j'avais l'adresse de chez lui... Gare !

Cela recommençait : des 88 à présent, sous lesquels nous nous aplatissions, la figure écrasée contre la terre sèche. Ils arrivaient par cinq, si rapides que le départ et l'explosion claquaient ensemble.

410 Dans le champ, les blessés couraient, et les éclats en fauchaient qui n'allaient pas plus loin. Mais, de l'autre côté du réseau de fil de fer, on ne voyait rien, toujours rien. C'était la bataille sans ennemis, la mort sans combat. Depuis le matin, que nous nous battions, nous n'avions pas vu vingt Allemands. Des morts, rien que des morts.

415 Le visage contracté, les poings crispés, les mâchoires serrées, nous comptions les coups. Peu à peu la terre se vide, tout en semblant plus lourde. Mais pourquoi reste-t-on si calme, malgré tout ? On guette, on se gare, mais le cœur ne bat pas plus vite, et l'on regarde autour de soi, sans fièvre, sans surprise. On n'entend plus rien que ces explosions

420 infernales qui vous déchirent la poitrine. Ils tirent, ils tirent... On se sent les jambes molles, les mains froides, le front brûlant. Est-ce cela, la peur ?

Un autre corps gisait au fond du trou. Celui-là n'était pas mort sur le coup. Il s'était tordu un long moment, râlant livide. Maintenant il

425 ne bougeait plus.

– Est-ce qu'on le met aussi en haut ? demanda Lemoine, la tête cachée sous son bras replié.

– En attendant que ça soit notre tour, répondit Hamel.

Nous nous regardions avec une angoisse confuse. Lequel hisserait-on

430 là-haut, dans un moment, pour élargir la muraille des morts ?

Péniblement, nous sortîmes le dernier de la fosse commune, et son corps mutilé marqua d'un sillon brun le flanc de l'entonnoir.

Comme un orage s'apaise, la canonnade s'était ralentie, et des têtes inquiètes surgissaient de tous les trous. Les Allemands allaient-ils atta-

435 quer ? Un officier se dressa derrière un tertre.

– Tenez bon, les gars, prévint-il.

Au même instant, à quelques pas, une voix lança :

– Attention, les v'là !

Ils venaient de sortir, une centaine à peine, d'un petit boqueteau, 440 à deux cents mètres de la crête. Aussitôt un autre groupe se montra, venu d'on ne sait où, puis un autre encore, qui s'élança en braillant, et les lignes de tirailleurs se déployèrent.

– Les Boches ! Tirez, tirez… Visez bas…

Tout le monde criait, des commandements montaient de chaque ter-445 rier, et le crépitement de la fusillade gagna toute la ligne. Brusquement, on ne vit plus rien. S'étaient-ils couchés ? Les avait-on couchés ?

Une minute après, le bombardement reprenait, plus brutal, plus précis. Entre deux rafales, on voyait s'échapper les blessés. Courant ou se traînant, ils cherchaient à gagner un petit talus feuillu qui bornait la 450 plaine.

– Ils se planquent dans le boyau boche, cria un petit de la classe 15. On ne peut plus passer, tant il y en a. Et les obus qui tombent en plein dedans : tu parles d'un gâchis !

Notre artillerie répondait – soixante-quinze miaulant, cent vingt bru-455 tal et le canon-revolver, qui jure comme un chat. Les salves ripostaient aux salves. Et, dans notre trou, blottis contre les morts que les plus apeurés ramenaient sur eux, comme de sanglants boucliers, les survi-vants attendaient. On ne voyait plus qu'un soldat de loin en loin, chose bleue tassée dans un silo[1]. On eût dit que la chaîne d'hommes tendue 460 devant le village conquis, se brisait, maille à maille. Tous les dix pas, des soldats étaient étendus, le front au ciel, les cuisses écartées et les genoux hauts, ou bien à plat ventre, la tête sur le bras. L'un d'eux était si bien couché qu'on eût dit qu'il dormait et, l'ayant regardé, Gilbert l'envia.

Brusquement, une nouvelle salve tonna. Quand nous relevâmes 465 la tête, nous aperçûmes dans la fumée qui se dissipait, le petit bleu

---

1. Grand réservoir à grains.

renversé sur le côté. Sur sa capote neuve s'arrondissait une tache rouge. Gilbert se traîna vers lui, le souleva, puis l'ayant laissé retomber lourdement, revint d'un bond.

– Pas la peine, il est bien mouché... Il râle déjà...

470   Les explosions s'entrechoquaient, la fumée n'avait plus le temps de se dénouer, et les éclats passaient, par volées furieuses. Soudain, une flamme jaune et rouge nous aveugla. D'un seul mouvement, nous nous étions jetés l'un contre l'autre, abasourdis, le cœur décroché. Et Gilbert dut tomber, sans avoir rien entendu, rien senti, qu'un grand coup de

475   poing sur la tête, un souffle d'enfer en plein visage...

Quand il revint à lui, la tête pesante, il remua craintivement les jambes. Elles obéirent, elles bougèrent... Non, il n'avait rien là. Il se passa ensuite la main sur la figure... Tiens, elle était rouge ! C'était au front, près de la tempe. Penché sur lui, je lui dis :

480   – Ce n'est rien... Juste une coupure.

Il ne me répondit pas, encore étourdi, et un bon moment demeura immobile. Tout contre lui, Hamel était resté à genoux, la face en terre. Il ne remuait pas, ne soufflait pas, mais Gilbert n'osa pas lui parler, pas même le toucher, pour conserver, une minute encore, l'illusion qu'il

485   n'était pas mort. Puis il demanda à Lemoine, évitant le mot :

– Il y est, hein ?

Simplement, l'autre lui montra un mince filet de sang qui ruisselait du casque et glissait dans le cou. Un de plus... Au fond de l'entonnoir, dix corps au moins étaient entassés. Entre deux capotes sanglantes,

490   sous les cadavres une tête blême apparaissait, les yeux hagards. Mort ou vivant ?

Gilbert ouvrit son paquet de pansement et se banda le front. Avec son mouchoir, il essuya le sang qui coulait le long de sa joue en caresse chaude, puis, pour calmer sa tête brûlante, il la posa sur le canon bien

495 froid de son fusil. Durant une courte accalmie, il entendit sur la droite
claquer la fusillade et les grenades. Il pensa confusément : « Ils vont
encore attaquer. » Mais il n'eut pas le courage de regarder dans la plaine.
Une nouvelle salve s'abattit, fouillant la terre morte, puis un cent
cinq shrapnell éclata juste au-dessus de nous. Gilbert resta un instant
500 ébloui, le cœur arrêté. Puis, d'un coup de reins, il fut debout, sauta sur
le bord de l'entonnoir et se sauva. Il allait se cacher dans un autre trou
n'importe où, mais il ne voulait plus rester dans cette fosse, dans ce tombeau béant. Une autre salve souffla : il s'aplatit. Puis il se releva, affolé,
courut à droite, à gauche trébuchant sur les corps. Tous les entonnoirs
505 étaient pris : partout des morts broyés, des blessés exsangues, des soldats
aux aguets.

– Y a pas une place avec toi ?

– Non… J'ai un copain blessé.

Il tourna encore un moment puis se jeta à plat ventre derrière une
510 petite butte. Son cœur battait à grands coups, ainsi qu'une bête qu'il
aurait écrasée sous lui. Haletant, il écoutait le canon, sans une idée dans
sa tête fiévreuse. Brusquement il pensa :

– Mais je me suis sauvé !…

Il se le répéta plusieurs fois, ne comprenant pas bien, tout d'abord.
515 Puis, ayant relevé la tête, il vit Lemoine qui lui faisait signe. Alors, en
courant, d'une seule haleine, il rejoignit l'entonnoir. Son poste…

Il était tout pareil à un pressoir, ce trou tragique aux parois violacées,
et, pour ne pas fouler les corps des camarades qui remplissaient la cuve,
il fallait se maintenir sur le flanc de la fosse, les doigts enfoncés dans la
520 terre cassante. Gilbert crut défaillir. Pas de souffrance, pas d'émotion :
de lassitude plutôt. L'officier, toujours agenouillé derrière son tertre,
l'aperçut et le héla.

– Hé ! là-bas, ça va ?

Gilbert le regarda, il regarda les morts. D'un revers de main, il essuya
525 sa joue que le sang chatouillait, puis il répondit :

— Ça va...

Le jour s'éloigne, traînant sa brume sur la plaine. À gauche, la fusillade brasille encore, mais comme un feu qui va s'éteindre.

Que s'est-il passé depuis midi ? Nous avons tiré, brûlés par le soleil,
530 la tête lourde, la gorge sèche. Enfin, il a plu, et cette pluie d'orage a lavé
la fièvre dont nous brûlions tous. Par rafales, l'artillerie balayait la crête,
rageant d'y trouver des hommes encore vivants. Puis on croyait voir des
Boches s'élancer. Et l'on tirait, on tirait...

Tout près, tombés dans leurs propres fils de fer, des Allemands sont
535 étendus, le corps en boule, et l'on dirait les grains d'un funèbre rosaire.
J'en remarque un, sa musette de grenades sur le ventre, qui parfois lève
le bras, d'un effort expirant, et bat l'air un instant.

Dans l'ombre qui s'alourdit, le petit bleu râle toujours. C'est
effrayant, ce gamin qui ne veut pas mourir.

540   Est-ce la relève ? Des hommes arrivent, en courant, et vont de trou
en trou, le dos courbé.

— Hé ! les gars, ça y est ? On s'en va ? Quel régiment ?

Erreur : ce sont nos agents de liaison.

— Eh bien ? On s'en va ?

545   — Non... Il faut passer encore la nuit. Les compagnies de renfort
vont arriver avec des outils. Il faut s'organiser sur la crête.

Surgis de tous côtés, des hommes se rapprochent, à quatre pattes.

— Quoi ? rester ici ? Sans blague... On n'est plus trente de la
compagnie.

550   — Toujours les mêmes, alors... Je m'en fous, je suis blessé, je les mets[1]...

---

1. Je mets les bouts (familier), je m'en vais.

– Ce sont les ordres, répètent les agents... Il faut tenir. On nous relèvera demain.

Tiens, on n'entend plus le petit blessé... Gilbert se sent faible, la tête vide. Il voudrait ne plus bouger et dormir, dormir. Son linge est collé
555 sur son dos. La pluie ? La sueur ?

L'artillerie s'est tue, à bout de force, la voix cassée. On entend mieux les plaintes à présent... Attendez, mes petits, attendez, ne criez plus, les brancardiers vont venir.

La nuit avance.

560 Et, doucement, le soir silencieux tisse sa brume, seul grand linceul de toile grise, pour tant de morts qui n'en ont pas.

*

C'est un grand troupeau hâve, un régiment de boue séchée qui sort des boyaux et s'en va par les champs, à la débandade. Nous avons des visages blafards et sales que la pluie seule a lavés. On marche d'un pas
565 traînant, le dos voûté, le cou tendu.

Arrivé sur la hauteur, je m'arrête et me retourne pour voir une dernière fois, emporter dans mon âme l'image de cette grande plaine couturée de tranchées, hersée par les obus, avec les trois villages que nous avons pris : trois monceaux de ruines grises.

570 Comme c'est triste, un panorama de victoire ! La brume en cache encore des coins sous son suaire et je ne reconnais plus rien, sur cette vaste carte de terre retournée. Les Trois-Chemins, la Ferme, le Boyau blanc, tout cela se confond ; c'est la même plaine, usée jusqu'à sa trame de marne blanche, une lande anéantie, sans un arbre, sans un toit, sans
575 rien qui vive, et partout mouchetée de taches minuscules : des morts, des morts...

– Il y a vingt mille cadavres boches ici, s'est écrié le colonel, fier de nous.

Combien de Français ?

580 Il a fallu tenir dix jours sur ce morne chantier, se faire hacher par bataillons pour ajouter un bout de champ à notre victoire, un boyau éboulé, une ruine de bicoque. Mais je puis chercher, je ne reconnais plus rien. Les lieux où l'on a tant souffert sont tout pareils aux autres, perdus dans la grisaille comme s'il ne pouvait y avoir qu'un même 585 aspect pour un même martyre. C'est là, quelque part... L'odeur fade des cadavres s'efface, on ne sent plus que le chlore, répandu autour des tonnes à eau. Mais, moi, c'est dans ma tête, dans ma peau que j'emporte l'horrible haleine des morts. Elle est en moi, pour toujours : je connais maintenant l'odeur de la pitié.

590 À mesure qu'on s'éloignait des lignes, les débris de section se renouaient, les compagnies reprenaient une forme. On se regardait l'un l'autre, et nous nous faisions peur.

Des soldats étendus sur l'herbe dartreuse se levèrent et vinrent vers nous. Le soir même, ils devaient monter en ligne.

595 – C'est dur, les copains ?

– Le secteur de la mort.

Et montrant notre bande harassée[1] d'un mouvement du menton, Bréval dit simplement :

– Une compagnie.

600 On traversa, le front bas, un minable pays, aux fenêtres sans carreaux et aux toits percés, puis on nous arrêta dans un champ, en bordure de la grand-route, où attendaient les camions. Là, on mangea : du riz chaud qui vous remplissait le ventre et qu'on ne se lassait pas de bâfrer[2], gou-

---

1. Épuisée, à bout de forces.
2. Manger avec excès (argot).

lûment, avec de pleins quarts de café brûlant, moins par faim réelle que
605 pour rattraper ces jours de misère, pour se gaver, se sentir plein.

Le vieux fourrier à barbe blanche distribuait de l'eau-de-vie comme
on verse du vin, à pleins quarts.

– Il faut la finir, nous criait-il cordialement.

Pour le vin, on n'avait qu'à puiser. Tout en buvant, les copains vau-
610 trés suivaient l'ancien d'un œil hostile.

– C'est de sa faute si le grand Lambert est tué.

– Pauvre gars !… Il n'avait pas pris les tranchées depuis Berry.

Taciturne, je pensais à sa croix, sa fatidique croix d'ombre.

– Il paraît qu'il s'est relevé trois fois, racontait Gilbert à haute voix pour
615 que le fourrier l'entendît, les trois fois touché par la mitrailleuse. Après, il
s'est encore traîné en criant… Je lui avais promis d'écrire à sa mère.

Les plus fourbus s'étaient endormis. Par petits groupes, mêlés aux
conducteurs, les autres discutaient : ils parlaient tous ensemble, fiévreusement, jetant pêle-mêle leurs impressions encore pantelantes[1], semblant
620 vouloir se décharger de ces souvenirs trop lourds. Plus émus que nous-
mêmes, les automobilistes écoutaient, et comme eux seuls avaient lu les
journaux, ils nous expliquèrent la bataille, dont nous ne savions rien.

Les camarades arboraient tous des dépouilles ennemies, des casques
à leur ceinture, comme des scalps[2].

625 – Je te l'achète, proposa un des chauffeurs à un copain.

Tenté par le prix, un autre offrit son butin, et, sur le bord de la route,
le marché s'organisa. On vendait toutes sortes de souvenirs, tout ce
qu'une attaque peut rejeter d'épaves : des pattes d'épaule, des calots gris,
des fusées d'obus – « ça fait de baths encriers, gars… » – des chargeurs
630 de Mauser qu'on estimait vingt sous, des sacs au ventre de poil roux, des

---

1. Palpitantes, émues.
2. Peaux de crânes servant de trophées aux Amérindiens.

petits quarts en aluminium, pas encombrants, mais qui vous brûlent les doigts, des bidons recouverts de drap kaki, des cartes postales remplies de tendresses inconnues. Sur certains casques aux aigles éployées, on se penchait curieusement pour regarder le trou meurtrier par où la vie
635 s'était envolée. Sulphart agitait sa paire de bottes jaunes comme une pièce rare.

– Des souliers de Boche, les mecs ! criait-il... Des baths godasses d'officier, qui c'est qui en veut ? Un joli cadeau à faire à une poule[1]... Qui c'est qui veut se propager dans Paname avec des grolles[2] de Boche ?
640 Il se tut brusquement et ramassa son étalage, comme un camelot surpris.

– Acré[3], v'là Morache...

Nous ne l'avions pas vu depuis dix jours, depuis le matin de l'attaque. Il n'avait pas quitté une seule minute la cave fétide – la première
645 venue – qu'il avait prise comme poste de commandement, et il en était sorti avec un teint moisi, des lèvres décolorées, des yeux tout clignotants. Criaillant, il rassemblait la compagnie – sa compagnie, maintenant que Cruchet était tué – et réveillait brutalement les dormeurs en les piquant du bout de sa canne.

650 – Allons, j'ai commandé sac au dos, paresseux, criait-il sous le nez du petit Broucke, qui se relevait, tout vacillant, les yeux encore vagues de sommeil.

En maugréant, on s'équipait.

– C'est tout de même pas lui qu'on va nous coller comme piston[4],
655 après ce qu'il a foutu... C'est Berthier qui a tout fait...

---

1. Femme (argot).
2. Chaussures (argot).
3. Attention (argot).
4. Capitaine (argot).

– Oui, mais il n'a qu'une ficelle[1].

– Heureusement pour Vieublé qu'il s'est fait évacuer ; ce qu'il en aurait roté !

– C'est celui-là qui a eu le vrai filon, tiens… Si tu l'avais vu se barrer avec sa patte amochée, je te jure qu'il était marrant.

On embarqua. En un instant, tout le monde fut casé, les sacs empilés au fond des camions, et l'on pouvait encore s'asseoir, s'étendre, prendre ses aises.

– Ils auraient dû prévoir, dit en haussant les épaules le conducteur qui nous observait, à genoux sur son siège. Ils ont commandé juste autant de voitures que pour vous amener, et vous n'êtes plus aussi nombreux, pas vrai…

Alors, seulement, on remarqua les places vides. Ce qu'il en manquait !… Je croyais encore voir le grand Lambert, qui se forçait pour rire, le père Hamel, fumant sa pipe dans le coin, et Fouillard, qui s'était assis à l'arrière, les jambes pendantes. À chaque cahot, il disait :

– Si seulement je pouvais tomber et me casser la gueule !

Le convoi s'ébranla, s'enfonçant dans un nuage épais de poussière qui frangeait[2] les yeux des chauffeurs et leur faisait des barbes de vieux. Étourdis et bercés, écœurés de chaleur, de fatigue et de mauvais vin, on sommeillait à moitié, trop secoués cependant pour dormir. Seul Broucke se remit tout de suite à ronfler, couché sur le dos, sa tête de paille jaune tressautant sur le sac.

Maroux penché rigolait aux filles, agitant triomphalement un casque à pointe, comme s'il l'avait gagné en combat singulier. Des villages aux camions s'échangeaient des signaux, des cris, des baisers

---

1. Galon (argot).
2. Bordait.

même, que nous rendaient des filles en sueur, la chemise échancrée sur
la poitrine.

On s'éloignait de la guerre ; les fenêtres avaient des vitres, les toits
685 des tuiles. Soudain, les camions dansèrent sur les pavés et, aussitôt, on
entendit hurler dans les premières voitures. Toutes les têtes se glissèrent
sous les bâches, tous les corps se penchèrent à l'arrière ; et alors, tout
le long du convoi, ce fut une acclamation folle : apparition fabuleuse,
double miracle, on voyait un chemin de fer, un vrai chemin de fer civil,
690 avec de vrais wagons, et, sur la place de la gare, une femme en chapeau.

Le passage à niveau franchi, c'était toute une petite ville, avec des
boutiques, des trottoirs, des femmes, des cafés, que nous regardions
avec une hébétude éblouie de sauvages, sans nous lasser de crier notre
joie. Ceux qui étaient pansés au front retiraient leur casque pour se
695 faire mieux voir, et Belin, fièrement, envoyait des baisers avec sa main
blessée, comme un paquet de linge neuf.

À une fenêtre fleurie, une jolie tête blonde se montra – les têtes sont
toujours jolies, qu'on n'entrevoit qu'un instant – saluée au passage par
une longue clameur, et le tourbillon était déjà passé qu'elle écoutait
700 encore, penchée sur ce village de poussière et de cris.

Le convoi roulait toujours et nul ne se plaignait de la route trop
longue. On eût voulu mettre encore des villages, encore des champs,
encore des lieues, entre la guerre et nous. Tant mieux, on n'entendrait
plus le canon. Dans les éteules[1], les batteuses, en ronflant, mangeaient
705 des gerbes blondes ; les boqueteaux d'un vert frais baignaient nos yeux
brûlés ; on enviait le bonheur des villages entrevus sous les arbres,
de ces fermes aux toits rouges qui n'étaient plus pour nous que des
cantonnements.

---

1. Blés.

Il faisait trop chaud sous les bâches où le soleil tapait droit.
710 Engourdis, nous ne criions plus, on eût voulu dormir... Enfin, les
camions ralentirent, puis s'arrêtèrent.

Les jambes faisaient mal, les têtes étaient lourdes, les corps endoloris.
En grognant, on bouclait le sac, qui n'avait jamais paru si lourd.

– Pourquoi qu'ils ne nous ont pas débarqués juste dans le village ?...
715 On voit bien qu'ils ne sont pas fatigués, à l'état-major...

À peine descendus, certains s'étaient affalés sur l'herbe. D'autres
avançaient en boitillant, les pieds gonflés dans les chaussures racornies[1]
que nous n'avions pas quittées depuis deux semaines. Ils s'étayaient sur
leurs fusils, s'accotaient aux arbres, bande boueuse d'éclopés qu'aucune
720 volonté ne raidissait plus. Bourland arriva sur sa bicyclette basse et
m'appela :

– Jacques !... On va défiler dans le village, musique en tête. Le général est sur la place.

Sur le talus, des têtes de gars couchés se redressèrent indignées ; les
725 éclopés se rapprochèrent.

– Quoi ? La parade maintenant ? Ils ne se foutent pas de nous ? On
n'est pas assez crevés comme ça ?

– Non, le général veut compter ceux qu'il n'a pas fait tuer...

– Eh bien, moi, je marche pas ; Morache peut toujours gueuler...
730 Sulphart criait plus fort que les autres, agitant ses bottes invendues.

– Ils ne sont bons qu'à faire des cavalcades[2]... Il n'y a qu'aux tranchecailles[3] qu'on ne les voit pas. Ils ne faisaient pas de mi-carême[4], aux
Trois-Chemins.

---

1. Dures comme de la corne.
2. Cérémonies, défilés.
3. Tranchées (argot).
4. Carnaval.

– Faire une revue après ce qu'on vient de se tasser, il faut avoir du
735 crime, approuvait posément Lemoine. On ne devrait pas marcher.

Comme ils discutaient, une automobile s'arrêta et Berthier en descendit. Sa capote fangeuse tombait raide, comme un cylindre de boue
durcie ; les yeux creux derrière ses verres, il avançait d'un pas traînant.
Visiblement, il ne tenait plus.

740 – On en a marre, mon lieutenant, lui déclara Sulphart, avec une
ferme dignité d'homme libre. On ne s'en ressent pas pour défiler devant
les péquenots.

– Peut-être bien, mais il y a le général, répliqua doucement Berthier.
Allons, mes vieux, sac au dos… Il y a un bataillon de jeunes recrues
745 qui est cantonné là, il faut leur montrer que nous ne sommes pas un
régiment de petites filles.

Ils s'équipèrent tout de même, en bougonnant. On s'aligna.

– À droite par quatre !

Sur la route, on voyait se grouper la musique, et le drapeau, sorti de
750 sa gaine, prendre son rang.

– En avant !… marche !

Le régiment s'ébranla. En tête, la musique jouait la marche du régiment, et, à la reprise victorieuse des clairons, il me sembla que les dos
las se redressaient. Le départ avait été pesant, mais, déjà, la cadence se
755 faisait plus nette, et les pieds talonnaient la route d'un rythme régulier.
C'étaient des mannequins de boue qui défilaient, godillots de boue,
cuissards de boue, capotes de boue, et les bidons pareils à de gros blocs
d'argile.

Pas un des blessés légers n'avait quitté les rangs mais ils n'étaient pas
760 plus blêmes, pas plus épuisés que les autres. Tous avaient sous le casque
les mêmes traits d'épouvante : un défilé de revenants.

Les paysans du front ont le cœur endurci et ne s'émeuvent plus guère, après tant d'horreurs ; pourtant, quand ils virent déboucher la première compagnie de ce régiment d'outre-tombe, leur visage changea.

765 – Oh ! les pauvres gars...

Une femme pleura, puis d'autres, puis toutes... C'était un hommage de larmes, tout le long des maisons, et c'est seulement en les voyant pleurer que nous comprîmes combien nous avions souffert. Un triste orgueil vint aux plus frustes[1]. Toutes les têtes se redressèrent, une 770 étrange fierté aux yeux. La musique nous entraînait, à pleins cuivres, tambour roulant ; les plus fourbus semblaient revivre et on les sentait tout prêts à crier : « C'est nous qui avons fait l'attaque !... C'est nous qui revenons de là-haut... »

Sur la place, le bataillon de jeunes était rangé, capotes neuves, baïon- 775 nette au canon. Quelques pas en avant, le général à cheval, avec sa suite chamarrée. Pas une voix dans nos rangs, pas un murmure en face. On n'entendait, sous la musique fiévreuse, que la cadence mécanique du régiment en marche. Le regard volontaire de ceux qui défilaient sem- blait vouloir dominer tous ces gosses muets qui présentaient les armes.

780 Le général s'était levé sur ses étriers et, d'un grand geste de théâtre, d'un beau geste de son épée nue, il salua notre drapeau troué, il *Nous* salua... Le régiment, soudain, ne fut plus qu'un être unique. Une seule fierté : être ceux qu'on salue ! Fiers de notre boue, fiers de notre peine, fiers de nos morts !...

785 Les clairons éclatants reprirent et nous entrâmes dans la grand-rue, glorieux, raidis, entre une haie mouvante de gosses qui marchaient au pas. La jeune fille des Postes, les yeux rouges, la tête renversée, nous

---

1. Lourdauds, simples.

fit bonjour de son mouchoir mouillé, en criant quelque chose qu'un sanglot étrangla.

790   Alors, Sulphart tout pâle ne put se retenir :
— C'est nous autres qui avons pris le village ! lui cria-t-il d'une voix forte. C'est nous !

Et de toutes les têtes tournées, de tous les yeux brillants, de toutes les lèvres, le même cri d'orgueil semblait jaillir : « C'est nous ! C'est nous ! »

795   La musique sonore nous saoulait, semblant nous emporter dans un dimanche en fête ; on avançait, l'ardeur aux reins, opposant à ces larmes notre orgueil de mâles vainqueurs.

Allons, il y aura toujours des guerres, toujours, toujours...

XII

DANS LE JARDIN DES MORTS

La compagnie avançait par à-coups, arrêtée ici par les fusées, plus loin par les blessés qu'on emportait.

Le boyau évasé sortait parfois de terre, comblé par un obus, et, devant soi, on voyait émerger de l'ombre les camarades au dos rond qui galopaient à travers champs, l'arme à la main, puis ressautaient bien vite dans le fossé bouleversé. On ne parlait pas, on grognait à peine : nous filions, vite, comme si le bonheur nous avait attendu au bout.

– Attention ! fit passer à voix basse l'agent de liaison qui nous guidait vers les premières lignes, il y a deux hommes de corvée qui sont restés en travers du boyau. On n'a pas encore eu le temps de les enlever.

Gilbert, qui marchait devant moi, m'avertit :

– Enjambe.

Je butai dans quelque chose : deux boursouflures, deux tertres mous. Foulés par toute une relève, les corps aplatis se recouvraient déjà d'un mince linceul de boue.

– D'ici demain, on ne les verra plus, fit une voix.

Le marmitage ennemi continuait, régulier, féroce. Mais, dans ce grondement continu, nous n'écoutions que les obus qui se fracassaient près de nous : les autres ne comptaient pas. À chaque salve, on se terrait, tapi sous le sac, guettant la torche rouge de l'explosion. Puis on repartait d'un trot cahotant.

Dans le dos de l'agent de liaison, qui parfois hésitait entre deux boyaux, les hommes grognaient, par habitude.

– C'est malheureux… Toujours les plus c… qu'on choisit pour conduire les autres… Tu vas voir qu'il va nous perdre.

Nous traversâmes en courant une route jonchée de pierraille et, abandonnant le boyau, nous contournâmes les ruines du village, en nous défilant derrière des bouts de murs qui nous venaient aux reins. Où allions-nous ? Relever qui ? On ne savait pas.

30   — Plus vite, plus vite, criaillait Morache.

Les fusées maintenant se voyaient très proches, derrière un talus, et leur courbe capricieuse semblait plonger sur nous. On n'entendait plus autour de soi la rumeur étouffée des relèves, le bourdonnement chamailleur des corvées ; tous les bruits s'étaient tus et, sous la rage tonnante du 35   canon, on sentait tout près le grand silence inquiet des tranchées.

— Faites passer : silence, murmura notre guide.

— Aie pas peur, répondit Sulphart, personne ne veut chanter.

Un grand mur barrait la plaine, crevé, démantelé, avec de grands pans presque intacts. Il se dessinait tragiquement noir sur ce ciel de 40   guerre d'un blanc cru. De loin en loin, un moignon d'arbre. Était-ce la sucrerie, depuis qu'on en parlait ? Ou bien le parc du château ?

— C'est là, fit tout bas l'agent de liaison.

Il y avait dans le mur une brèche plus large : on y passa. Des baïonnettes s'accrochèrent, un bidon tinta et, chacun suivant la silhouette 45   d'un autre, on avança, butant dans les pierres. Avec un sifflement deux fusées montèrent, d'un jet pareil.

— Ne bougez pas !

La lumière aveuglante éclaira brutalement l'endroit. Immobiles, sans même remuer la tête, les hommes regardèrent. D'un seul coup d'œil, 50   ils virent les croix, les dalles, les cyprès : nous étions dans le cimetière. C'était un grand chantier de pierres broyées, d'arbres déchiquetés, et, dominant ces ruines, un grand saint sévère tenait sur ses bras joints un livre de marbre où, chaque nuit, les éclats sifflants gravaient des choses.

— Par ici, première section, commanda le sergent Ricordeau.

55 Notre file le suivit. Une torpille éclata à vingt pas dans une gerbe
rouge. Tout le monde s'abattit. Dans le noir, un blessé cria.
   – Allons, vite, pressa le sergent... L'escouade à Bréval ici.
   Devant moi, aplati contre un parapet de sacs, un guetteur grogna :
   – Bande de c... Si vous gueulez comme ça vous n'en reviendrez pas
60 un. Les Boches ne sont pas à vingt mètres.
   Ricordeau, qui tendait le cou pour reconnaître son monde, plaçait
les hommes.
   – Lemoine, au créneau ; tu prends le premier. On va te passer les
consignes. Bréval, tu as ces trois gourbis-là pour ton escouade, grouille[1]...
65 Bréval et d'autres entrèrent dans une étroite chapelle sans toit et je
les vis s'enfoncer sous terre, à plat ventre. Demachy, qui me précédait,
jeta ses musettes dans un trou noir, au pied d'une dalle, et sauta. Je le
suivis. Au même instant un éclatement terrible fit trembler la terre et
cela grêla sur notre toit de pierre.
70 – Il était temps, dit Gilbert.
   À tâtons, on cherchait à découvrir les choses autour de soi et nos
mains glissaient sur les murs froids. Au-dessus de nos têtes, l'entrée
s'ouvrait, comme une lucarne bleue.
   – Bouchons ça et allumons.
75 On accrocha avec des cartouches une toile de tente pliée en deux
et Gilbert fit craquer son briquet. La bougie à la mèche écrasée hésita,
vacillante, puis la lumière éclaira notre abri. Les quatre murs luisaient,
humides. Sur le dallage du caveau, il n'y avait qu'un matelas sale de
vieux journaux, où l'on lisait des titres allemands.
80 – Les anciens locataires nous ont laissé de quoi lire, tu vois... Tiens,
il y en a un qui a inscrit son nom.

---

1. Dépêche-toi (argot).

Sur la chaux nue, en effet, une main patiente avait commencé à gra-
ver : « Siegf… » Pourquoi vouloir laisser sa trace dans ce tombeau ?…
Et l'autre, le premier qu'on avait couché là, celui dont le nom devait être
85 gravé sur la croix, qu'en avaient-ils fait ?

– Cela ne te fait rien d'être là-dedans ?… Au fond, tu sais, avec une
couverture dessous et une dessus, on ne sera pas mal.

– Et puis, ces dalles-là, c'est épais, il faudrait que ça tombe en plein
dessus. Je prends la veille le deuxième, de trois à cinq, et toi ?

90 On s'étendit. La place n'était pas plus large que dans un lit d'enfant ;
malgré la capote, la couverture et la mince litière de journaux, on sentait, sous ses reins, le froid de la pierre. J'avais posé la tête sur l'épaule
de Gilbert, et, les mains glissées sous les aisselles, le col relevé, j'essayais
de dormir. On ne voyait rien, rien…

95 Là-haut, dans un grondement épouvanté, le bombardement continuait, préparant leur contre-attaque, et, parfois le coup de bélier d'une
torpille ébranlait le cimetière. Une sorte de cauchemar lucide hantait
mon esprit. Contre mon dos je sentais l'haleine humide du tombeau
qui me faisait frissonner.

100 – Tu as froid ?

– Non.

Les os ?… Où a-t-on jeté leurs os ? Une idée bête me poursuit. Je
voudrais sortir pour lire le nom, savoir dans le lit de qui je suis couché.
Alors, si une torpille cognait là, ce serait fini ? Pas la peine de nous enter-
105 rer, pas même besoin d'une croix : on l'a plantée pour l'autre. N'est-ce
pas tenter la mort, n'est-ce pas la narguer, que de coucher dans un
tombeau ? Pourtant, ce n'est pas notre faute à nous… Oui, je voudrais
connaître le nom de l'autre. Malgré moi, je pense à lui. Je l'imagine couché, bien droit. Et, superstitieux, ayant peur, rigide comme lui, d'être
110 pris pour un mort, je me recroqueville, je ramène mes genoux.

– Ce que tu remues !

Une ombre lourde nous écrase. Les deux murs rapprochés nous serrent l'un contre l'autre, comme deux gosses dans un giron. Gilbert non plus ne dort pas : je sens contre ma joue son souffle rapide.

115   Siegfried... Pourquoi n'est-il pas resté ici puisqu'il avait gravé son nom ? C'est l'autre mort qui l'aura chassé, qui n'aura pas voulu, et il est allé mourir dehors, n'importe où, dans ces gravats hachés par la ferraille. Ce sont peut-être ses pieds raides qui, tout à l'heure, m'ont fait trébucher.

120   J'ai vu un mousqueton pendu à la branche d'une croix ; des musettes sont accrochées, où étaient des couronnes ; les obus ont tordu les grilles... En ai-je traversé, naguère, de ces cimetières de campagne où les chèvrefeuilles nouaient leurs branches sur les tombes oubliées ! Une fille en corsage rouge sarclait l'allée. C'était l'été. Non, ils ne pouvaient pas

125   avoir aussi froid que nous, sous leur tertre d'herbe grasse ; nous sommes plus morts qu'eux, sous ces dalles où l'on tremble. Un frisson de froid et d'angoisse, glissant par mes manches, vient me glacer jusqu'au ventre. Ce n'est donc pas un mensonge, ce froid de la tombe dont parlent les poètes ? Oh ! ce que j'ai froid...

130   Là-haut, les obus, à tâtons, cherchent toujours des hommes dans le noir. On va dormir, pourtant. Nous sommes, sous les croix, cinquante, cent morts qui dormons. Ressuscités, les veilleurs guettent, l'œil dur, par-dessus le parapet qui s'éboule. Combien de songes, combien de rêves, cette nuit, dans ces alcôves éternelles ?

135   *Certes, ils doivent trouver les vivants bien ingrats*
De dormir, comme ils font, chaudement, dans leurs draps[1]...

---

1. Extrait d'un poème de Charles Baudelaire (1821-1867), « La servante au grand cœur dont vous étiez jalouse », *Les Fleurs du mal*, 1857.

*

Trois jours, cela fait trois jours que nous tenons le cimetière pilé par les obus. Rien à faire, qu'à attendre. Quand tout sera bouleversé, qu'il ne devra plus rester qu'un mélange broyé de pierres et d'hommes, ils
140 attaqueront. Alors, il faudra qu'il surgisse des vivants.

Entre ces quatre murs qui se crénellent[1] et s'effondrent, la compagnie est prisonnière, isolée du régiment par les marmites qui piochent[2] les ruines, par les mitrailleuses qui balaient les pistes.

Le soir, quelques hommes de corvée partent, quelques brancardiers
145 se hasardent. Et vite, en se cachant, ils exhument un homme d'un grand caveau de famille, où des blessés geignent, sans soins possibles, depuis des jours. Ils volent un mort au cimetière.

Ils sont encore six, dans ce tombeau dont les Allemands ont fait un poste de secours. Quand on se penche sur cette bauge[3], on respire
150 l'odeur terrible de leur fièvre, et la plainte suppliante de leurs râles confondus. L'un d'eux est là depuis une semaine, abandonné par son régiment. Il ne parle plus. C'est une chose tragiquement maigre, avec des yeux immenses, des joues creuses salies de barbe, et des mains décharnées, dont les ongles griffent la pierre. Il ne bouge pas, pour
155 ne plus sentir la blessure assoupie de ses cuisses broyées, mais une soif horrible le fait geindre.

La nuit, on lui porte de l'eau, du café quand il en arrive. Mais, dès midi, tous les bidons sont vides. Alors, brûlé de fièvre, il tend son cou maigre et lèche avidement la pierre du tombeau où l'eau suinte.

---

1. Font comme des créneaux.
2. Creusent.
3. Endroit très sale, boueux.

160 Un petit, dans un coin, racle sa langue blanche avec un couteau. Un
autre ne vit plus que par l'imperceptible halètement de sa poitrine, les
yeux fermés, les dents serrées, toute sa forme ramassée pour se défendre
contre la mort, sauver son peu de vie qui tremblote et va fuir.

Il espère, pourtant, ils espèrent tous, même le moribond. Tous
165 veulent vivre, et le petit répète obstinément :

– Ce soir, les brancardiers vont sûrement venir, ils nous l'ont promis
hier...

La vie, mais cela se défend jusqu'au dernier frisson, jusqu'au dernier
râle. Mais s'ils n'espéraient pas les brancardiers, si le lit d'hôpital ne
170 luisait pas comme un bonheur dans leur rêve de fièvre, ils sortiraient
de leur tombe, malgré leurs membres cassés ou leur ventre béant, ils se
traîneraient dans les pierres avec leurs griffes, avec leurs dents. Il en faut
de la force pour tuer un homme, il en faut de la souffrance pour abattre
un homme...

175 Cela arrive, pourtant. L'espoir s'envole, la résignation, toute noire,
s'abat lourdement sur l'âme. Alors l'homme résigné ramène sur lui sa
couverture, ne dit plus rien, et, comme celui-là qui meurt dans un coin
de tombeau, il tourne seulement sa tête fiévreuse, et lèche la pierre qui
pleure.

*

180 On dirait que rien ne vit, dans ce chantier de gravats brûlé par le
soleil. Cette nuit, on tremblait de froid dans les trous, maintenant on
suffoque. Rien ne bouge. Écrasé contre le parapet de sacs à terre, dont
sa capote a pris la teinte, le guetteur attend, sans un mouvement, pareil
à celui qu'on voit couché devant la chapelle, les bras en croix et la nuque
185 béante, le crâne gobé par la blessure.

Les obus tombent toujours, mais on ne les entend plus. Hébétés, fiévreux, nous sommes allés en visite dans la tombe à Sulphart. On la reconnaît à son enseigne :

« Mathieu, ancien maire. »

190 Du matin à la nuit, il joue aux cartes avec Lemoine, et, comme il perd, il crie, il injurie l'autre et l'accuse de le voler. Lemoine reste tranquille.

– Gueule pas tant, lui dit-il seulement, tu vas réveiller le maire.

Tassés tous les quatre dans le tombeau étroit, nous haletons. Il
195 n'est que trois heures, tous les bidons sont à sec depuis longtemps, et les hommes de corvée qui partent à la brune[1] ne rentreront pas avant minuit. Je ne parle plus, pour avoir moins soif. Cette poussière de pierre pilée et de poudre nous brûle la gorge, et, les lèvres sèches, les tempes bourdonnantes, on pense à boire, à boire comme des bêtes, la tête dans
200 un baquet.

– Tu paieras un seau de vin, hein, Gilbert ? répète Sulphart… On se mettra à genoux autour et on boira à en crever.

Depuis qu'il nous a dit cela, l'idée nous poursuit. Cette jouissance impossible nous fascine jusqu'à l'égarement : boire, boire avec tout son
205 visage, son menton, ses joues, boire à pleine auge[2].

Par instants, Demachy rage. « À boire, éclate-t-il, je veux boire ! »

Personne n'a plus rien, pas une goutte. Hier, j'ai payé un quart de café quarante sous, mais aujourd'hui le copain a préféré tout garder. Il y a un puits, pourtant, dans le village : une quinzaine d'hommes sont
210 couchés autour. Les tireurs ennemis guettent, grimpés sur un mur ; ils attendent que le camarade qui s'est dévoué arrive, tous ses bidons

---

1. Au crépuscule.
2. Avidement.

en bandoulière, et le descendent, en visant bien, comme un gibier. Maintenant, on a posté un sous-lieutenant à l'entrée du boyau, et il empêche de passer. On ne va plus à l'eau que la nuit.

215 — Je te dis que j'irai moi, gueule Sulphart... J'aime mieux risquer de me faire descendre que de la péter comme ça, je sens que je deviens dingue...

— Y va pas, tu vas te faire tuer, dit Lemoine.

Alors, c'est sur lui que Sulphart passe sa rage

220 — Nature, toi, tu t'en fous, bouseux, t'as pas soif. C'est pas l'usage de boire quand on est aux champs ; tu t'es habitué à sécher, au cul de la charrue, Parisien en sabots, gaveux de cochons...

— Si t'avais si soif, réplique raisonnablement Lemoine, tu ne gueulerais pas tant...

225 Alors, on se rassied, le dos au mur, et on attend. Faire la guerre n'est plus que cela : attendre. Attendre la relève, attendre les lettres, attendre la soupe, attendre le jour, attendre la mort... Et tout cela arrive, à son heure : il suffit d'attendre...

*

Quelqu'un a brusquement soulevé notre toile de tente, et cela a jeté

230 dans le caveau une pelletée de jour.

— Venez vite, Bréval est blessé.

Demachy s'est redressé. Il dormait, une voilette nouée sur la figure, à cause des mouches.

— Hein ! Bréval ?

235 Et sans retirer sa voilette à ramages, qui sent encore la poudre de riz, il a couru vers la chapelle aux fusées, où l'on a traîné le caporal.

Il est blessé à la poitrine : une balle de shrapnell. Couché, la tête sur la marche de l'autel, il regarde les copains avec des yeux inquiets, de grands yeux apeurés. En apercevant Gilbert il a fait un signe de tête, 240 comme un bonjour.

– Je suis content de te voir, tu sais.

Demachy, les mains tremblantes, dénouait sa voilette.

– C'est commode ton truc, lui dit Bréval. Avec ces garces de mouches, on ne peut pas dormir. On avait tort de se foutre de toi.

245 Tout de suite fatigué, il a fermé les yeux. Malgré le paquet de pansement, une tache brune s'élargit sur sa capote. Il est bien touché. Brusquement, sa lèvre s'est détendue, et, comme un gosse, il s'est mis à pleurer, à sangloter, avec une plainte douloureuse sous les larmes convulsives.

Gilbert lui a soulevé la tête, pour la prendre sur son bras, et, penché 250 sur lui, il lui a parlé, la voix bourrue :

– Qu'est-ce que tu as ?... Tu n'es pas fou. Il ne faut pas pleurer, ne te fais pas d'idées, voyons. Tu es blessé, ce n'est rien. C'est un filon, au contraire ; on va t'emmener ce soir à l'ambulance et demain tu coucheras dans un lit.

255 Sans répondre, sans ouvrir les yeux, Bréval sanglotait toujours. Puis cela s'est apaisé, et il a dit :

– C'est pour ma pauvre petite fille que je pleure.

Il a regardé Gilbert encore un long moment sans parler, puis, semblant se décider, il lui a dit à mi-voix :

260 – Écoute, je vais te dire une chose, à toi tout seul, c'est une commission.

Gilbert a voulu l'arrêter, lui parler de la belle fiche d'évacuation à la capote, le tromper... Mais il a hoché la tête.

– Non, je suis foutu. Je veux que tu me fasses une commission. Tu vas me jurer, hein ? Tu iras à Rouen, tu verras ma femme... Tu lui 265 diras que ce n'est pas bien, ce qu'elle a fait. Que j'ai eu trop de peine. Je

ne peux pas tout te dire, mais avec un aide qu'elle a pris, elle a fait des
bêtises... Tu lui diras qu'il ne faut pas, hein, pour notre petite fille... Et
que je l'ai pardonnée avant de mourir. Hein, tu lui diras...
Et il s'est remis à pleurer, silencieusement. Personne ne disait rien.
270 Nous le regardions tous, penchés sur lui comme sur une tombe qui
s'ouvre. Il s'est enfin arrêté de pleurer, n'ayant plus qu'une plainte
aux lèvres, et il s'est tu un moment. Puis ses dents se sont serrées, et se
redressant sur ses coudes, l'œil farouche, il a grincé :
– Et puis, non ! Je ne veux pas... Écoute, Gilbert, au nom du bon
275 Dieu, je te demande d'aller à Rouen. Il faut que tu y ailles !... Tu me le
jures. Et tu lui diras que c'est à cause d'elle que je suis crevé... Il faut que
tu lui dises... Et tu le diras à tout le monde, que c'est une salope, qu'elle
faisait la vie pendant que j'étais au front... Je la maudis, t'entends, et je
voudrais qu'elle crève comme moi avec son type... Tu lui diras que je
280 lui ai craché à la figure avant de mourir, tu lui diras...
Il tendait son maigre visage, terrible, un peu de bave rouge au coin
des lèvres. Blême, Gilbert cherchait à l'apaiser. Il l'avait pris par le cou,
très doucement, et voulait le coucher... L'autre, n'en pouvant plus, s'est
laissé faire. Il est resté un long moment inerte, les yeux fermés, puis de
285 grosses larmes ont coulé de ses paupières closes.
Penché sur lui, Gilbert lui frôlait le front de son haleine, jusqu'à
sentir contre ses lèvres la sueur suprême qui déjà perlait à ses tempes.
– Allons, vieux, ne pleure pas, répétait-il d'une voix que des larmes
contenues éraillaient... Ne pleure pas, tu n'es que blessé.
290 Et il caressait pieusement la maigre tête qui pleurait. Bréval a murmuré plus bas :
– Non... Pour la petite fille... vaut mieux ne pas lui dire tout ça...
Tu lui diras qu'il faut être sérieuse hein, pour la petite... qu'il faut lui
donner du bonheur, et pas le mauvais exemple. Tu lui diras qu'il faut se

295 sacrifier à la gosse. Tu lui diras que je le lui ai demandé avant de mourir,
et que c'est dur de mourir comme ça…
Les mots coulaient de sa bouche, tout doucement, comme coulaient
ses larmes. Dans le coin, la tête dans son bras replié, Sulphart sanglotait.
Le lieutenant Morache, qu'on avait prévenu, était livide. Il voulait se
300 maîtriser, mais on voyait ses lèvres et son menton trembler.
Bréval ne bougeait plus ; il n'entendait que sa respiration courte qui
sifflait. Mais il a brusquement sursauté dans les bras de Gilbert, comme
s'il cherchait à se redresser, et, lui serrant durement la main, il a gémi,
en suffoquant :
305 – Non… Non… je veux qu'elle sache… J'ai eu trop de chagrin…
Tu lui diras que c'est une garce, tu lui diras…
Il parlait avec peine à présent, et il dut s'arrêter épuisé. Sa tête
retomba lourdement sur le bras de Gilbert, dont la capote se tachait de
sang. Plus pâle que le mourant, il le berçait et, doucement, lui essuyait
310 la bouche, où l'écume venait crever en bulles rosâtres. Bréval chercha
encore à ouvrir ses yeux aux paupières trop lourdes, et voulut parler :
– Petite fille heureuse… faut pas… Tu lui diras, hein… tu…
Sa prière inconnue s'éteignit, comme vacillait le dernier regard dans
ses yeux de pauvre homme. Et, comme s'il avait cru lui garder encore
315 un instant de vie en le cachant à Celle qui emporte les morts, Gilbert
le serrait contre sa poitrine, sa joue contre sa joue, les mains sous ses
épaules, et pleurant sur son front.

*

– Ils attaquent !
Gilbert et moi avons bondi ensemble, assourdis. Nos mains aveugles
320 cherchent le fusil et arrachent la toile de tente qui bouche l'entrée.

– Ils sont dans le chemin creux !

Le cimetière hurle de grenades, flambe, crépite. C'est comme une folie de flammes et de fracas qui brusquement éclate dans la nuit. Tout tire. On ne sait rien, on n'a pas d'ordres : ils attaquent, ils sont dans le chemin, c'est tout...

325

Un homme passe en courant devant notre trou et s'abat, comme s'il avait buté. D'autres ombres passent, courent, avancent, se replient. D'une chapelle ruinée, les fusées rouges jaillissent, appelant le barrage. Puis le jour semble naître d'un coup ; de grandes étoiles blafardes crèvent au-dessus de nous, et, comme à la lueur d'un phare, on voit naître des fantômes, qui galopent entre les croix. Des grenades éclatent, lancées de partout. Une mitrailleuse glisse sous une dalle, comme un serpent et se met à tirer, au tir rapide, fauchant les ruines.

330

335

– Ils sont dans le chemin, répètent les voix.

Et, aplatis contre le talus, des hommes lancent toujours des grenades, sans s'arrêter, de l'autre côté du mur. Par-dessus le parapet, sans viser, les hommes tirent. Toutes les tombes se sont ouvertes, tous les morts se sont dressés, et, encore aveuglés, ils tuent dans le noir, sans rien voir, ils tuent de la nuit ou des hommes.

340

Cela pue la poudre. Les fusées qui s'épanouissent font courir des ombres fantastiques sur le cimetière ensorcelé. Près de moi, Maroux, en se cachant la tête, tire entre deux sacs dont la terre s'écoule. Un homme se tord dans les gravats, comme un ver qu'on a coupé d'un coup de bêche. Et d'autres fusées rouges montent encore, semblant crier : « Barrage ! barrage ! »

345

Les torpilles tombent, par volées, défonçant les marbres. Elles arrivent par salves, et c'est comme un tonnerre qui rebondirait cinq fois.

– Tirez ! tirez ! hurle Ricordeau qu'on ne voit pas.

350   Abasourdis, hébétés, on recharge le lebel qui brûle. Demachy, sa musette déjà vide, a ramassé les grenades d'un copain tombé et les lance, avec un grand geste de frondeur[1]. Dans le fracas, on entend des cris, des plaintes, sans y prendre garde. Il y en a certainement qui sont ensevelis. Un instant, les fusées découvrent un grand mort, couché sur une dalle, 355 tout en long, comme un homme de pierre.

En rafale, notre barrage arrive enfin, et une haie rouge de fusants crève la nuit, en tonnant. Les obus se suivent, mêlant leurs aiguillées, et cela forge une haie de fer au-dessus de nous. Percutants et fusants se plantent furieusement devant nos lignes, barrant la route, et, empana-360 ché de fusées, claquant d'obus, le cimetière semble vomir des flammes. D'un parapet à l'autre, les hommes courent sans savoir, trébuchant, se poussant. Beaucoup culbutent, la tête lourde, les reins pliés, et les tombes en vomissent toujours d'autres, dont les shrapnells et les fusées découvrent les silhouettes traquées.

365   Au centre, devant le saint impassible, les torpilles piochent, hachant les soldats sous les dalles, écrasant les blessés au pied des croix. Dans les tombes, sur les gravats, cela geint, cela se traîne. Quelqu'un s'abat près de moi et me saisit furieusement la jambe, en râlant.

Les coups précipités nous cognent sur la nuque. Cela tombe si près qu'on 370 chavire, aveuglé d'éclatements. Nos obus et les leurs se joignent en hurlant. On ne voit plus, on ne sait plus. Du rouge, de la fumée, des fracas…

Quoi, est-ce leur 88, ou notre 75 qui tire trop court ?… Cette meute de feu nous cerne. Les croix broyées nous criblent d'éclats sifflants… Les torpilles, les grenades, les obus, les tombes même éclatent. Tout saute, 375 c'est un volcan qui crève. La nuit en éruption va nous écraser tous…

Au secours ! Au secours ! On assassine des hommes !

---

1. Celui qui manipule une fronde.

XIII

LA MAISON DU BOUQUET BLANC

C'est la fin du dîner. Qu'on serait bien s'ils se taisaient. La lumière jaune de la bougie danse dans une bouteille vide. Il reste un peu de vin au fond des quarts, un vin blond, un peu trouble, qui poisse les doigts et caresse la gorge. Dans l'âtre, de grosses solives se consument
5 en pétillant.

Penché sur une bassine fumante, rouge et luisant de sueur, Sulphart attentif prépare notre vin chaud. Il a retroussé ses manches jusqu'aux coudes et largement ouvert sa chemise sur sa poitrine velue. À son côté gauche pendillent six épingles de nourrice mises en brochette : le seul
10 insigne qu'on n'ait pas volé aux soldats. Lemoine est assis devant le feu, sur un billot[1], ses larges mains inutiles tombées placidement jointes entre ses genoux, et il regarde faire son copain avec un petit sifflement qui n'a l'air de rien mais où Sulphart, susceptible, devine une critique.

– T'espère pas m'apprendre à faire du vin chaud, non, peau d'ha-
15 reng, raille-t-il avec aigreur. J'dis et j'prétends que, pour adoucir, il faut ajouter deux quarts de flotte par litre de pivre[2] et mettre cinq bons morceaux de sucre par quart.

– C'est de trop, répond tranquillement Lemoine. Tu ne sens plus l'vin.

– On ne sent plus l'vin, qu'il dit !
20 Mais, au lieu de se mettre en colère, Sulphart hausse simplement les épaules, comme s'il acceptait bénévolement d'être outragé.

– J'aime mieux pas discuter, tiens, t'y mets tout de suite d'la mauvaise foi.

---

1. Rondin de bois.
2. Vin rouge (argot).

Lemoine ne réplique pas. Il crache dans le feu et songe à des choses…

25　Le vin chante dans la bassine.

Les murs de la ferme sont très vieux, trapus et noircis. La fenêtre a des petits carreaux poussiéreux que le clair de lune traverse en hésitant. De précieuses toiles d'araignées, qu'on dirait de velours gris, pendent du plafond où se tord une énorme poutre de châtaignier. Toute la guerre

30　et tous les champs, tout cela tient dans cette pièce sombre, raconté par quelques objets disparates qui traînent : des terrines sur un bahut bancal, des cartouches dans une jarre, des sacs d'on ne sait quoi, des fusils alignés, des casques, un grand van.

Accroupi sur un petit escabeau de trayeuse[1], Broucke fait rôtir ses

35　jambes nues, regardant fumer son pantalon bleu qu'il a mis à sécher au-dessus de l'âtre, avec le linge de Maroux.

– J'pourrai cor mieux dormir, explique-t-il à notre nouveau caporal. Ché poux n'me maqueront plus le ventre.

À la grande table – un antique établi au bois entaillé, avec une

40　planche sur deux paniers en guise de chaise – l'escouade achevait son repas, dans un brouhaha. Un camarade mangeait debout, lapant dans son assiette de fer-blanc. À genoux, un autre cassait du bois mouillé, des branches pluvieuses d'automne qui brûlaient en fumant.

Brutalement poussée, la porte s'ouvrit, laissant entrer la nuit froide,

45　comme un intrus.

– Aux distributions, les gars ! cria le gros Bouffioux, qui c'est qui vient avec moi ?

– J'y vas, répondit Maroux.

– J'te suis, dit le petit Belin en se levant.

---

1. Petit siège pour traire le lait.

50   – Oublie pas de revenir, hein, cria Sulphart au cuisinier, sans ça, gare tes os. T'as promis de payer le coup.

La porte se referma et notre intimité sembla soudain meilleure, la chaleur plus douce :

– On se dirait chez soi, murmura un copain heureux.

55   Rares minutes où le bonheur vient nous visiter, comme un ami qu'on n'espérait plus revoir. Rares instants où l'on se souvient d'avoir été un homme, d'avoir été un maître, le plus puissant de tous : son maître. Un feu qui flambe, une table, une lampe, voici le passé qui revient...

60   Un des nouveaux s'étant essuyé les mains après son pantalon de velours, sortit délicatement une photo de son livret militaire écorné.

– Elle est jeunette, hein ? C'est ma femme... Elle avait pas dix-huit ans quand je l'ai eue.

– T'as plus de goût qu'elle, lui dit Sulphart.

65   – Qui c'est qui t'remplace depuis qu'elle est veuve ?

Broucke se mit à rire. Pourtant, un tic avait tiré la bouche du camarade, et, presque bégayant, il répliqua :

– Déc... pas. J'trouve pas mariole qu'on blague là-dessus. Si t'étais marié, tu comprendrais.

70   – J'suis marié, crâna Sulphart. Seulement, j'suis pas jaloux, la mienne s'explique[1] pour m'envoyer des colis.

Les autres avaient tous sorti une photo, d'un portefeuille usé ou d'un livret gras de sueur. On se les passait de main en main, portraits gauches de jolies filles endimanchées et de ménagères en robe noire, serrant

75 contre elles un gosse à la cravate bien nouée.

---

1. Se débrouille (argot).

À la grande table, on se disputait le dessert : des biscuits fades et poussiéreux que Gilbert avait offerts. On buvait beaucoup. Devant le feu, le petit Belin racontait une histoire.

– C'étaient des gars morts à l'ambulance. T'as pas vu le cercueil
80 du quatrième ? Le sang avait coulé à travers, ça avait taché le drapeau. C'était le sergent, celui-là...
Ils vidaient quart sur quart, la face allumée.

– Tu te souviens du jour qu'on a cassé la gueule au père Cent[1]... Trente litres pour huit ! C'qu'on était pleins...
85 – Et le nouveau juteux[2], un Corse...

Sulphart et Lemoine, qui avaient fait le partage du vin chaud, échangeaient leurs souvenirs à tue-tête, comme s'ils s'étaient confessés à toute la ferme.

– Y gueulaient tous : « Tirez pas ! Camarades anglais ! » Et tout d'un
90 coup, pif, ping ! ping !... C'étaient les Boches... Ah ! les fumiers !

– Moi, j'avançais en tenant ma musette devant moi, comme si ça pouvait arrêter une balle... Ce qu'on est bille, dans ces moments-là.

Demachy les écoutait en respirant la chaude haleine de son vin chaud. À ce moment, on entendit galoper dans la cour, et Bouffioux
95 entra en soufflant.

– Hé ! les gars, dit-il en jetant sur l'établi son sac plein de lentilles, on va se marrer. J'paie le coup dans une boîte où il y a des poules.

Tous s'étaient retournés, alléchés et méfiants.

– Quoi ? Tu cherres[3]... Non, sans blague, tu veux nous l'mettre[4].

---

1. Fête organisée cent jours avant la fin du service militaire obligatoire.
2. Adjuvant (argot).
3. Tu exagères (argot).
4. Te moquer de nous (argot).

100 Mais la face épanouie du gros Normand, sa peau radieusement tendue, ses yeux luisants, tout prouvait qu'il ne mentait pas.

– Des poules qui marchent, parfaitement, affirma-t-il. Des poules qu'en demandent.

– Elles en auront ! hurla Sulphart.

105 Tous se levèrent en se bousculant, et entourèrent Bouffioux.

– C'est le grand Chambosse, de chez le vaguemestre, qui m'a raconté… C'est une crèche au bout du patelin, une grande maison qu'a les volets fermés, comme de bien entendu. Et, pour qu'on se goure pas, les gonzesses ont accroché un bouquet blanc à la porte.

110 Un tumulte éclata, de rires et de cris. La chair allumée, ils s'apprêtaient hâtivement et se bourraient les côtes en rigolant. Fébrile, Broucke se reculottait, enroulant sa ceinture de flanelle sans la tendre, comme une corde, autour de son pantalon mouillé.

– Partez point sans mi, suppliait-il.

115 – En patrouille, les gars ! beuglait Sulphart, déjà sûr de les séduire toutes.

Seul, Gilbert restait calme. Il semblait se méfier.

– Je le connais, Chambosse, me dit-il, un voyou, un bourreur de crâne… Il aura voulu faire marcher ce gros idiot.

120 Mais les autres étaient déjà prêts.

– On n'attend pas Maroux ?

Tous protestèrent, pressés d'y être.

– Ah, non ! allons-y vite, des fois qu'ils auraient trop de monde. Il nous rejoindra.

125 Nous partîmes. La terre gercée de cette nuit de novembre sonnait sous les pas comme une boîte creuse. Le ciel lui-même semblait glacé, un grand ciel d'étain sombre, tout piqué d'or. Dans les granges voisines,

on chantait en chœur. Par une fenêtre aux carreaux cassés, j'aperçus
quelques visages brutalement éclairés par une lanterne, et, dans le fond
130 noir de la salle, des ombres qui dansaient au son de l'accordéon. Devant
la mairie, accroupis autour d'une flambée, des mitrailleurs préparaient
un brûlot dans une gamelle.

— Où que vous allez ?

— En reconnaissance, leur répondit Sulphart qui courait devant.

135 On s'était mis en file indienne, comme une relève dans les boyaux.
Ne connaissant que cela, on jouait à la guerre.

— Pas si vite en tête, criait Belin.

— Faites passer, la troisième ne suit pas…

— Attention au fil !

140 Sulphart imitait la voix croassante du commandant.

— Mais on s'y perd, dans ce secteur, on s'y perd. La liaison à moi…

Le clair de lune poudrait les champs et couchait sur la route blanche
l'ombre des arbres. La nuit avait détaché les bois ancrés au sol et on les
voyait prendre la mer, sur la brume infinie. Là-bas, le canon fatigué
145 n'aboyait plus. On se mit à chanter. Broucke nous conduisait, sans savoir
où c'était. Gilbert et moi venions derrière, en nous donnant le bras.

> *En revenant de Montmartre,*
> *De Montmartre à Paris,*
> *J'rencontre un grand prunier qu'était couvert de prunes,*
150
> *Voilà l'beau temps…*

Nous chantions à tue-tête comme si nous avions voulu dépenser
notre joie brutale à coups de gueule.

Voilà l'beau temps,
Ture-lure-lure,
155 *Voilà l'beau temps,*
Pourvu que ça dure,
Voilà l'beau temps pour les amants.

– Ne criez pas comme ça, nous dit Maroux qui nous rejoignait au galop. On va se faire poirer.

160 – Sûrement, approuva Lemoine, qui suivait en traînant ses grands pieds paresseux. Et si les poules entendent gueuler, ça sera midi[1] pour entrer.

Obéissants, nous étouffâmes notre joie en gros rires assourdis.

– J'm'en ressens[2], confessait Sulphart.

– Y paraît que la patronne, c'est une bath brune, expliquait 165 Bouffioux, une belle femme tout à fait.

– Mi, j'l'o vue, s'écria Broucke. Ele o une paire ed'z'yeux grands comme m'n'assiette... Ah ben, si c'est cheulle-lo on auro du plaisir...

Nous arrivions au bout du pays, où les fermes s'espaçaient. Quelque chose de sombre se dessina, tassé sur le bord de la route.

170 – Une sentinelle ! s'exclama Maroux.

Le soldat, un vieux territorial, nous regardait venir sans émotion, accoudé sur son fusil. Un cache-nez qui l'entortillait jusqu'aux yeux étouffait sa voix.

– Vous n'avez pas le mot ? nous demanda-t-il. C'est Clermont.

175 On passa vite, heureux de l'aubaine, et bientôt, dans la nuit légère, nous aperçûmes une grande bâtisse peinte de lune, avec ses volets clos.

– C'est là !

---

1. Ce sera impossible (argot).
2. J'en ai envie (argot).

À pas muets, nous approchâmes. Oui, c'était bien là : un bouquet blanc était fixé au-dessus de la porte. Tous le virent en même temps et
180 un murmure de joie remercia Bouffioux.

– J'cogne, dit Sulphart agité.

Il frappa. Nous écoutions, respirant à peine, serrés coude contre coude. Broucke avait un petit rire de poule qui glousse. Sulphart, l'oreille collée au panneau de la porte, nous fit signe de nous taire. On
185 entendit marcher, puis une clef tourna dans la serrure et la porte s'ouvrit à demi, comme une bande de lumière. Une seconde, nous entrevîmes un beau visage de femme, très pâle, avec des bandeaux noirs. Puis aussitôt, brutalement, la porte se referma.

– C'est cheulle-lo, s'était écrié Broucke, n'ayant vu que les yeux, les
190 beaux grands yeux.

– Quoi qu'y s'passe ? s'étonna Bouffioux.

Et nous restions interloqués, déçus, devant la porte refermée. Personne ne comprenait.

– Elle est louf la môme, grogna Sulphart prêt à se fâcher. Hé ! là-
195 dedans...

Et il cogna à la porte.

– Ils vont pas nous laisser à la cour, non ?

Lemoine, qui se tenait en arrière, les mains dans les poches, hocha sentencieusement la tête.

200 – Elle a trouvé qu'on était d'trop, jugea-t-il. Y en a qu'auraient dû s'planquer.

– C'est pas une raison pour ne pas ouvrir, ragea Sulphart.

Et brutalement, le poing ferme, il cogna plus fort. Rien ne répondit.

– Non, comment que j'dresserais ça à coups de latte, si j'étais civil,
205 mâchonnait-il, les dents serrées.

Lemoine espérait encore. Il ne pouvait pas croire que ce chaud bonheur qu'il avait convoité s'était si vite enfui.

– Sans charre, murmura-t-il, elle va revenir...

– On a de quoi payer, cria Bouffioux, qui connaissait le cœur des
210 femmes.

Lemoine, à tout hasard, cria le mot d'ordre : « Clermont ! Clermont ! »
pensant qu'on n'admettait peut-être dans la maison que les militaires
en règle.

Chacun à son idée se mit à brailler quelque chose, croyant décider
215 les femmes.

– Hé ! les poules. On vient pour vous pousser la romance. Ouvrez-
nous, quoi. On a des sous... On paie le champagne.

Pinçant une imaginaire mandoline, Sulphart se mit à chanter une
sérénade sous les fenêtres éclairées :

220   *Si je chante sous ta fenêtre,*
           Ainsi qu'un galant troubadour...

Un autre tambourinait plus fort contre la porte, sur la cadence des
lampions, en criant : « La patronne ! La patronne ! » tandis que Broucke
s'égratignait à vouloir escalader les murs jusqu'aux persiennes closes. On
225 n'ouvrait toujours pas. Alors, tous en chœur, on attaqua un refrain :

           Si tu veux faire mon bonheur
           Marguerite ! Marguerite !
           Si tu veux faire...

Les femmes devaient aimer la musique : la porte se rouvrit, toute
230 grande cette fois.

– Ah ! cria notre bande.

Ce fut comme une longue clameur de feu d'artifice, à la première fusée. Et l'on s'élança…

La belle brune se tenait en arrière, levant sa lampe pour nous éclairer.

235 Ils voulaient tous entrer ensemble, et s'écrasaient en riant. Ayant foncé le premier, Sulphart tendait déjà goulûment les mains. La femme le repoussa.

– Vous venez pour vous amuser, dit-elle, d'une voix dure qui me surprit, vous voulez voir ?… Tenez, c'est joli, ça vaut la peine…

240 Et, brutalement, elle poussa une porte…

Dans la grande pièce froide et nue, une bougie veillait, près d'un petit lit de fer. Un enfant y était couché, tout blanc, ses mains frêles serrant sur sa petite poitrine un gros crucifix noir. Une branche de buis baignait dans une soucoupe. Sans un cri, effarée, l'escouade reflua.

245 C'est la coutume, dans ce pays, de placer un bouquet à la porte des maisons où est mort un enfant.

XIV

MOTS D'AMOUR

La pluie fouettait la boue et les hommes. On ne la voyait pas, mais on entendait grêler ses rafales sur la terre molle et les capotes trempées. La nuit cachait tout, une nuit épaisse, sans ciel, sans horizon, et les dernières corvées de soupe qui sortaient du boyau n'avaient pour se gui-
5 der que le bourdonnement étouffé des voix. Les hommes avançaient, les paupières plissées, les joues froides. Le vent leur sifflait dans les oreilles, un vent perdu qui ne trouvait rien à secouer, ni branches, ni choses.

Autour des cuisines roulantes, les escouades se tassaient. Les soldats étaient blottis sous les voitures, comme des mendiants sous un porche.
10 Les premiers à servir se bousculaient, tendant leur plat ou leur bouteil- lon. La pluie entrait par paquets dans la chaudière ouverte, et l'homme de la dernière escouade, qui piétinait dans une mare, grommelait en pressant les autres.

– C'est plus du ragoût qu'on va toucher, ce sera de la soupe.
15 Debout sur sa voiture, comme un forain misérable obstiné à faire la parade, un cuistot brandissait une croix de bois blanc, toute neuve.

– La septième n'est pas là ? braillait-il. Qui c'est qu'a commandé une croix ?

Il s'agitait, semblant l'offrir comme une plaque de loterie. Les
20 hommes s'interrogeaient.

– Ils ont un tué à la septième ?

– Oui, Audibert. Une torpille. Ils l'ont enterré au chemin creux.

Ruisselants, le pantalon collé aux cuisses, ils pataugeaient en bavar- dant. Plusieurs, penchés sur le tonneau qui glougloutait, regardaient
25 distribuer le vin. Sulphart surveilla un long moment le partage, ses

boules de pain toutes visqueuses en brochette sur son gourdin, puis il
sortit du groupe.

– Prends les babilles, Demachy. J'vas toucher le cric.

Les lettres, Gilbert n'était venu que pour cela. Il avait demandé
à aller à la soupe – quatre heures aller et retour dans la boue gluante
des boyaux – pour être sûr d'avoir la lettre de Suzy, la chercher lui-
même dans le tas du fourrier : cela faisait cinq jours qu'il n'avait rien
reçu d'elle, cinq nuits qu'il rageait au créneau contre le vaguemestre, le
fourrier, les cuistots, tous ceux qui devaient lui voler son courrier. Ce
soir, n'y tenant plus, il s'était offert pour la corvée.

Plusieurs fois, il arrêta le vieil engagé qui courait du tonneau aux
voitures pour surveiller les cuisiniers.

– Est-ce que j'ai des lettres ?

Mais le fourrier n'avait pas le temps.

Enfin, le vin distribué, l'ancien vint s'abriter sous une roulante et sortit ses lettres d'un sac, ficelées par escouades. Aussitôt toutes les ombres
éparses se détachèrent de la nuit et se groupèrent.

– Aux lettres ! Aux lettres !...

Le cercle bourdonnant se serra autour de la voiture, ceux des premiers rangs accroupis, d'autres faufilés entre les roues. On voulait être
tout près, pour mieux entendre. C'était la meilleure ration qu'on allait
partager : ce qu'on touche de bonheur pour vingt-quatre heures. Éclairé
par une lampe électrique de poche, dont on assourdissait la lueur sous
un bonnet de police, le fourrier lisait mal. On écoutait, les mains et le
cœur tendus.

– Présent... Présent...

Chaque homme, dès qu'il tenait son paquet, cherchait vite sa lettre
avec des doigts mouillés, et, malgré l'ombre épaisse, malgré la pluie qui

aveuglait, on la reconnaissait aussitôt, rien qu'à la forme, rien qu'au
55 toucher. Le sac fut bientôt vide. Un murmure de déception s'éleva :
– Eh bien et nous alors ? Y en a pas pour moi ? Tu es sûr, t'as bien
regardé ?... Ah ! on est fadé comme vaguemestre... Il doit les foutre en
l'air au burlingue.

Ceux qui n'avaient rien reçu s'écartaient découragés, et pour se
60 soulager de leur rage impuissante, ils regardaient le fourrier d'un air
mauvais, comme s'ils l'avaient vraiment soupçonné de jeter leur courrier
aux feuillées.

– T'en fais pas, il reçoit les siennes, lui.

Gilbert était heureux. En prenant son paquet, il avait tout de suite
65 reconnu la large enveloppe de Suzy qui dépassait. Une bouffée de bonheur lui était montée à la tête.

Maintenant qu'il avait sa lettre dans sa poche il n'était plus pressé de
la lire, il ne voulait pas dépenser toute sa joie d'un seul coup. Il la goû-
terait à petits mots, lentement, couché dans son trou, et s'endormirait
70 avec leur douceur dans l'esprit.

Dans le champ de ténèbres, entre les voitures embourbées que
les cuisiniers poussaient à la roue en jurant, les hommes se hélaient.
Pesantes silhouettes encapuchonnées sous des toiles de tente, peaux de
mouton grossièrement ficelées, ombres étranges chargées de sacs, de
75 plats, et de bidons. Pour préserver le rata, ils couvraient les bouteillons
comme ils pouvaient, avec un pan de capote, un bout de capuchon,
un journal mis en couvercle. Emportée par des coups de vent, la pluie
tombait plus serrée, plus rageuse. Elle crépitait sur les casques et glissait
dans le cou, malgré le mouchoir noué en foulard. On frissonnait.

80 – En route, la troisième.

Les corvées repartaient, compagnie par compagnie, en longues files titubantes. Dans un bourdonnement, la plaine noire se vidait de ses ombres.

La boue venait à mi-jambes, dans le boyau. L'eau coulait de par-
85 tout, de la paroi gluante et de la nuit. Ils pataugeaient dans ce ruisseau de glu noire, et, pour ne pas s'embourber, il fallait poser le pied dans l'empreinte des autres, marcher de trou en trou. On n'entendait que le clapotis des pieds arrachés à la vase et les grognements des hommes qui devaient marcher de biais, à cause de leur charge. La paroi molle collait
90 aux coudes et des paquets de boue tombaient dans les seaux de vin ou de rata en faisant « floc ! ».

Plus on avançait, plus le ruisseau de fange était profond. Les pieds hésitants cherchaient un coin solide où se poser ; puis un faux pas, et l'homme glissait jusqu'aux genoux dans un puisard d'écoulement.
95 Alors, ne pouvant pas se mouiller plus, il lançait un « m… ! » résolu, et repartait tout droit, s'enfonçant délibérément dans la vase. Des blagues à présent se mêlaient aux jurons.

— Moi, je vais demander au colonel de faire venir ma femme.

— Eh ! t'as lu, à Paris, ils ne trouvent pas de voitures en sortant du
100 théâtre.

— T'en fais pas, le baromètre est au beau.

Chaque pas était un effort, la boue aspirant les lourds godillots, et, malgré la pluie, il fallait s'arrêter pour faire la pause. Le dos bossu, les mains au chaud dans les poches, les hommes soufflaient. Les prévoyants
105 n'oubliaient jamais leur quart ; il passait de main en main et chacun puisait un coup de vin dans le seau de toile, ou bien, à la régalade, ils buvaient au bidon un peu de café chaud.

Les tranchées ne tiraillaient pas, engourdies sous la pluie. Pas un obus. On n'entendait rien, que le sourd effort de la corvée. De loin en

110 loin, la troupe fatiguée se jetait dans une autre, venant en sens inverse, ou dans une relève. Les deux files luttaient front à front, têtues, ne voulant pas céder le pas. Un officier au capuchon baissé lançait des ordres que personne n'écoutait. De bande à bande, des injures se croisaient :
    – Allez-vous reculer !... Tu parles de c... Nous sommes chargés.
115 – On ne peut pas. Y a des brancardiers derrière.
    Une fusée blafarde, dont la lumière se diluait dans la pluie, démasquait un instant une corvée chargée d'outils. Puis tout cela se mêlait. Incrustés dans la paroi, les jambes et le dos dans la boue, les hommes se croisaient, dans un brouhaha de jurons. On repartait, des grognements
120 à l'arrière.
    – Pas si vite, en tête !... Faites passer, ça ne suit pas...
    Au prochain tournant, la colonne aveugle s'arrêtait brusquement devant un nouvel obstacle. Seuls les premiers savaient, les autres ne voyaient rien que la file des dos voûtés qui se perdait dans le noir. Les
125 mains glacées posaient leur charge.
    – Eh bien quoi ? On repart ?
    De l'avant, l'ordre revenait :
    – Laissez passer, un blessé.
    Le fossé de fange étant à peine assez large pour un brancard, il allait
130 donner le passage aux porteurs. La queue de la corvée refluait dans un gras clapotis de boue agitée, jusqu'à la dernière parallèle. Des hommes, à quatre pattes, s'enfonçaient dans des niches et ceux qui n'avaient pas de trous où se tapir, ayant posé leur pain ou leurs bouteillons sur le bord du boyau, se hissaient dehors en s'agrippant au parapet gluant dont la
135 terre cédait sous les paumes.
    Des exclamations s'entendaient :
    – Mon vin qu'est foutu par terre !

Agenouillés sur le bord du talus, les hommes regardaient passer le blessé, quelque chose de rigide sous la couverture brune, les lourds
140 godillots dépassant. La face blême, les yeux immenses, les lèvres serrées, il ne parlait pas ; rien qu'un gémissement rauque, quand les porteurs heurtaient son brancard. Il ne semblait voir personne, comme s'il regardait en lui-même la vie s'enfuir. Sa main pendant, comme une chose morte.

145 Écrasés sous la charge, les brancardiers ahanaient[1] patinant dans la boue, et comme se rapprochait le sourd bourdonnement d'une autre corvée, celui de tête prévenait d'une voix épuisée :
— Laissez passer… Un blessé.

Il fallait attendre que la file fût reformée pour repartir. Les escouades
150 se cherchaient : voix perdues dans le noir et la pluie. L'eau avait crevé tous les couvercles de papier et ce qui ruisselait des parois s'égouttait dans les plats. De la queue, les voix appelaient toujours :
— Pas si vite… Ça ne suit pas.

Mais la pluie les chassait devant elle, cinglant les joues gelées, et ils
155 pataugeaient, sans rien entendre, sans rien voir, chaînons fourbus de la longue file transie.

À la parallèle de Nancy, où notre section était en réserve, la corvée bifurqua. Sulphart ayant posé sa brochette de boules et son plat de rata, alla de trou en trou.
160 — À la soupe, les gars, criait-il.

En même temps que sa voix, ils entendaient la pluie rageuse. Des grognements endormis répondaient.
— Tu peux te la carrer dans le train[2], ta soupe… Bon Dieu que ça tombe, faudrait avoir faim.

---

1. S'essoufflaient.
2. Grossièreté exprimant le refus de recevoir quelque chose.

165 Pourtant quelques-uns sortirent. Dans une étroite cagna, à ras de terre, une bougie s'alluma. Accroupis, ils remplissaient leur gamelle et on les entendit manger.

– Je prends min quar ed'fin, dit Broucke.

Mais, de son trou, Maroux réveillé cria :

170 – Passez-moi le seau de vin et l'eau-de-vie. Je veux pas qu'on y touche. Je distribuerai au jour.

Gilbert les lui porta avec la paquet de lettres et courut jusqu'à son trou. Il se courba pour passer sous les sacs à terre et sauta. Cela éclaboussa, comme s'il avait mis le pied dans un ruisseau. La pluie, malgré

175 la planche qu'il avait posée pour former barrage, avait pénétré dans sa cagna et, comme celle-ci était creusée en pente, cela formait vers l'entrée une petite mare. Encore s'agenouiller dans la boue pour creuser un puisard à coups de pelle-bêche, encore écoper avec sa boîte à singe, lutter contre cette eau qui s'infiltre malgré tout... Il n'en eut pas le courage.

180 Tant pis, il resterait acagnardé au lieu de s'étendre.

Il retira son caoutchouc et fut tout heureux de trouver sa capote sèche. Dans la nuit crépitait la pluie et il sourit en l'écoutant. Il était à l'abri, il était chez lui ; rien à faire qu'à lire sa lettre, la relire, puis dormir avec elle.

185 Ayant déroulé ses molletières de boue et raclé ses godillots, il glissa ses pieds mouillés dans deux petits sacs à terre, qui lui tiendraient chaud. Puis il s'enroula dans sa couverture, jeta son caoutchouc luisant sur ses genoux et moucha sa bougie humide. Plus rien à désirer à présent...

Il lisait :

190 « Je me plais beaucoup ici, l'hôtel est très gai. De loin, on ne voit que son toit rouge : les mimosas cachent le reste.

« À propos, j'ai retrouvé à l'hôtel un ami dont je t'ai déjà parlé, Marcel Bizot. C'est un charmant garçon que je serai heureuse de te faire connaître, après la guerre.

195 « Nous sortons souvent ensemble. Cela ne t'ennuie pas, mon grand ? J'aime mieux te le dire parce qu'il y a des imbéciles qui nous ont rencontrés et je les crois capables de t'écrire des méchancetés. J'ai fait le Mal Infernet, avec lui. Le Mal Infernet, tu te souviens. »

Dehors, une relève passait, lente rumeur de bruits sourds. L'eau
200 ruisselait toujours à l'entrée du gourbi, et, goutte à goutte, pleurait dans la mare.

Un frais parfum montait de la lettre : de la verveine. Autrefois, elle le poursuivait avec son vaporisateur sous le nez, pour lui faire peur. Si loin, le temps des parfums. Et toujours si près de son cœur, pourtant…
205 Le regard et la pensée vagues, il écoutait la pluie chanter.

Sulphart souleva la toile et, pissant d'eau, sauta dans le trou.

– Ouf ! Ça y est… T'avais une lettre ?

– Oui, répondit Gilbert, la voix distraite.

Pensait-il ? Immobile, son sourire d'enfant déçu au coin des lèvres, il
210 regardait très loin, l'air absent.

– Les nouvelles sont bonnes ?

La pluie… On eût dit une goutte de pluie, aussi, sur son regard.

– Oui, bonnes…

XV

EN REVENANT DE MONTMARTRE

Nous regardions distraitement la campagne : d'Artois ou de Champagne, de Lorraine ou des Flandres, qu'elles soient bordées d'ormes ou de champs blonds, de tourbières ou de vignes, les routes sont toutes les mêmes, pour le biffin : de la poussière ou de la boue qui
5 mène, à rudes étapes, du repos aux tranchées.

Penchés à l'arrière des camions, des soldats aux cils blancs s'amusaient à crier : « Bée ! bée !… » et le convoi ferraillant emportait dans le bruit leur plainte de moutons. D'autres chantaient.

Cette route charriant des hommes, toujours des hommes, me
10 semblait vivre d'une vie infernale, et je croyais voir, au loin, tous ces affluents de poussière qui alimentent intarissablement le lit desséché du grand fleuve sans nom, le large Styx[1] de pierre et de fumée où semblent reposer tous les noyés du monde, sur un limon d'épaves et de lianes rouillées.

15 Derrière nous se dressaient les baraquements noirs d'une ambulance et, comme dépendances, un verger de croix de bois. Elles se tenaient rigides sur leurs tertres crayeux, bien alignées, éternellement prêtes pour la grande Revue, et l'on avait, plus loin, couché les « tiraillous[2] », la tête vers La Mecque[3], veillés par l'étroite planchette taillée en ogive.

20 À l'autre bout du cimetière, des territoriaux travaillaient. On s'approcha, sans penser à rien, simplement pour voir : c'étaient des fosses qu'ils

---

1. Fleuve des Enfers dans la mythologie grecque.
2. Tirailleurs arabes ou sénégalais.
3. Patrie de Mahomet, c'est la ville où les fidèles musulmans accomplissent un pèlerinage.

creusaient. Toute une allée de fosses. En nous apercevant, les pépères avaient cessé de piocher, comme honteux. L'un d'eux, appuyé sur sa pelle, nous expliqua d'un air gêné :

25   — C'est des ordres, hein... Avant un coup dur, il vaut mieux prendre ses précautions... La dernière fois, il y en a qui ont dû attendre trois jours, heureusement que c'était l'hiver.

Nous ne répondions rien. Nous regardions nos trous... Le premier, Sulphart se révolta :

30   — Ah ! non, s'exclama-t-il, ce coup-là, il y a de l'abus... Nous donner ça comme cinéma avant de remonter au casse-pipes, c'est bluffer[1] l'homme.

Et, d'une traite, il courut aviser le commandant qui passait à cheval. On eut juste le temps de le voir se mettre au garde-à-vous et dire deux 35 mots : d'un bond, le cheval était sur le talus. Cramoisi, étranglé de colère, le commandant criait aux anciens effarés :

— Allez-vous me foutre le camp !... Allez-vous filer, ou je vous fais chasser par mes poilus à coups de pied dans le cul... Qui est-ce qui vous a donné cet ordre-là ?... Je vous ordonne de me le dire !...

40   Tous les territoriaux avaient filé, abandonnant leurs outils ; il ne restait plus qu'un grand vieux, qui écoutait le nez baissé, considérant ses pieds changés en mottes de terre.

— Êtes-vous sourd ?... Je veux savoir qui vous a commandé ce travail-là.

45   — Y a pas de mal, mon commandant, bredouilla l'homme d'une voix de vieille chèvre. Moi ça ne me gêne pas, c'est ma partie : je suis bedeau-fossoyeur dans le civil, à Prieuré-sur-Claise, par Mézières (Indre).

---

1. Tromper, arnaquer (argot).

Tout en parlant, il tirait sa veste bleue, avec ses doigts terreux, comme s'il avait prétendu la faire descendre plus bas que son ventre. Désarmé, le commandant le regarda avec une sorte de commisération bourrue :

– Tiens, va-t'en, lui dit-il en haussant les épaules... Je vais régler ça moi-même.

Et laissant là son cheval, il pénétra dans l'ambulance, d'où les infirmiers suivaient la scène en roulant de la bande à pansement.

Sans blaguer, le cœur mal à l'aise, nous rejoignîmes les camarades dans le champ où ils cassaient la croûte. On mangeait par petits groupes, toujours les mêmes ensemble : ceux qui recevaient de gros colis partageaient avec les copains qui en recevaient d'aussi gros, les petits colis mangeaient avec les petits colis, et ceux qui ne recevaient rien mangeaient de leur côté, unissant leurs indigences pour se payer un litre. Les plus malins flattaient Gilbert, sachant qu'il n'était pas « regardant » et faisait volontiers goûter ses conserves aux camarades gavés de macaroni.

Debout derrière lui, un petit maigrichon aux joues criblées de son disait d'un air madré[1] :

– Ah ! c'est bien ce que t'as fait l'autre jour, de ne pas te laisser embusquer, de ne pas vouloir quitter les copains...

Demachy, couché sur le côté, mordillait un brin de paille. Rudement, sans même se retourner, il répondit :

– Non, passe la main, vieux... Ce n'est pas bien du tout : c'est idiot. Mais cela me plaît parfois, à moi, de faire des choses idiotes.

Huit jours auparavant, comme nous étions au grand repos, un de ses cousins était venu le voir, un officier à brassard brodé, qui lui avait proposé de le faire passer dans l'automobile.

---

1. Rusé, malin.

75 – Merci, lui avait répondu Gilbert. Comme auto. Je ne conduis que la mienne.

Personne n'avait compris et Sulphart lui-même, qui pourtant eût perdu gros si Demachy était parti, l'avait injurié toute une soirée, criant comme un sourd que l'eau allait toujours à la rivière, et les filons « aux 80 gars trop billes pour savoir en profiter ».

À moi, Gilbert avait avoué :
– La joie de crâner, tu comprends, de cingler quelqu'un d'une réplique... C'est pour cela surtout... Je n'ai même pas pris le temps de réfléchir, cela m'a échappé, comme une injure. Après, je ne pouvais plus me reprendre, il 85 était trop tard... Est-ce bête, hein, de jouer sa peau pour un mot... Mais vraiment, il me dégoûtait trop, avec ses bottes lacées et ses gants paille.

Jamais je ne l'avais vu boire autant que ce soir-là, et il avait saoulé le gros Bouffioux, qu'on venait le même jour de reverser dans le rang, remplacé à la roulante par un maçon qui avait trois enfants.

90 La promenade dans le cimetière et la découverte des fosses vides avaient définitivement accablé l'ancien cuisinier, dont le moral était déjà bien bas. Rien que sa façon de hocher la tête en répétant : « Je crois qu'ils nous ont... » aurait découragé un régiment à fourragère[1]. Il raconta l'incident à Gilbert, exagérant le nombre des trous, et Sulphart 95 ne trouva à ajouter que cette assurance réconfortante :
– Je te jure qu'il n'y aura pas de bousculade, tout le monde trouvera à se placer... Ah ! les tantes.

En mangeant, Bouffioux, taciturne, posait de loin en loin des questions inquiètes, qui révélaient le fond de sa méditation.

100 – D'après toi, est-ce que c'est vraiment si mauvais que ça comme secteur ? Est-ce que les brancardiers font bien leur boulot dans les coups

---

1. Décoration portée en uniforme pour faits de guerre.

durs ?... Est-ce sûr, seulement, qu'on doit attaquer ?... À ton idée, combien qu'il peut se faire descendre de types dans un truc comme ça ?...
    Pour le rassurer, Maroux lui répondit :
105 — Peut-être plus de la moitié, on ne sait pas.
    Bouffioux, ainsi renseigné, ne demanda plus rien. Il but son café – le
café du maçon, clair comme de la petite bière – et couché sur le dos, il
se mit à réfléchir. Je l'entendis soupirer :
    — Si seulement on était sûr que les prisonniers soient bien traités...

*

110 À tâtons, sans bruit, le bataillon quittait les baraques Adrian[1] où nous
avions dormi une moitié de nuit et les compagnies d'ombres s'alignaient
sur le chemin.
    « Manque personne... Manque personne... » répondaient les capo-
raux à l'appel de leur escouade.
115 Quand vint son tour, Maroux répondit :
    — Manque Bouffioux... Il est allé réveiller l'adjudant à la ferme en
face. Je vais le chercher.
    Il entra dans la grande cour obscure, s'embourba dans le fumier, buta
en jurant contre une herse oubliée, et, à l'aveuglette, il appela :
120 — Hé, Bouffioux !... Où que t'es ?...
    Il entendit comme un craquement derrière lui, à la hauteur du toit,
et une masse qui tombait lui ayant frôlé l'épaule vint s'écraser sur le
fumier, avec un bruit mou, entraînant l'échelle du grenier, qui s'abattit
sur le pavé.

---

1. Cabanes destinées au cantonnement des soldats ou servant d'entrepôt.

125 Maroux, saisi, avait fait un saut de côté, puis il s'élança, pour aider l'homme qui se relevait étourdi.

– T'as rien de cassé ?

– Non, rien, grelotta une voix blanche.

– Comment !... C'est toi, Bouffioux ?

130 – Oui, bafouilla l'autre, encore tout tremblant. J'ai fait un faux pas, j'ai manqué l'échelon...

– Mais qu'est-ce que tu foutais là-haut ?

– Eh bien... je pensais que des fois l'adjudant...

Le caporal haussa les épaules. Il avait compris.

135 – Ça va... Ramasse ton flingue et ton sac... Viens. Mais ne rebiffe jamais à ce truc-là[1], hein, je ne veux pas d'histoire à l'escouade...

Ils rejoignirent la colonne qui se formait et Maroux cria : « Manque personne. »

On s'engagea sur un chemin humide dont l'argile engluait les pieds.

140 Dans l'ombre, à des cliquetis d'armes, on devinait d'autres troupes, montant ou descendant. Le canon grondait, infatigablement, sans éclat, d'un roulement continu, et, des versants invisibles, les éclairs rouges se répondaient. La route cahotait, plus bossuée à chaque pas, puis sa trace même s'effaçait, elle se perdait dans un désert de gravats. Pas même un boyau,

145 dans ce bouleversement : des pistes sinueuses que les morts jalonnaient.

La relève serpentait, silencieusement. Des compagnies, en file obscure, nous croisaient, si clairsemées qu'elles faisaient peur. Une odeur de poudre, d'acide et de cadavres s'exhalait de cette terre rongée. De loin en loin on distinguait, coupant la plaine, les silhouettes penchées

150 de brancardiers au joug[2].

---

1. Ne recommence jamais (argot).
2. Harnachés.

On marcha une heure, on traversa les ruines sous lesquelles on entendait parler, on grimpa un chemin rocailleux où nos souliers cloutés patinaient, puis, harassés, on fit la pause. Tout près de nous, à peine protégés par un talus hâtif, des 75 étaient en batterie. Le voisinage
155 déplut à Sulphart.

– Nous faire arrêter juste près des artiflots[1], c'est bien une idée de Morache. Comme ça, si Fritz[2] se met à tirer, ça sera pour nos gueules.

Comme nous repartions, un ronflement d'obus à bout de souffle nous courba tous : il éclata devant les pièces, avec un bruit foireux.
160 – Les gaz !

Les mains fouillèrent fiévreusement la boîte à masques. Les lèvres pincées, toute la poitrine murée, on passait vite la cagoule. Bruyamment, des casques roulèrent. D'autres obus éclataient et leur torche rouge éclairait une seconde cette troupe effrayante de scaphandriers[3] égarés
165 qui cherchaient une nuit plus épaisse pour y plonger.

On marchait vite. À la lueur des éclatements, je devinais, sur la pente, un morne éboulement de corps, de pierres, de loques, d'armes brisées. Puis, le masque brouillé me cacha tout ; je suffoquais sous mon bâillon, les poumons brûlants, et sentant à mes tempes l'agaçant chatouillement
170 de la sueur. La relève filait quand même, aveuglée, et à tâtons, elle s'engagea dans un large boyau. Des hommes accroupis mangeaient. Nous retirâmes nos masques.

– Ayez pas peur, gouaillèrent les camarades qui ramenaient leurs jambes pour nous laisser passer, c'est des boules puantes !... Si vous
175 mettez vos groins à chaque coup, vous n'aurez même plus le temps de becqueter, ils nous en sonnent toute la journée.

---

1. Artilleurs (argot).
2. Un Allemand (argot).
3. Plongeurs munis d'un scaphandre, appareil hermétique de plongée sous-marine.

Des corvées passaient, chargées de pieux, de tôles, d'outils, d'araignées barbelées qui agrippaient nos sacs et ne les lâchaient plus.

Écrasés sous leur charge, bousculés, haletants, les hommes nous gro-
180 gnaient des injures, pour se soulager, comme ils auraient insulté leurs caisses de fusées, leurs sacs de grenades, ou les cerceaux de réseau brun, qui les faisaient pareils à des écuyers de cirque. Le cheminement parfois s'élargissait, s'étalant presque au ras des champs, puis il se renfonçait peureusement entre deux murs de sacs éventrés. Plus loin, il s'évasait
185 de nouveau, formant comme un large carrefour, et l'on devinait, dans ces ténèbres, un étrange mouvement d'ombres silencieuses. Des soldats débouchaient des boyaux, d'autres arrivaient par les pistes, tous penchés en avant comme sont les haleurs, et l'on ne comprenait pas, tout d'abord, quels étaient ces longs paquets noirs qu'ils traînaient au bout
190 de leurs cordes raidies. C'étaient des morts.

Des brancards ? – à peine en avait-on assez pour les blessés, et puis les postes de secours ne voulaient pas prêter les leurs. Alors, on traînait par les pieds, tous les morts glanés dans les champs, on les tirait avec une corde, comme les chevaux étripés[1] des corridas, et on les empilait dans
195 une longue sape, l'un sur l'autre, face aux étoiles, sentant ruisseler sur leurs visages douloureux la terre éternelle, qui s'écoulait des sacs crevés comme d'autant de sabliers.

La fosse était déjà pleine et deux hommes, à genoux, appuyaient sur les cadavres, les tassaient pour faire de la place aux autres.

200 Le capitaine Morache avait arrêté la colonne et l'ordre nous parvint, à peine murmuré :

– Baïonnette au canon.

---

1. Blessés à mort.

Face à l'immense tombe, la compagnie se rangea. Une fusée lointaine fit briller d'un fugace éclair la haie des baïonnettes.

205 – Aux soldats morts au champ d'honneur… Présentez, armes !

Toutes les crosses claquèrent, d'une unique détente, puis plus rien.

Corps raidis, têtes hautes, nous regardions muets, les dents serrées : les soldats n'ont rien à offrir que leur silence.

– Reposez, armes…

210 La compagnie repartit et quitta le cheminement qui sortait de terre, semblant se prolonger par une piste. Un homme sautillait lourdement sur place, encapuchonné dans sa couverture.

– Faut pas passer par là, nous prévint-il d'une voix endormie, c'est défendu. Il faut prendre l'autre piste, celle-là est repérée.

215 Le nouveau sous-lieutenant, à qui il s'adressait, regarda la vaste forge d'ombre où des éclairs, çà et là, éclataient sous les coups de marteau.

– Mais ça n'a pas l'air de tomber là plus qu'ailleurs, observa-t-il.

L'homme battait toujours la terre de sa danse pesante, ses mains blotties sous les aisselles et la figure enfouie.

220 – J'dis pas non, répondit-il la voix perdue sous sa couverture. Moi, j'suis là seulement pour dire que c'est défendu… Maintenant, ceusses qui veulent y passer y passent ; moi, comme de bien entendu, j'm'en fous…

*

Cette tranchée toute neuve était ourlée de terre fraîche, comme une fosse commune. C'était peut-être pour gagner du temps qu'on nous

225 y avait mis vivants.

Ceux que nous relevions l'avaient creusée en deux nuits, exhumant à coups de pioche des cadavres entassés, et, par endroits, des

morceaux d'hommes émergeaient du mur. À un pied clouté qui dépassait, Sulphart avait accroché ses musettes et les mitrailleurs avaient posé
230 leur pièce sur le ventre gonflé d'un Allemand dont un bras pendait et
que cachait à peine une gangue friable. Il pesait dans ce trou une odeur
âcre et douceâtre de mauvais marais. On avait mis à jour l'entrée de
deux gourbis ennemis. L'escalier de l'un était éboulé, ses étais broyés par
une torpille. Sur une planche, à l'entrée, quelqu'un avait écrit comme
235 épitaphe :

Ici des soldats allemands.

Dans l'autre abri, une moitié de la section pouvait dormir, pendant
que les camarades prenaient la veille.

Il s'était remis à pleuvoir, une pluie pressée qui cinglait[1] par rafales,
240 vous plaquant sur le dos la capote trempée. Son mouchoir noué autour
du cou pour arrêter l'eau, Gilbert toussotait. Le général ayant interdit,
sous peine de prison, le port des caoutchoucs, il avait dû se défaire du
sien et avait pris froid. Pour se préserver de la pluie, les uns s'étaient
taillé dans des sacs de couchage en toile huilée des chasubles[2] jaune
245 serin[3] qu'ils attachaient avec des ficelles. D'autres se faisaient des capu-
chons de leur toile de tente, tout de suite transpercée. Lemoine, qui ne
craignait que pour ses souliers troués, avait mis en guise de snow-boots[4]
deux sacs à terre tout neufs qui lui venaient à mi-jambe, et, dressé sur
ces pieds évasés d'éléphant, il se tenait sur une planche, avec une échine
250 résignée de vieux héron, les deux mains dans les poches. Quant au petit

---

1. Frappait, battait.
2. Combinaisons, manteaux.
3. Jaune canari.
4. Bottes de caoutchouc.

Broucke, insensible à tout, sa capote mal boutonnée laissant ruisseler l'eau sur sa poitrine maigre, il dormait tout debout, accoté à la paroi visqueuse, le coude maintenu par le soulier du Prussien qui dépassait.

Les explosions étaient plus sourdes, étouffées par la pluie, la lueur
255 des fusées se diluait dans ce mouvant bassin et les éclatements d'obus se voyaient comme au travers d'un voile. Pas un coup de feu ; les deux lignes, face à face, se guettaient, haineuses et résignées.

Comme nous venions de prendre la veille, Ricordeau, qui, depuis qu'on l'avait nommé adjudant, n'osait plus dormir, par peur de
260 Morache, vint choisir des hommes pour le poste d'écoute. C'était un trou en avant du nôtre, pas moins d'eau et un peu plus de grenades, des « tourterelles » à fusil dont on reconnaissait le départ un peu sourd et qui arrivaient en sifflant.

Au hasard des premiers aperçus, renonçant à s'y retrouver dans des
265 « tours » compliqués où veilles et corvées se confondaient sans s'annuler, le premier à marcher pour la soupe étant le dernier à marcher pour une patrouille, si bien qu'on ne pouvait désigner personne sans faire crier tout le monde, Ricordeau recruta les guetteurs. On les vit s'enfoncer dans une ébauche de sape, puis s'éloigner en rampant, traînant leur
270 fusil dans la boue.

— Hé ! vieux, dit Gilbert au dernier qui sortit, essayez de ramener le blessé qu'ils ont laissé devant... On l'entend encore crier, le pauvre bougre.

— On tâchera.

275 Ce blessé était couché on ne savait où, perdu dans ce grand champ funèbre. À intervalles réguliers, comme s'il avait dû chaque fois s'endurcir pour un nouvel effort, il appelait :

— Sergent Brunet, de la septième... À moi les copains... Ne me laissez pas...

280 Puis sa voix épuisée se taisait. L'oreille tendue on n'entendait plus rien, que l'ondoyante rumeur de la pluie et du vent.

Sous mes bras posés à plat sur le parapet, la terre frémissait, pilonnée sans répit. Mais devant nous, ils ne marmitaient plus. Sur notre gauche, on percevait un tintamarre[1] étouffé de relève : une compagnie de chez 285 nous venait d'arriver et les autres, qui avaient le sac au dos depuis long-temps, déboîtaient hâtivement. Les nouveaux grognaient.

– Juste un gourbi et c'est la troisième qui l'a pris… Toujours les mêmes qui se dém… Les copains peuvent toujours crever.

Sans abri, sans un trou pour se blottir, ceux qui n'étaient pas de veille 290 s'accroupirent, le dos voûté sous la toile de tente, et, le menton sur les genoux, ils essayèrent de dormir.

Une petite flamme de briquet jaillit, la pluie l'éteignit aussitôt. Elle éclata encore, tout de suite soufflée.

– Lumière ! gronda une voix irritée.

295 Pas intimidé, l'homme s'entêta, voulant sans doute allumer sa pipe. Trois fois, quatre fois, le mince feu follet surgit. Je vis alors une sil-houette se dresser et bousculer les autres, pour s'approcher du fumeur.

– Vous n'êtes pas fou ?… Vous ne savez pas que c'est défendu de faire de la lumière…

300 – T'as les grolles[2] de te faire repérer ? répondit l'homme, d'une voix qui me surprit.

– Taisez-vous !… Je vous dis que…

– Ah ! passe la main, gars, passe la main, répondit l'autre posément, de la même voix gouapeuse que je croyais reconnaître.

305 – Savez-vous à qui vous parlez ?… Levez-vous d'abord pour me répondre.

---

1. Grand vacarme assourdissant.
2. Tu as peur (argot).

– Poisse-z-en un autre[1], dis, tu me fais mal.

– Je suis adjudant.

– Y a pas de honte...

310 – L'adjudant Rouget...

– Et moi, Vieublé, soldat de deuxième par protection, médaillé militaire et croix de guerre. Si les Boches n'aiment pas la lumière, je les em...

– Ah ! Vieublé qui est revenu, s'écria joyeusement Lemoine.

315 Nous nous faufilâmes vite jusqu'à son coin, où, toujours accroupi, il écoutait sans bouger l'adjudant bon garçon lui adresser en guise de punition quelques observations dépareillées sur la prudence à observer en première ligne et le respect dû aux supérieurs, sans lequel « tout le monde commanderait, chacun ferait comme il voudrait et on serait

320 autant fichu de faire la guerre qu'un troupeau de cochons ».

– Hé ! Vieublé, on ne dit pas bonjour aux copains ?

Le Parisien leva le nez et nous reconnut tout de suite.

– Ah ! les vieilles rosses... Ah ! si je suis content de vous retrouver... Je vous croyais tous morts ou évacués, les gars de la compagnie n'avaient

325 pas été foutus de rien me dire... On est arrivé en renfort ce matin, on nous fout aux tranchecailles ce soir, tu parles s'ils ne perdent pas de temps... Ah ! je suis heureux. Et Sulphart ?

Des voisins grommelèrent.

– Pas si fort, eh c...

330 Vieublé se glissa derrière nous, jusqu'à notre coin de sape. Dans l'obscurité, dévisageant toutes les têtes, il cherchait les anciens.

– Bonjour, ch'timi, hein, comme on se retrouve. Ah ! Bouffioux, grosse coquine, qu'est-ce que tu fous là... Et Belin ?

---

1. Prends-en un autre (argot).

– Évacué… Il a eu les gaz… T'as su que Bréval avait été tué ; c'est
335 Maroux notre cabot maintenant… Berthier a été porté disparu, en
Argonne.

– Un bon fieu[1] c'est dommage. Et c'est Morache qui est passé piston ?
Non, ce qu'il faut voir… C'est égal, vous ne restez plus lerche d'anciens.

On s'entassa à l'entrée du gourbi, assis sur les marches boueuses.
340 Sulphart, au fond, préparait un brûlot, n'ayant pris dans son sac ni cartouches, ni linge, ni biscuits, pour pouvoir emporter deux bouteilles de
rhum, qu'il avait empaquetées dans des chaussettes tricotées.

– Eh bien, et à l'arrière on se la coule douce ?

– Tu parles. Trois mois d'hôpital, dans un hôtel tout ce qu'il y a de
345 palace. Rien à foutre, qu'à se laisser laver les pieds ; des confitures tant
que tu en veux ; la bonne vie, quoi… Et nous, encore, c'est rien, c'est
les Anglais qui sont riders. Si tu voyais ça, des officiers qui font canne[2],
des soldats tout neufs qui se paient tout ce qui leur plaît, des gonzes
en jupe qui vont à l'exercice en jouant du fifre. Les femmes les ont à la
350 bonne, je ne te dis que ça ; tu peux être sûr que les gars ne demandent
pas à changer de secteur. Et leurs blessés, si tu les voyais ! Un bath habit
bleu, coquet, une chemise blanche avec une cravate rouge. Gandins[3], tu
sais, et propres, on ne peut pas croire qu'ils ont pâti.

– Et les nôtres ! Il y en a beaucoup ?

355 – Une tinée[4]. À l'hostau où que j'étais, ça ne désemplissait pas…
Seulement, nous autres, on est habillé avec des fringues en rab', des
vestes trop grandes, des frocs trop courts, des vieilles capotes, pour faire

---

1. Brave homme (argot).
2. Qui paradent élégamment avec leur canne (sens incertain).
3. Dandys.
4. Une grande quantité, énormément (argot).

le poil[1] aux tommies[2], j'te jure qu'il faut être beau môme... Seulement,
on a pour nous qu'on sait causer... On se balade réunis comme on est
360 blessé, c'est crevant. Ceux à qui il manque un bras ou bien qui ont la
tête amochée, ils s'en vont en bandes, parce que leur blessure, ça ne les
empêche pas de marcher, ils peuvent faire vinaigre[3]. Nous autres, les
pattes folles, on faisait équipe à part. Moi, j'avais juste deux cannes,
mais les autres il leur manquait un pied, un bout de jambe et ça fait
365 triste, ce bruit de béquilles sur le trottoir, tu ne peux pas savoir... Les
civils n'y font plus attention ; ils disent comme ça que maintenant ils
ont pris l'habitude. Les gars l'ont pas, eux, l'habitude, tu peux en être
sûr... J'avais un social[4] qui avait le bas de la tête enlevé, il n'osait pas se
montrer, il avait honte... Tiens, c'était un gars du six neuf, ceux qu'ont
370 donné avec nous à Carency.
    Ayant bu une gorgée de rhum brûlant, il remercia :
    – Ça réchauffe. Ce vieux Demachy se soigne toujours l'estomac, je
vois ça.
    Sulphart penché cherchait à lire l'avenir dans son fond de quart.
375   – Et la guerre, demanda-t-il, quand est-ce que ça va finir ?
    Vieublé, avant de répondre, eut un ricanement.
    – Ah ! ce retard... Tu crois pas qu'ils en parlent non !... Mais
à Paname, ils ne savent plus que c'est la guerre. Personne y pense, sauf
les vieilles qui ont leurs mômes au front... Les ménesses[5] ont jamais
380 été si girondes[6]. J'ai retrouvé des poteaux[7] qui gagnent vingt francs par

---

1. Surpasser (argot).
2. Soldats anglais (argot).
3. Se dépêcher (argot).
4. Ami (argot).
5. Femmes (argot).
6. Jolies, gracieuses.
7. Amis (argot).

jour. Tiens, un gars qui avait une petite taule[1] où il fait la réparation de bicyclettes, il est millionnaire, maintenant, il fume des cigares à bague, que t'oserais pas y toucher. Et ce peuple au cinéma, dans les bars, partout… Tu peux aller te propager aux Champs-Élysées pour voir les riches, ils sont encore tous là t'en fais pas. Pour eux autres, c'est comme si la guerre était à Madagascar ou chez les Chinois ; j'te jure qu'ils ne se frappent pas pour la campagne d'hiver. C'est le fricot, je te dis, le grand fricot[2]…

– Oui, j'ai vu ça en perme[3], approuva un des nouveaux.

Le narrateur, du coin de l'œil, regarda l'intrigant.

– T'as rien vu du tout, lui dit-il. On n'a pas le temps de se rendre compte, en une semaine. Moi, j'y ai resté vingt jours en convalo, plus deux permes de quarante-huit heures, et un dimanche que j'ai pris en douce… Parce qu'au dépôt, vous parlez si on se fait ch… Des sous-offs qui nagent pour ne pas repartir et qui t'en font baver ; des marches de jour, des marches de nuit, du service, de l'exercice. Une fois, ils ont voulu me mettre de semaine aux prisonniers de guerre. J'ai dit au doublard[4] : « Si vous me foutez avec les Fritz[5], j'en crève un… Je ne veux plus voir leurs sales gueules… » Du coup, il ne m'en a plus reparlé. Moi, à cause de ma médaille, ils me collaient toujours de planton parce que ça fait riche… Un samedi, j'étais noir[6], je les ai engueulés tous, en rentrant ; j'ai dit que j'en avais marre des embusqués de l'arrière et j'ai demandé à repartir… On est resté trois semaines au dépôt divisionnaire, et me v'là…

1. Maisonnette (argot).
2. La richesse (argot).
3. En permission (argot).
4. Sergent-major (argot).
5. Les Allemands (péjoratif).
6. Ivre (argot).

405 – Dommage qu'on ne t'ait pas reversé avec nous, regretta Maroux.
– Avec mon copain Morache ?... Tu connais de bonnes blagues, toi.
Je t'emmènerai à Saint-Cloud le dimanche, tu porteras le panier.
La pluie avait cessé. Assis sur la première marche, les yeux dans la
nuit épaisse, aux nuages si bas que les fusées, en éclatant, éclairaient
410 leur masse boueuse, Gilbert écoutait la plainte atroce du blessé. Le cœur
serré, il ne pensait plus qu'à cela, devinant l'instant où le moribond
allait appeler, comptant les secondes...
– Venez me chercher, les copains... Sergent Brunet, de la septième...
Puis la voix épuisée retombait dans le noir.
415 – S'ils ne vont pas le chercher, j'y vais, songeait Gilbert bouleversé.
Tant pis si je me fais descendre.
Vidant le fond de la gamelle – Y a du rabiot, les gars ! – Vieublé
parlait toujours.
– Dans le fond, ici, on a la bonne place... À l'arrière on les tracasse,
420 on ne parle que de les relever, les toubibs les font foutre à poil tous les
quinze jours, les femmes les charrient. Tandis qu'au front, on n'a pas ça
à craindre... T'as jamais vu une commission venir faire une inspection
en première ligne pour relever les sagouins qui ne seraient pas à leur
place. Y a pas à dire, t'es paré, on te fout la paix... On a le bon filon, il
425 n'y a qu'à ne pas jouer au c... pour le conserver.
Une grenade à fusil vint éclater devant le parapet. Après la détonation, dans le silence plus profond, on entendit un sanglot accablé.
– Les copains... Louis !... Petit Louis !... Venez vite, les copains,
criait la voix à bout de forces. Vite...
430 Une autre grenade éclata, dont la flamme rouge éclaira brutalement
les guetteurs au dos courbé, puis une troisième... Dans la tranchée allemande une petite fusillade crépitait, cherchant à cacher les départs des
grenades dans sa pétarade.

– Alerte ! Ils attaquent…, cria une voix.

435 Une houle remua les hommes, du bout de la sape au fond noir du gourbi. Dans la tranchée, les échines voûtées se redressèrent. Une fusée siffla, impérieuse. On entendit le bruit sec de fusils qu'on armait, et sans attendre, au jugé, d'un geste violent de leurs corps débandés, les grenadiers lancèrent leurs citrons. Ce fracas d'explosions couvrit tout le 440 vacarme.

– Alerte ! Debout… criait-on dans le gourbi.

Les mains, à tâtons, cherchaient fiévreusement le fusil, reconnaissant du doigt son maillot de flanelle ou de toile cirée. Les pieds s'écrasaient. C'était un sourd tumulte de jurons, de gamelles décrochées, d'armes 445 s'abattant lourdement, avec leur chapelet d'équipements suspendu au quillon.

– Dehors ! nom de Dieu…

En sortant, la lueur brutale des fusées aveuglait. On commençait à tirailler. Chacun se jetait au parapet, n'importe où, et épaulait. Coude 450 à coude, nous étions soudainement comme autant de machines au travail, poussée brutale du recul, quand le coup part, geste automatique de la culasse qu'on ouvre et bloque, main qui se brûle au canon trop chaud. Par goulées, on respirait la poudre. Une seule idée : tirer. L'éclatement des obus qui cherchaient la tranchée nous faisait tanguer sans qu'on 455 y pensât : on recharge, on épaule, on tire…

– Cessez le feu ! cria une voix derrière nous.

Ricordeau, monté sur des sacs à terre, regardait la plaine déchirée de lueurs. La fusillade arrêtée, les tonnantes explosions du barrage s'entendirent mieux. Les têtes se cachèrent.

460 – C'était pour nous attirer dehors, dit l'adjudant. Maintenant ils vont marmiter dur… Allons, tout le monde dans l'abri.

En cohue, on s'entassa dans l'escalier de la cagna. Les 210, qui venaient en soufflant, semblaient pousser les derniers, d'une poigne brutale. On s'empilait, aveugles…

465 – Allumez, bon Dieu !… Qui c'est qui a un briquet ?

Une bougie éclaira le gourbi, vaste, bas, paraissant s'arc-bouter pour soutenir ce faix sur ses étais trapus. Là-haut, cela tonnait plus fort, et, à chaque coup de bélier, on sentait trembler les rondins.

– Est-il resté un veilleur là-haut ? demanda Ricordeau dont la face 470 poupine reluisait à la bougie.

Personne ne répondit.

– Il y a ceux du poste d'écoute.

– Ça ne suffit pas, il faut désigner un homme. C'est à ton escouade, Maroux.

475 Le caporal, par principe, rognonna[1] « naturellement… » et il nous demanda : « À qui c'est de marcher ? »

Un nouveau dit tout de suite :

– C'est pas mon tour… Il y a Bouffioux qui n'a pas encore pris.

L'ancien cuisinier était enfoncé dans un coin, entre deux piles de sacs.

480 – Et pourquoi que ça serait à moi, protesta-t-il d'une voix larmoyante en tournant vers nous sa grosse tête pitoyable. On ne va pourtant pas me mettre en sentinelle tout seul ?… Je n'y vois presque pas, surtout la nuit, j'ai un œil comme perdu…

– Assez, Bouffioux, interrompit Ricordeau, le bureau des pleurs est 485 fermé.

– Tout de même, bredouilla l'autre, je trouve que je serais plus utile tout à l'heure à piocher.

Le petit Broucke regarda le gros tas d'un air dégoûté.

---

1. Bougonna.

– Tiens, j'y vo, déclara-t-il, j'y vo à t'place… J'sais mi ce que t'o din

490 l'ventre, mais c'est point grand-chose.

Il grimpa l'escalier. Comme il sortait, un coup plus violent ébranla le gourbi, où il jeta une lueur d'éclair.

– Broucke ! appela Maroux inquiet.

De là-haut, une voix tranquille répondit :

495 – T'in fais point…

C'était un pilonnage régulier, inexorable, où les obus se suivaient sans répit, broyant mètre par mètre la terre ravagée. Debout au pied de l'escalier, Ricordeau écoutait les arrivées.

– Il n'est pas tombé loin… C'est du 150… Qu'est-ce qu'ils nous

500 sonnent !

Le nez au plafond bas, fait de rondins serrés, les camarades discutaient.

– Je me demande si un 210 passerait.

– Penses-tu, il y a plus de quatre mètres de terre.

505 – Ça ne prouve rien. Leurs gros à percussion retardée…

– T'as du trèfle[1] ? ma blague est vide.

– T'auras pas le temps d'en rouler une.

– Avec ça, ils bombardent pour une heure.

– Il faudrait que ça tombe juste en plein dessus.

510 – Et encore. J'ai vu une fois, moi, à Vauquois…

On n'entendait qu'un grondement sourd, et, parfois, un fracas plus proche, qui résonnait jusque dans l'abri. Maroux se précipitait, grimpait quelques marches et appelait :

– Broucke !

515 La voix assourdie répondait :

---

1. Tabac (argot).

– Ça vo, ça vo…

Sous le bombardement infernal, on eut un instant d'hébétude. On restait affalé, les mains entre les genoux, la tête vide. Dans une boîte à singe, qu'on se passait de main en main, on se soulageait. Puis, nerveu-
520 sement on se remit à parler, vite, plus vite. On lançait des blagues, la bouche sèche : « Son réveil est en avance… Qu'est-ce qu'il a reçu, de chez Krupp, comme colis !… Ce que tu crois qu'on aura la guerre ?… Si j'avais su, je serais allé coucher à l'hôtel… »

Mais le bélier terrible parut se rapprocher encore, dans une rage de
525 tonnerre, et les bavards se turent. Je croyais, contre mon épaule, sentir battre le cœur de Gilbert. Bouffioux s'était enroulé dans sa couverture, se cachant la tête pour ne plus rien voir. Le dos résigné, on attendait.

Un grand coup éclata, broiement de ferraille, et le vent s'engouffrant souffla notre bougie. Avec l'ombre, l'angoisse nous étreignit. Maroux,
530 d'abord étourdi, grimpa vite.

– Broucke ! Broucke… appelait-il.

On entendit sa voix sortir, s'éloigner… Puis, comme on venait de rallumer la bougie, le caporal reparut. La lumière éclaira sa face blême, sous la barre d'ombre du casque.

535 – Il faut quelqu'un, dit-il simplement d'une voix étranglée… C'est à toi, Demachy.

Gilbert dit : « Bien. » Il remit son casque qu'il avait ôté, prit son fusil, me fit un petit au revoir de la tête, et monta.

À peine sorti, deux éclatements le courbèrent, et quelque chose
540 fouetta sa capote, pierre ou éclat. La tranchée, devant lui, étant défon-cée, il enjamba les sacs, piétina dans la terre gluante.

Broucke n'avait pas bougé. À demi assis sur un renflement de la paroi, le bras étendu sur le parapet, il semblait continuer son somme, la tête penchée, son col mal boutonné laissant couler la pluie sur sa

545 poitrine maigre. On ne remarquait rien : deux petits filets rouges coulant de ses narines, et c'était tout...

Les obus, maintenant, piochaient à gauche, moins réguliers, d'une rage lassée. Les coups s'espacèrent... Alors au ras du sol, Gilbert entendit la voix, l'imperceptible voix du blessé inconnu qui suppliait encore.

550 – ... Me chercher... J'ai une maman, les copains, j'ai une maman.

Et il prononçait : « moman », comme les gosses de Paris.

*

Il allait encore pleuvoir ; le jour était d'une blancheur livide qui aveuglait. À terre, des lambeaux de pluie traînaient en flaques jaunâtres que le vent fripait, et quelques gouttes espacées y faisaient des ronds. La

555 pluie n'espérait pourtant pas laver cette boue, laver ces haillons, laver ces cadavres ? Il pourrait bien pleuvoir toutes les larmes du ciel, pleuvoir tout un déluge, cela n'effacerait rien. Non, un siècle de pluie ne laverait pas ça.

Aucune défense devant nous, pas un pieu, pas un fil de fer. Des

560 bosses, des trous, une terre lacérée où germaient des débris et, à douze cents mètres, le bois qu'il fallait enlever, morne pépinière de troncs déchiquetés.

On disait que l'attaque était pour huit heures, mais personne n'en savait rien. Toute la nuit, les agents de liaison avaient apporté des

565 ordres, des contrordres, une note envoyée au commandant lui avait signalé que le plan du secteur qu'on lui avait remis au départ n'était pas à jour, et Ricordeau faisait demander depuis l'aube si l'ouvrage de sacs à terre qu'on apercevait sur la gauche était aux Allemands ou bien à nous. Une seule fois notre artillerie avait donné, mais les obus tom-

570 bant trop court avaient tué les guetteurs du petit poste et nous avions

vite lancé une fusée demandant d'allonger le tir. Depuis l'artillerie n'avait plus tiré.

Recroquevillés sous leur couverture, des soldats sommeillaient encore, et les agents de liaison les enjambaient en se pressant, sans savoir 575 si c'étaient des vivants ou des morts.

– Il est tué, celui-là ?

– Pas encore, attends à ce soir, bougonnait l'homme en ramenant ses pieds.

Blotti dans un coin, Bouffioux ne voulait plus quitter son masque, 580 effrayé à la moindre bouffée de poudre que le vent rabattait sur nous. Pendant une heure, on l'avait entendu bredouiller : « Ça sent la pomme... Ça sent la moutarde... Ça sent l'ail... » et à chaque fois, il remettait peureusement sa cagoule. Maintenant, il ne la retirait plus, et tapi dans son trou, on eût dit un monstre de carnaval, avec cette hure[1] 585 qui dodelinait[2].

– C'est les plus foireux qui crèvent, lui cria un copain, pour lui redonner courage.

On ne se parlait pas. Quelques-uns mangeaient, arrosant leur pain de la pluie qui ruisselait du casque ; les autres attendaient, le dos hottu[3], 590 sans rien regarder, sans rien dire.

Entre deux explosions, un lourd silence pesait sur la tranchée, et quand on regardait les camarades bien en face, on croyait voir dans leurs yeux las une même pensée, comme un reflet du ciel livide. Soudain, un commandement se répéta :

595 – Faites passer, la montre du colonel...

---

1. Tête d'animal.
2. Se balançait.
3. Rond, courbé sous le poids d'une hotte (sens incertain).

On se la passait de main en main, et sans un mot, les chefs de section prenaient l'heure.

C'était un petit boîtier d'argent, bombé et ciselé comme un cadeau de communiante, avec ses guirlandes de roses. Et c'était elle, elle seule
600 qui savait l'heure, l'instant terrible où il faudrait sortir des trous, foncer dans la fumée, droit aux balles.

– J'ai acheté la pareille à ma petite fille, me dit un camarade.

Gilbert, toujours un peu fiévreux les jours de coup dur, était étrangement calme, ce matin-là. Il y avait dans sa voix, dans sa pose
605 résignée, quelque chose de fatal qui inquiétait, et lui-même se sentait au cœur une crainte qu'il n'avait jamais connue. Taciturne, il regardait le bois, la tragique forêt de pieux rognés où les obus déchiraient leur fumée. Comme c'était loin... Combien pouvaient-ils avoir de mitrailleuses ?

610 Il avait si froid, qu'il ne sentait pas, dans sa main droite, le canon mouillé de son fusil. C'était étrange, il avait toujours froid, ces jours-là. Mais ces jambes molles, cette tête vide, cette crainte au cœur, c'était la première fois...

– Viens t'asseoir, Gilbert, lui dit Sulphart, on est mieux au sec.

615 Nous étions serrés sous une sorte d'auvent, fait d'une porte de grange que maintenaient en équilibre les sacs du parapet, et sans appétit, pour passer le temps, nous entamions une boîte de singe. Gilbert ne se retourna pas à notre appel. Il tendit brusquement le cou, comme pour mieux voir, et cria :

620 – Ah !

Au même instant on entendit cingler la fusillade, éclater des grenades, tout un tumulte de bataille brusquement déchaînée.

Ricordeau, qui était assis à l'entrée du gourbi, sortit en courant et, sans prendre garde aux balles qui miaulaient, il sauta sur un tas de sacs

625 et regarda par-dessus le parapet : c'était l'attaque. Des petits flocons de grenades éclataient dans les champs et, déjà, des obus allemands arrivaient, crevant en nuages épais. Se terrant sous les salves, puis repartant, les nôtres chargeaient. Dispersés, émiettés, ils étaient si petits qu'ils paraissaient perdus dans cette plaine immense.

630 Machinalement, Ricordeau avait serré sa jugulaire, et il criait d'une voix cassée :

– Ce n'est pas possible ; ils se trompent. C'est dans une heure seulement. Baïonnette au canon !... Non, non ; ne bougez pas, il n'est pas l'heure... C'est une erreur... Vite, faites passer au capitaine :
635 « Qu'est-ce qu'il faut faire ? »

Il courait affolé dans la tranchée, nous bousculant tous ; puis se montrant en entier debout sur les sacs éboulés, il cherchait à voir ce que faisaient les autres compagnies. Des sections sortaient, comme hésitantes, une ici, puis une autre plus loin. À deux cents mètres, un officier nous
640 faisait des signes que nous ne comprenions pas et, derrière lui, on apercevait dans la tranchée une troupe compacte, hérissée de baïonnettes.

– Tant pis, on y va, s'écria Ricordeau, la voix soudainement allégée de toute son angoisse.

Sans rien commander, il sauta sur le parapet, courut quelques
645 mètres, puis se retournant, comme s'il se souvenait de nous, il cria sans s'arrêter :

– En avant !

Un remous agita la tranchée. Tout du long le parapet s'abattit, les sacs arrachés. L'un poussant l'autre, on grimpait. Une seconde d'hési-
650 tation devant la terre bouleversée, la plaine nue : on attendait de voir sortir quelques copains pour se sentir les coudes, puis un dernier regard derrière soi... Et sans un cri, tragique, silencieuse, la compagnie disloquée s'élança...

Nous précédant de plus de vingt mètres, Ricordeau courait sans se
655 baisser. Plus loin encore, sous la fumée, on voyait des sections s'enfoncer
dans le bois. Cachées entre les débris d'arbres, les maxims crépitaient ;
un canon de tranchée tirait aussi, à coups pressés, furieusement. Des
hommes s'abattaient… Nous courions droit devant nous, farouches,
sans un mot : on aurait craint, rien qu'en ouvrant la bouche, de laisser
660 s'échapper tout ce courage qu'on retenait, les dents serrées.

Les corps et les esprits étaient tendus vers ce seul but : le bois, arriver
au bois. Il paraissait affreusement loin, avec toutes ces gerbes d'obus qui
nous en séparaient. Un tonnerre sans fin nous retentissait dans la tête et
le sol ébranlé tremblait sous nos pas. On courait en haletant. On se jetait
665 à plat ventre quand éclatait un obus, puis, abasourdi, on repartait, noyé
dans la fumée. Les paquets d'hommes semblaient fondre sous les éclairs.

Devant moi, un homme blessé laissa tomber son fusil. Je le vis vacil-
ler un instant sur place puis, lourdement, il repartit les bras ballants, et
courut avec nous, sans comprendre qu'il était déjà mort. Il fit quelques
670 mètres en titubant et roula…

*

Comme ils sortaient les derniers de la tranchée, un shrapnell les avait
brutalement repoussés de son souffle chaud – une détonation si terrible
qu'ils n'avaient rien entendu, assommés. Sulphart se laissa glisser dans
le boyau. Des voix criaient :
675 – Houla ! je suis blessé…

La fumée se dissipant laissa voir des hommes qui se relevaient.
Étendu, le nez en terre, Bouffioux frémit un instant, puis ne bougea
plus, les reins ouverts. Les blessés redressés jetaient leur fusil, l'équipement, la musette, et partaient en courant.

680 D'autres, moins atteints, attendaient que le bombardement se ralentît et, posément, ils ouvraient d'un coup de dents leur paquet de pansement. Sulphart se tenait plié en deux, pouvant à peine respirer.

– J'y suis, soufflait-il en regardant un camarade, l'air éperdu.

– C'est rien, lui dit l'autre, c'est juste ta main.

685 – Non. Dans le dos...

Sous l'épaule, sa capote était trouée et le sang se voyait à peine, faisant juste une tache d'un rouge foncé :

– Ça saigne beaucoup ? demanda-t-il.

– Non. File vite au poste de secours. Je vais simplement panser ta

690 main.

Alors seulement, Sulphart regarda sa main. Ses doigts étaient comme broyés, tout empâtés de sang, et d'avoir vu sa blessure, il sentit aussitôt la douleur.

– Vas-y doucement, ça me fait mal. J'ai de la teinture d'iode dans ma

695 cartouchière jaune, prends-la...

Le camarade lui versa sur sa main fracassée la moitié du flacon et cette atroce brûlure le fit crier. Grossièrement, sans oser serrer, l'autre lui fit son pansement, qui rougissait à mesure qu'on enroulait la toile.

– Et toi ? Où que tu es blessé ? demanda Sulphart.

700 – Nulle part... je vais rejoindre les copains.

Ils étaient trois, que l'obus avait épargnés.

Ils regardèrent la section qui, un instant arrêtée par une rafale de mitrailleuse, repartait en tirailleurs, puis ils regardèrent les blessés.

– Vous en tirez votre peau, vous autres, dit l'un d'un air d'envie...

705 Y en a pas un qui a du tabac ?

– Si. Il m'en reste un paquet, attends.

– Moi, j'ai du chocolat, fit Sulphart d'une voix courte. Lequel qui en veut ?

Les blessés vidèrent leurs sacs, leurs musettes, et les trois autres choi-
710 sirent ce qui leur plut. Le butin partagé :

– Alors, on y va ? dit l'un des trois, un caporal dont on découvrait
la pâleur sous des traînées de sueur et de boue... Au revoir les copains,
bonne chance !

Ils sortirent de la tranchée et d'un trot lourd, ployés sous le bruit, ils
715 coururent vers le bois, tout seuls – trois pygmées[1] qui chargeaient sur
des géants de fumée.

Assis sur les sacs à terre, accoté à la paroi molle, Sulphart se sentait
presque bien, la chair endolorie, la tête brûlante. Mais il était sans
forces, sans volonté ; un camarade moins blessé dut l'aider à se relever.

720 – Allons, dépêche-toi, lui répétaient ceux qui le précédaient.

Il ne pouvait pas marcher vite, avec ce point pénétrant qui l'empê-
chait de respirer.

– Hé ! voulut-il appeler... Attendez-moi.

Mais sa voix étouffée ne portait pas loin et les autres se pressaient. Il
725 vit la capote du dernier disparaître au tournant de la tranchée. Arrêté
un instant, il reprit haleine, puis, ayant ramassé un bâton, il repartit,
courbé comme un vieux.

Des blessés cheminaient tout le long des boyaux. Il y en avait de
terribles, au teint gris, qui s'arrêtaient pour râler, accroupis dans des
730 renfoncements et vous regardaient passer avec des yeux hagards qui ne
voyaient plus. Sulphart les remarquait à peine, allant toujours du même
pas tenace.

Le boyau, à cet endroit, serpentait entre les ruines d'un hameau.
Comme il passait derrière un mur, il entendit siffler un obus et se
735 blottit. Le coup jaillit si près qu'il crut voir l'éclair rouge, à travers ses

---

1. Africains de petite taille, ici nains.

paupières fermées. La peur au ventre, il repartit plus vite. D'autres obus suivaient, toute une meute lancée sur ces débris de maisons. Sulphart se mit alors à courir, cherchant un abri. Il aperçut un escalier de cave, en haut duquel se tenait un brancardier.

740 – Il n'y a plus de place, lui dit l'homme en le repoussant. Va plus loin.

Dans le noir de l'escalier, on devinait des soldats entassés et les taches blanches de leurs pansements. Sulphart, en se serrant, crut pourtant s'abriter un peu, comme se fracassait un autre fusant. Les éclats fouettèrent le mur. Il courut quelques mètres plus loin, mais l'autre cave aussi

745 était pleine. Les lèvres et les yeux étirés par un tic, il allait en bombant le dos sous les explosions, cherchant un trou où s'enfoncer. À chaque flamme, il s'aplatissait contre la paroi, se cachant la tête derrière son bras replié.

Des territoriaux chargés d'outils s'écrasaient dans les moindres

750 recoins ; il se jeta sur l'un d'eux, dont les jambes seules dépassaient et s'insinua dans son trou, d'un furieux effort. Écrasés, face à face, souffles mêlés, les deux hommes se regardaient, chacun ne pouvant voir de l'autre que ses yeux fixes, et la moustache dure du vieux piquait les lèvres de Sulphart. Ils ne se parlaient pas, abasourdis, et leurs jambes mêlées se

755 renfonçaient peureusement, voulant se cacher encore mieux.

Les coups se suivaient, par salves infernales, et tombaient si près qu'à chaque obus ils sentaient la terre lutter sous eux. Une détonation plus terrible gronda et la fumée, subitement, remplit le trou… Sulphart se crut enseveli. Il fit un mouvement violent pour se dégager, mais son

760 bras était pris sous le buste de l'autre, leurs deux corps se coinçaient et il ne put bouger. Effrayé, il se débattit croyant sentir qu'il étouffait sous l'éboulement ; déjà il suffoquait, quand la fumée, en s'envolant, lui montra le jour. Alors, devant sa face, contre ses yeux, Sulphart vit

la Mort dans le regard du vieux. Il fut un instant terrible, ce regard
765 d'homme, il eut une seconde d'atroce résistance, puis une lueur sembla
s'y éteindre, il devint terne, troublé, vitreux… Et Sulphart reçut sur ses
lèvres le dernier souffle du moribond, un geignement horrible, comme
s'il avait vraiment rendu sa vie dans ce dernier hoquet. Sulphart resta
un instant encore serré contre le mort, dont les yeux à présent se révul-
770 saient, puis il se dégagea brutalement et sortit du trou, en levant sa main
gauche qui le torturait au moindre heurt. Quand il fut debout, il sentit
dans sa bouche un goût étrange. Il cracha, c'était tout rose… Apeuré, il
but d'un trait le fond de rhum qu'il avait dans son bidon, et il repartit
plus vite, craignant de tomber en route.

775 Il ne connaissait pas ces boyaux sinueux taillés dans la boue. Mais, de
loin en loin, des agents de liaison ou des brancardiers lui disaient : « Suis
tout droit » et il allait tout droit, sans vouloir se reposer.

Il aperçut enfin une planchette : « Poste de secours » et descendit dans
le gourbi. Pour arriver en bas, il fallait enjamber les blessés accroupis sur
780 les marches. La cagna aussi en était pleine : de grands blessés, couchés
sur des brancards, et qui râlaient les yeux fermés sur leur souffrance.

Le major dit à Sulphart :

– Je ne peux rien te faire ici… Repose-toi là et à la nuit, quand cela
tirera moins, vous partirez tous ensemble pour l'ambulance.

785 Il cherchait une place pour s'asseoir lorsqu'un petit sergent, le bras
tenu en écharpe par un grand mouchoir à carreaux, se leva et dit :

– Je ne veux plus attendre ici… Ce soir, il ne me restera plus de sang.

Tout chancelant, il sortit en bousculant les autres, et Sulphart s'assit
sur sa marche.

790 Le ciel pluvieux hâta la nuit, et, au jour tombant, plusieurs blessés
partirent. Sulphart les suivit. Devant lui marchait un chasseur qui

tenait à deux mains sa mâchoire broyée. En chemin, ils en rejoignirent d'autres et leur bande grossie arriva près des batteries. Les artilleurs sortirent pour les voir.

795 – Vous êtes sur la bonne route, les gars... le village n'est pas loin...

Ils repartirent. De loin en loin, un soldat était couché, blessé à bout de sang que la Mort avait rejoint. Elle devait connaître leur route et les guetter au passage, pour les achever. Ils reconnurent ainsi le sergent, à son grand mouchoir à carreaux. Pourquoi aussi avait-il voulu partir

800 seul ? À deux, on lui fait face, on se défend...

Ce qui restait de jour s'écoulait, comme d'une vasque fêlée. Dans la buée du crépuscule, ils entrevoyaient des compagnies de renfort, pliées sous le sac et les outils. Le soir s'animait un instant d'un bruit tintant d'armes et de gamelles. Puis la route redevint déserte.

805 Un blessé, puis un autre s'arrêtèrent, n'en pouvant plus. L'un se laissa tomber sur le bord du fossé et se mit à pleurer.

– On va t'envoyer les brancardiers, lui promirent les camarades en s'éloignant de leur pas fourbu.

Ils aperçurent enfin dans les ténèbres une ferme au toit bas, dont

810 les fenêtres aveuglées laissaient fuir une mince lumière. Ils entrèrent. Au fond d'un couloir obscur, une large vitre versait sa clarté heureuse : cela les attira, comme des papillons de nuit. Ils suivirent le couloir en tâtonnant et, collant aux carreaux leurs visages blêmes, ils regardèrent. La table était modestement servie – plus de quarts que de verres – mais

815 ces assiettes blanches, cette lampe, ce plat qui fumait, cela leur parut d'un luxe inouï ; goulûment ils contemplaient...

Ayant levé les yeux, un des officiers attablés aperçut dans l'ombre leurs rangées d'yeux en fièvre, tous ces morts casqués, et, collée à la vitre ; la terrible figure du chasseur, dont le menton broyé n'était qu'un

820 caillot[1] noir. Il eut un haut-le-corps et se leva, très pâle. Les autres, surpris, se retournèrent et, à leur tour, ils virent les fantômes. D'un coup
leurs voix se turent, comme étranglées...

    – Vous allez boire un coup, hein, dit enfin un commandant d'artille-
rie en leur ouvrant la porte. Vous l'avez bien gagné, mes pauvres petits.

825 Ils hésitaient à entrer, la lumière trop vive leur faisant cligner les yeux.
Ils se tassèrent quand même près de la porte, avec un bruit de godillots
traînés, et, se passant les quarts, ils burent avidement. À chaque gorgée
du chasseur, le vin traversant son menton troué retombait sur sa capote,
en un mince filet.

830   – Tiens, trinquons tous les deux, lui dit le commandant.

    En sortant de la salle éclairée, la nuit épaisse les étourdit. Des bandes
d'hommes se distinguaient tachant la route de leur masse confuse et
de leur brouhaha ; ils les suivirent vers le village. Les rues obscures et
les cours sombres grouillaient de soldats invisibles et de voix cachées.

835 Parfois, le feu brutal d'une roulante éclairait des silhouettes groupées.

    Des bataillons de renfort attendaient, encombrant la rue, et les sol-
dats se levaient pour questionner les blessés.

    – On n'en sait pas plus que vous... C'est le mauvais coin... Où
qu'est l'ambulance ?

840 Ils se pressaient, ayant aperçu la lanterne rouge, tout au fond de la
nuit. Sur le pilier de la porte une pancarte était clouée :

        Ici, blessés légers pouvant marcher.

L'enseigne ne leur donna pas confiance, avec son air badin.

---

1. Sang coagulé.

– Pas ici, dit l'un ; ils ne doivent pas évacuer.

845 L'ambulance divisionnaire se trouvait de l'autre côté de la place. C'était une grande maison déserte et noire sans un meuble, sans un grabat.

En corps de chemise, son front brillant de sueur, le major examinait rapidement les blessés, dont un infirmier éclairait les plaies avec une 850 lanterne. Sur le parquet traînaient des pansements souillés, des tampons d'ouate[1]. Une grande cuvette débordait d'eau rougie.

– Un autre, disait le major, en s'épongeant le front de son bras nu.

Et le suivant s'asseyait, tendant son bras bandé ou écartant sa veste.

Plié sur une table de bois blanc, un soldat affairé remplissait les fiches, 855 que les évacués attachaient eux-mêmes à leur capote, comme une carte de pesage.

Dans une pièce voisine, on entendait crier un grand blessé.

– N'est-ce pas qu'on me couchera dans un lit, monsieur le major ?... Oh ! que je voudrais y être... Un lit avec des draps, hein, monsieur le 860 major... Est-ce que la voiture viendra bientôt ?... Vite, faites-la venir.

Le major déchira la chemise de Sulphart pour regarder sa blessure.

– Cela ne coule plus... On te lavera là-bas... Donne la main, à présent.

Sulphart ne put s'empêcher de crier, quand on défit son pansement 865 collé.

– Ce n'est rien, belle blessure, lui dit le major... Seulement, il va falloir te couper deux doigts.

– Tant pis, lui répondit le rouquin, je ne suis pas pianiste.

*

---

1. Morceaux de coton.

– J'ai mal… oh ! que j'ai mal…

870   Gilbert répétait ces mots à mi-voix, comme s'il avait cru attendrir sa souffrance en se plaignant. Il était resté couché sur le côté, comme il était tombé, et quand, avec effort, il soulevait sa tête lourde, un sanglot sans larmes lui montait du cœur.

La douleur l'avait engourdi et il ne sentait plus ses membres ni sa 875 tête, il ne sentait que sa blessure, la plaie profonde qui lui fouillait le ventre.

Pas un instant il n'avait perdu connaissance, et, cependant, les heures avaient passé plus vite que s'il avait vraiment veillé. Maintenant que sa pensée se dégageait de cette anesthésie, il commençait à se sentir 880 souffrir. La première idée qui lui vint le frappa rudement, en pleine poitrine : « Est-ce que les brancardiers vont venir ? »

L'angoisse le saisit, et il se redressa à demi, pour regarder. Mais la douleur, brutalement, le recoucha.

Est-ce que les brancardiers allaient venir ?… Oui certainement, 885 quand la nuit serait tout à fait tombée. Mais s'ils ne venaient pas ? Une noire horreur obscurcit son cerveau, et il resta un moment immobile, comme terrassé, et presque sans souffrance. Puis il rouvrit les yeux.

Le crépuscule attristait encore ce bois tragique dont tous les arbres étaient nus comme des montants de croix. À quelques pas un soldat 890 était tombé, le corps en boule, et l'on apercevait le blanc de sa chemise, sous sa capote ouverte, comme s'il avait cherché sa blessure avant de mourir. Un autre plus loin, semblait faire la sieste, adossé à un tronc rogné, la tête courbée sur l'épaule. Et ce pan d'étoffe bleue, en était-ce encore un ? Oui, encore…

895   La peur le reprit. Pourquoi serait-il seul vivant dans cette forêt hantée ? Pour rester couché là, ne fallait-il pas être muet comme eux, froid comme eux ? C'était forcé, il fallait mourir…

Mais ce seul mot – mourir – le révolta au lieu de l'accabler. Eh bien,
non... Il ne voulait pas mourir, il ne voulait pas ! L'esprit tendu, les
900 poings crispés, il chercha à comprendre où il était. Nul indice, rien...
Des obus entrecroisaient leurs rails par-dessus le bois ou se fracassaient
tout près, faisant sauter la terre sous le sommeil des morts. Des obus
allemands, ou des obus de chez nous ?... Il entendait bien de brèves
fusillades, à la lisière, mais sans pouvoir s'orienter. Avions-nous avancé ?
905 L'ennemi avait-il repris la forêt ?... Rien ne pouvait le renseigner. Son
angoisse vivait seule dans ce bois mutilé, parmi ces dormeurs insensibles
que l'épouvante ne tourmentait plus.

Avec le soir, pourtant, la canonnade s'apaisait, il rôdait un vent froid
qui sentait la pluie, et la terre visqueuse glaçait les jambes. La peur se
910 rapprochait, couleur de nuit.

Soudain, il lui sembla entendre un craquement de branches. Faisant
un brusque effort il se redressa sur le coude et appela :

– Par ici... Je suis blessé...

Rien ne répondit, rien ne bougea. Brisé par son effort, il retomba
915 sur le côté, geignant. Sa blessure exaspérée lui tenaillait la poitrine, les
entrailles, les reins, tout le corps. Dans le vertige de son mal, il balbutiait :

– Je ne bougerai plus... Je jure de ne plus bouger, mais faites-moi
moins de mal.

Et pour apitoyer le Maître obscur qui le forçait à souffrir, il restait
920 inerte, les yeux scellés, enfonçant ses doigts crochus dans la terre glacée.

La souffrance, lentement, se fit moins cruelle et une pensée s'éveilla
dans sa tête bourdonnante.

– Il ne faut plus rester sans bouger... Si je m'évanouis, on ne me
verra pas, on me laissera mourir. Il faut que je me redresse, il faut que
925 j'appelle.

Alors avec une volonté tenace, il décida « Je vais m'adosser à un arbre et me panser... Puis, quand des soldats passeront, je crierai... Il le faut... C'est ma peau... »

Il n'avait pas encore osé toucher sa blessure, cela lui faisait peur, et sa
930 main s'écartait même de son ventre, pour ne pas sentir, ne pas savoir.

– L'hémorragie doit être arrêtée, pensait-il, ça ne coule plus. Je vais faire mon pansement.

Les dents serrées sur les cris qui lui montaient de la gorge, il se redressa péniblement, se traîna, puis se laissa tomber, le dos contre un
935 arbre. Sa blessure réveillée lui battait aux reins, d'un pouls de fièvre. Il s'accorda un instant de répit, les yeux fermés : il lui semblait qu'il venait de se sauver un peu.

Il prit son paquet de pansement dans sa cartouchière et déchira l'enveloppe. Maintenant, il fallait atteindre sa blessure, la toucher. Ses mains
940 plusieurs fois glissèrent vers son ventre, mais elles hésitaient, n'osaient pas. Enfin, il se dompta, et, la bande prête, résolument il toucha la plaie. C'était au-dessus de l'aine gauche. Sa capote était déchirée et, sous ses doigts craintifs, il ne sentait rien qu'une chose gluante. Lentement pour ne pas souffrir, il déboucla son ceinturon, ouvrit sa capote et son
945 pantalon, puis il essaya de soulever sa chemise. Ce fut horrible, il lui sembla qu'il allait s'arracher les entrailles, emporter sa chair... Torturé, il s'arrêta, sa main posée sur sa peau nue. Il sentit quelque chose de tiède qui, doucement, lui coulait le long des doigts. Alors effrayé, pour arrêter son sang, il prit son pansement et sans le dérouler, en tampon, il
950 l'appliqua sur sa blessure. Il mit par-dessus l'enveloppe de grosse toile, puis son mouchoir, et, pour tenir cela bien serré sur la plaie sanglante, il referma son pantalon, torture atroce qui lui broya les reins.

Enfin, à bout de forces, il laissa retomber ses bras et, la tête renversée, il s'abîma dans sa souffrance. Il respirait à souffles saccadés, d'une

955 haleine rauque. Les ténèbres descendaient dans ses yeux, comme pour les remplir. Sur son corps glacé, sa tête bourdonnante de fièvre semblait brûler, et le vent froid qui battait l'ombre ne rafraîchissait pas son front. Quelques gouttes de pluie, larges et lourdes, lui firent un bien infini, en s'écrasant sur son visage. Il aurait voulu rester ainsi toujours, jusqu'à 960 l'arrivée des brancardiers.

Les idées, sous ses tempes, battaient comme une fièvre. Non, ils ne viendraient pas le chercher... C'était pour le punir. Pourquoi n'était-il pas allé chercher le blessé, la veille ?... Il avait appelé toute la nuit, pourtant. C'était pour le punir : lui aussi on le laisserait mourir...

965 Il pensait toujours à cet homme qui avait crié toute la nuit, dans le désert noir. Cela l'obsédait... Il se disait dans son délire :

– Si j'arrive à ne plus penser à lui, je suis sauvé... C'est lui qui m'empêche d'être guéri... Il ne faut plus...

Et il se répétait : « Je veux... je veux... », mais d'une voix sans force, 970 comme un enfant en larmes que son chagrin va endormir.

Dans l'ombre, des voix tragiques s'éveillaient. Il entendit un Allemand qui suppliait, avec un accent :

– Ici... Blessé vrançais... venez, vrançais.

Puis, soudain, ce fut un rire horrible, un rire dément qui fit trembler 975 la nuit.

– Hé, les copains !... criait un autre... j'serai plus soldat... Venez voir, les gars, je peux plus être soldat, je n'ai plus de jambes...

Les moribonds s'éveillaient l'un l'autre, se répondaient... Puis le silence retomba, tragique.

980 Gilbert sentait sa tête s'alourdir, tout son corps s'écraser... Une fois encore il se raidit. À présent qu'il faisait noir, les brancardiers allaient certainement arriver, ou des renforts, quelqu'un...

Il ne fallait pas dormir, il ne fallait pas mourir.

Dans sa tête obscurcie les deux mamans se confondaient : la sienne
985 et celle que le mourant avait appelée toute une nuit… Laquelle était la
sienne ?… Non, il ne fallait plus penser à cela. Les mains à plat sur la
terre froide et molle, le visage offert à la pluie bienfaisante, il regarda la
nuit lourde, où rien ne bougeait.

Il fallait rester ainsi longtemps, tant qu'il faudrait, jusqu'à ce qu'on
990 vienne. Il ne fallait plus penser à rien, s'obliger à ne plus penser. Alors,
d'une voix étranglée qui s'effrayait elle-même, il se mit à chanter :

> *En revenant de Montmartre,*
> *De Montmartre à Paris,*
> *J'rencontre un grand prunier qu'était couvert de prunes*
995 > *Voilà l'beau temps.*

Sulphart était encore devant lui, lançant sa chanson à tue-tête. Le
petit Broucke dansait derrière, car il n'était plus mort…

> *Voilà l'beau temps*
> *Ture-lure-lure, Voilà l'beau temps,*
1000 > *Pourvu que ça dure,*
> *Voilà l'beau temps pour les amants.*

La pluie, maintenant, tombait plus serrée, en rafales froides, faisant
un bruit plus sourd sur les capotes des morts… Le long de ses joues, elle
glissait en frissons glacés qui éteignaient sa fièvre… Sans comprendre,
1005 en délirant, il chantait toujours, la voix entrecoupée :

> *J'rencontre un grand prunier*
> *Qu'était couvert de prunes.*

Je jette mon bâton d'dans, j'en fais tomber quelqu'-z-unes.
Voilà l'beau temps...

1010   La nuit semblait se mettre en marche, sur ses mille pattes d'eau qui
piétinaient. Contre l'arbre humide qui le soutenait, un cadavre accroupi
glissa et tomba lourdement, sans sortir de son rêve. Gilbert ne chantait
plus. Son souffle épuisé mourait dans un murmure que recouvrait la
pluie. Mais ses lèvres semblaient bouger encore :

1015   *Voilà l'beau temps,*
            Ture-lure-lure,
            l'beau temps, pourvu que ça dure...

La pluie ruisselait en pleurs le long de ses joues amaigries. Puis deux
lourdes larmes coulèrent de ses yeux creux : les deux dernières...

XVI

LE RETOUR DU HÉROS

C'était le printemps. On le devinait rose et blond, derrière les longs rideaux de l'hôpital, et l'air qui tombait du vasistas était frais et doux comme des mains.

Jamais Sulphart ne fut aussi heureux que pendant les quelques mois
5 qu'il passa à l'Hôtel-Dieu de Bourg. Seules, les premières semaines furent pénibles, et quand il s'éveillait le matin, l'amère pensée, aussitôt, lui pinçait le cœur.

– Mince… Le billard[1].

Le café lui semblait moins bon – il lui trouvait un goût – et il lisait
10 sans s'amuser les journaux de Lyon, que la marchande portait de salle en salle. Il ne pensait qu'au billard, et ces dix minutes de souffrance lui gâtaient sa matinée, ces bonnes heures de paresse où le soleil se lève aussi dans les esprits. Quand arrivaient les premières poussettes sur lesquelles on glissait les blessés, il faisait malgré lui une grimace, et il regardait vite
15 de l'autre côté. Il comptait peureusement combien il en restait à passer avant lui, son ventre se serrait à mesure que son tour approchait, il espérait confusément qu'il allait se produire quelque chose, qu'on allait peut-être l'oublier, et quand la voiturette accostait tout de même le long de son lit, il laissait éclater sa colère impuissante, pour se soulager.
20 Il regardait le porteur avec un air mauvais : un grand diable aux joues hérissées de poils drus.

– Des mecs qui font la guerre en charriant ceux qui se font casser la gueule à leur place, grognait-il. Y en a qui savent nager… Houla !

---

1. Table d'opération.

Houla ! Tu peux pas y aller plus doucement, non. Tu crois rentrer ton
25 foin ? Paysan !

– T'es pas content d'aller faire ta partie, blaguait l'autre sans se fâcher.

De la salle d'opération, on entendait monter les cris, des plaintes
aiguës, et parfois des gémissements rauques, quand la douleur était trop
forte. Ceux qui avaient déjà passé ou ne descendaient pas au pansement
30 rigolaient dans leur lit.

– C'est le petit chasseur. Écoute-le chanter... Une vraie voix de
ténor, j'te dis.

Lorsqu'on remontait, inerte et cireux sur sa voiture, un opéré encore
sous le chloroforme, c'était un divertissement d'une heure, tout le
35 monde se taisait pour l'écouter divaguer. Le jour où l'on avait opéré
Sulphart, les sœurs, pourtant habituées à tout entendre, avaient dû
s'éloigner, par décence. Il avait braillé des horreurs et les petits des
jeunes classes, qui n'avaient pas connu la caserne d'avant guerre et
l'enseignement profitable des anciens, purent apprendre par cœur la
40 *Mère Blaise* et le *Naret*, dont il chanta tous les couplets.

Une fois opéré, et sûr de ne pas retourner au front avant longtemps,
Sulphart allégé de deux tourments[1] se sentit revivre et, sans les séances
de pansement, il eût été pleinement heureux. Sa main, encore tout
empaquetée de blanc, avec ses deux doigts amputés, le gênait bien un
45 peu, et il ne parlait pas sans fatigue, les chirurgiens lui ayant ouvert
deux fois la poitrine pour sortir des éclats, mais cela le classait parmi les
grands blessés, et en plus du traitement de faveur que cela lui valait – du
café au lait, des confitures, des biftecks – il en tirait quelques avantages
moraux auxquels il était très sensible. On avait pour lui certains égards,
50 les majors lui parlaient plus doucement qu'aux autres, on lui passait la

---

1. Angoisses, préoccupations.

« mandoline[1] » au premier appel et jamais une infirmière ne se serait arrêtée auprès de son lit sans lui arranger les oreillers à son idée, même s'il s'était donné beaucoup de mal pour les disposer autrement. On disait de lui avec une nuance de sympathie :

55   – C'est celui à qui on a scié une côte.

Et il inclinait la tête avec un pâle sourire comme s'il avait voulu remercier.

Il n'avait guère dans la salle qu'un concurrent sérieux, un pauvre diable à qui l'on avait coupé une jambe et il était un peu jaloux de
60   voir accorder à cet autre grand blessé un peu des gentillesses qui lui revenaient de droit. D'abord, l'autre était artilleur, et, suivant Sulphart, les seuls soldats qui aient fait la guerre, c'étaient les biffins ; les autres étaient tout juste là pour « marquer le coup » ; aussi, quand on lui parlait des hauts faits d'un aviateur, d'un artilleur ou d'un cavalier, il disait
65   simplement : « Au bout d'une perche », ce qui signifiait qu'il ne croyait pas un mot de ces prétendues prouesses. Pour embêter l'amputé, il racontait aux infirmières que les artilleurs étaient des « gars qui passaient leurs journées à élever des lapins et à peloter des poules », et qu'il était de notoriété publique qu'ils ne pouvaient pas se mettre à leur pièce sans
70   tirer trop court, et tuer les trois quarts des pauvres poilus qui étaient dans la tranchée.

Comme tous les blessés, Sulphart s'était bourré de souvenirs de guerre qu'il aurait bien voulu raconter, il en avait autant dire les joues gonflées, et ils lui coulaient tout naturellement des lèvres, comme le
75   lait de la bouche du bébé qui a trop tété. Dès qu'il parlait, c'était des tranchées, de barbelé, de veille, de macaroni, de barrage, de gaz, de tout ce cauchemar qu'il ne pouvait oublier.

---

1. Bassin hygiénique en usage dans les hôpitaux.

Cependant, au début, il avait été étrangement réservé. Il avait lu dans les journaux des récits stupéfiants qui l'avaient rendu honteux : le
80 caporal valeureux qui, à lui seul, exterminait une compagnie avec son fusil mitrailleur et achevait le reste à la grenade ; le zouave qui enfilait cinquante Boches à la pointe de sa baïonnette ; un bleu qui ramenait de patrouille une ribambelle de prisonniers, dont un officier qu'il tenait en laisse ; le chasseur à pied convalescent qui se sauvait de l'hôpital en
85 apprenant que l'offensive était commencée, et allait se faire tuer avec son régiment. Quand il avait lu un de ces récits-là, il n'osait plus placer les siens, se rendant compte que ses petites anecdotes ne feraient aucun effet au milieu de ces faits d'armes.

Mais il lui était impossible de rester silencieux bien longtemps. Un
90 jour, il se risqua, et raconta à sa manière, sans gloriole[1], avec plutôt une pointe de blague, une histoire entièrement fausse où il tenait, avec un modeste courage, le rôle exposé de patrouilleur volontaire. Il avait, une nuit, quitté la tranchée pour aller cueillir une boule de gui qu'il avait repérée entre les lignes, et il avait trouvé, à cheval sur une branche, un
95 gros Bavarois également amateur de gui. Il l'avait fait descendre, obligé à lui faire la courte échelle, puis, sa boule de gui à la main, l'avait ramené à la tranchée française en le guidant à grands coups de soulier.

Son voisin de lit, un colonial, n'en avait pas cru un mot et avait failli étouffer de rage, mais la bonne sœur à qui était destiné le récit en avait
100 ri toute la journée.

Cela avait décidé Sulphart à en raconter d'autres, si bien qu'il fut bientôt le héros de l'établissement et que des civils vinrent spécialement pour l'entendre.

---

1. Vanité, fierté.

Le personnel de l'hôpital – les majors, les infirmières, les sœurs,
105 l'aumônier, les dames qui arrivaient à onze heures, tout essoufflées, et
passaient vite leur blouse blanché pour servir le déjeuner des blessés –
tous et toutes avaient entendu raconter tant d'histoires de soldats que
les récits de guerre ne les étonnaient plus, mais, avec Sulphart, c'était un
renouvellement complet du genre.

110 Dans sa bouche, la guerre devenait une sorte de grande blague,
une succession abracadabrante de veilles, de patrouilles, d'attaques, de
ribouldingues[1]. En l'écoutant, le plus rétif[2] des auxiliaires eût demandé
à partir au front.

Mais les autres blessés, qui en revenaient, étaient des auditeurs
115 moins crédules, et les histoires de Sulphart les rendaient malades de
fureur. Tant que les infirmières étaient en rond autour du lit, écoutant
attentivement le narrateur, ils n'osaient rien dire – tout au plus ricaner
en sourdine – mais dès qu'elles étaient parties, on voyait se ranimer
même les plus débiles[3], les derniers opérés sortir de leur demi-coma, les
120 convalescents abandonner leur macramé[4], et, redressés sur leur lit, ils
commençaient à injurier Sulphart avec des figures convulsées.

– C'est au cinéma que t'as vu jouer tout ça ?

– On te la fera fermer ta grande gueule, bourreur[5] ! avec tes histoires
à la noix.

125 – Sûrement qu'il n'a dû rien foutre au front, pour en raconter tant
que ça…

– Ça licherait les pieds des femmes pour être mieux servis que les
copains, ces gars-là.

---

1. Fêtes (argot).
2. Récalcitrant.
3. Faibles.
4. Tissage à base de fils noués.
5. Menteur (argot).

Seul, l'artilleur ne se fâchait jamais. Quand Sulphart avait longtemps
130 parlé et se carrait contre ses oreillers, les joues fleuries, fier de son succès,
il lui disait simplement d'un petit air affectueux :

– T'as bonne mine... Ça fait plaisir à voir... Le major a l'air content,
tu as remarqué ?... Allons, t'en fais pas, à la première visite, tout s'arran-
gera : quinze jours de convalo et tu remonteras au rif...

135 Cette sorte de promesse éteignait brusquement la joie de Sulphart,
et, quand il racontait des histoires, rien ne l'irritait plus que la voix
perfide de l'amputé qui répétait doucement, avec une obstination de
perroquet :

– Apte !... Apte !...

140 Les autres, d'ailleurs, ne lui tenaient pas longtemps rancune : il distribuait les paquets de cigarettes que lui donnaient ces dames et partageait
les litres de vin qu'il se faisait monter en cachette à la nuit. Cela finissait
par les rendre indulgents.

Sulphart resta plus d'un mois sans nouvelles du régiment ; puis,
145 un matin, une lettre de Lemoine lui apprit tout à la fois : la mort de
Gilbert, celle de Bouffioux, Vieublé grièvement blessé, Ricordeau disparu... Un vrai massacre.

Sa douleur ne fut pas muette. Il relut la lettre deux fois, avec des
exclamations de désespoir. Toute la journée il ne parla que de Gilbert,
150 de sa largesse, de son intelligence, des coups durs traversés ensemble,
et de la bonne vie qu'ils coulaient quand le régiment était au repos ; il
délaya son chagrin dans de longs bavardages, répétant à tout le monde
qu'il avait perdu son meilleur copain, autant dire un frère ; puis, le soir
venu, son agitation tombée, seul éveillé dans la salle aux lits blancs, il
155 avait songé, et il avait alors vraiment senti que son ami était mort.

Avec une étrange netteté, il se souvenait de Gilbert, le jour de son
arrivée au front, et de leur premier sommeil, dans l'étroite écurie où

s'entassait l'escouade. Les yeux au plafond nu, où les lampes de veille peignaient leur triste écran, il revoyait tous les camarades à la place 160 exacte qu'ils occupaient cette nuit-là, celui-ci recroquevillé sous sa couverture, et celui-là tout droit, avec ses chaussettes percées qui dépassaient. Ils renaissaient tous dans sa mémoire, leurs visages s'abluaient[1] avec leurs traits précis, leurs regards, leurs voix, un petit détail d'uniforme qu'il croyait oublié. Et ressuscitant l'un après l'autre, ils sem- 165 blaient tous se lever pour un suprême appel : Bréval, Vairon, Fouillard, Noury, Bouffioux, Broucke, Demachy... Et leurs voix répondaient : Mort, mort, mort...

Ses premières sorties, Sulphart les fit dans le petit jardin de l'Hôtel-Dieu, dont les beaux arbres émiettaient le soleil. Assis sur un banc, 170 il regardait les camarades jouer aux boules, leur donnant des conseils qu'ils ne demandaient pas, ou bien il bavardait avec de jeunes femmes qui venaient là, faire de la couture.

Puis on lui donna la permission de sortir en ville et il vécut alors en petit rentier, faisant son tour jusqu'à la gare par l'avenue d'Alsace-175 Lorraine, flânant aux devantures, allant lire le communiqué pour voir si l'on parlait des secteurs où il s'était battu, prenant l'apéritif lorsqu'on le lui offrait et rentrant tout juste pour la soupe.

On le trouvait changé. Il était moins bruyant, moins gai. Parfois, une des infirmières, une dame de la ville, forte et rieuse, que les blessés 180 aimaient bien, lui demandait :

– Ça ne va pas, mon petit... Vous avez des ennuis ?

Mais lui répondait vite :

– Oh ! non, madame... Y a pas à se plaindre.

---

1. Ressortaient.

Ses soucis, il ne les confiait à personne. Posant au casse-cœur[1] de
185 petits bars, au malin « qui dresse les poules », il ne pouvait pas avouer
que c'était à cause de sa femme qu'il était triste si souvent. Elle ne lui
écrivait plus que de loin en loin, des lettres de dix lignes où elle disait
par politesse : « J'espère que tu vas bien », mais sans s'inquiéter outre
mesure. Jamais elle ne lui demandait s'il comptait bientôt revenir, ni
190 pour combien de temps. Elle lui avait bien écrit qu'elle n'était plus
au même atelier, mais sans lui apprendre où elle travaillait depuis, et,
à toutes les questions qu'il lui posait, elle ne répondait jamais rien. On
le voyait suer sur de longues lettres où il entassait pêle-mêle reproches et
tendresses, mais elle n'en parlait même pas dans sa réponse.
195 Alors, il pensait en serrant brusquement les poings :
– Que j'arrive seulement en convalo… Qu'est-ce que je lui sonnerai !
Mais à la réflexion sa colère ne tenait pas.
– Si je joue au mariole et qu'elle me laisse tomber, calculait-il, c'est
encore moi qui serait de la revue…
200 Depuis qu'il était guéri, la pensée de sa visite aussi l'inquiétait. Si on
allait le garder service armé, le renvoyer au front ?… Il suivait avec un
intérêt extrême les débats des conseils de réforme et de la commission
des congés. Il interrogeait interminablement ceux qui venaient de passer, il suivait avec anxiété le baromètre des conseils, tendres aujourd'hui,
205 sévères le lendemain, et intriguait auprès des secrétaires. Il connaissait
déjà le nom de tous les majors, savait leurs manies, leurs préférences, et
il avait une opinion bien arrêtée sur chacun, les trouvant d'autant plus
savants qu'ils réformaient plus facilement.
Il recommençait à tousser, en se forçant un peu, il ne mangeait pas
210 à sa faim et apprenait à marcher voûté, appuyé sur une canne. L'artilleur

---

1. Séducteur (argot).

l'accusait même de fumer du soufre, les matins de visite, de faire siffler ses poumons.

En promenade, il retrouvait pourtant de la voix pour brailler :

– Ils ne m'auront pas… On ne renvoie pas au casse-pipes un gars
215 amoché[1] comme moi… Ils me traîneront plutôt par les pieds.

L'artilleur, qui le suivait en béquillant, lui grognait dans le dos :

– Il se dégonfle !… J'en étais sûr…

– J'ai fait ma bonne part, ripostait Sulphart. Maintenant j'en ai marre… Ceux qui s'en ressentent c'est pas moi qui prendrai leur place.

220 Le jour où il passa son conseil, ses camarades cassaient la croûte dans un petit café dont la patronne faisait de la friture. Il arriva transfiguré, sans canne, les pommettes roses.

– Réformé numéro 1, brailla-t-il… Avec pension, les gars… Vive la classe !

225 L'artilleur lui tendit une lettre.

– Tiens, v'là une babille qui est arrivée pour toi…

C'était de sa concierge : elle lui apprenait que sa femme était partie avec un Belge, en emmenant les meubles.

Les autres ne s'aperçurent de rien ; pas même de son affreuse pâleur.
230 Il offrit deux bouteilles, il blagua avec eux et, le verre en main, il chanta :
Le rêve passe. Seulement, en sortant – peut-être un coup de froid – il se mit à cracher le sang.

*

– Oui, madame Quignon, je vous dis que c'est une ordure, cette femme-là.

---

1. Blessé (argot).

235   – Bah ! répondait la concierge en tournant son ragoût, c'est toujours une fois qu'on les a quittés que les hommes s'aperçoivent de ces choses-là.

Sulphart, vexé, remontait alors dans son logement, où sa femme n'avait laissé qu'un lit-cage, une chaise cannée et un beau calendrier qu'on leur avait offert pour leur mariage. Depuis huit jours qu'il était 240 revenu, il traînait désœuvré dans Rouen, allait voir les anciens amis de leur ménage, tuait le temps chez le marchand de vin, attendait les camarades à la porte de l'usine, et, partout, il ne parlait que de sa femme, même à ceux qui ne l'avaient pas connue.

– Foutre le camp avec les bois[1], la garce !... Et pas une lettre, rien... 245   À raconter éternellement la même histoire, il avait vite lassé tout le monde. Les femmes, généralement, lui donnaient tort, disant que Mathilde ne pouvait pourtant pas rester toujours seule à s'embêter, que « ça » durait depuis trop longtemps et que les hommes auraient peut-être fait pire à la place des femmes.

250   Sulphart s'aigrissait. Il n'avait eu que des déceptions depuis son arrivée. À la caserne, où il comptait retrouver les effets de civil qu'il avait laissés le 2 août 1914, le sergent-major avait haussé les épaules : « Les fringues ? Elles étaient loin... » On avait bien fait des paquets de vêtements, soigneusement étiquetés et mis en tas réglementaires ; mal- 255 heureusement, les uns avaient laissé un morceau de fromage dans leur poche, les autres un sandwich ou un reste de saucisson, tout cela avait pourri, les rats et la vermine s'y étaient mis et il avait fallu tout brûler.

C'est une Œuvre[2] qui dut l'habiller, et, comme chaussures, on lui laissa à titre de souvenir ses brodequins des tranchées, tout racornis de 260 boue. À l'atelier, il n'avait pas retrouvé sa place, le patron ayant sous-

---

1. Avec les meubles (argot).
2. Association.

loué à une usine de munitions, et au Chemin de fer, on l'avait trouvé trop faible. D'ailleurs, il cherchait de l'ouvrage sans désir d'en trouver, s'en remettant au hasard pour le nourrir quand il aurait mangé ses quelques francs, et trop habitué à trouver son rata prêt à la roulante
265 pour ne pas admettre que la soupe était due aux hommes comme la lumière du jour. Tout lui semblait marcher de travers et il disait :

– S'il y avait autant de pagaille et de saloperies au front comme il y en a à l'arrière, les Boches seraient à Bordeaux depuis une paie.

En rentrant le soir – souvent avec un verre de trop – il s'arrêtait chez
270 sa concierge, et, avant de monter dans sa chambre nue, il se soulageait de tout ce qu'il avait de rage au cœur et de peine cachée. Ce malheur injuste – sa femme partie – dressait autour de lui quatre murs de prison où il se cognait la tête.

– Non, après ce que j'en ai bavé, c'est tout de même de trop… C'est
275 qu'on a souffert, nous autres, madame Quignon… Tenez, à Craonne, figurez-vous.

Mais la concierge levait aussitôt les bras, comme pour demander grâce :

– Ah ! monsieur Sulphart, suppliait-elle, ne me racontez plus de ces
280 histoires de tranchées, on en a les oreilles rebattues.

Découragé, il montait se coucher. Il avait planté une baïonnette dans le plancher, à la tête de son lit, et cela lui servait de bougeoir, comme au front. Il sortait d'un placard des illustrés poussiéreux, de vieux journaux, et les lisait pour s'endormir. C'est ainsi qu'il tomba sur l'article oublié
285 d'un académicien :

« Nous avons contracté envers nos poilus une dette de reconnaissance que nous n'oublierons jamais, disait l'écrivain. Nous sommes débiteurs de toutes les souffrances que nous n'avons pas subies… »
Sulphart découpa l'article et le rangea dans son calepin.

*

₂₉₀   Il arriva à Paris avec seulement sept francs en poche, mais, le matin
même, il était embauché pour le lendemain dans une maison de
Levallois. Pour la première fois depuis qu'il avait repris le veston de
civil, il se sentit heureux. Quinze francs par jour ! Il supputait tout ce
qu'il allait avoir de bien-être, d'aise, de bonheur, pour ses quinze francs.
₂₉₅ C'était son tour maintenant de « se la couler douce ». Il allait se faire
de bons copains – des gars qui seraient allés au front comme lui – il
dénicherait un petit bistrot convenable pour manger à midi, il trouverait une chambre pas trop loin, pour pouvoir se lever tard. Déjà, en
traversant les ateliers, il avait remarqué des ouvrières, une, surtout, qui
₃₀₀ riait en relevant ses cheveux d'une main noircie par la portée. Cela le
faisait sourire de penser à elle.

– C'est du sérieux, ces poules-là… Ça sait tenir une maison.

Il suivait son petit rêve, les yeux distraits, quand une auto remplie
de grues et d'uniformes chic faillit le renverser. D'un recul brusque, il
₃₀₅ évita le capot.

– Embusqué ! lui cria celui qui était au volant.

Sulphart fit mine de s'élancer, mais il se contenta de montrer le
poing à la voiture, en hurlant des injures dont les passants seuls purent
bénéficier.

₃₁₀   L'insulte reçue lui pesa sur le cœur pendant tout le déjeuner, et, pour
la faire descendre, il reprit trois fois du vieux marc avec son café. Alors,
ragaillardi, il alla faire un tour sur les boulevards. À la porte d'un journal
où le communiqué était affiché, des gens discutaient.

– On devrait faire une grande offensive, disait d'une voix courte un
₃₁₅ gros monsieur aux yeux en boule.

– Avec ta viande, lui cria Sulphart dans le nez.

Tous ces civils qui osaient parler de la guerre le mettaient hors de lui, mais il ne détestait pas moins ceux qui n'en parlaient pas, et qu'il accusait d'égoïsme.

320 En flânant devant les boutiques, il aperçut à la devanture d'un bureau de tabac, un tableau superbe, en couleurs, qui l'arrêta émerveillé. Formé d'une douzaine de cartes postales assemblées, ce chef-d'œuvre représentait une femme géante, en cuirasse d'argent, qui tenait une palme d'une main, une torche de l'autre et semblait conduire une farandole où l'on

325 reconnaissait des soldats gris, des soldats verts, des soldats kaki. Le soldat français, crut-il remarquer, lui ressemblait comme un frère, et cela le flatta infiniment. Il entra et demanda à la marchande :

– Combien votre truc ?

– Trois francs, dit la patronne.

330 Sulphart fit la grimace en pensant qu'il ne lui restait plus que trente-huit sous.

– J'en voudrais seulement une, celle du bas, insista-t-il… Où qu'il y a un poilu qui me ressemble.

La buraliste haussa les épaules.

335 – On ne détaille pas, répondit-elle sèchement.

Sulphart sentit qu'il devenait tout rouge. Et d'un coup rageur, frappant le comptoir de sa main mutilée, il gronda :

– Et ma main, moi, je ne l'ai pas détaillée ?

La marchande cligna simplement des yeux, comme si ces cris lui fai-

340 saient mal, mais sans lever la tête, et elle continua à peser du tabac à priser.

– Enfin, dit Sulphart en s'adressant à un monsieur qui choisissait des cigares, s'il y en a qui reviennent du front, ils doivent comprendre que je l'aie à la caille[1].

---

1. Que je sois mécontent, en colère.

Le client fit un vague signe de tête, se retourna et prit du feu, à larges
345 bouffées. Les consommateurs, à côté, regardaient le fond de leur verre
et le garçon, pour ne rien entendre, avait ouvert un journal. Sulphart les
ayant regardés tous, comprit et haussa les épaules, déjà résigné.

   – Ça va bien, dit-il, jetant trente sous sur le comptoir. Tenez, don-
nez-moi un paquet de cigarettes jaunes, ça fait longtemps que je n'ai
350 fumé que du gros.

   L'après-midi, ayant longtemps hésité, passé et repassé devant la
porte sans oser entrer, il rendit visite aux parents de Demachy. Le luxe
de l'appartement l'impressionnait, la douleur de la mère lui serrait le
cœur, et il se sentait gêné, ayant peur de paraître mal élevé en remuant
355 les pieds ou en parlant trop fort. En partant, la mère l'embrassa et lui
donna cent francs. Sulphart, qui sentait ses larmes prêtes à jaillir, ne put
pas dire merci et se sauva. Seule, la concierge le vit pleurer.

   – C'était mon copain, Gilbert, lui dit-il. Un brave gars…

   La poche pleine, il partit pour Levallois afin de payer son « quand est-
360 ce[1] » aux copains de l'usine. Dans la chaude atmosphère du café – la fumée,
les voix cordiales, les verres qui trinquent – il sentit fondre son chagrin.

   Renversé mollement sur la banquette de moleskine, il buvait son
apéritif à petites gorgées en regardant s'envoler les légères bouffées de
fumée bleue. Les consommateurs parlaient de la guerre, les journaux
365 du soir ouverts devant eux, et cela l'ennuyait. Les armées, à présent,
avançaient de dix kilomètres dans une journée, alors que de son temps
il fallait peiner des semaines pour arracher quelques centaines de
mètres, en les couvrant de morts. Lorsqu'il prononçait les noms de ses
batailles, des noms tragiques qu'il croyait immortels, on ne les connais-

---

1. Pot de bienvenue qu'on paie à l'occasion d'une nouvelle embauche.

370 sait plus : l'égoïsme de l'arrière les avait oubliés. Et il en ressentait une sorte d'amertume.

Pourtant, ce soir-là, il était heureux. Les paroles lui parvenaient à travers un brouillard, comme un inutile bavardage.

– Il n'y a qu'à attendre, braillait le patron qui jonglait avec ses bou-
375 teilles au comptoir. Maintenant, on est sûr de les avoir. On fera chez eux ce qu'ils ont fait chez nous.

– Mais tais-toi donc, protesta un ouvrier qui jouait sa journée au zanzibar[1]. Ce qu'il faut, c'est la paix. C'est honteux de faire durer cette saloperie-là.

380 À cheval sur une chaise, l'air éreinté, les joues blêmes et les oreilles écarlates, un buveur, un peu saoul, mâchonnait son avis :

– Paix ou pas paix, c'est trop tard, c'est une défaite. Rien à faire, je vous dis, le coup est joué. Pour nous autres, c'est une défaite.

Sulphart leva la tête et dévisagea celui qui parlait ainsi.

385 – Moi, lui dit-il, je dis et je prétends que c'est une victoire.

Le buveur le regarda et haussa les épaules.

– Pourquoi ça, que c'est une victoire ?

Sulphart déconcerté chercha un instant, ne trouvant pas tout de suite les mots qu'il fallait pour exprimer son farouche bonheur. Puis,
390 sans même comprendre la terrible grandeur de son aveu, il répondit crûment :

– J'trouve que c'est une victoire, parce que j'en suis sorti vivant...

---

1. Jeu de dés.

XVII

ET C'EST FINI

Et c'est fini…

Voici la feuille blanche sur la table, et la lampe tranquille, et les livres… Aurait-on jamais cru les revoir, lorsqu'on était là-bas, si loin de sa maison perdue ?

⁵ On parlait de sa vie comme d'une chose morte, la certitude de ne plus revenir nous en séparait comme une mer sans limites, et l'espoir même semblait s'apetisser, bornant tout son désir à vivre jusqu'à la relève. Il y avait trop d'obus, trop de morts, trop de croix ; tôt ou tard notre tour devait venir.

¹⁰ Et pourtant c'est fini…

La vie va reprendre son cours heureux. Les souvenirs atroces qui nous tourmentent encore s'apaiseront, on oubliera, et le temps viendra peut-être où, confondant la guerre et notre jeunesse passée, nous aurons un soupir de regret en pensant à ces années-là.

¹⁵ Je me souviens de nos soirées bruyantes, dans le moulin sans ailes. Je leur disais : « Un jour viendra où nous nous retrouverons, où nous parlerons de nos copains, des tranchées, de nos misères et de nos rigolades… Et nous dirons avec un sourire : "C'était le bon temps !" »

Avez-vous crié, ce soir-là, mes camarades ! J'espérais bien mentir, en ²⁰ vous parlant ainsi. Et cependant…

C'est vrai, on oubliera. Oh ! je sais bien, c'est odieux, c'est cruel, mais pourquoi s'indigner : c'est humain… Oui, il y aura du bonheur, il y aura de la joie sans vous, car, tout pareil aux étangs transparents dont l'eau limpide dort sur un lit de bourbe, le cœur de l'homme filtre les

25 souvenirs et ne garde que ceux des beaux jours. La douleur, les haines, les regrets éternels, tout cela est trop lourd, tout cela tombe au fond… On oubliera. Les voiles de deuil, comme des feuilles mortes, tomberont. L'image du soldat disparu s'effacera lentement dans le cœur consolé de ceux qu'ils aimaient tant. Et tous les morts mourront pour 30 la deuxième fois.

Non, votre martyre n'est pas fini, mes camarades, et le fer vous blessera encore, quand la bêche du paysan fouillera votre tombe.

Les maisons renaîtront sous leurs toits rouges, les ruines redeviendront des villes et les tranchées des champs, les soldats victorieux et las[1] 35 rentreront chez eux. Mais Vous ne rentrerez jamais.

C'était le bon temps.

Je songe à vos milliers de croix de bois, alignées tout le long des grandes routes poudreuses, où elles semblent guetter la relève des vivants, qui ne viendra jamais faire lever les morts. Croix de 1914, 40 ornées de drapeaux d'enfants qui ressembliez à des escadres en fête, croix coiffées de képis, croix casquées, croix des forêts d'Argonne qu'on couronnait de feuilles vertes, croix d'Artois, dont la rigide armée suivait la nôtre, progressant avec nous de tranchée en tranchée, croix que l'Aisne grossie entraînait loin du canon, et vous, croix fraternelles de 45 l'arrière, qui vous donniez, cachées dans le taillis, des airs verdoyants de charmille, pour rassurer ceux qui partaient. Combien sont encore debout, des croix que j'ai plantées ?

Mes morts, mes pauvres morts, c'est maintenant que vous allez souffrir, sans croix pour vous garder, sans cœurs où vous blottir. Je crois 50 vous voir rôder, avec des gestes qui tâtonnent, et chercher dans la nuit éternelle tous ces vivants ingrats qui déjà vous oublient.

---

1. Fatigués.

Certains soirs comme celui-ci, quand, las d'avoir écrit, je laisse tomber ma tête dans mes deux mains, je vous sens tous présents, mes camarades. Vous vous êtes tous levés de vos tombes précaires, vous
55 m'entourez, et, dans une étrange confusion, je ne distingue plus ceux que j'ai connus là-bas de ceux que j'ai créés pour en faire les humbles héros d'un livre. Ceux-ci ont pris les souffrances des autres, comme pour les soulager, ils ont pris leur visage, leurs voix, et ils se ressemblent si bien, avec leurs douleurs mêlées, que mes souvenirs s'égarent et que
60 parfois, je cherche dans mon cœur désolé, à reconnaître un camarade disparu, qu'une ombre toute semblable m'a caché.

Vous étiez si jeunes, si confiants, si forts, mes camarades : oh ! non, vous n'auriez pas dû mourir... Une telle joie était en vous qu'elle dominait les pires épreuves. Dans la boue des relèves, sous l'écrasant labeur
65 des corvées, devant la mort même, je vous ai entendus rire : jamais pleurer. Était-ce votre âme, mes pauvres gars, que cette blague divine qui vous faisait plus forts ?

Pour raconter votre longue misère, j'ai voulu rire aussi, rire de votre rire. Tout seul, dans un rêve taciturne, j'ai remis sac au dos, et, sans
70 compagnon de route, j'ai suivi en songe votre régiment de fantômes. Reconnaîtrez-vous nos villages, nos tranchées, les boyaux que nous avons creusés, les croix que nous avons plantées ? Reconnaîtrez-vous votre joie, mes camarades ?

C'était le bon temps... Oui, malgré tout, c'était le bon temps,
75 puisqu'il vous voyait vivants... On a bien ri, au repos, entre deux marches accablantes, on a bien ri pour un peu de paille trouvée, une soupe chaude, on a bien ri pour un gourbi solide, on a bien ri pour une nuit de répit, une blague lancée, un brin[1] de chanson... Un copain de

---

1. Partie, morceau.

moins, c'était vite oublié, et l'on riait quand même ; mais leur souvenir,
80 avec le temps, s'est creusé plus profond, comme un acide qui mord...

Et maintenant, arrivé à la dernière étape, il me vient un remords
d'avoir osé rire de vos peines, comme si j'avais taillé un pipeau dans le
bois de vos croix.

Après-texte

Lire

1 Page 11, lignes 1-22 : quelle ambiance domine lors du voyage des troupes de renfort ? Donnez des exemples. Quelle comparaison montre pourtant le danger qu'ils encourent ?

2 Qui est le narrateur ? Que dire du point de vue utilisé ?

3 Page 12, lignes 23-47 : relevez les expressions servant à désigner les nouveaux arrivants. Commentez-les.

4 Pages 12-17, lignes 33-162 : comment Gilbert est-il accueilli à son arrivée dans la compagnie ?

5 Page 13, lignes 50-62 : expliquez pourquoi les anciens de la compagnie ont l'air de « sauvages ».

6 Pourquoi la compagnie réside-t-elle dans la maison d'un notaire ? Que pensez-vous des actions que les soldats y accomplissent ?

7 Page 22, ligne 270, « On s'amuse au moins au front » : qu'a de paradoxal cette affirmation de Belin ?

8 Page 25, ligne 352 : expliquez la « terreur grandissante » de Gilbert au moment du coucher.

9 Page 27, lignes 403-406 : relevez les figures de style et expliquez ce qu'elles apportent au texte.

10 Définissez le rôle de Sulphart auprès de Gilbert dans le chapitre II.

Écrire

11 Gilbert Demachy, avant de s'endormir, envoie une lettre à sa fiancée Suzy pour lui raconter son départ de la caserne, son voyage et son premier jour dans la compagnie. Écrivez cette lettre.

12 Aimez-vous Sulphart ? Rédigez votre avis sur ce personnage, en vous appuyant sur le texte.

13 Pensez-vous qu'il soit facile d'être nouveau quelque part ? Votre réponse sera argumentée et organisée.

Chercher

14 Que signifie l'expression « la fleur au fusil » ? En quoi correspond-elle aux premières lignes du roman ?

15 Quelle est la tenue du soldat français en 1914 ? Pourquoi est-elle remplacée en 1915 ?

16 Recherchez des informations sur les batailles de Charleroi, de la Marne, de Guise et sur la retraite de Charleroi.

17 Expliquez la référence aux « mères de Bethléem [...] la nuit du Massacre » (p. 33, l. 122-123).

Oral

18 Comprenez-vous pourquoi Gilbert « aurait voulu être déjà là-bas [...]

où se jouait la guerre au parfum de danger » (p. 16, l. 137-138) ? Comprenez-vous l'attirance de Demachy pour la guerre ? Débattez.

19 Page 32, lignes 75-95 : lisez cet extrait à voix haute, seul ou à plusieurs voix, en veillant à distinguer les parties narratives et les parties dialoguées.

NARRATION ET POINT DE VUE

Dans un récit, on distingue généralement l'auteur, le narrateur et le personnage. Dans *Les Croix de bois*, l'auteur (Roland Dorgelès) n'est pas le narrateur, incarné par un personnage de l'histoire, Jacques Larcher.

Un personnage peut donc être en même temps le narrateur de l'histoire. On parle alors de son statut interne à l'histoire (en termes savants, on dit *homodiégétique*).

Les premières pages du roman sembleront peut-être curieuses au lecteur : en effet, comment Jacques Larcher peut-il raconter le parcours de Gilbert pour rejoindre le front alors qu'il lui est impossible d'en être le témoin ? Jacques Larcher, que l'on sait écrivain depuis le premier chapitre (p. 17), est à sa table de travail (p. 305).

Dès lors, il adopte un point de vue globalisant, d'un narrateur-auteur qui maîtrise toute l'histoire. C'est ce que l'on appelle le point de vue omniscient (du latin *omnis*, tout et *scio*, je sais) : le narrateur connaît le passé, les pensées, les perceptions, le futur de chacun des personnages.

On comprend alors qu'il narre l'expédition de Gilbert, seul pour guider une patrouille au chapitre III ou celle de Sulphart, blessé, au chapitre XV. Mais il arrive aussi que le narrateur réduise son champ de vision (son point de vue) pour adopter un point de vue interne, où seules ses perceptions (visuelles, sonores...) et ses pensées sont exposées. Par exemple, au chapitre IV, Jacques Larcher, assis sur un seau, observe ce qui se produit autour de lui. Tout ce qui est perçu est limité à sa seule personne : il se contente de décrire et de raconter ce qu'il voit, ce qu'il entend et ce qu'il pense.

L'autobiographie permet à l'auteur, au narrateur et au personnage de se confondre. Roland Dorgelès, pourtant témoin de la guerre, met une distance entre lui et son narrateur (p. 307, l. 54-57). Il a d'ailleurs toujours affirmé : « J'avais une ambition plus haute : ne pas raconter MA guerre, mais LA guerre. »

Lire

1 Lignes 1-12 : de quelle façon commence le chapitre ?

2 Lignes 28-30 : comment est montrée l'opposition entre Bouffioux et Fouillard ?

3 Que reproche Fouillard à Bouffioux ?

4 Pourquoi Bouffioux est-il considéré comme un embusqué ? Comment s'y prend-il pour éviter le front ?

5 Lignes 66-80 : comment sont montrées les souffrances de Gilbert ?

6 Lignes 124-145 : que découvrent les soldats ? Comment cette découverte est-elle présentée ? Développez.

7 Lignes 146-273 : expliquez les premières impressions de Gilbert face à la guerre. Sur quels sens appuie-t-il sa perception des combats ?

8 Lignes 290-295 : pourquoi Gilbert déteste-t-il Fouillard ?

9 Ligne 300, « Tu te fais, gars, tu te fais » : que signifie cette phrase de Bréval adressée à Gilbert ? Dans quelles conditions vivent les soldats ?

10 Lignes 335-366 : comment les bombardements sont-ils présentés ? Relevez le champ lexical dominant qui le justifie.

11 Lignes 547-680 : quel rôle va jouer Gilbert ? Pourquoi se désigne-t-il ? Analysez le rôle de la peur dans ce passage.

12 Comment se termine ce chapitre ? En quoi peut-on dire qu'il s'agit d'une chute ?

Écrire

13 Comprenez-vous la lâcheté de Bouffioux ? Rédigez un court texte dans lequel vous exposerez, à l'aide d'arguments, votre avis.

14 Lignes 422-501 : résumez cet épisode qui donne son titre au chapitre.

15 Racontez l'épisode où Gilbert, en dépit du danger, part récupérer le fanion rouge.

16 Vous vous portez un jour volontaire pour faire un discours devant tous les élèves de votre établissement. Racontez ce moment, les émotions qu'il vous a procurées ainsi que la peur qui vous a accompagnée jusqu'au moment du discours.

Chercher

17 Dans l'ensemble du chapitre, relevez les mots qui désignent l'armement du soldat français ou allemand.

18 Recherchez l'origine et le sens du mot « poilu » (l. 429).

Oral

19 Récitez les lignes 185-196 de façon à faire ressortir la déception de Gilbert.

LE SOLDAT DANS *LES CROIX DE BOIS*

Le soldat est la figure principale du roman de Roland Dorgelès. Il apparaît sous différents aspects, parfois inattendus.

• La bête : il est frappant de voir la régularité avec laquelle le soldat y est assimilé. Les soldats sont un « troupeau fatigué », au « sommeil de brutes », qui se réchauffent « comme des bêtes ». On leur prépare la « pâtée des cochons » et meurent parfois « comme une bête écrasée ».

• Le sauvage : c'est une métaphore qui revient souvent dans le récit : les « tenues disparates » des soldats, Bouffioux devant son chaudron (« c'est ainsi que les sauvages doivent faire leur cuisine »), Broucke mimant « une danse canaque », l'« hébétude éblouie de sauvages » quand les soldats redécouvrent la civilisation, etc.

• Le guerrier, le héros : c'est évidemment l'image glorifiée du soldat courageux (« C'est là qu'on a reconnu les hommes »), volontaire, impatient d'attaquer, prêt à récupérer un soldat blessé, brave face à la mort et à la mutilation. Le cri poussé par Sulphart lors du défilé (« C'est nous ! », ch. XI) est emblématique. Bouffioux est l'antithèse du soldat courageux, de celui qu'on a appelé le « poilu ».

Mais le soldat est aussi :

– le révolté contre la hiérarchie et la grande gueule : Sulphart incarne cette facette du soldat de la Première Guerre mondiale, qui conteste l'autorité des chefs (« les autres vaches », « les enfifrés »), raille les planqués (« les gonziers du troisième bataillon qu'en foutent jamais une ramée », « les embusqués »), critique la boucherie guerrière « pour prendre trois champs de betteraves qui ne servent à rien ». Son personnage haut en couleurs est pétri de mauvaise foi, de vantardise, de colères qui en font une figure de révolté ;

– l'homme en quête de bonheur : la notion de bonheur est omniprésente dans *Les Croix de bois*. Tous les moments simples (la découverte des « mûres » en plein bombardement, le confort du cantonnement que l'on prend pour sa maison, les lettres…) font dire aux soldats que « c'est la bonne vie ». L'humour est également un élément essentiel de cette quête des joies simples (ex. : « – Quelle compagnie ? – Compagnie du gaz ! », p. 171 ; « On lançait des blagues, la bouche sèche : "Son réveil est en avance… […] Ce que tu crois qu'on aura la guerre ?… Si j'avais su, je serais allé coucher à l'hôtel…" », sous un bombardement infernal, p. 271).

Lire

1 Commentez le titre du chapitre IV, « La bonne vie ».

2 Pages 74-79, lignes 250-378 : expliquez la métaphore filée de la sauvagerie et dites pourquoi cette scène est drôle.

3 Page 79, lignes 385-387 : quel état d'esprit des soldats français est révélé dans les propos de Sulphart ?

4 Dans le chapitre V, relevez les cibles de la critique des soldats.

5 Pages 82-90, lignes 50-275 : quelle nouvelle apprennent les soldats ? Quelles sont leurs réactions ? Comment parviennent-ils peu à peu à y croire ?

6 Page 101, lignes 538-544 ; page 113, lignes 286-307 ; pages 116-117, lignes 382-393 ; pages 128-129, lignes 681-704 : comment les soldats voient-ils l'après-guerre ?

7 Commentez le rythme du récit entre le chapitre V et le chapitre VI. Relevez ensuite un retour en arrière.

8 Que pensez-vous du gros Thomas, l'épicier ? Justifiez votre réponse.

9 Pages 115-139 : observez l'attitude du père Monpoix. Pourquoi peut-il paraître suspect ?

10 Page 131, lignes 760-764 : comment expliquez-vous le changement du père Monpoix ?

11 Page 143, lignes 86-95 : quel est le rôle de la mémoire dans cette guerre ?

Écrire

12 Trouvez-vous étonnant qu'il soit aussi souvent question du bonheur dans *Les Croix de bois* ? Argumentez.

13 Écrivez votre définition du bonheur.

14 À la mort de Vairon, Gilbert écrit à la famille de celui-ci pour leur apprendre la nouvelle : il raconte la vaillance du soldat, sa mort héroïque et trouve les mots de réconfort nécessaires. Écrivez cette lettre.

15 Racontez ce que fait le père Monpoix dans son grenier, « pendant ces absences que rien n'explique » (p. 122, lignes 538-539).

16 Emma Monpoix vient de recevoir une lettre de son frère. Elle la lit d'abord silencieusement, émue, puis en fait partager le contenu aux soldats dans la maison. Rédigez cette scène.

17 Écrivez un texte comique en racontant, comme si vous étiez Sulphart, un de ses « exploits » (p. 149-150).

Chercher

18 Page 79, lignes 379-380 : qui est Hamlet ? Expliquez l'allusion au crâne de Yorick.

19 Page 85, lignes 134-136 : recherchez des représentations allégoriques de la Vérité et expliquez le commentaire du narrateur.

20 De quelle vertu saint Vincent de Paul (p. 86, l. 156-157) est-il le symbole ? Recherchez une image le représentant en compagnie des pauvres et commentez-la.

21 Qui est Hypnos dans la mythologie grecque ? Sa présence serait-elle justifiée pages 94-95, lignes 380-392 ?

Oral

22 Page 127, lignes 654-655, « de sa vie, l'homme ne garde que les souvenirs heureux » : débattez de cette idée avec vos camarades.

23 Page 128, lignes 690-691, « c'était le bon temps » : à tour de rôle, évoquez, de manière détaillée, un souvenir heureux.

POUR COMPRENDRE

À SAVOIR

L'EMPHASE

L'emphase est un ensemble de procédés d'insistance qui consiste à mettre en valeur certains mots dans une phrase. La mise en relief peut s'effectuer de différentes manières.

• Le déplacement d'un mot en début de phrase (emploi de l'apposition ou bouleversement de l'ordre habituel des mots de la phrase). Ex. : « Muets, nous écoutons les hommes de soupe qui parlent d'abondance » (p. 84).

• Le détachement avec reprise par un pronom. Ex. : « Il est joli, celui-là » (p. 71).

• L'extraction, au moyen de présentatifs (c'est… que/qui ; voilà/voici… que/qui). Ex. : « Pour ce soir, c'est toi qui feras la croustance » (p. 73).

• La reprise du sujet par un pronom. Ex. : « Moi, j'boufferai avec du saucisson » (p. 73) ; « Tiens, j't'en refile deux litres, moi » (p. 76).

• On peut utiliser l'apposition pour mettre en évidence un complément circonstanciel. Ex. : « Pas de branches, surtout, ça fume de trop » (p. 75).

• Certaines figures de style de construction, comme l'anaphore ou l'énumération, renforcent les mises en relief et sont des procédés d'insistance :
– l'anaphore : « Croix de 1914 […], croix des forêts d'Argonne […], croix d'Artois […], croix fraternelles de l'arrière » (p. 306) ;
– l'énumération : « Je devinais […] un morne éboulement de corps, de pierres, de loques, d'armes brisées » (p. 257).

Lire

1 Ligne 7, « C'était l'enfer du secteur » : justifiez cette affirmation.

2 Page 157 : quelle nouvelle vient perturber la partie de cartes ?

3 Lignes 183-184 et lignes 216-219 : analysez les rapports logiques explicites et implicites dans ces phrases.

4 Lignes 234-243 : quels comportements laissent à penser aux soldats que le moment de leur mort est venu ?

5 Lignes 156-388 : relevez les signes de l'angoisse des soldats et la mise en place du suspense.

6 Lignes 332-345 : expliquez la réaction de Vieublé.

7 Comment se termine le chapitre VIII ?

Écrire

8 Lignes 59-61, « Si vous pouvez, ramenez le gars qui est dans le champ, juste devant les fils de fer » : écrivez le récit, du point de vue de Gilbert, de cette excursion à travers le champ de bataille.

9 Écrivez la lettre d'adieu de Bréval à sa femme (l. 274-276).

Chercher

10 Recherchez ce qu'est le mont Golgotha (signification, histoire...) et établissez un lien avec le chapitre VIII.

11 Recherchez la gravure d'Otto Dix intitulée *Unterstand/Cagna* et décrivez-la.

L'ARGOT

L'argot est un langage familier codé qui se veut un moyen de reconnaissance pour ceux qui le pratiquent. Il s'agit à l'origine d'un langage utilisé par des individus en marge de la société.

Parmi les codages identifiés de l'argot, on trouve le verlan et le javanais ou encore le louchébem.

Les procédés lexicaux sont nombreux pour créer le langage argotique :
– suppression d'une ou plusieurs syllabes au début ou à la fin du mot : *les distribes, le rata, le pitaine*...
– ajout d'un suffixe à consonance populaire : *la cuistance, le burlingue, les officemars, bonard*...
– utilisation de la métaphore : *le buffet* (l'estomac), *le jus* (le café), *les sodas* (les grenades), *le trèfle* (le tabac)...
– emprunt à une autre langue : *Tu verras si je serai rider* (cavalier, en anglais, d'où le sens d'élégant).

Lire

1 Reconstituez la chronologie de ce chapitre.

2 Lignes 1-13 : relevez des comparaisons. Expliquez-les.

3 Lignes 2-12 : de quelles façons est désigné l'homme ? Commentez-les.

4 Ligne 9, « son cri de bête, ce cri atroce où l'on sentait la peur » : relevez les expansions du nom *cri* et donnez leur nature et leur fonction.

5 Lignes 8-21 : en quoi peut-on dire que ce passage est pathétique ?

6 Lignes 24-32 : expliquez les réactions des soldats.

7 Lignes 43-45 : pour quelle raison a-t-on exécuté le soldat ?

8 Ligne 48 : expliquez la dernière phrase du chapitre. Quel effet produit-elle ?

Écrire

9 Écrivez la lettre de Vieublé à son père racontant et dénonçant cette exécution à laquelle il a dû participer.

Chercher

10 Cherchez les paroles et l'histoire de la chanson *Mourir pour la Patrie*.

11 Que sont les « fusillés pour l'exemple » ?

POUR COMPRENDRE

À SAVOIR

DIFFÉRENTES NATURES DE « QUE »

Ce mot, qui apparaît dans différentes catégories grammaticales, pose souvent des problèmes d'identification.

• *Que* conjonction de subordination : pour exprimer un ordre ou un souhait (ex. : « Que ça finisse ») ; pour introduire une proposition subordonnée conjonctive complétive (ex. : « On aurait dit qu'il allait en chanter une ») ou circonstancielle (ex. : « Berthier serrait les dents pour qu'on ne voie pas sa mâchoire trembler ») ; en corrélation avec l'adverbe « si » (ex. : « la porcherie si basse qu'il ne pouvait s'y tenir qu'à genoux »).

• *Que* pronom relatif : représentant de l'antécédent (un nom, un pronom) dans la proposition subordonnée relative (ex. : « dans ce râle affreux, qu'écoutait tout un régiment »).

• *Que* peut également être un adverbe de négation exprimant la restriction (ex. : « il ne pouvait s'y tenir qu'à genoux ») ou un pronom interrogatif et exclamatif.

Lire

1 Page 170, lignes 1-4 : expliquez pourquoi on peut parler de métaphore filée au sujet de ce passage.

2 Pages 173-175 : que sont venus faire les soldats à l'église ?

3 « Ces orgues humaines » (p. 174, l. 124), « leur infernale partie de boules » (p. 179, l. 236), « grand bouclier vivant » (p. 191, l. 58), « ce dallage qui s'enfonçait » (p. 197, l. 218), « un autre dormeur bleu » (p. 200, l. 324), « les ronces de fer » (p. 201, l. 348) : expliquez chacune de ces métaphores.

4 Pages 192-193 : expliquez la symbolique du combat du scarabée et de l'insecte bleu.

5 Dans le chapitre XI, relevez des preuves de l'horreur de la guerre.

6 Page 211, lignes 609-613 : expliquez ce passage. À quels passages du chapitre X ces informations renvoient-elles ?

7 Au terme du chapitre XI, quels personnages ont trouvé la mort ? Dans quelles circonstances ?

8 Résumez et commentez l'épisode final du chapitre XI.

Écrire

9 Pages 172-173, lignes 72-81 : imaginez le dialogue entre le père

Bailleul et le narrateur, au sujet de son fils Émile. Vous utiliserez le discours direct et le discours indirect et utiliserez des verbes de parole variés.

10 Pages 217-218, lignes 785-789 : écrivez la lettre que la jeune fille des Postes écrit à une cousine parisienne pour lui raconter le défilé des soldats. Vous mêlerez description et narration et vous insisterez sur les émotions ressenties.

Chercher

11 Page 185, lignes 388 : qui est Ophélie ? Cherchez le récit de sa mort et une œuvre picturale la représentant.

12 Pages 205-206, lignes 464-466 : cherchez le poème d'Arthur Rimbaud « Le Dormeur du val » et établissez des rapprochements avec le passage cité.

Oral

13 Page 183, lignes 356-357 : « il n'y a que le soldat qui écoute sans lassitude les histoires de soldats ». Partagez-vous cette opinion ? Aimez-vous les récits sur la guerre ?

14 Récitez « Le Dormeur du val » d'Arthur Rimbaud.

LES DISCOURS RAPPORTÉS

Dans un roman, le récit est souvent complété par les paroles des personnages (on parle de discours rapportés). Il existe différentes manières de les faire apparaître.

• **Le discours direct** : il fait « entendre » la voix des personnages (on peut reconnaître alors plusieurs registres de langue) et se démarque nettement de la partie narrative.

Caractéristiques :

– présence des signes de ponctuation du dialogue (deux-points, guillemets, tiret) ;

– présence de la ponctuation expressive (points d'interrogation, d'exclamation et de suspension) ;

– présence de verbes de parole : *dire, répondre, proposer* (ils organisent la prise de parole), *grogner, railler, murmurer* (ils indiquent une intonation particulière) ;

– temps et pronoms de la communication (système du présent, *je/nous, tu/vous*).

Ex. : *De l'autre côté de la cloison, un blessé crie : « Non ! Vous me faites mal… »*

• **Le discours indirect** : les paroles sont intégrées au récit, prises en charge par le narrateur. On ne distingue plus la « voix » des personnages.

Caractéristiques :

– disparition des signes de ponctuation du dialogue et de ponctuation expressive ;

– présence d'un verbe de parole suivi d'une conjonction de subordination (*que, si*) ;

– temps et pronoms du récit (système du passé, *il*).

Ex. : *De l'autre côté de la cloison, un blessé cria qu'on lui faisait mal.*

• **Le discours indirect libre** : il permet de lier les paroles du personnage à la narration et mêle des caractéristiques des discours direct et indirect.

Caractéristiques :

– présence de la ponctuation expressive, des registres de langue, mais absence de la ponctuation du dialogue ;

– temps et pronoms du récit.

Ex. : *De l'autre côté de la cloison, un blessé criait. Non ! On lui faisait mal !*

• **Le récit de paroles** : une prise de parole est indiquée, mais son contenu n'est pas développé. Ex. : *On parlait fort, on crânait.*

Lire

1 Dans quel lieu se situe l'action du chapitre XII ? De quelle façon apparaît-il aux yeux des soldats ?

2 Page 231, lignes 322-342 : quelle atmosphère est rendue dans ce passage ? Étudiez le vocabulaire.

3 Page 232, lignes 356-376 : comment est montrée la violence des combats ? Analysez les constructions syntaxiques et le rôle des pronoms.

4 Page 232, lignes 376 : commentez la dernière phrase du chapitre.

5 Expliquez le titre du chapitre XIII en en résumant l'essentiel.

6 Pages 245-247, lignes 72-135 : dans quelles conditions se font les déplacements des soldats ? Étudiez le champ lexical dominant.

7 Pages 249-250 : que contient la lettre de Suzy ? Expliquez la déception de Gilbert.

8 Pages 251-252, lignes 20-47 : pourquoi les soldats sont-ils scandalisés ?

9 Page 256, ligne 134, « Il avait compris » : qu'a compris Maroux ?

10 Dans le chapitre XV, que dit-on de ce qui se passe à l'arrière ?

11 Racontez les circonstances de la mort de Broucke, Bouffioux et Gilbert.

12 Comparez l'évacuation de Sulphart avec celle qu'il prévoyait dans le chapitre V, pages 91-92.

Écrire

13 Pages 226-227, lignes 206-218 : Sulphart, assoiffé, décide de se rendre au puits, malgré le danger. Écrivez le récit de son aventure.

14 Pages 228-230, lignes 264-313 : le lendemain de la mort de Bréval, Gilbert commence à rédiger une lettre à la femme de celui-ci, mais s'interrompt : il ne sait s'il doit lui adresser les reproches de Bréval ou son pardon. Écrivez la délibération de Gilbert sous la forme d'un monologue intérieur.

15 Page 235, ligne 58, « voici le passé qui revient » : écrivez le dialogue entre Sulphart, Belin et Lemoine racontant et commentant leurs souvenirs heureux d'avant-guerre.

16 Pages 253-254 : imaginez le dialogue entre Gilbert et son cousin lui proposant de quitter le front pour rejoindre le Service automobile des armées.

Chercher

17 Cherchez une gravure d'Otto Dix sur la guerre, décrivez-la et comparez-la avec les descriptions contenues dans *Les Croix de bois*.

18 Qu'est-ce qu'une pietà ? Comparez-en une représentation avec les lignes 315-317 (p. 230).

19 En quoi le tableau *La Guerre* d'Otto Dix offre-t-il une image réaliste des combats de 1914-1918 ? Trouvez dans *Les Croix de bois* des phrases qui pourraient servir de légende à chacun des panneaux constituant le triptyque.

20 Page 251, lignes 9-14 : expliquez la référence au Styx.

Oral

21 Adopteriez-vous la même attitude que Gilbert, dans le chapitre XIV, quand il préfère différer la lecture de sa lettre pour économiser du bonheur ?

POUR COMPRENDRE

À SAVOIR

LA PERSONNIFICATION ET AUTRES FIGURES DE STYLE

Les figures de style désignent l'ensemble des procédés mis en œuvre dans un texte littéraire pour produire un effet sur le lecteur. Roland Dorgelès, dans *Les Croix de bois*, emploie ces ressources du langage pour créer des images frappantes, pour donner de la force à une idée, pour faire sourire parfois.

• La personnification attribue à une chose des caractéristiques humaines. Dans *Les Croix de bois*, la personnification est souvent employée au sujet d'un élément du décor, personnage à part entière, animé et agissant. Ex. : « la nuit aux aguets écoutait la tranchée », « la dernière étoile se dépêchait de rentrer », « le cimetière hurle de grenades »...
Mais la personnification touche parfois aussi à des objets. Ex. : « Les obus, à *tâtons*, cherchent toujours des hommes dans le noir. »
• L'allégorie est proche de la personnification. Elle anime des idées abstraites comme la Mort, la Justice, la Vérité... Ex. : « De loin en loin, un soldat était couché, blessé à bout de sang que la Mort avait rejoint. Elle devait connaître leur route et les guetter au passage, pour les achever ».
• La comparaison établit un rapprochement entre deux éléments (un comparé, un comparant) au moyen d'un outil de comparaison (*comme, tel...*). Ex. : Gilbert et le narrateur, au fond d'une tombe, se serrent « comme deux gosses dans un giron ».
• La métaphore établit un rapprochement implicite, sans outil de comparaison pour rapprocher deux éléments. Ex. : Gilbert « effeuill[e] les pétales de lettres » qu'il vient de déchirer en mille morceaux sur la dépouille d'un soldat. « [L]e soir silencieux tisse sa brume, seul grand linceul de toile grise, pour tant de morts qui n'en ont pas. »

LE RETOUR DU HÉROS

POUR COMPRENDRE

Lire

1 Pourquoi Sulphart jouit-il d'un statut particulier à l'hôpital ? Fait-il l'unanimité autour de lui ? Pourquoi ?

2 Pages 295-296, lignes 148-167 : commentez la réaction de Sulphart à l'annonce de la mort de Gilbert et expliquez le rôle donné à la mémoire.

3 Page 297 : quelles sont les principales préoccupations de Sulphart ? Comment se résolvent-elles ?

4 Faites la liste des raisons pour lesquelles Sulphart « n'avait eu que des déceptions depuis son arrivée » (p. 299, l. 250-251).

5 Pages 299-304 : quelles sont les réactions des civils face à Sulphart ? Comment réagit-il ?

6 Expliquez la dernière ligne du chapitre.

Écrire

7 Que pensez-vous de l'attitude des civils face à ceux qui ont souffert dans les tranchées ? Vous présenterez un texte organisé et argumenté.

8 Page 303, lignes 351-357 : écrivez le dialogue entre Sulphart et les parents de Gilbert. Vous évoquerez les réactions, les silences et l'émotion des personnages.

Chercher

9 Page 295, ligne 147 : quelle est l'étymologie du mot « massacre » ? Recherchez-en les différents sens.

À SAVOIR

LES MOTS DE LA GUERRE

Les Croix de bois donne à voir la guerre dans ce qu'elle a de plus quotidien et de plus barbare. Pour reconstituer le réel, l'auteur, qui est aussi journaliste, se sert notamment du lexique de la guerre.

• Lexique militaire :
– armes et équipement : *baïonnettes, shrapnells, lebel, mauser, fusants, barda, musette, capote, molletières…* ;
– quotidien du soldat : *gourbis, rata, cagna, corvées, distribes, cabot, biffin…*
• Principaux champs lexicaux :
– la mort : *les corps vides, la chair froide, le linceul, leurs visages bouffis ou cireux, leurs pauvres faces violacées, un suaire de sang caillé…* ;
– la blessure : *les blessés clopinants, leurs pattes sanglantes, la terrible figure dont le menton broyé n'était qu'un caillot noir…*
Mais aussi la boue, la ruine, la bataille, la peur…

Lire

1 Qu'est-ce qui fait de ce chapitre une conclusion du roman ?

2 Pourquoi peut-on assimiler le narrateur et l'auteur dans ce chapitre ?

3 Quelles expressions sont répétées dans l'ensemble du chapitre ? Pourquoi ?

4 Comment le narrateur justifie-t-il l'oubli qui suivra cette guerre ?

5 Lignes 37-47 : quel procédé donne une impression de multitude ?

6 Lignes 52-73 : de quelle manière le narrateur explique-t-il son projet et sa démarche pour raconter la guerre de 1914-1918 ?

7 Lignes 64-83 : quel verbe domine dans la fin du roman ? Pourquoi est-il étonnant ?

Écrire

8 Décrivez la photographie d'un cimetière militaire de la Première Guerre mondiale.

9 Imaginez que le monument aux morts, le 11 novembre, se mette à parler : quels souvenirs évoquerait-il ? Quel message enverrait-il aux jeunes générations et aux gouvernements ? Rédigez ce monologue.

10 Rédigez le discours que vous prononceriez devant le monument aux morts de votre ville pour rendre hommage aux « morts pour la France ».

Chercher

11 Recherchez les images de monuments aux morts de la Première Guerre mondiale. Qu'ont-ils en commun ? Qu'ont-ils de particulier ?

POUR COMPRENDRE

À SAVOIR

LA MODALISATION ET LES MODALISATEURS

On appelle « modalisation » l'implication du locuteur dans son discours : l'expression de sa subjectivité à travers son jugement, ses sentiments, ses doutes et ses certitudes, sa façon de nuancer son propos…
Cette modalisation du discours se fait au moyen de modalisateurs :
– pour exprimer un doute ou une certitude : verbes (*croire, penser, sembler*), adverbes (*peut-être, sans doute*), emploi du conditionnel, des auxiliaires modaux (*devoir, pouvoir*), de temps de l'indicatif (marqueurs de certitude)…
Ex. : « le temps viendra peut-être » ; « Oh ! je sais bien, c'est odieux » ;
– pour exprimer un jugement (favorable ou défavorable) : vocabulaire évaluatif (adjectifs, adverbes péjoratifs ou mélioratifs)… Ex. : « les souvenirs atroces ».
La ponctuation et les types de phrases viennent en appui de la modalisation.

I) CEUX DE 14

Les témoignages sont nombreux sur la Grande Guerre et, depuis quelques années, on peut lire les récits des soldats anonymes qui ont combattu courageusement pour défendre leur patrie. Ces « paroles de Poilus » sont très précieuses. Elles offrent un regard précis et personnel sur leur quotidien, sur les conditions extrêmement difficiles, physiquement et psychologiquement, de la vie sur le front. Dans les textes qui suivent, la guerre est racontée par des écrivains qui l'ont vécue, d'autres Poilus qui ont fait œuvre de romancier et qui se sont approprié ces souvenirs marquants. Six textes, six visions, parfois inattendues, de la guerre…

Pierre Benoit (1886-1962)

Koenigsmark, extrait de *Œuvres romanesques vol. 1*, éditions Albin Michel, 1966.

Koenigsmark est le premier roman de Pierre Benoit. Publié en feuilletons dans *Le Mercure de France* dès 1917, ce récit, qui mêle aventure et amour, est un des premiers à choisir pour cadre la Première Guerre mondiale. Fils de militaire, Pierre Benoit a participé aux terribles premiers mois du conflit avant d'être évacué pour maladie. Voici les premières pages du roman…

– Rompez les faisceaux.

D'elle-même, avec cette habitude qui économise les commandements, la masse sombre de la compagnie fit à droite par quatre.

La nuit tombait, désolante et froide, striée de longues raies liquides. Il avait plu tout le jour. Au milieu de la clairière, des flaques d'eau reflétaient, encore pâles, le ciel vert de gris.

Un ordre tomba : En avant.

La petite troupe se mit en marche. J'étais en tête. [...]

Dans l'obscurité, les hommes avaient d'extraordinaires silhouettes de bossus, courbés sur leurs bâtons, avec, au dos, l'étonnant chargement des sacs où ils avaient brélé[1] les objets les plus hétéroclites. La tranchée est une île déserte. Sait-on de quoi on y aura besoin ? Aussi les soldats y emménagent-ils tout ce qui est transportable.

Ils observaient un silence grave et bourru, le silence qu'on garde en allant occuper un secteur dont on n'a pas l'habitude. Et puis, le Blanc-Sablon avait mauvaise réputation. La tranchée ennemie était assez éloignée, sans doute – trois ou quatre cents mètres –, mais la nature du terrain n'avait permis de creuser que de déplorables abris, sans cesse effondrés, maintenus à grand'peine avec des rondins. En outre, c'était un lieu boisé, raviné, où l'on ne voyait pas à cinquante mètres devant soi. Et rien n'est énervant, à la guerre, comme le mystère de l'invisible.

Une voix dit :

– Qui sait si au moins on pourra allumer les bougies ?

Allumer les bougies, cela veut dire jouer aux cartes. On le peut, quand les trous sont suffisamment profonds, avec de bonnes toiles de tente pour en voiler l'entrée.

Un autre murmura :

– Pour combien de temps descend-on là-bas ?

Cette question demeura sans réponse. En octobre 1914, la guerre n'était pas encore devenue une chose administrative, avec relèves fixes, permissions... On ignorait le nombre de jours qu'on resterait dans de mauvaises tranchées, qu'on ne pouvait se résoudre à améliorer : ce

---

1. Rassemblé.

n'est pas la peine. Il y a déjà un mois qu'on est arrêté. Avant la fin de la semaine, on sera sûrement reparti de l'avant.

De mon bâton, je fouillais le sentier forestier, éclairé à trois pas par la pauvre lanterne qu'un soldat cachait sous sa pèlerine. C'est une chose redoutable que d'être guide, dans la forêt, dans la nuit, sur un chemin inconnu. Derrière vous, les hommes, les chefs eux-mêmes, suivent comme des moutons, attentifs seulement à ne pas, dans un arrêt brusque, venir se cogner le nez contre le sac de son prédécesseur, qui est tout leur horizon. Les autres pouvaient penser à la relève, à leur partie de cartes, à chez eux, à n'importe quoi... Moi, je n'avais qu'un souci : ne pas fourvoyer cette foule aveugle.

Pas d'autre bruit que le piétinement sourd qui serpentait indéfiniment derrière moi. Les arbres au-dessus de nous faisaient un dôme noir. De temps en temps, en passant dans une clairière, on levait la tête ; mais le ciel était aussi sombre que la voûte des branches.

Maurice Genevoix (1890-1980)

Ceux de 14, éditions Flammarion, 1981.

Maurice Genevoix retrace, dans ce premier volume de *Ceux de 14*, la guerre du fantassin, faite de sang et de boue. Dans cet extrait, au milieu des atrocités de la guerre et de la haine patriotique de l'Allemand, se dessinent parfois des situations simplement humaines qui sont aussi un aspect de la Première Guerre mondiale.

Mes hommes, en se secouant autour de moi, achèvent de m'éveiller. Je me frotte les yeux, m'étire les bras, saute sur mes pieds. Le soleil couvre déjà les champs d'une marée de clarté douce. Je reconnais mon vallon, avec les points de repère échelonnés jusqu'à l'extrême limite du tir possible.

Beaucoup d'aéros[1], les nôtres lumineux et légers, les boches plus sombres et plus ternes, semblables à de grands rapaces au vol sûr.

Devant nous, des uhlans[2] en vedette à la lisière d'un bois, cheval et cavalier immobiles. De temps en temps seulement, la bête chasse les mouches en balayant ses flancs de sa queue.

À la jumelle, je vois sur un chemin deux blessés qui se traînent, deux Français. Un des uhlans les a aperçus. Il a mis pied à terre, s'avance vers eux. Je suis la scène de toute mon attention. Le voici qui les aborde, qui leur parle ; et tous les trois se mettent en marche vers un gros buisson voisin de la route, l'Allemand entre les deux Français, les soutenant, les exhortant sans doute de la voix. Et là, précautionneusement, le grand cavalier gris aide les nôtres à s'étendre. Il est courbé vers eux, il ne se relève pas ; je suis certain qu'il les panse.

Erich Maria Remarque (1898-1970)

À l'Ouest rien de nouveau, © 1929, 2009, éditions Stock pour la traduction.

À sa sortie en 1929, le témoignage de cet Allemand eut un grand retentissement. Aujourd'hui encore, son succès ne se dément pas et le lecteur découvre avec passion et intérêt les tragiques aventures d'un combattant alors ennemi mais dont le quotidien terrible est en tout point comparable à celui d'un soldat français de 1914-1918. Cet extrait est une réflexion sur le destin qui fauche certains et en épargne d'autres. Remarque l'appelle *hasard*.

---

1. Aéroplanes, avions.
2. Cavaliers allemands.

Ceux de 14

Le front est une cage dans laquelle il faut attendre nerveusement les événements. Nous sommes étendus sous la grille formée par la trajectoire des obus et nous vivons dans la tension de l'inconnu. Sur nous plane le hasard. Lorsqu'un projectile arrive, je puis me baisser, et c'est tout ; je ne puis ni savoir exactement où il va tomber, ni influencer son point de chute. C'est ce hasard qui nous rend indifférents. Il y a quelques mois, j'étais assis dans un abri et je jouais aux cartes ; au bout d'un instant, je me lève et je vais voir des connaissances dans un autre abri. Lorsque je revins, il ne restait plus une miette du premier ; il avait été écrabouillé par une marmite. Je retournai vers le second abri et j'arrivai juste à temps pour aider à le dégager, car il venait d'être détruit à son tour.

C'est par hasard que je reste en vie, comme c'est par hasard que je puis être touché. Dans l'abri « à l'épreuve des bombes », je puis être mis en pièces, tandis que, à découvert, sous dix heures du bombardement le plus violent, je peux ne pas recevoir une blessure. Ce n'est que parmi les hasards que chaque soldat survit. Et chaque soldat a foi et confiance dans le hasard.

Henri Barbusse (1873-1935)

Le Feu, journal d'une escouade, Flammarion, prix Goncourt 1916.

Henri Barbusse s'engage dans la guerre à quarante-et-un ans. Il note dans un carnet ce qui deviendra la matière de son roman autobiographique publié d'abord en feuilletons dans le journal *L'Œuvre* et qu'il a rédigé au début de 1916, alors en convalescence à Chartres, puis à Plombières. Le chapitre 2, intitulé « Dans la terre », est une évocation saisissante des tranchées.

La terre ! Le désert commence à apparaître, immense et plein d'eau, sous la longue désolation de l'aube. Des mares, des entonnoirs, dont la bise aiguë de l'extrême matin pince et fait frissonner l'eau ; des pistes tracées par les troupes et les convois nocturnes dans ces champs de stérilité et qui sont striées d'ornières luisant comme des rails d'acier dans la clarté pauvre ; des amas de boue où se dressent çà et là quelques piquets cassés, des chevalets en X, disloqués, des paquets de fil de fer roulés, tortillés, en buissons. Avec ses bancs de vase et ses flaques, on dirait une toile grise démesurée qui flotte sur la mer, immergée par endroits. Il ne pleut pas, mais tout est mouillé, suintant, lavé, naufragé, et la lumière blafarde a l'air de couler.

On distingue de longs fossés en lacis où le résidu de nuit s'accumule. C'est la tranchée. Le fond en est tapissé d'une couche visqueuse d'où le pied se décolle à chaque pas avec bruit, et qui sent mauvais autour de chaque abri, à cause de l'urine de la nuit. Les trous eux-mêmes, si on s'y penche en passant, puent aussi, comme des bouches.

Je vois des ombres émerger de ces puits latéraux, et se mouvoir, masses énormes et difformes : des espèces d'ours qui pataugent et grognent. C'est nous.

Nous sommes emmitouflés à la manière des populations arctiques. Lainages, couvertures, toiles à sac, nous empaquettent, nous surmontent, nous arrondissent étrangement. Quelques-uns s'étirent, vomissent des bâillements. On perçoit des figures, rougeoyantes ou livides, avec des salissures qui les balafrent, trouées par les veilleuses d'yeux brouillés et collés au bord, embroussaillées de barbes non taillées ou encrassées de poils non rasés. [...]

Une face de poupard, aux paupières bouffies, aux pommettes si carminées qu'on dirait qu'on y a collé de petits losanges de papier rouge, sort de terre, ouvre un œil, les deux ; c'est Paradis. La peau de ses grosses joues est striée par la trace des plis de la toile de tente dans laquelle il a dormi la tête enveloppée.

Il promène les regards de ses petits yeux autour de lui, me voit, me fait signe et me dit :

– Encore une nuit de passée, mon pauv' vieux.

– Oui, fils, combien de pareilles en passerons-nous encore ?

Il lève au ciel ses deux bras boulus. Il s'est extrait, à grand frottement, de l'escalier de la guitoune, et le voilà à côté de moi. Après avoir trébuché sur le tas obscur d'un bonhomme assis par terre, dans la pénombre, et qui se gratte énergiquement avec des soupirs rauques, Paradis s'éloigne, clapotant, cahin-caha, comme un pingouin, dans le décor diluvien.

Roger Vercel (1894-1957)
Capitaine Conan, éditions Albin Michel, 1934.

D'abord brancardier sur les fronts nord et ouest de la France, Roger Vercel a combattu en tant qu'officier sur les lignes orientales, notamment dans les Balkans. L'action de *Capitaine Conan*, qui reçoit le prix Goncourt en 1934, se situe en Bulgarie. Dans cet extrait, proche du chapitre IX des *Croix de bois*, on assiste, impuissants, au jugement d'un déserteur.

On a jugé Erlane hier.

Hier, il est venu s'asseoir tout seul, au milieu de la salle, au centre du large rectangle de ciment que bordent les petites tables de l'école. Mon greffier qui l'avait vu sortir de prison, m'avait prévenu :

– Il n'en reste plus !…

Au premier regard que je jetai sur lui, je m'aperçus qu'il apportait là une indifférence morne, une apathie totale, qu'il avait épuisé ses dernières réserves d'angoisse. […] Le colonel, en s'asseyant, dit :

– Levez-vous.

Si Erlane s'était alors dressé, dans un beau garde-à-vous bien raide et bien sonnant, il eût impressionné favorablement le tribunal, car, assis, il était propre et se tenait droit. Mais il se leva mal et, sitôt debout, il fléchit sur une hanche, sa tête tomba sur l'épaule. […]

– Je vous avertis que la loi vous donne le droit de dire tout ce qui est utile à votre défense...

C'était dérisoire, cette permission accordée à quelqu'un incapable, si visiblement, d'en user !...

Dans mon rapport, dans mon réquisitoire, j'ai agi au mieux, je le crois encore ce matin, en n'existant pas, en présentant les choses de la manière la plus terne, la plus sèche possible. Les juges, au moins, ne se sont pas appuyés sur moi !... J'ai concédé le fait matériel de la désertion, une désertion qui n'avait été ni préméditée, ni suivie de trahison... En raison de l'état mental de l'accusé, un hypernerveux, un impulsif sans volonté, j'ai demandé l'indulgence du tribunal.

Mais de Scève a été écrasant ! [...] Si de Scève a tout emporté, c'est qu'il a révélé à l'audience un détail accablant, un détail qu'il s'était bien gardé de me livrer : le pli dont Erlane était porteur, ce sont les Bulgares qui l'ont reçu, et ce pli, exceptionnellement important, concernait l'organisation du tir indirect par toutes les mitrailleuses du secteur, avec l'indication des objectifs à battre. [...]

– Je déclare les débats terminés.

Quand le colonel s'est levé, je savais que tout était perdu...

L'attente, dans la cour d'école, l'école où siège le conseil, a été très courte : c'est vite fait de répondre oui à toutes les questions !... [...]

– [...] En conséquence, attendu qu'il est constant qu'Erlane Jean-René a déserté à l'ennemi et s'est rendu de plus coupable du crime de trahison, le tribunal le condamne à la peine de MORT AVEC DÉGRADATION MILITAIRE, le condamne en outre aux frais envers l'État, ordonne qu'il sera donné lecture de la sentence devant la garde rassemblée sous les armes.

Ernst Jünger (1895-1998)

Orages d'acier, [1920], nouvelle traduction d'Henri Plard, © éditions Christian Bourgois, 1995.

Engagé volontaire à dix-neuf ans dans la Première Guerre mondiale, Ernst Jünger donne, dans *Orages d'acier*, la vision d'un Allemand sur la guerre. Ce journal, que l'écrivain français André Gide considéra comme « le plus beau livre de guerre » qu'il ait lu, montre certains aspects méconnus du conflit, comme l'implication des Hindous aux côtés des Anglais.

Je décidai d'inspecter le champ de bataille. Dans la prairie, des appels et des cris de douleur à l'accent exotique s'élevaient. Ces voix nous rappelèrent les coassements des grenouilles qu'on entend dans les prés après un orage. Nous découvrîmes dans l'herbe haute une file de morts et trois blessés qui, soulevés sur leurs coudes, nous suppliaient de les épargner. Ils semblaient convaincus que nous allions les égorger.

À ma question : « Quelle nation ? », l'un répondit : « Pauvre Radschpoute ! »

Nous avions donc devant nous des Hindous venus d'au-delà des mers pour se fracasser la tête dans ce coin perdu contre des fusiliers hanovriens. Pauvres types !

Leurs corps graciles étaient vilainement arrangés. À ces courtes distances, la balle d'infanterie prend des effets explosifs. Certains avaient été touchés une seconde fois, alors qu'ils étaient déjà tombés, de sorte que la trajectoire de la balle pouvait se suivre à travers tout le corps. Aucun d'eux n'avait moins de deux blessures. Nous les ramassâmes et les traînâmes vers nos positions. Ils braillaient comme si nous allions les tuer ; mes hommes leur fermèrent la bouche et les menacèrent du poing, ce qui aggrava leur angoisse. L'un d'eux mourut en route, mais nous l'emportâmes tout de même, car on touchait une prime pour chaque prisonnier, mort ou vif. Les deux autres cherchaient à se concilier nos bonnes grâces en criant tout le temps : « Anglais pas bon ! » Je n'ai jamais bien compris pourquoi ces gens parlaient français. Je suppose qu'ils avaient dû rester longtemps au cantonnement en France. Le cortège, où les plaintes des blessés se mêlaient à nos voix joyeuses, avait une allure archaïque, qui, pendant quelques moments, me bouleversa. Ce n'était plus la guerre, c'était un spectacle du fond des âges.

II) LETTRES DU FRONT ET D'AILLEURS

La Première Guerre mondiale, si elle a fourni à la littérature française un grand nombre de romans, s'est naturellement retrouvée dans la correspondance de ceux qui la menaient : écrivains français ou américains, célèbres ou encore anonymes, tous ont ressenti cette nécessité de raconter la guerre à ceux qu'ils aiment, à une amoureuse, à un ami, à un fils, à un père. Qu'ils proviennent du front ou d'ailleurs, les extraits qui suivent n'ont que peu de recul sur les événements : ils sont le témoignage brut de sensations, d'idéaux détruits, de choses vues, d'expériences vécues et demeurent de précieux documents pour se souvenir du conflit le plus meurtrier du XXe siècle.

Pierre Benoit (1886-1962)

Bernard Vialatte et Maurice Thuilière, « Au début de la Grande Guerre : une correspondance française », Lettre à Fernande Leferrer du 17 octobre 1914, *Cahiers des Amis de Pierre Benoit*, n° 21, 2010.

Quand Pierre Benoit participe à la guerre, il n'a pas encore publié le moindre roman. Seul un recueil de poèmes, sorti quelques mois avant la déclaration de guerre, a vu le jour, subrepticement... Il prétend n'en avoir vendu que quatre... Depuis deux ans, il a une fiancée, Fernande, à qui il raconte sa foi de soldat en la « guerre sainte », mais aussi l'esprit de camaraderie et le manque de son amour...

> 17 octobre 1914
>
> Merci, ma bonne petite Fernande de ta lettre [...].
>
> Je te réponds par une après-midi navrante de tristesse, tu sais, l'hiver déjà. Figure-toi le paysage. Derrière moi, nos cahutes, creusées dans la crête qui nous protège, et au sommet de laquelle on voit les lignes ennemies, auxquelles en ce moment, je tourne le dos, pour avoir les yeux dans la direction de Paris. Devant moi, dans la vallée grise et embrumée, l'Aisne. Des bois à droite et à gauche. Aujourd'hui, accalmie. Seulement quelques gros obus vers midi. Des coups de feu à droite et à gauche, isolés. Je suis ici avec ma section, une soixantaine de bons types de chez moi, que j'interpelle de temps en temps en patois : « hilh de pute ». Ce qui veut dire fils de personne un peu légère, ce qui leur paraît le comble de l'amabilité.
>
> Ils m'aiment bien, ces pauvres bougres, dont la plupart ne sachant pas écrire savent que c'est moi qui écrirai à leur femme ou à leur mère, s'il leur arrive malheur. Je sens en revanche qu'ils se jetteraient au feu

pour m'en retirer, mort ou vif. Quatre sont en train de me construire une maison en carton bitumé, tapissée de paille, recouverte de verdure, à cause des aéroplanes allemands. Il y a une étagère pour ma bibliothèque, Racine et les *Métamorphoses* d'Ovide, et une petite boîte où sont tes lettres, ma chérie. Des crochets pour mon épée et mon revolver, une petite grotte où je mets une bougie, tu vois, le comble du confort, pour quelques jours encore. Sur le sol, de la paille. J'ai un sac pour oreiller, avec une couverture de cheval, une grande couverture brune sur la paille, et sur moi, une grande capote bleue d'officier, plus un manteau prussien gris à parements rouges, que je me suis dégoté. Comme cela, avec le costume japonais, le passe-montagne, je n'ai pas froid. Et puis, je peux tirer mes souliers, quel luxe. Songe, ma pauvre petite, sans avoir horreur de moi, que pendant la retraite de Belgique je suis resté douze jours sans me déchausser. Peyre n'a pu changer de linge depuis Charleroi à Provins. Ici, on est à peu près convenable et rasé.

Chère petite qui me dit qu'à dix heures du soir et à huit heures du matin, elle pense à moi. […] Tu es là, je te sens. Ma tête dans tes mains, ma petite. Moi, c'est tout ton cher corps que je presse contre le mien. […] Alors, je ne peux plus, je me lève, jette ma capote sur mes épaules et marche seul sur ce plateau, où peut-être nous reposerons, puisque, si la France est vaincue, nous devrons tenir jusqu'au dernier.

C'est drôle, comme le simple exposé des faits a l'air d'être de la littérature. Moi qui ai horreur de cela.

Tu pries pour moi. Merci. Je fais un vœu, que tu me rappelleras. Dans les quinze premiers jours qui suivront mon retour à Paris, nous irons au Sacré-Cœur, brûler un cierge à l'autel de la Vierge. Et tu sais, nous dînerons à ce belvédère où nous dînâmes ce dimanche de juillet 1913, alors que nous nous connaissions si mal, et que nous nous méconnaissions si bien.

Tant pis, je clos cette enveloppe. Dis-moi si elle t'est parvenue.

Pierre Benoit

Romain Rolland (1866-1944)

Romain Rolland – Stefan Sweig, correspondance 1910-1919, édition établie par Jean-Yves Brancy, Albin Michel, 2014.

Romain Rolland a quarante-huit ans quand éclate la guerre. Il décide de rester en Suisse, où il se trouve alors et travaille pour la Croix-Rouge. Son ambition est de se situer, comme l'indique le titre d'un article qu'il écrit en septembre 1914, « au dessus de la mêlée ». Cela lui vaudra la haine de bon nombre de ses contemporains qui ne comprennent pas son pacifisme. Sa correspondance avec l'écrivain autrichien Stefan Zweig – âgé de trente-trois ans en 1914, il est inapte au front mais recruté dans les services de la propagande – se renforce pendant les années de guerre, leur permettant de dénoncer les mensonges de la presse, de déplorer l'horreur du conflit mais de croire encore à l'Europe.

Genève-Champel, Hôtel Beau-Séjour / Jeudi 12 novembre 1914

Mon cher, mon pauvre Stefan Zweig, votre douloureuse lettre m'émeut profondément. Je comprends votre peine. Courage, mon cher ami ! Je ne vous dirai pas de ne pas souffrir (ce serait bien impossible, et je souffre aussi beaucoup). Mais au contraire, souffrons courageusement, et tâchons que cette souffrance nous élève et nous purifie. [...]

[P]endant deux ou trois semaines, au début de la guerre (c'est enrayé maintenant), il s'est passé, en plusieurs régions que je connais, des choses innommables ! Ç'a dû être une sorte de folie, un vertige, causé peut-être par la vue de quelques atrocités individuelles. [...] Mais les faits sont là, en Belgique, en Lorraine. Chez nous, on évite encore de les publier, pour ne pas terroriser les populations. Mais j'en ai connaissance, au moins partiellement.

Mon ami, je le répète, je n'accuse personne, je n'accuse que la guerre, et je plains tous les malheureux qui en sont les victimes affolées, – ceux qui font le mal, aussi bien que ceux qui le subissent. […]

Il ne faut pas se décourager. Ce sont les grands jours d'épreuve, ce sont les temps héroïques pour les hommes comme nous. Que deviendra le monde, après qu'auront passé ces cyclones de haine ? Que restera-t-il de notre Europe ? Je ne sais, en dehors de nous : mais je sais qu'il restera nous et qu'il s'agit de sauver, en nous, l'esprit européen – ce n'est pas assez dire –, l'esprit universel. Avant de sauver le monde, (et afin même de le sauver), il faut se sauver soi-même. Dans les temps qui ont précédé cette catastrophe (inévitable), il n'a pas manqué d'apôtres de la fraternité universelle. Mais ce qui leur a manqué, ç'a été ce que possédaient les humbles apôtres de Galilée, la foi qui marche sur les flots et l'occasion de la montrer. Et bien, voici les flots soulevés ; et tandis que tant de faux apôtres se sont sauvés dans leurs barques, il faut marcher sur la mer. Donnons l'exemple, Zweig, d'hommes qui n'abdiquent point, qui ne se renient pas eux-mêmes. On n'agit pas sur le monde par des raisonnements, on agit par des exemples. Je ne cherche pas à convertir les hommes. Je cherche à sauver de la tourmente le trésor divin dont j'ai la garde. Son salut, c'est celui des hommes. Mais je n'ai pas à regarder si loin. À chaque jour suffit sa peine. Celle d'aujourd'hui est lourde.

Qu'adviendra-t-il de moi, après cette guerre ? Peut-être qu'il n'y aura plus de place, pendant quelques années en France et en Allemagne, pour des gens comme nous ? Qui sait s'il ne faudra pas aller en Amérique ? […]

Je ne sais, mon cher Zweig, si je pourrai vous écrire longtemps encore. Ma famille, mes amis, m'invitent à rentrer à Paris, pour faire face aux attaques. Mon sentiment personnel est de les négliger ; mais il se peut que l'affection m'oblige à donner aux miens quelque temps au moins, cette satisfaction. Toutefois, rien n'est encore décidé. Je me sens trop bien à ma vraie place, ici, pouvant m'entretenir avec l'Europe entière et faire une œuvre utile pour tous. [...]

Romain Rolland.

Henry Floch (1881-1914)

Paroles de Poilus, lettres et carnets du front 1914-1918, sous la direction de Jean-Pierre Guéno et d'Yves Laplume, éditions Radio-France – Librio.

Parmi les « paroles de Poilus », il est des lettres particulièrement émouvantes : récits de batailles, de vie dans les tranchées, de secours porté aux camarades... La lettre d'Henry Floch, de décembre 1914, est de celles-ci, témoignage d'une guerre où la mort n'est pas donnée que par l'ennemi.

Ma bien chère Lucie,

Quand cette lettre te parviendra, je serai mort fusillé.
Voici pourquoi :
Le 27 novembre, vers 5 heures du soir, après un violent bombardement de deux heures, dans une tranchée de première ligne, et alors que nous finissions la soupe, des Allemands se sont amenés dans la tranchée, m'ont fait prisonnier avec deux autres camarades. J'ai profité d'un moment de bousculade pour m'échapper des mains des Allemands. J'ai suivi mes camarades, et ensuite, j'ai été accusé d'abandon de poste en présence de l'ennemi.
Nous sommes passés vingt-quatre hier soir au Conseil de Guerre. Six ont été condamnés à mort dont moi. Je ne suis pas plus coupable que les autres, mais il faut un exemple. Mon portefeuille te parviendra et ce qu'il y a dedans.

Je te fais mes derniers adieux à la hâte, les larmes aux yeux, l'âme en peine. Je te demande à genoux humblement pardon pour toute la peine que je vais te causer et l'embarras dans lequel je vais te mettre...

Ma petite Lucie, encore une fois, pardon.

Je vais me confesser à l'instant, et espère te revoir dans un monde meilleur.

Je meurs innocent du crime d'abandon de poste qui m'est reproché. Si au lieu de m'échapper des Allemands, j'étais resté prisonnier, j'aurais encore la vie sauve. C'est la fatalité.

Ma dernière pensée, à toi, jusqu'au bout.

Henry Floch

Roland Dorgelès (1885-1973)

Je t'écris de la tranchée, éditions Albin Michel, 2003.

L'auteur des *Croix de bois* est un témoin important de la Première Guerre mondiale. Journaliste avant le conflit, il part presque en tant qu'écrivain vers les tranchées. Là-bas, et pendant plusieurs mois, il raconte quotidiennement à sa mère et à la femme qu'il aime, Madeleine (qu'il appelle sa femme), les horreurs de cette « boucherie héroïque ». Dans cette lettre, il s'en prend violemment à ceux de l'arrière qui ne comprennent pas le sacrifice des hommes du front à la nation.

4 mai 1915

Ma femme chérie,

Comme elles m'ont fait plaisir tes deux lettres d'hier. Elles étaient si tendres, si jolies... [...]

La conduite, les paroles, la lâcheté de tous ces gens de l'arrière, civils, embusqués et autres, m'écœurent à un point indicible. Ah ! qu'elle est belle la phrase amère de Forain : « Pourvu que les civils tiennent ! » Malheureusement, ils ne tiennent pas.

Eux qui ne savent rien de la guerre, qui en ignorent toutes les souffrances, les semaines sans nouvelles des siens, les nuits sous la pluie, les heures sous les obus, les jours de bataille, et les nuits sur la dure, les jours où l'on « bouffe avec les chevaux de bois ». Eux qui n'ont pas gratté la terre avec leurs doigts comme des bêtes, pour se sauver des balles, ils osent se plaindre. Quel dégoût !

Et ils expriment leur lassitude ! et ils parlent de céder ! De quel droit ?? La lâcheté, la vieillesse ou les infirmités donneraient-elles la préséance ? C'est trop drôle...

Ils n'ont donc jamais une seule fois, dans leur lit la nuit, pensé que s'ils pouvaient dormir tranquilles, c'est que nous étions de Dunkerque à Belfort, 2 millions à veiller, à guetter l'ombre, à épier les bruits, prêts à nous faire casser la gueule à la première alerte ! Mais non, je sais bien qu'avec leur égoïsme de gens prudents, ils n'y ont jamais pensé !

Et sans nous plaindre, nous dormons mal, ou pas, nous mangeons mal, ou pas, nous attendons sans fièvre l'ordre qui nous enverra, ce soir, demain, rejoindre aux Éparges ou en Alsace les 50 000 soldats qui y dorment déjà, nous acceptons tout : l'agonie dans la boue et la croix de bois, et ce sont les autres qui se plaindront, qui crieront, qui commanderont.

Ah ! non, les civils. Vos gueules !

Tiens, tout cela me rend furieux. [...]

J'embrasse un million de fois ma Mad chérie.

Roland

Albert-Jean Després (1881-1918)

Paroles de Poilus, lettres et carnets du front 1914-1918, sous la direction de Jean-Pierre Guéno et d'Yves Laplume, éditions Radio-France – Librio.

Albert-Jean Després est un autre anonyme des *Paroles de Poilus*. La lettre à son fils, émouvante et sincère, est celle d'un homme qui appartient à une génération perdue, sacrifiée, mais qui garde envers son devoir une volonté farouche. Deux ans après cette lettre-testament, Albert-Jean Després est mort, à trente-sept ans.

11 octobre 1916

Lettre à mon fils qui vient d'avoir neuf ans :

Mon cher petit,

Tu viens d'avoir neuf ans, et cet âge charmant, le voici devenu le plus émouvant des âges. Trop jeune encore pour participer à la guerre, tu es assez grand pour avoir l'esprit marqué de ses souvenirs, assez raisonnable pour comprendre que c'est toi, c'est vous les enfants de neuf ans qui aurez plus tard à en mesurer les conséquences et à en appliquer les leçons.

Quelle belle vie, harmonieuse et pleine, nous vous aurons préparée là, si vous savez en effet, si vous voulez vous souvenir et comprendre ! C'est pour que tu te souviennes, mon petit, que j'accepte volontiers les angoisses de l'heure, tous les risques, et la séparation plus cruelle que tout, qui bouleversent le cher foyer où nous vivions avec ta mère, où nous t'avons tant choyé.

Et comme au temps où tu étais un « tout-petit », et où je t'assoyais sur mes genoux, pour te raconter des histoires ou te montrer de belles images, écoute, de toute ta tendresse attentive, des choses qui d'abord sembleront peut-être un peu graves, même à un grand garçon de neuf ans, mais que je serai plus tranquille de t'avoir dites, mon cher petit, assuré que, de ma bouche, tu t'y attacheras davantage, et que tu les comprendras – oui, ton papa sera ainsi plus tranquille si, la guerre finie, il devait n'être plus là pour te les expliquer. [...]

Certes, je sens combien, à quitter ma chère femme et mon enfant chéri, mon chagrin serait immense mais du moins par eux, j'aurais eu des années de bonheur et d'amour, et l'amertume de mes regrets ne se résumera qu'à la douceur de mes souvenirs.

Je regretterai ce que je n'ai pas fait, tout ce que j'aurais dû pouvoir faire ; mais je penserai en même temps que tu es là, toi mon fils, pour me continuer, pour réaliser ce que j'avais seulement projeté ou rêvé. [...]

Comprends-tu maintenant, mon petit gars, tout ce que nous avons mis en vous, nous les pères, à cette heure grave, tout ce que nous attendons de vous, fils de neuf ans, et pourquoi je dis qu'en partant les premiers nous aurions la meilleure part ? Car si Dieu ne permet pas que la fin de la guerre nous réunisse comme autrefois, au lieu du vide affreux, du morne désespoir où m'eût plongé ta perte, ma dernière pensée aura été réconfortante et douce, celle du souvenir et de l'exemple que j'aurai tâché de laisser.

Aux armées, le onze octobre 1916

Lieutenant Després

Ernest Hemingway (1899-1961)

Lettres choisies, trad. Michel Arnaud, éditions Gallimard, 1986.

Hemingway est l'un des romanciers américains les plus célèbres, à qui l'on doit notamment *Le Vieil Homme et la Mer* et *Pour qui sonne le glas*. Les États-Unis étant entrés en guerre, du côté des Alliés, en 1917, Hemingway s'engage et rejoint le front italien en 1918. Dans cette lettre à sa famille, il raconte avec humour cette guerre qu'il mène avec courage et dévouement.

À sa famille, Milan, 18 août 1918

Chers Parents,

[…] Vous savez qu'on dit qu'il n'y a rien de drôle dans cette guerre. Et c'est bien vrai. Je ne dirai pas que c'était l'enfer parce qu'on a un peu abusé de ce terme depuis l'époque du Gén. Sherman, mais il y a eu environ 8 fois où j'aurais fait un bon accueil à l'Enfer. Juste au cas où il ne pourrait pas égaler la phase de guerre que j'étais en train de vivre. Par exemple. Dans les tranchées pendant une attaque quand un obus atteint de plein fouet un groupe où l'on est. Les obus ne sont pas terribles sauf de plein fouet. Tout ce qu'on risque de recevoir c'est des fragments d'éclats. Mais quand c'est de plein fouet vos copains vous giclent dessus. Vous giclent littéralement dessus. Durant les six jours où j'ai été dans les tranchées du front, à seulement 50 yards des Autrichiens, j'ai gagné la réputation d'être quasiment immortel. La rép. de l'être ne signifie pas grand-chose mais l'être si ! […]

Eh bien je peux lever la main à présent et dire que j'ai été bombardé d'obus explosifs, de shrapnels et de gaz. La cible de mortiers de tranchées, de tireurs d'élite et de mitrailleuses, et comme attraction supplémentaire celle d'un avion qui mitraillait les lignes. Pas une seule grenade à main n'a été lancée sur moi, mais une grenade V.B. a frappé plutôt près. Il se peut que dans la suite j'aie droit à une grenade à main. Eh bien se tirer de tout ce bombardement en étant seulement atteint par un mortier de tranchée et par une balle de mitrailleuse alors que, comme disent les Irlandais, j'avançais vers l'arrière, ç'a été plutôt de la veine. Pas vrai, Famille ?

Les 227 blessures que je dois au mortier de tranchée ne m'ont pas du tout fait mal sur le moment, j'avais seulement l'impression que mes pieds étaient chaussés de bottes de caoutchouc pleines d'eau. De l'eau bouillante. Et ma rotule se comportait bizarrement. La balle de mitrailleuse m'a juste produit l'impression d'un coup sec frappé sur ma jambe par une boule de neige glacée. En tout cas elle m'a fait faire la culbute. Mais je me suis relevé et j'ai ramené mon blessé dans l'abri. Je crois qu'en arrivant à l'abri j'ai comme tourné de l'œil.

L'Italien que je ramenais avait couvert de sang ma vareuse et quant à mon pantalon on aurait dit que quelqu'un avait fabriqué de la gelée de groseille dedans et y avait ensuite fait des trous pour laisser sortir la pulpe. Alors le Capitaine qui était un grand copain à moi, c'était son abri, a dit : « Pauvre Hem il sera bientôt R.I.P. » C'est-à-dire Repose En Paix. Vous comprenez à cause de ma vareuse pleine de sang ils pensaient que j'avais la poitrine traversée de part en part. Mais je leur ai dit de m'enlever ma vareuse et ma chemise. Je n'avais pas de tricot de corps et le bon vieux torse était intact. Alors ils ont dit que probablement je m'en tirerais. Ce qui m'a drôlement rasséréné. Je lui ai dit en italien que je voulais voir mes jambes, bien que j'aie eu peur de les regarder. Alors on a enlevé mon pantalon et les chers vieux membres étaient toujours là mais bon sang dans quel état. Ils ne pouvaient pas imaginer comment j'avais pu parcourir 150 yards en portant quelqu'un avec mes deux genoux transpercés de part en part et mon soulier droit crevé en deux gros endroits. Et avec aussi 200 blessures superficielles. « Oh » ai-je dit, « Mon Capitaine, ce n'est rien. En Amérique tout le monde peut faire ça ! On estime qu'il est bon de ne pas permettre à l'ennemi de s'apercevoir qu'il vous a embêté ! » […]

Bonne nuit et affectueusement à tous.

Ernie

BIBLIOGRAPHIE

• Principales œuvres de Roland Dorgelès

– *Je t'écris de la tranchée, Correspondance de guerre 1914-1917*, Albin Michel, 2003.

– *D'une guerre à l'autre : Les Croix de bois* [1919], *Le Cabaret de la Belle Femme* [1920], *Le Réveil des morts* [1923] *La Drôle de guerre* [1957], *Retour au front* [1940], *Carte d'identité* [1945], Omnibus, 2013.

– *Sur la route mandarine*, Albin Michel, 1925.

– *Vive la liberté !*, Albin Michel, 1937.

– *Sous le casque blanc*, Les Éditions de France, 1941.

– *Route des tropiques* [Albin Michel, 1944], Actes Sud, Babel, 1999.

– *Bouquet de Bohème* [1947], Albin Michel, Bibliothèque, 1989.

• Écrits sur la Grande Guerre
Témoignages

– Jean-Pierre Guéno, *Paroles de Poilus*, Éditions 84, Librio, 2012.

– *Carnets de Verdun*, Éditions 84, Librio, 2006.

– *Mon papa en guerre*, Éditions 84, Librio, 2012.

– Gabriel Chevallier, *La Peur* [1930], Le Dilettante, 2008.

– Louis Maufrais, *J'étais médecin dans les tranchées*, Robert Laffont, 2008.

– Henri Laporte, *Journal d'un Poilu*, Mille et Une Nuits, 1998.

– *Les Carnets de guerre de Louis Barthas, tonnelier, 1914-1918*, La Découverte, 2003.

Récits d'écrivains combattants

– Henri Barbusse, *Le Feu : journal d'une escouade* [Flammarion, 1916], Gallimard, Folioplus classiques, 2007.

– Georges Duhamel, *Vie des Martyrs et autres récits des temps de guerre :* dont *Vie des Martyrs* [Mercure de France, 1917] et *Civilisation* [Mercure de France, 1918], Omnibus, 2005.

– Pierre Benoit, *Koenigsmark* [Émile-Paul Frères, 1918], Le Livre de Poche, 2012 ; *Axelle* [1928], Albin Michel, 2012.

– Ernst Jünger, *Orages d'Acier* [1920], Le Livre de Poche, Biblio, 2002.

– Erich Maria Remarque, *À l'Ouest rien de nouveau* [1929], Le Livre de Poche, 2007.

– Ernest Hemingway, *L'Adieu aux Armes* [1929], Gallimard, Folio, 2011.

– Jean Giono, *Le grand Troupeau* [1931], Gallimard, Folio, 2013.

– Roger Vercel, *Capitaine Conan* [Albin Michel, 1934], Magnard, Classiques & Contemporains n° 22, 2001.

- Blaise Cendrars, *La Main coupée*, Denoël, 1946.
- Maurice Genevoix, *Ceux de 14*, G. Durassié & Cie, 1949.

Récits historiques

- Michael Morpurgo, *Cheval de guerre* [1982], Folio Junior, 1997.
- Didier Daeninckx, *La Der des ders*, [1984], Gallimard, Folio policier, 1999.
- Jean Rouaud, *Les Champs d'Honneur* [1990], Éditions de Minuit, 1995.
- Sébastien Japrisot, *Un long dimanche de fiançailles* [Denoël, 1991], Gallimard, Folio, 2004.
- Thierry Jonquet, *La Vigie*, L'Atalante, 1998.
- Marc Dugain, *La Chambre des officiers* [1998], Pocket, 2001.
- Xavier Hanotte, *Derrière la colline* [2000], Pocket, 2002.
- Laurent Gaudé, *Cris* [2001], Le Livre de Poche, 2005.
- Philippe Claudel, *Les Âmes grises* [2003], Le Livre de Poche, 2006.
- Alice Ferney, *Dans la guerre* [2003], Éditions 84, J'ai lu, 2006.
- Michael Morpurgo, *Soldat Peaceful* [2006], Gallimard Jeunesse, 2010.
- Pierre Lemaître, *Au revoir là-haut*, Albin Michel, 2013.

Poésies

- Guillaume Apollinaire, *Calligrammes, Poèmes de la Paix et de la Guerre 1913-1916* [Mercure de France, 1918], Flammarion, GF-Dossier, 2013.
- Henry-Jacques, *La Symphonie héroïque* [1921], Hardpress Publishing, 2013.

Bandes dessinées

- Jacques Tardi, *Adieu Brindavoine* suivi de *La Fleur au fusil*, Casterman, 1974, (C&C BD, n° 5).
- Jacques Tardi, *C'était la guerre des tranchées*, Casterman, 1993.
- Kris et Maël, *Notre Mère la Guerre*, 3 tomes, Futuropolis, 2009-2011.
- Jean David Morvan et Yann Le Gal, *Vies tranchées*, Delcourt, 2010.
- Fabien Bedouel et Laurent-Frédéric Bollée, *Un long destin de sang*, 2 tomes, Éditions 12 bis, 2010-2011.
- Batist Payen, Tarek et Kamel Mouellef, *Turcos, le jasmin et la boue*, Tartamudo, 2011.
- Alain Mounier, Patrice Ordas et Patrick Cothias, *L'Ambulance 13*, 4 tomes, Bamboo Éditions, Grand Angle, 2010-2014.

FILMOGRAPHIE

- *Charlot Soldat* de Charlie Chaplin, 1918, États-Unis.
- *Les Croix de bois* de Raymond Bernard, 1932, France.
- *La Grande Illusion* de Jean Renoir, 1937, France.

- *Les Sentiers de la gloire* de Stanley Kubrick, 1957, États-Unis.
- *La Vie et rien d'autre* de Bertrand Tavernier, 1987, France.
- *Capitaine Conan* de Bertrand Tavernier, 1996, France.
- *La Tranchée* de William Boyd, 1999, Royaume-Uni, France.
- *La Chambre des Officiers* de François Dupeyron, 2001, France.
- *Un long dimanche de fiançailles* de Jean-Pierre Jeunet, 2004, France.
- *Joyeux Noël* de Christian Carion, 2005, France.
- *Cheval de Guerre* de Steven Spielberg, 2011, États-Unis.

JEUX VIDÉO

- *Baron Rouge II*, Sierra, 1997.
- *Soldats Inconnus – Mémoires de la Grande Guerre*, Ubisoft, 2014.

VIDÉOS

- *C'est pas Sorcier*, « La guerre de 14-18 », Multimédia France Productions, 1999.
- *Apocalypse : la Première Guerre mondiale*, documentaire, France Télévisions Distribution, 2014.

VISITER

- Historial de la Grande Guerre de Péronne (Somme).
- Musée de la Grande Guerre de Meaux (Seine-et-Marne).
- Le Mémorial Terre-neuvien de Beaumont Hamel (Somme).
- Musée Somme 1916 d'Albert (Somme).
- Mémorial de Verdun (Meuse).
- Musée de l'Armistice de Compiègne (Oise).
- Le Chemin des Dames et la Caverne du Dragon à Oulches-la-Vallée-Foulon (Aisne).
- Fort de Seclin (Nord).
- Nécropoles de la Grande Guerre notamment à Vendresse, Belleau, Vauxbuin, Cerny-en-Laonnois, Seringes-et-Nesles, Soupir (Aisne), Notre-Dame-de-Lorette (Nord), Fleury-devant-Douaumont, Bar-le-Duc, Bras-sur-Meuse, Les Éparges (Meuse), Flirey, Vitrimont, Pierrepont (Meurthe-et-Moselle), Dieuse, Metz, Sarrebourg, Thionville (Moselle), Noyelles-sur-Mer, Vermandovillers, Thiepval, Fricourt, Le Hamel, Villers-Bretonneux (Somme)...

SITE INTERNET

- Monuments aux Morts remarquables, voir le site : www.monumentsauxmorts.fr

Classiques & Contemporains

SÉRIES COLLÈGE ET LYCÉE

1 **Mary Higgins Clark,** *La Nuit du renard*
2 **Victor Hugo,** *Claude Gueux*
3 **Stephen King,** *La Cadillac de Dolan*
4 **Pierre Loti,** *Le Roman d'un enfant*
5 **Christian Jacq,** *La Fiancée du Nil*
6 **Jules Renard,** *Poil de Carotte* (comédie en un acte),
   suivi de *La Bigote* (comédie en deux actes)
7 **Nicole Ciravégna,** *Les Tambours de la nuit*
8 **Sir Arthur Conan Doyle,** *Le Monde perdu*
9 **Poe, Gautier, Maupassant, Gogol,** *Nouvelles fantastiques*
10 **Philippe Delerm,** *L'Envol*
11 *La Farce de Maître Pierre Pathelin*
12 **Bruce Lowery,** *La Cicatrice*
13 **Alphonse Daudet,** *Contes choisis*
14 **Didier van Cauwelaert,** *Cheyenne*
15 **Honoré de Balzac,** *Sarrazine*
16 **Amélie Nothomb,** *Le Sabotage amoureux*
17 **Alfred Jarry,** *Ubu roi*
18 **Claude Klotz,** *Killer Kid*
19 **Molière,** *George Dandin*
20 **Didier Daeninckx,** *Cannibale*
21 **Prosper Mérimée,** *Tamango*
22 **Roger Vercel,** *Capitaine Conan*
23 **Alexandre Dumas,** *Le Bagnard de l'Opéra*
24 **Albert t'Serstevens,** *Taïa*
25 **Gaston Leroux,** *Le Mystère de la chambre jaune*
26 **Éric Boisset,** *Le Grimoire d'Arkandias*
27 **Robert Louis Stevenson,** *Le Cas étrange du Dr Jekyll et de M. Hyde*
28 **Vercors,** *Le Silence de la mer*
29 **Stendhal,** *Vanina Vanini*
30 **Patrick Cauvin,** *Menteur*
31 **Charles Perrault, Mme d'Aulnoy, etc.,** *Contes merveilleux*
32 **Jacques Lanzmann,** *Le Têtard* (épuisé)
33 **Honoré de Balzac,** *Les Secrets de la princesse de Cadignan* (épuisé)
34 **Fred Vargas,** *L'Homme à l'envers*
35 **Jules Verne,** *Sans dessus dessous*
36 **Léon Werth,** *33 Jours*
37 **Pierre Corneille,** *Le Menteur*
38 **Roy Lewis,** *Pourquoi j'ai mangé mon père*
39 **Charles Baudelaire,** *Les Fleurs du Mal*
40 **Yasmina Reza,** *« Art »*
41 **Émile Zola,** *Thérèse Raquin*
42 **Éric-Emmanuel Schmitt,** *Le Visiteur*

Couverture
Conception graphique : Marie-Astrid Bailly-Maître
Illustration : *Les Boues de la Somme – Relève au petit jour devant la Maisonnette (novembre 1916),* aquarelle du sous-lieutenant Jean Droit

Intérieur
Conception graphique : Marie-Astrid Bailly-Maître
Édition : Claire Tréboute
Réalisation : Nord Compo, Villeneuve-d'Ascq

Achevé d'imprimer en juin 2014
par «La Tipografica Varese S.p.A.»
N° éditeur : 2014-0560
Dépôt légal : juin 2014

Certifié PEFC
Ce produit est issu
de forêts gérées
durablement et de
sources contrôlées
PEFC/18-31-264   www.pefc-france.org